本田節子

蘆花の妻、愛子

阿修羅のごとき夫《つま》なれど

藤原書店

蘆花と愛子(1920年前後)

右側は兄蘇峰夫妻
（1898年頃、逗子）

カイロにて
（1919年）

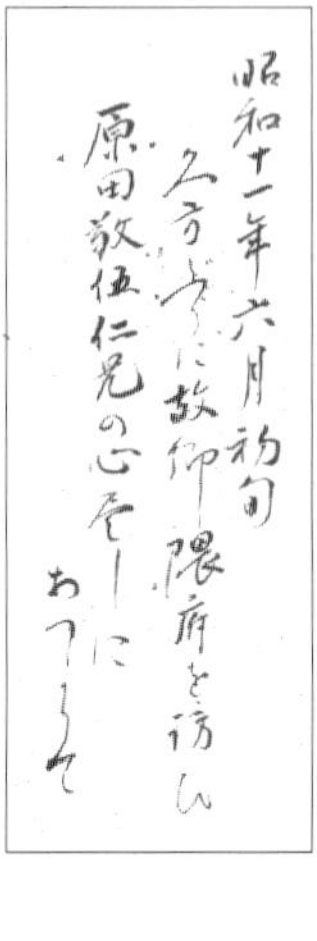

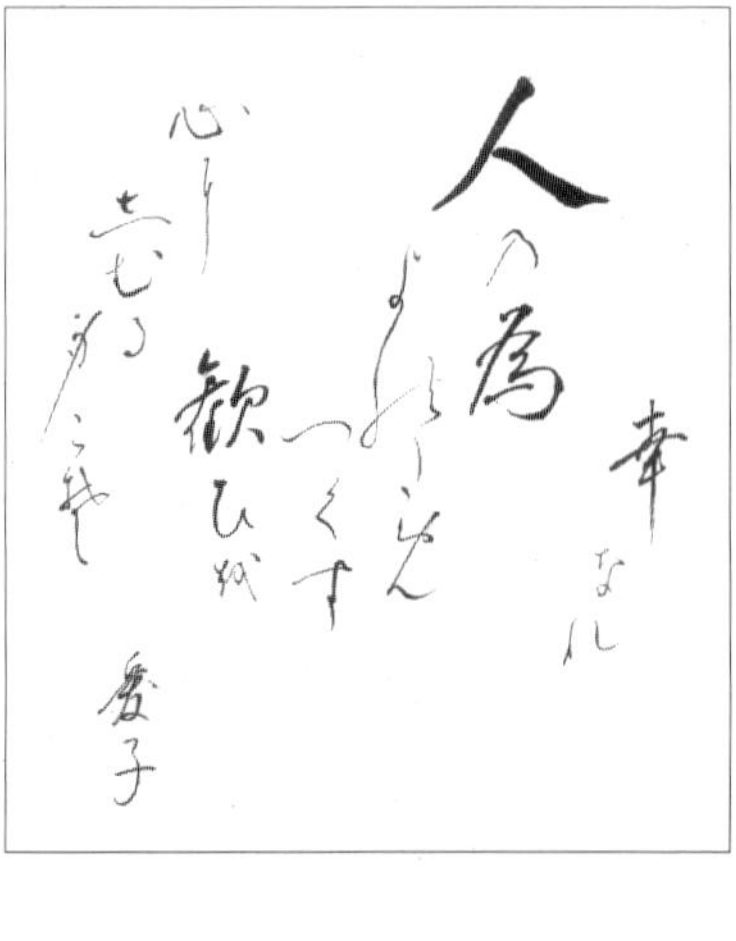

人の為よのためつくす歓びを
心にしむる身こそ幸なれ
愛子

昭和十一年六月初旬
久方ぶりに故郷隈府を訪ひ
原田敬伍仁兄の心尽くしにあづかって

蘆花の妻、愛子　もくじ

序　007

I　愛子と蘆花——出会いまで

内弁慶外なめくじ　012
熊本洋学校　031
妻籠《つまごめ》の里　047
女高師へ　060
賢兄愚弟　067
初対面　079

II　阿修羅のごとき夫《つま》なれど

梔子《くちなし》の咲く家　096
阿修羅《あしゅら》　112
愛子略奪　121
逗子　136

『不如帰《ほととぎす》』 149

III 新生――水の洗礼、土の洗礼

富士登山 160
愛子受洗 172
千歳村――美的百姓 180
「謀叛論」 200

IV 懊悩、苦悶の果てに

蘆花懊悩　愛子苦悶 208
愛子入院 228
アダムとイヴ――『死の蔭に』 240

V 白雲しばし二人をへだてる

蘆花最後の熊本 258

蘆花病む 267
蘆花臨終 280

VI うき世のあらなみ のがれて

追憶の詩 296
賛美歌につつまれて 313

あとがき 323

注 327
徳冨蘆花主要著作一覧 343
参考文献 345
関連資料 350
系図（徳富家・原田家・矢島家） 358
徳冨蘆花・愛子年譜 361

＊各部扉に使用した図版は、愛子遺愛の品々である。
撮影＝畠村 卓《たかし》（前「徳冨記念園」園長）
所蔵＝徳冨記念園（熊本市）

蘆花の妻、愛子

阿修羅のごとき夫《つま》なれど

凡例

一　徳冨蘆花作品の引用は、明示したもの以外『蘆花全集』(巻末「参考文献」参照)によった。

一　引用文においては、新かなづかい・新漢字に改めた箇所、また適宜送りがなをかなに開き、ルビを補った箇所がある。(但し詩歌、古代・中世・近世の作品についてはその限りではない。)

一　単行本、及び定期刊行物は『　』で括り、エッセイ・短篇等の小品は収録本名を書いた上で「　」で括った。

一　注は、該当する文字の右横に(一)(二)……のように付して章毎に番号を改め、巻末にまとめた。

序

明治の文豪、徳冨蘆花。明治元年（一八六八）生まれの蘆花は、平成十九年（二〇〇七）の今年が生誕百三十九年、没後八十年である。明治七年（一八七四）生まれの妻愛子は、生誕百三十三年、没後六十年である。

蘆花こと健次郎は妻愛子に甘え、兄蘇峰こと猪一郎に甘えた。全身全霊、心いっぱい体いっぱいで甘えたと思う。蘆花は姉が四人に兄が二人。だが次男は夭折し、蘇峰は長男で彼は末っ子。政府の欧化政策に反発した敬神党（神風党）の人たちが、「神風連の乱」を起こす土地柄が肥後熊本である。その純粋さを受け継いだ蘆花が、それより早い時期に、金ボタンつきの洋服や絹絣の着物を着せられていたというのだから、可愛がられようも想像がつく。絹物など庶民は一枚も持っていなかった時代である。

蘆花は短気で気まぐれで内弁慶だ。彼は甘えられる相手に当たり散らした。相手が黙っていればいいが、少し力がつくと喧嘩になる。喧嘩って一体なんだろう。喧嘩しながら共に成長しての幼友だちだし、兄弟も喧嘩した兄弟ほど長じても仲がいい。それは喧嘩したことで心のど真ん中、つまり本音のところでつながったからである。

蘆花は兄蘇峰と仲が悪かった、というのが定説である。それはちがうと思う。彼らは心のどまん中で、兄弟愛という土壌でつながっていた。蘆花が成長するころは、まだまだ男尊女卑の時代であり、肥後はそれが強い土地柄でもある。だが同じ男兄弟でも立場によって扱いがちがった。豪家であればあるほど嫡男を大事にした。長男の蘇峰は多方面で鍛えられ、末っ子の蘆花は甘やかされた。つまり、蘆花が育った環境は彼を純粋にし、その体験は彼を複雑にしたのだ。

駄々っ子そのものの弟は、生涯兄の大きな度量の中にいた。弟は心の片隅で、兄が自分のわがままを許していることを知っていた。言葉での理解ではない。以心伝心、肉親の情の部分での許し合いである。蘆花はこの部分で愛し、憎み、妬んだ。こんな弟を遠くから黙って見守っていた兄。それが日本が誇る大ジャーナリスト徳富蘇峰である。

蘆花に「亡くすとも一人は欲しき男の子」の句がある。叔父徳永昌龍《まさたつ》は、蘆花の才能をいち早く認め、蘆花を可愛がった叔父である。その末子正が男の子を亡くしたときの手紙に、蘆花はこの句を書いた。

妻愛子も、蘇峰六女で二歳二カ月の鶴子をもらい子としたその晩のことを書いている。ぐぜって（むずかって）泣き止まない鶴子に、愛子は出ない乳房を含ませる。幼くても子どもの吸引力は強い。出る乳なら、このときこそ母親ならではの充足感がある。命のもとを直接我が子が吸う力強さ。痛いほど張っていた乳房が、吸うほどに柔らかくなっていく快感。乳の出が悪くなると、もみじの手でしきりに乳房を押さえるおかしさ。小さな舌で乳首を巻き込んで吸う巧みさ。そこには命の不思議さが満ちている。だが愛子の乳は出ない。出ない乳を吸われるのは痛いのだ。

子無きは去る、で夫は、一方的に妻を離縁していい時代である。でも子がなくとも蘆花と愛子は添い遂げた。それればかりではない。彼ら夫婦は、キリストが結婚していたらこんな夫婦であったろう夫婦像を、生涯かけて成し遂げようと試みた。蘆花に中途半端はない。蘆花は妻を真から愛した。それが嫉妬《しょねみ》となり、暴力となり、大喧嘩となった。凄まじいばかりの喧嘩相手なればこそ、全身全霊でお互いを頼ったことの証しともなる。

蘆花作品の多くは、愛子がいてこそ生まれたとさえいえる。作品が書けないときの蘆花の苦悩は、彼から狂気をも引き出し、その大方は愛子に向けられた。もし愛子がいなかったら、蘆花は多分狂死していたろう。狂気がさせた嫉妬《しょねみ》は半端ではない。その凄まじさが並でない夫婦を誕生させた。なのにこれまで愛子が書かれることはなかった。

書かれなかったことの第一は、蘆花作品の弱さであろう。蘆花作品に小説は少なく、作品の多くは、旅行記であったり、告白文学である。次に日本の封建制、つまり、男尊女卑の思想がある。とくに熊本はそれが強い。女の支えで男は仕事ができた、とは認めたくないのである。たとえ何があっても、妻は夫の陰にいて夫のために尽くすのが当たり前の時代である。愛子は気むずかしい夫に仕えて、それを立派に成しとげた。彼女は修羅を生きた。なのに愛子を知る人々の話からは、その傷も陰もなかったようである。いや、なかったとは思えない。多分あったのだ。それを愛子は心のひだにかくしてしまい、むしろ栄養としたのかもしれない。でなかったら人々が語る晩年の愛子像の、清浄さ、しなやかさ、気丈さを芯とした品の良さはなかったろう。

修羅を栄養にかえる要素とは？　愛子の何がそうさせたのか。愛子を書くことはきっと、その根元を捜す旅なのだろう。これもまた修羅だと分かっていても、著者はもう一歩を踏み出してしまった。

I

愛子と蘆花——出会いまで

内弁慶外なめくじ

徳冨蘆花（本名健次郎）は明治の世界的文豪であり、肥後モッコスの代表でもある。

石牟礼道子文学が織りなす熊本県水俣の風景がある。それより三、四十年も前の水俣は、もっと自然を残していて美しかったろう。蘆花こと健次郎はその水俣で、明治元年（一八六八）十月二十五日の夜半に生まれた。

熊本県葦北郡水俣手永（現水俣市浜二丁目六番五号）に、「徳富蘇峰・蘆花生家」として生家が残されている。いまは町中だが、当時は渚が目の前であった。船材のタブの木使用の生家は、潮風の中をさりげなく生きぬいて幾百年。大きな柱や梁が黒ずみ、先人の知恵を見せながらいまも堂々と建っている。

母屋が築二〇六年（一七九〇年築）、蔵が一九五年（一八一一年築）、離れは江戸末期で年代不詳。敷地三四〇坪、建坪二二〇坪の家は大きい。しかし酒を中心に何でも売っていたというから、店と土間部分が広く、住居部分はさほどでもない。天草石を使った中庭は小さくても凝っていて、樹齢三百年の楓《かえで》の古木は小ぶりで締まっている。その中庭を挟んでコの字型の向こう側が離れである。蘆花はこの六畳で生まれた。

徳富家は惣庄屋で水俣一の豪家である。父は徳富一敬《かずたか》、幼名満熊《まんくま》、号は淇水《きすい》。母は久子、後妻である。一敬は新家の長男で先妻を時子といい、いとこ同士であったが子がなくて離婚。子なきは去る、で去らされた。

一敬は横井小楠《しょうなん》(一)（時存、通称・平四郎、別号沼山）の最初の門人で、小楠の三高弟といわれた俊才である。三高弟とは矢島源助（直方）、竹崎律次郎（号は茶堂）、徳富一敬の三人。のちに小楠から「竹崎は器用すぎて考えが、深く及ばぬ。徳富は考えが綿密すぎて、決断がたらぬ。矢島は不凡で目も見え果断だが、後がつまらぬ」と評された。結婚して三人は義兄弟となり、小楠が矢島つせ子と再婚して、師弟四人は義兄弟となる。つせ子は源助妹で五女、竹崎妻順子は三女、徳富妻久子は四女なのだ。

明治三年（一八七〇）、一敬は肥後藩の藩政改革で熊本藩庁に出仕する。それが六月で、秋に一家は熊本市に引っ越す。白川東岸の託麻郡大江村三六四番地（現熊本市大江四丁目十番三五号）、「徳富記念園」が旧居跡である。この家を世話したのは元田永孚《ながざね》(二)で、元田家は隣家だが間百メートルほどに家はない。兄猪一郎（蘇峰）が稲穂の黄金を憶えているという。十月生まれの健次郎はちょうど満二歳のころで、秋さ中の引っ越しだ。猪一郎がおどろいたのは霜柱。水俣では見なかった霜柱が二、三寸。東には阿蘇の銀嶺が遠望され、さえぎるものなしの吹き下ろし寒風に、猪一郎は震えあがった。

熊本藩庁に出仕した父は、実学党仲間たちと開かれた新政策をおしすすめた。実学党とは天保四年（一八四三）藩次席家老長岡監物《けんもつ》[三]、横井小楠、元田永孚、荻昌国らによってはじめられた藩政改革派につけられた名称で、実学派、実学連ともいう。

幕末の肥後細川藩には三つの政治勢力、学校党、実学党、勤王党があった。学校党は藩政府や藩校時習館出身者が多く、だんだんと学問に偏り、理論にばかり走るようになった。彼らは保守的な藩筆頭家老松井佐渡（章之《あきゆき》）らを中心に藩政を握っていた。一方実学党は最初勤王党と組んだ。だが、尊皇と外国排斥論から抜けきれない勤王派とは分裂。これが安政二年（一八五五）で、以後小楠は開国論に転じる。小楠中心の実学党を沼山津派《ぬやまづは》または豪農派実学党とも呼んだ。

実学党は藩政の主導権争いで学校党に敗れたばかりに、維新に参加できなかった。明治三年（一八七〇）に細川護久が藩知事になり、肥後の改革がすすむ。この裏には明治政府の思惑があって、敬神党対策である。そのために実学党派、中でも小楠派が多く登庸され、小参事として民政局に出仕を命じられたのが徳富一敬である。改革の創案者は民政局大属竹崎律次郎と徳富一敬。地方豪族出身の二人が考えた改革案は、武士出身者には予想もできない思いきったもので、「領主や藩士の特権を停止し、藩政機構の解体を目するような大改革であり、同時に国民平等観に基づいた」（『熊本県史』）。例えば「御役人一切入札公選にすべし」といったものである。これを蘆花は「肥後の維新は明治三年に来ました」（『竹崎順子』）と書き、いまやこの言葉が一人歩きしている。

藩知事細川護久は明治四年に古城医学校や熊本洋学校を開校。医学校には北里柴三郎(四)らが学び、熊本洋学校には横井時雄(五)、海老名弾正(六)、徳富猪一郎(蘇峰)らが学ぶ。

廃藩置県後も実学党政権はつづく。だがあまりにも改革的すぎると中央から睨まれる。次に政府が派遣したのは安岡良亮知事。安岡は土佐出身で大久保利通と親交があり、手腕を買われての大久保人事である。維新政府の要職にあった大久保の意は二つ。「反政府的実力行動にいつ踏み切るかもわからない肥後の尊攘派敬神党対策」「反中央集権的になっている実学党対策」(『熊本県史』)である。安岡は早速実学党排除をはかり実学党と対立。実学党派は県から一掃され、一敬もその中にいた。これが明治六年十一月である。

母久子の出自は矢島家で、矢島家のことは蘆花著『竹崎順子』に詳しい。蘆花の母は四女久子で、父は矢島直明、母は鶴子。この母が偉大であった。打てばひびく人で横井小楠とよく話が合ったという。姉妹の中でも久子は特に勝ち気で、その容貌については蘇峰が『わが母』の中に書いている。

「人並に一切の顔の道具も揃うていますから、醜婦とは申しませんが、美人の相と申すべきものは、顕微鏡で照らしても、到底発見は難しかったであろうと存じます」

はっきりとまあ、ようここまじいいなはりましたなあ、てち思いなはりまっせんか。写真の久子さんな、順子伯母さんの締まった品の良か小顔とは確かに少《ちいっ》とばっかりちがうごたる。輪郭は似とんなはるばってん、頬骨ん高うして目の細《こまん》かですもん。まぶたん垂れ下がる病気だったらしゅうござりますけん、そんせいもあっとでござりまっしゅ。ひらめきゃ一番だし頭も良かった。たった一《いっちょ》つん欠点な、体ん弱かったそうじござります。蘆花さんのこぎゃん（このように）いうとんなはりますけん、本当《ほんなこつ》でござりまっしゅ。

母の仕込みで久子も女一通りのことはしっかりと教え込まれた。しかし徳富家の姑はもっと強かった。十七、八のころから鰯《いわし》船で荒漁師を使いまくっていたという姑である。姑は容赦なく久子を使いまくった。大小便たっぷりの桶二つを天秤棒で担う。その重さちゅうたら、少々《ちっと》やそっとん力じゃ立ち上がるこつもできゃしまっせんと。そるば（れ）段々畑まで担ぎあげにゃならんとですけん。そん上に畑道や狭かし坂も急だけんなあ。姑は口も達者なら手も早かつ。げんこつばひきちぎって投げつくるごつ久子さんば叱《おご》りまくんなはったてったい。

久子は子どもに恵まれ、常子、光子、音羽子、初子と女子《おなご》がつづく。男子が生まれないことへの夫の落胆より、舅姑や周囲の無言の圧力がこたえた。常軌を逸した心労と重労働が久子の目に出てきた。そこへ五番目の子の妊娠で負担が重なり、河内《かわち》温泉に養生もしたが思わしくない。しかも家族が次々とハシカにかかり、妊娠と看病疲れで病がかさなる。思いきって郡浦村《こうのうらむら》への出養生（入院）だ。やがて久子は、婚家に無断で上益城郡杉堂の実家に（七）帰ってしまった。

婚家に無断での実家行は、敵前逃亡並みの大変な時代である。実家の母のいたわりでいくらかよくはなったが、水俣からは離縁話がちらほら。女子《おなご》ん子じゃ何人生んだっちゃ子なしも同じで、養女にした姪志津に婿養子をとの話が出る。志津が断ってこの話はすすまずだが、それはそれ、久子は離縁、と一敬弟の昌龍《まさたつ》が使者に立つ。間《ま》がいいのか悪いのか、昌龍が杉堂についてみると、ちょうど男子誕生。猪一郎こと蘇峰である。

産後の日があけて久子は意気軒昂と水俣へ帰った。惣庄屋で水俣一の豪家に嫡男誕生。父の喜びは無限大にふくらみ、猪一郎も自伝に書いた。「僕の生まれたことが、僕の家にとって大事件であったかは、想像も及ばぬほどで、これまで暗く沈んだ空気であった吾家は、急に明るい光りがあふれ、母の吾家での位置も、それはそれは堅固となり、有力となった云々」(原文は文語体)

父一敬は無類に人がよく気が弱い。強気の母はそんな父にいらついた。蘆花も「尻込みがちの夫にたまりかねては『踏み殺すざい！』と老年になってからも年に一度位は叫ばせたものです」と両親の夫婦関係を書いている。

やがて姑が中風で亡くなり久子の時代がきた。戦前までの世代交代は、よほど開けた考えの人でなからにゃ、四十、五十でしゃもじゃ渡しゃしまっせん(家政をまかせない)。ましてや明治維新前後である。一敬も初老といわれる年まで実権がなかった。一敬の性格の弱さや、小楠のいう決断の足らぬところを祖父が気に入らなかったのかもしれない。が、いい年での冷や飯食いは窮屈だ。父はやるせなさを母に当たりまくり、怒った久子は黙して語らず。だんまりの勝ち気妻とつきあいながら、家長になれない父に鬱屈がたまる。たまった鬱屈が酒を呼び、酒に惹かれ、酔いにまかせて母に迫る。七人も子を産めば、酔った夫の相手は決して嬉しいばかりではない。

身代渡されたとき父は四十七歳（数え）。やっと当主の代がきて早速妾がきた。それも久子の体が弱いことを口実に、久子の姉もと子のすすめで、久子がさがし、久子が人選したらしい。妻が妾を探すかどうかはともかく、妾の存在そのものはざらにあったことで、徳富家では妻妾同居。それも何回か繰り返された。このことが後々健次郎にまつわりついて彼を苦しめる。この日のことを彼は書いた。

「茅葺の方の座敷には、熊次（健次郎）を愛する祖父がいた。見馴れぬ若い女が、その座敷にきてお辞儀をする。『亀ち名をくるるで』と祖父が曰う。父が酒に酔うて帰ってくる。くたびれたというて、昼日中二階に床をとらせる。母が入って行く。やがて亀が入って行く」（『冨士』）

自らすすめたとはいえ勝気な久子である。複雑な心情であったろうが、半分はほっともしたろう。妾がきた日、幼い健次郎の興味はつきない。

「好奇心が六歳の童を中二階に惹きつける。締め切ったふすまの外に、六歳の童はじいと耳を澄ます。乳母が来てあわてて熊次を引き立てる」（『冨士』）

締め切ったふすまの外で耳を澄ます童。これには訳があった。「熊次（健次郎）は無慚にあまり早く性の眼をさまされた。無闇に彼を可愛がった乳母達の手に早くも彼の童貞は破られた」「乳母のふところで熊次は性の遊びを知った。そしてそれは、五歳か六歳の年だった。彼は乳母のした通りを母にしかけた。おどろき、つきのけた母の手をいまだにびちびち体に感ずる」(『富士』)

あらまあぁ……。とつけむにゃぁこつば!(とんでもない)、と誰しもびっくりする。満なら四、五歳での無邪気なままごと遊びのお医者さんごっこではない。かといって健次郎にしてみたら、気持ちいいことを母としたい、とただそれだけだったろう。一連のこのできごとは、健次郎の将来にさまざまの陰を呼ぶが、それはもそっと先の話である。

徳富家での妻妾同居はそう長い間ではなかったようだ。こうして健次郎は何とも危なっかしい育ち方をし、嫡男猪一郎は大事に重厚に鍛われて育っていった。

健次郎は義伯父竹崎茶堂の日新堂の幼年塾に入る。それからの弟蘆花との関係を猪一郎は、「両親は、弟を子と思うよりもむしろ孫と思った。私は弟を弟と思うよりもむしろ、伯父が甥、親が子に対するという様な考えを持っておった」といい、さらに、五歳半の差が、十五歳ぐらいの差に思われ、「まるで弟をば、掌の上に載せて見るぐらいに考えていた」(『徳富蘇峰——蘇峰自伝』)ともいう。

健次郎は健次郎で、父と兄弟の関係を「長子は公子で、余は私子である。取って代わる公子は相続者で、同時に父の敵でもある。父の愛は自然に私子に流れる」といい、「気の弱い父と意地強い兄の間には、すべての父と嗣子の間にある自然の対抗があった。父はじりじり子に従わされて往った」こうして兄の鬱憤はたまり「父に対する兄の鬱憤も、弟の身一つに負わされた。兄は父を打つかわりに弟を打った」打って打ってそれでも足らず、両親の居間にまで引きずり、両親の目の前でつづけざまに打ちすえる。

おそらくこの打擲は、父へのいらだちばかりでなく、ことごとくのいらだちすべてを弟にぶっつけたのだろう。長男と弟、立場のちがいはときに心地よく、ときに我慢の強制となる。甘やかされる弟へ振り上げる兄の鉄拳は、複雑な思いのこもる拳である。弟は、体は「軟体動物」になって兄の打つにまかせ、心は「貝になって」ぴったりと蓋を閉じた。そこには大好きな父さえ入るを許さず、しだいにトラウマになって行く。トラウマを負った弟は、兄の声だけで震えあがり、「蛇より恐」い兄に心が敏感になって反射的に反応する。おかしなことに健次郎は、打たれても蹴られても兄を尊敬し親とも思っている。きっと何を聞いても即座に答えてくれたろうし、外部に向かっては守ってもくれたのだろう。外なめくじの健次郎には十分に尊敬できる兄だったのだ。

健次郎が善人帳、悪人帳をつけていたのは有名だが、八歳ぐらいからだから、大方このころからであったろう。蘆花自身はそのことを、『早稲田文学』の記者に「私は少年の頃から、自分のことは棚にあげて人を裁判することが好きで」「遭遇の人物——年寄りだろうが子供だろうが、一々あれは善人、これは悪人と区別を付け」た。「その善悪」は「つまりは自分の好悪の意味」であって、感情的判断で書いたものだという。善人帳の第一号は、小学校同級生の落合東郭《とうかく》(八)。悪人帳第一号を蘇峰は「N某氏を掲げていたそうである」と書くが、蘇峰名を第一に挙げておられる方もある。善人帳悪人帳の現物はない。もしあったら、小学生の目で見た肉親、親戚、客人など、多くの人物評が見られたはず。子どもの評だけに、直感的な面白さがあったろうに惜しまれる。

蘆花が善人帳の第一号に書いた落合東郭と、家族として暮らされた筆者の友人がおられる。三男和男氏夫人秀さん（九五歳）である。しかも和男氏父と秀さんの父とはいとこ、和男氏と秀さんもいとこ。秀さんに東郭の人となりを聞いた。「義父は常に真面目でおだやかな人だったのですが、時に面白いことをいいました」といわれて、あれ、どこかで聞いたような、と思った。愛子が蘆花と初対面で結婚した当初の日記に「むずかしやだけれども、時々おかしいことをいうたりして面白い男」と書いたのだった。蘆花と東郭、どこか似ていたらしい。

昭和十二年（一九三七）、東京工業大学助手の和男氏が、助教授として台湾大学に招かれた。いよいよ赴任のそのとき東郭は和男氏に、「台湾へ行ったら家のことは秀一人で大変だから、何でも手伝わなければいけない」といったという。明治の肥後んん男が、「妻の仕事を手伝え」と、ほかの誰がいえよう。東郭ならではのエピソードである。

余談だが、東郭の祖父元田永孚《ながざね》（教育勅語を起草）のことで、秀さんはこんな話もありますといわれる。永孚が亡くなったとき、宮中から永孚にゆかりの者をとお召しがあった。明治天皇の侍講だった元田を、よほど気に入っておられたのだろう。ゆかりの者に内孫の元田亨吉《こうきち》と、外孫の落合東郭（為《ため》誠《のぶ》）がいた。秀さんの父亨吉は陸軍少将、つまり軍人である。和男氏の父（秀さんには舅）東郭は漢学者。そこで亨吉は「私は軍人なので、永孚の学問を受け継いだ為誠を」といって推薦したという。舅東郭はために宮内省に入り、大正天皇の侍従になった。

蘆花が善人帳、悪人帳を書いていたころ、日新堂幼年塾が合併され、本山村立本山小学校が新設された。健次郎も入学する。（後に本山小学校と向栄小学校が合併して現向山小学校。いまは校庭周囲の桜が見事）。ひよわでわがままだった小学生健次郎は、頭痛にかこつけては登校途中から帰ってしまう。これには訳があった。勉強が嫌い、通学距離が遠い、途中でいやなことを思い出すからで、そのなぞは蘆花作品「井手ンロ」にある。

井手ンロとは、白川から別れた大井手が再び白川に合流するところで、安巳橋の少し下流の東岸。熊大病院裏といった方が分かりやすい。

本山小学校は、大江の家から白川下流へ向かって一里（四キロ）弱。健次郎の通学路は、大井手に沿って井手ンロへ。ここまでがおよそ十四町（約一・五キロ）。そこから十八町足らず（二キロ弱）ほどを白川に沿い、残りは学校まで町家のある場末道であった。雨、雪、炎天もいやだが、帰りが遅くなるのが一番いやでむしろ苦痛。井手ンロは昔からの処刑場だ。森鷗外の『阿部一族』はあくまでも小説だが、モデルは細川忠利の側近、阿部弥一右衛門である。長男の権兵衛が、父同様にやり手官僚でありながら縛り首の処刑になったのもこの刑場であった。

今日は処刑がある日で、死刑囚は熊本じゅうを引き回されたあと、長六橋をわたって井手ンロの処刑場へ牽かれていく。ここで囚人は対岸にある西岸寺に向かって合掌、住職が白川越しに引導をわたす。処刑場には竹矢来が組まれ、大勢の見物人が取り囲む。健次郎は供の背におんぶされ祖父に連れられ、弁当持ちで見物する。供の肩にしがみつき、ことを終えた首きり役人が、柄杓の水をかけた刀を白紙でぬぐい、朱鞘におさめるのを見た。太い角柱に罪人をよりかからせ、柱の後から大きな分銅をつけた麻縄で、長い時間かけて絞め殺すのを見たこともある。こうした罪人の生首は、処刑後を何日間も河原の青竹の上に「藁でもとどりを結った生首が、二つも三つもさらしてあって、目をつぶった真っ青な顔を、川風にそよぐびんの毛が、はらりはらりなぶって」いたのだ。

健次郎が小学校へ通うころは公開での死刑はなくなり、新式黒塗りの絞首台だけが空しく風雨にさらされていた。かたわらには乞食小屋があって、道の反対側には古墓新墓の土盛りがつづいている。学校の帰り、暮れぐれにここを通る。川の瀬音と川面には非人小屋の灯りがちらちら。道といっても処刑した河原の踏み分け道でしかない。罪人が身内との別れに酌みかわした盃のかけらが、石ころの間に白く浮き出ていたりする。そこから青白い手が伸びて、足首を握られる錯覚がある。小心者の健次郎はもうたまらない。怖さに追い立てられて裸足になって走り出す。くるぶしまでの砂道を走りに走る。砂が足をひっぱり、あがいてもあえいでもちっとも先へ進まない。ちょうど夢の中で走っているかのようで、だから学校へ行くのがいやなのだ。

それにもう一つはおできである。おできがひどくて、友だちにからかわれたりいやがられたり。体の弱い母の七人目の子ともなると、母乳の出も悪く健次郎は甘酒で育っている。おできは栄養不足からできるという。徳富家で栄養不足、まさかとも思う。だが猪一郎の熊本時代は、醤油で煮しめたような手拭いを使っていたとの証言があり、辛抱した家であったことはまちがいなさそう。もっとも当時はどこの家でもそうであった。

健次郎のおできのことは水俣の元乳母が証言している。のちに健次郎が失恋のあと鹿児島に放浪。熊本へ帰る途中に水俣に寄ったが去ったと聞いて老婆は、

「なぁし（なぜ）わしんとけ面《つら》見せんだったろか。なんさまかさっぱちでなあ」

といっている。「かさっぱち」とは、治りはじめのおできが茶色に乾いて固く盛り上がったもので、これを「かさ」といい、「なんさまかさっぱちでなあ」は、「それはもう、おできいっぱいな子でした」となる。治るときのおできは患部がかゆくなり、かくとかさがはがれ膿汁が広がってなおひどくなる、このくりかえしだ。健次郎が水俣にいたのは二歳ぐらいまでだから、彼は赤ん坊のときからおできがひどかったのだ。

おできは顔から頭までも広がっていたらしく、これも学校へ行きたくない理由の一つ。嘉悦孝子(九)は小学校の同級で、健次郎のことを「おできがひどくていじめられっ子だった」と証言する。本人は、

だから俺は内向的性格にも人嫌いにもなったという。

さらには自分は母の呪い子だとも。呪い子とはおだやかでない。彼が五十一歳のときに姉から聞いた話は「余は父の乱酔時の子で」「母は父の酒後の妊娠を努めて避けて居たが、避けきれずして大酔の父の子として余を孕んだのだ」。ところが「母は余を腹に入れつつ、お初姉を伴うて水俣諸処の観音に詣で、腹中の子の為に祈った」。姉は母が持つ「萱草の花」の「色が今も目にある」(『蘆花日記』六)ともいった。

父への母の憎悪と侮蔑、男性の性欲に対する呪詛、その瞬間母は、吾にもあらず彼を身ごもった。健次郎はそれを、呪詛の腹が私を迎え、呪詛に包まれ強姦の子として私は生まれたという。何という哀しい思いだろう。この呪詛が胎毒となって吹き出たといい、しかも、様々な形をとって諸処に表れるともいう。

おできは十歳で完治した。科学的に考えれば十歳で同志社の寄宿舎に入るから、食生活が変わって治ったとも考えられる。

小学校の健次郎の成績はずばぬけていた。あまりにできすぎて学友に気の毒だと、わざと知らないふりをした、とは、いかにも健次郎らしい。小学校も上級になるにつれて彼は、両親もてあます乱暴者になっていく。蛇より怖い兄がいなくなったこともあったろう。目の上のたんこぶの兄猪一郎は、熊本バンド事件(後述)の奉教書に署名して、耶蘇教大反対の家族や親戚から体よく東京へ留学させられたのだ。

父一敬は興産農業の実践者で、いち早く養蚕《ようさん》業を興している。野菜なども当時は珍しいカリフラワー、かぶ、レタス、グリンピース、新種じゃがいもなどを植えた。指導はジェーンズ。彼はアメリカの退役軍人で、熊本洋学校（後述）教授である。来熊して見た一般人の生活を、「不合理な衣・食・住」は「一千年もつづけてきた原始的な生活」で、「あまりにも文明に遠すぎる」とおどろく。

来熊してすぐに植えた外国種野菜に、有明海の鯛《たい》を材料に試食会を開いた。このことを皮切りに、西洋鋤《プラウ》などの農業道具から、木綿《もめん》の染色法までも指導する。鋤《すき》を実際に使っての講習会時の写真がある。次は木綿染料。藍染めはあっても赤や黄色が染められない。鳳仙花《ほうせんか》（爪紅草《つまぐれ》）はあったが量が少ない。生活全般の改革のために教師館の生活を公開もした。釜屋（台所）までのぞかれ、いじられ、きっと、のさん（うるさい）なあ、とも思ったろう。

改革推進派の一敬がこれに習わないはずがない。ところがここに内弁慶の腕白小僧がいた。父が養蚕、果樹、野菜と挑戦。ユーカリ、アカシアに梨、西瓜、砂糖黍《きび》も試作した。ところが健次郎が、屋敷中の梨の若木に、一本残らず小刀でメチャメチャに縦傷をつけた。ようもまあここまじやってくれたなあ。これには彼なりの理由があって、父が買ってきた雑誌に、果樹がやたらに成長するのを防ぐには幹に傷をつけて防ぐ、とあった。彼はそれを実行したまでである。

このときはたまたま訳ありだが、普段のいたずらに理由などない。未熟な西瓜をげんこつでたたき割っては井手に投げ込む。箒黍《ほうきき び》が穂を出した。しめたと切り倒して噛みつき、わっと吐き出す。砂糖黍とまちがえたのだ。終日ものを考え、うつらうつらしているかと思えば、いきなり癇癪《かんしゃく》を破裂させ、ひょいっと表へ飛び出して半日もうろうろ。覇気なし健次郎に軍人は向かず、勉強は嫌い。いったいこの子に向く職業は何だろう。父も困惑、得体が知れぬと思う。

型かる(ら)打っ出したごたる外なめくじ内弁慶の健次郎が、恐《えず》かった、という事件が起きた。神風連の乱(十)である。神風連とは総勢一七〇余人が兵を挙げ、太田黒伴雄以下一二四人（殉死夫人一人を含む）が復古の思想に殉じた事件である（大久保利通が用心したのはこれ）。

幕末の肥後には林桜園(十一)という思想家がいた。彼は神を敬い、神道を信じ、神のお示しによって生きることを生活信条とした。それに心酔したのが太田黒伴雄以下敬神党の人たちで、敬神党を神風連ともいう。

神風連の乱は、命がけで時代の流れを押しもどそうとした保守派のあがきのようなもの。新しい政策が次々と打ち出され英語が大流行。洋学校に学ぶ青年たちが、俺たちゃ英語ばしゃべりきるとばかり、得意げに、面白げにしゃべるのが耳障りなら、電線が張り回されるのも嫌でたまらない。電線の下は汚れると扇をかざしてくぐる。ではあるが、あれほど威張っていた武士も、いまや食うにさえこと欠く有様。彼らにしたら電線にでも八つ当りしたいのだ。

欧風化の旋風は渦巻く嵐のようで、吹き荒れ吹きたまる。そこへ決定打のように「廃刀令」「断髪令」が出て、ますます怒った彼らは、新開大神宮の神前で宇気比《うけい》を行った。林桜園は誠の心を尽くして祈れば必ず神意に通じると説き、それを宇気比という。乱を起こすのに彼らは宇気比を行い、一度目は神の許しがなくてあきらめ、二度目で「挙兵の許しあり」と出た。

明治九年（一八七六）十月二十四日の深夜、神風連の一行は藤崎宮（熊本城内西南の高台にあった）に集合。目標は、要人、砲兵営、歩兵営で三隊に分かれた。要人隊が襲うのは県令安岡邸、鎮台指令長官種田邸、中佐の高島、大川、児玉邸、実学党の太田黒邸である。

この夜の体験を書いたのが「恐ろしき一夜」である。健次郎こと蘆花は八歳。大江の徳富家は、種田少将、高島中佐宅と井手をへだてて隣。しわぶきさえも聞こえる近さだ。この夜は長姉常子の病が重く、家族も医師も徹夜で看病していた。夜中を回って一時か二時か。邸外の様子を察して母は病人に注意した。

「お常さん、きつかろばってんちっとの間がまんせにゃんばい、うめきなはんなよ」

その直後、隣でばたばたと足音がひびき、ヒーとあと引くかん高い女の声、戸障子の倒れる音、悲鳴、また悲鳴、と、暗転のような静寂がきた。

若い医者が蒼い顔で怖《お》じけづいている。母は医師を励まし、健次郎の手を引っ立てながら「お前は男だろがな！」と二階への階段をのぼる。雨戸をからりと引き開けると、真っ黒の竹やぶごしに空が朱色。城には鎮台《ちんだい》があり、紅蓮の炎は五カ所に見えた。人々の叫びとも、物のこわれる音ともしれぬ物音が遠くひびいてくる。

このとき隣家の種田少将の寝床には不運な少女がいた。嫌がる娘を両親が強引に引っぱって種田家へ。娘の代価の十円をもらい、両親は喜んで帰っていったその夜、少将はあっさり寝首をかかれ、一緒に殺された娘はまだ十五歳。哀れである。

徳富家の家族がこの夜聞いた悲鳴は、種田少将のもう一人の妾、芸者小勝の声である。少将が東京から連れてきた小勝が、両親宛に打った電報の「ダンナハイケナイワタシハテキズ」は有名。

このとき寝込みを襲われ、徳富家に逃げ込んだのが熊本県民会議長で実学党の勢力家太田黒惟信である。神風党は惟信邸に、

「入り込み、暗中を探りて、布団被りて臥したる顔に探りあてしが、髯なきを認めて退き、終に家に火をかけぬ。一家取るものも取りあへずして逃れ、子供を置き忘れしを、妾某躍り入りて救い出せり。

太田黒はその後、直に吾家（徳富邸）に逃れ来たりて奥の一間にひそみ、吾等堅く名を呼ぶことを禁じられて、ただ『叔父さん』とのみ呼びけり」

惟信はかねて「河上彦斎《げんさい》(十二)の処刑が彼ら一派の讒言《ざんげん》によるものとうらまれ」襲われた。彼が助かっ

たのは、火事好き下男のおかげだった。火事大好き下男が砲兵営に火の手が上がるのを見て、門をあけ放しで火事見物に駆け出した。太田黒邸を襲った隊は、門に門がないのは惟信がまだ帰宅していないと思い込み、桑畑にかくれて帰りを待つ。一時間待っても惟信は帰らず、ほかの隊が襲った各所からは火の手が上がる。しびれを切らして押し入ったが、すでにもぬけのから。惟信は逃げ出し大江の徳富家へ走った。

翌年の明治十年(一八七七)である。同志社から学期末の休みで猪一郎が帰郷してきた。猪一郎は両親が弟を扱いかねているのを見て、「私があずかって、京都へ連れていきまっしゅ」と申し入れる。猪一郎にしてみたら、両親の躾《しつけ》の代理者のつもりである。少々の乱暴は公認のようなもの。こうして健次郎は、思いがけず九歳で京都の人になった。

熊本洋学校

話は明治初期にさかのぼる。熊本洋学校が明治四年（一八七一）に開校したとき、蘆花はまだ三歳で洋学校と直接の関係はない。だが進取の気に富む父と兄、蘇峰友人の誰彼、それらにともなう周辺環境が彼を育んだ。蘆花八歳時の明治九年（一八七六）には蘆花も洋学校入学の手はずであった。ところがこの夏突然の廃校騒ぎが発生したのだ。そんなことで蘆花の入学はなかったが、三つ子の魂百まであり、その意味では大いに関係ありともいえる。だが、面倒な方は飛ばされてもいい。この章ではこの熊本洋学校、また熊本の女子教育や熊本バンドにも触れる。

熊本洋学校が熊本の夜明けに果たした役割は大きい。猪一郎は洋学校の二回生として入学。だが九歳だったこともあって厳しい勉強についていけず、翌月には退学させられた。誇り高い猪一郎はこれが悔しい。洋学校には二度と足踏みしない。漢学でやり通そうと決心するが、十二歳で再入学している。横井家でアメリカ帰りの左平太（小楠甥）に、アメリカの話を聞けば聞くほど、これからの世は英語を知らないでの出世は難しい、と判断したからで、復学には父のすすめも強かった。

洋学校開校を強く進言、設立に努力したのは大平《たいへい》（小楠甥・佐平太弟）である。父時明の死で彼は叔父の小楠に育てられた。長じて勝海舟の海軍操練所や、長崎洋学所で学ぶ。その後慶応二年（一八六六）兄佐平太とアメリカに密航。翌年には藩費留学生となる。密航費用は徳富家からの援助で、古金や山を売って用意されている。

大平は留学途中に結核のために帰国。アメリカでの見聞を生かそうと洋学校設立を進言。だが当時の肥後は政党間の対立が激しく、この計画に学校党や勤王党（敬神党・神風党）が猛反発。大平は藩知事細川護久ら、実学党派の応援に後押しされて開校に努力。アメリカの退役軍人リロイ・ランシング・ジェーンズを教授に迎えた。

明治四年（一八七一）当時のジェーンズの月俸四百円は、工部省大輔の伊藤博文と同額で、右大臣だった岩倉具視《ともみ》が六百円、唐津藩英語教師は百円であった。（日本銀行ホームページより）

洋学校の募集人員は二百人で一期生五十人を募集。これへの応募者が全国から一五〇人とも四、五百人とも資料はさまざま。各藩に推薦を頼んだことで優秀者が多く集まった。何しろ書籍、文房具、寮費から授業料まで無料なのだから希望者も多いはずである。

『ジェーンズ・熊本回想』（巻末「参考文献」参照）は当時の模様をつぶさに伝えている。この回想録に頼りながら、熊本洋学校を紹介する。

いまの県立第一高校のところにあった熊本洋学校は、明治四年九月一日に開校。ジェーンズは、授業に先立って二人の通訳を解雇。理由は、伝えたい本意がまっすぐ伝わらないから。日本人の下手な通訳か、外人の不十分な日本語では、聖書でさえ「日本人の魂の中に生きたことはなかった」。だから彼は、生徒自身に英語を学ばせ、英語で講義することに徹した。

洋学校の教科は多種多様の二十三科目。ジェーンズは全科目を一人で教えた。ひとことも日本語を知らないジェーンズが、原書で英語だけでの授業である。一体どうやって教えたのだろう。

生徒全員に英和辞典が与えられ、スペルの暗唱からはじまった。ジェーンズの発音指導は懇切丁寧。口の形、舌の使い方、唇と歯の関係などを図解で示しもしたであろう。生徒たちは正確に聞き取って発音。十日後の試験で、勉強していなかった二人は即日退学させられた。特色あるこの教授法は、学ぼうという姿勢を強めさせ、自学自習させる教育法そのものであった。

一期生たちの多くはジェーンズの期待に十分に応えた。のちの話に、何人かはアメリカで講演し「本国人も真似ができないほどの、すばらしい英語で聴衆を驚嘆させ」た。ジェーンズは、英語を翻訳して日本語で考えず、英語そのもので考える癖をつけさせた。彼は生徒たちの上達に目を見はり、まるで魔法をかけられたようであったという。

洋学校は全寮制だ。校則は厳しく、禁酒禁煙はもちろん門限も厳重。せいぜいが長崎次郎書店（明治七年創業）へ行くぐらいでも、外出許可が簡単には出ない。中でも厳しかったのは便所のこと。生徒取り締まりにとどけて行き、汚れていたら本人に掃除させる。その点藩校時習館の便所の不潔さは、近づくことさえできないほどだったという。寮は自治だったから、それに困った誰かが決めたのかもしれない。

やがて二期生七十五人が入学し、一期生の何人かは教授の補佐役で後輩に教えた。小崎弘道(一)(二代同志社社長)も補佐役で、月二円の俸給が出たが、「二円を使い果たすのは容易なことではなかった」。欲しい物なし、買う物なし、時間なしなど理由は分からない。

ジェーンズの厳しい監督のもと、成績がよければ上級班に、悪いと下級班に格下げされる。席も成績順で徹底した学力主義を押し通した。この方法を蘇峰は、ジェーンズは生徒を羊と山羊に分け、羊たち重視の教育で、できの悪い山羊たちは落ちこぼれたと書く。

洋学校設立の目的には、藩を軍事的に強くし、西洋の文化や技術をとりいれて開かれた藩政をとの願いがあった。もっとも期待されたのは日本の政治を動かす人物養成である。県民、とくに指導者の中には、藩内の政党争いに必死で、明治政府という船にのり遅れたとの口惜しさが強くある。

世界の中の日本を見わたせた小楠は、明治二年(一八六九)に暗殺された。暗殺理由は小楠著の内容誤解である。暗殺したのは大和国吉野郡十津川の郷士。(二)なんで肥後の藩士を吉野の十津川郷士が?小楠著に『沼山津閑居雑詩』がある。漢詩十篇だが彼らはこの詩から、「小楠が本気で日本をキリスト教的思想で治めようとしていると思い込」んだ。そんな小楠が新政府要人に招かれたのだ。憂国の志士たちの憤慨が見える。この裏には肥後勤王党との絡みがあったという。暗殺時に小楠が防戦して刃こぼれした脇差《わきざし》が、沼山津の「小楠記念館」に展示されている。

勤王党、学校党、実学党との争いは、小楠暗殺という大損失を日本にもたらし、地元には政争県との名を残した。この後遺症を引きずった熊本は、昭和になっても、実学党系と学校党系では泊まる旅館も別々。新町にある万歳橋をはさんで南と北、その距離およそ二十メートル余。実学党系は研屋《とぎや》旅館、学校党系は綿屋旅館。だから蘇峰も蘆花も定宿は研屋旅館なのだ。

日本の政治を動かす人物をとの期待を、生徒たちは肌で感じとった。彼らは肥後内閣を作り、毎週模擬閣議を開いて議論。いつも首相をやりたがるのは小崎弘道で、模擬内閣の顔ぶれは、閣議を開く土曜日ごとに変更。そんな生徒らの将来を憂えてジェーンズは説く。

「戦争中もっとも必要なものは軍人だが、戦争が終わるとこれほど無用なものはない」ように「いまの日本の国に」一番「必要なのは、役人や政治家で」はなく、「殖産興業で国を富ますことである」。彼らの将来への希望が変化した。首相願望の小崎が鉱山師、横井時雄が海運業、宮川経輝は機織業へ。ところがジェーンズはその先をいう。「日本の国を富ますことは大切だ」が「この国にとってもっと必要なのは」「犠牲の途」「教育と宗教によって」「国に仕えること」この教えの通りに、優秀な何人かが教師や牧師になった。

洋学校が開校して三年目も半ば、起こるべくして起きた問題発生である。女子の入学希望者十二名が出た。日本だけではないが、男尊女卑の封建国家での女子教育は、男性に都合のいい教育が主であった。日本でのそれは良妻賢母教育である。良妻とは、男の陰にいて男に従い男を支え、夫が妾を囲っても黙って家庭を守る。諺にも「めん鳥刻を告げず」とあり、「三従七去(三)」には、子なきは去るで、男の子を産めなかった妻は一方的に離婚ができた。

熊本は女性の教育への目覚めを最初に感じとった土地である。なのに残念ながらそれを受け継いでいない。さまざまの事情から十二人の入学希望者は二人になった。横井みや子(時雄妹)十二歳と徳富初子(蘆花姉)十四歳である。二人の勉学への思いは強く、いくつかの妨げを押しのけて四期生になった。いよいよ男女共学、のはずであったが立ちふさがる者がいた。男である。二人が初登校の朝、男女共学反対の意思表示が見事に現れた。最前列の彼女たちの周りが広くあいた。女子《おなご》から遠くに坐ろうと騒ぎ、はみ出して縁側に坐る者もいる。ひそひそぶつぶつ文句たらたら。なのに、誰も声を上げない。

これを見たジェーンズの説得がはじまる。男と同等に勉強する機会を与えなければ、それは女を片足で走らせ、両足の男と競争させるようなもの。女の心の半分を縛ったままでは、西洋諸国との競争に勝つ見込みなどない。日本男子は「精神的な優位を保つことだけで、男としての威厳を保っている」と痛いところを突く。一人前の男は、「他人の権利や希望を踏みつけることでいい気になったりはしない」と、アメリカ人から武士道精神を教えられもした。長年かけて染みついた男尊女卑の風習である。どぎゃん（どんなに）諭されたっちゃ、そう簡単にゃいきまっせん。そんくせ誰《だる》も表だってにゃいいきらんで、しらけた空気が流れとっとです。そん中ですっくと立った男は海老名弾正。彼は眉を上げはっきりと声を上げげた。

「おなごはおなご、男んごつぁいかんとです。俺《おっ》どんが心んなかにゃ、おなごは男よりか劣っとるちゅう気持ちがあっとです。おなごが男ん領域に踏みこむちゅうは感心でけまっせん。おなごに男ん仕事《しごつ》はできゃせんし、おなごん仕事《しごつ》も疎《えええころ》加減《かげん》になるてち思うとです」

勝ち誇ったような弾正の抗議にジェーンズはいう。

「女が男の仕事ができないとどうしていえるのですか。つい最近までの長い封建時代に、男たちがやってきた愚行よりもましなことを、女たちができないとどうしていえるのですか。女に啓蒙の機会が与えられ、その程度に応じて女が自らを解放する自由があったとき、いつ女は自分自身の義務を裏切ったというのですか」

ジェーンズさんな、本当《ほんな》こて良かこつばいいなはりますなあ。こんこつは問題の大《ふと》うござりますけん、授業中に決着のつく問題《こっ》じゃなかっです。

翌日の夕方、海老名ら四、五人がジェーンズ邸に行き議論はつづいた。ジェーンズは歴史的事実にふれ、男尊女卑の悪い風習は「腫瘍やガンのように、社会のなかに食いこんで社会を衰弱」させる。

「責任のない自由と贅沢がローマを滅ぼし、『高慢と堕落と無知が支那を去勢し、奴隷制度が危うくアメリカを絶滅のふちへ追いやるところだった』ように、女性蔑視は、より巧妙な形の奴隷制度です。これを放置」すれば、「そのうち手ひどいしっぺ返しを受けるときが」きっとくる。

ジェーンズがどう言葉を尽くそうと男どもは納得せず、彼らには彼らのいい分がある。「なあんも共学でなかったたっちゃ、おなごん教育はおなご専門の学校ば作ってすっとよかっです」

在りもしない学校に学べといわれて、ジェーンズもあきれ顔。「共学の制度をとるのは、無理にそうするのではない。革新とは私や誰かが招きよせるものでもない。自然と醸成されたもので、それが自然であり必然というものです」

さらにジェーンズは、「肥後の男たちが」そのような「偏見を持ちつづけるかぎり」肥後に女子専門学校は、「ついぞ日の目をみないでしょう」。本当《ほんな》こつ。そん通りでござりますばい‼

何とかして共学を納得させたいジェーンズは、自分の置かれた立場に触れる。彼女たちを学ばせることは、「私の命を狙う者が」もっと増え、いま以上に「彼らの怒りをあおるのは目に見えてい」て、「男女共学を主張すればするほど」確実に私が「襲われる条件が調《ととの》います」もし「肥後で命を落と」しても「そのとき私の死も犬死ではなくなり、女子教育に対する愚かしい偏見を一掃するための警鐘ともなりましょうから……」

男女共学にこれほど反発した弾正。排斥されかけた横井みや子。その二人がのちに結婚するのだから、まさに縁は異なもの妙なもの、である。この事件もジェーンズのひと言で決着がついた。それはみや子文をかりる。結婚後の弾正が、興がのると話していた、とみや子が『新人』(海老名弾正主宰の宗教文化誌)に書いている。長いので要約する。

「なんてや、おなごば男ん学校《がっこ》じ、俺《おっ》どんと一緒くたに勉強ばさすっちゅうとか。そぎゃんこつぁけしからん。とつけむにゃこつ(とんでもないこと)」との議論が上級生の中に沸騰。憤然として立ったのが海老名。

「先生は目をまん丸くして、じっと海老名の顔を見すえ、

『お前のお母さんは男か女か』

『女でござります』」

決定打である。

肥後の女子教育は、ジェーンズのこのひと言が出発点のようなもの。洋学校でのみや子と初子は、厳寒の縁側に坐って授業を受けた。すきま風は下から吹きあげ、その寒さ冷たさは語り草になった。これが熊本で最初の男女共学であり、女性が英語を習った最初であろうと思われる。

十二歳になった猪一郎が、洋学校へ再入学したのがこの年の新学期(九月)からで、半年後に熊本バンド事件が起こる。ジェーンズはそれまで、授業中にキリスト教の話は一切していない。なのに事

件は起きた。きっかけは幾何の授業中で、詳しくは『ジェーンズ・熊本回想』にあるが略する。ここでは彼らが、どうしてキリスト教に興味をもち、熊本バンドへと精神を高揚させていったかだけを述べる。

「ピタゴラスの定義」の説明をするジェーンズは、力学での力と抵抗の関係や、化学式での化学反応などを借りて説明する。例によって黒板に図解し、質問を受け、まちがいをなおし、机の間を回っては一人一人にヒントを与えていた。そんなジェーンズの目がちらと窓外を見る。見慣れた風景ではあるが、気になるのはそこにある高札だ。校舎から塀をへだてて通りが見え、そこの高札場の高札には二五〇年前のキリスト教禁止令が書かれている。

「キリスト教を信仰したり、信者をかくまったり、信者の所在を知っていてとどけない者は死罪を課す」(キリスト教禁制高札撤去は明治六年・一八七三) ジェーンズはふっと我にかえって授業をつづける。

「直角三角形の形を、思いつくかぎりどんな形に変えても、それが直角三角形であるかぎり常に正しい。……このように過去・現在・未来を通して、永劫の絶対不変のものを作り上げ、維持してきたものは一体何だろうか。……辺と角の関係が厳密に正確であることや、証明できる真実が常に一定であるということは、どこに由来するのだろうか」

生徒たちはポカンとしてとまどった表情である。ジェーンズの説明はつづく。

それはこの世界や宇宙が、法則と秩序の場であり、法則はあまねくいきわたり、秩序は一定で、微細な原子一個でも例外はない。宇宙に偶然はありえず、「法則と秩序が宇宙を支配し、原因と結果が一致するということは、人知も及ばぬような絶対者の頭初からの目的と、無限の要求をみたすだけの力が存在することを示しているのだ」「〝自然のあらゆる機構を導き支配する偉大な統治する精神〟」ジェーンズはこれについて熱く語る。

「それこそ〝神〟にほかならない」というジェーンズの言葉が終わるやいなや、誰かがぱっと立ち上がった。難しい説明を考え考え聞いていて、自分の考えとちがうことに思わず体が反応した風である。彼は「怒気を含んだ表情で、目を光らせ、声を荒らげて身を前にのりだし、『それは嘘です、先生。私たちはそんなものは信じません』」小崎弘道だ。当時の日本では、儒教か多神教かがほとんど。朝は朝日に柏手《かしわで》を打ち、仏前に灯明《とうみょう》を上げ、神棚に朝一番に汲んだ水を供え、カマドにも大黒柱にも便所にさえ御札を貼った。八百万《やおよろず》の神様は何にでも宿っておられる。だから何であれ、物を使うにも感謝して使い、粗末にもしない。

海の神、川の神に祈ってから漁をし、山の神に許しを得てはじめて伐採の斧を入れる。アニミズムの思想は自然への畏敬となって生きていた。人間の謙虚さがもたらす純朴な祈りである。ジェーンズはそんな迷信は改めるべきだという。俗信の中には、そう呼ばれても仕方がないものも確かにあった。だが、それが全部ではない。

「それは嘘です」小崎の思わぬ叫びをジェーンズは、「多神教の恐ろしい母体から生まれ出、より高いレベルの宗教の概念をめざす、幼い魂の産声であった」という。この叫びは、何が嘘で何が真実かということへの好奇心をかきたてた。これが熊本バンドへの出発点である。彼らは彼らが感じた素朴な疑問の答えを求めた。

「たくさんあるキリスト教のなかで、どれが最良のキリスト教なのですか」

「最良のキリスト教は、キリストのキリスト教です」

彼らは週に一、二度夜にジェーンズ邸(四)(移築保存)に通い、キリスト教への信仰を深めていく。当然校内の雰囲気が変化する。しかし学校内の宗教的高まりについて、父兄からは何一つ非難の声は聞こえてこない。キリスト教は邪教のはずなのになぜ、と思ったら、どうやら神風党から声が上がるのを待っていたらしい。自分の手は汚さず、反対派頼みでの政治的かけ引きだったのだろうか。

一月も末。夕日の斜光がジェーンズの部屋を明るく照らしていた。下村孝太郎、横井時雄ら三人があらわれた。彼らはこの日の午後中、真剣な協議をつづけて盟約文を練り上げた。大意は「キリスト教を信奉し、キリスト教の精神で、民族と人類のために奉仕する」というもの。これに三十五名が署名、代表の彼らが持参したのだ。

この夜の彼らは花岡山にのぼり天拝会(祈禱会)を開いた。時雄が、ジェーンズからもらった英語の聖書を読んでいるうちに、心に満ちてくるものを感じ、感動のままに頂上まで登った。音頭を取ったのは海老名弾正である。みや子と初子は、天拝会には参加していないが、ジェーンズ宅での集会には出席している。

ジェーンズはこの誓約文を「共鳴と謙虚さと勇気とが行間にみちみち、それらが自然に溶けあっていた。私はおどろくと同時に」「真のキリストのキリスト教を正確に把握し、その真実が鼓舞する不屈の精神を、まざまざ示す証拠を見て、私は喜んだ」と書いている。こうして明治九年（一八七六）一月三十日。花岡山山頂でのキリスト教奉教同盟は結ばれた。世にいう熊本バンド結成である。

このことは彼らの家族も世間をも仰天させた。父兄の多くが土地の指導者である。息子たちは新しい勉強をしているはず、であった。それが耶蘇教の虜になったのだ。どこの家族も入信を取り消させようと必死である。ある者は座敷牢に入れられ、ある者は母親につばを吐きかけられ、刀で脅されもした。署名者中の最年少が徳富猪一郎。父一敬が、日ごろの温和をかなぐりすてて激怒。関係書物の全部を取りあげて燃やした。中でも大変だったのは儒教の家として有名な横井家である。竹崎律次郎、順子夫妻も駕籠《かご》で駆けつけ、順子は妹つせ子に迫った。

「父や夫の恩師、小楠先生の嫡男をあずかり育てながら、こともあろうに邪教のキリスト教にかぶれさせるとは、母であるお前の落ち度、自害して先生に謝れ」

母つせ子にしても夢想だにしていない。姉にいわれるまでもなく、自分がついていながらとの自責の念は強い。夫暗殺から七年、恩師の子として慈しんできた時雄である。まさか耶蘇教かぶれになろうとは。夫暗殺同様の衝撃であったろう。むしろより苦しかったのではあるまいか。夫の死はかねてからの覚悟もあったろう。というのが小楠暗殺の二十六日前にきた小楠からの手紙に、「近来取沙汰にて、開国談を唱え申候とて意趣を含むもの、御国者ども長州・土州の者示し合せ闇討ち致す企て之有るの由にて長州藩桂小五郎と申す人より密かに心付候事も之有り、外にも土州之藩よりも同様申聞せ候」（徳永洋『横井小楠』、巻末参照）と書かれていたのだ。

これまでの小楠の働きからしてもつせ子は、夫暗殺の報に国の役に立っていた、との慰藉的あきらめもあったろう。が、時雄はちがう。時雄はこれからの若者だし、横井家の跡取りでもある。それの耶蘇教かぶれは、世間への恥さらしで、うしろ指さされる背徳行為であった。突き上げる思いが、「お前が切腹しなければ私が自害する」とつせ子にいわせた。

延々と家族会議はつづき、まるで小楠生きて面前にあるかのよう。座は緊張し、沈痛な面持ちでの結論は、母つせ子が自害すると決定。つせ子がその準備をはじめた。おどろいたのは女中寿賀《じゅが》である。寿賀が大声あげて叫んだ。

「おふくろさんが自害しなはります！　はよお誰《だる》か助けにきてくだはり！」

必死に叫ぶ声が近くの洋学校生徒たちに聞こえ、数人が駆けつけてつせ子をおさえ、時雄はジェーンズ邸に走った。

夜中の一時ごろ、ジェーンズは階下からの呼び声に目を覚ました。呼び声はつづいた。時雄と友人二人の訴えで切迫した事情を知る。ジェーンズはとっさに思う。横井家の家族会議に出ている男たちの激しい気性と、つせ子が立派で、優しい柔順な性質であることを。ジェーンズは時雄の話をさえぎっていう。

「すぐ県庁に行って警察官を起こし、できたら警察署長に頼みなさい。私の名前でいますぐ警察官を一人君の家に派遣してもらうように。さあ、できるだけ早くいってお母さんの命を助けなさい」

父小楠のことを時雄は、ジェーンズに次のように語ったことがある。

「私の父は、実質的にはまさにキリストの真理を理解し、それを教えていたと思います。私は父のことを、時代に先んじた真のクリスチャンだったと思います。父の精神も心も、この同じ熱誠にみちみちていました」

小楠のキリスト教観を鎌田浩（熊本大学法学部名誉教授）はいう。「キリスト教については、仏教、神道よりは高く評価し、……キリスト教国が戦争に明け暮れるのを見て儒教に劣るものとした」

ともかく熊本バンド騒動は、かかわった者に激震をもたらした。ジェーンズは日夜考えぬき、洋学校はきっと閉鎖されるだろうと思う。彼は悩み、新島襄が開校したばかりの同志社英学校に、生徒たちを託そうと思う。

彼らはジェーンズが開いた道へ進んだ。同志社では彼らを、熊本組という代わりに「熊本バンド」と呼んだ。熊本バンドの盟約は、プロテスタント日本キリスト教界の源流でもある。それにならって、札幌バンド、横浜バンドなどと呼ぶようになった。

こんな大騒動の中で第二回の卒業式が行われ、七十五人中卒業生が十一名。第一回は五十人中十一名。卒業生数の少なさが勉強の過酷さを教えていた。

ジェーンズが男たちを説得するときにいった「自分の命がなくなったとしても」とは事実である。ジェーンズが船遊びに見せかけ、みや子をともなっての熊本脱出が明治九年十月二十三日。翌二十四日が神風連の乱で、六人の隊士がもぬけの空の教師館を襲ったのだ。

熊本バンド結成の地、花岡山頂上に同志社創立九十周年に建てられた記念碑がある。蘇峰九十歳のときの碑文字で「熊本バンド奉教の地」と彫られている。記念碑前の広場では毎年、一月三十日に記念早天祈禱会がいまも行われている。

熊本バンドに加わった主な人は、横井、海老名、小崎のほかに、蔵原惟郭《これひろ》(五)、金森道倫《みちとも》(六)（牧師・世界で伝導）、原田助《たすく》（牧師、同志社大学総長）、森田久万人《くまんど》（哲学者・倫理学者）ら、社会的に活躍した人たちが多い。

妻籠《つまごめ》の里

菊池氏の城下町に色の白い子が生れた。

女の子誕生に父は大喜び。藍と名づけたが愛子と名を変えている。改名がいつであったかは分からないが、高等小学校卒業時の祝辞には愛子と署名してある。

愛子は、明治七年（一八七四）七月十八日に、熊本県菊池郡隈府《わいふ》町（現菊池市大字隈府町）中町で生まれた。

隈府町は熊本市から北へ七里（二八キロ）、原田家は酒造りが業である。慶応二年創業の家は町の中心にあって、中町通りから迫間川《はざまがわ》までを占めた隈府町一の豪家。生家跡はいま通りに面して教育会館が建ち、広かった屋敷跡には町家が密集している。身内は伯父熊太郎のひ孫、原田浩氏がちょっと入りこんだ迫間川寄りに住んでおられる。

愛子が育ったころの隈府町のことは、徳冨健次郎こと蘆花が『思出の記』に書いた。愛子と結婚して五年目で、蘆花は隈府町に行ったことがなくてこれを書いた。愛子の話を元に書いたのだろうが、よほどうまく説明しないと、いくら小説家でもこうは書けまい。

「僕の故郷は九州、九州のちょっと真中で海遠い地方。幅一里長さ三里と云う『もっそう』の底見たような谷は、僕の揺籃です。どちら向いても雑木山がぐるりと屏風を立て廻し、その上から春は碧くなり、冬は白くなる連山が、ちょいちょい顔を出している。最も高いのは、東に一峰孤立して高い高鞍山で、誰が天辺に乗捨てたのか、さながら鞍を置いた様、雨が降る前には必ずこの山に雲がかかり、この岳が見え出すと、どんなに降っていてもやがて晴れる。」

蘆花が隈府町を訪ねるのは、これから十三年三カ月後の大正二年（一九一三）である。文中の「もっそう」とは、物相、盛相、と書き、木で作った一人用飯櫃のこと。台地に囲まれた平野の一隅にある隈府町をこう表現したのだが、阿蘇外輪に腰うちかけて飯食う巨人の盛相ならそうかもしれない。花房台に立つとそんな菊池平野が一望できる。

高鞍山とは鞍岳《くらだけ》のことで阿蘇外輪山の西の一峰だ。菊池のどこからも東方に望まれる鞍岳に、菊池の人々は特別の思いを抱く。故郷に帰ってまず迎えてくれるのは鞍岳だし、長く裾ひくその姿に、ああ故郷だと実感もする。

愛子の父は原田弥平次、母は鹿子。父のことを愛子は、学問は好きであったが勉強の機会がなく「自然人とでもいう型の人物」であったという。弥平次は菊作りが大好きで、いきおい商売には身が入らない。馬を牽いて酒買いにくる近郷の人たち相手の、それはのんきな商売人だ。その証拠に愛子は、父がソロバンを持っている姿を見たことがない。

母鹿子の実家は温泉町山鹿《やまが》の林家。鹿子は後妻で先妻には二男一女があり、一女は四歳で没した。長兄は幼名が格太郎、長じて省二。次兄軍次はのちに熊本市内に分家して店をかまえた。父は長兄に醸造、次兄に販売をさせた。三男が鹿子が生んだ兄良八で、五年して愛子が生れる。

愛子は父を愛し母を敬した。しっかり者で勝ち気な母に、気弱な父は五目も十目もおいて母を頼ることが多かった。愛子誕生のころは、日本もまだ政情が不安定で事変が相次ぐ。誕生年の明治七年（一八七四）に佐賀の乱（二）、九年の神風連、十年は西南の役と身近での騒ぎである。

西南の役のとき愛子は三歳。「西郷どんがいよいよ菊池に乗りこました」との警報に、愛子は三里山奥の乳母の実家に避難した。おびえた愛子は土間に立つ乳母の胸にしがみつき、どうしても部屋に上がろうとしない。長年の思いや煙りやが染みこんだ古畳の、年代ついた茶褐色が怖い。暗い部屋の隅々に得体の知れないもののけがひそんでいそうで、不思議な気持ちで見つめていた。

「四方の山から滔々と湧き出る清水は、より集まって村人のいわゆる大川小川の二流となり、十分に谷をうるおして居る。

谷は一面の田――その田を無理に押しのけて、ここに村がひとつまみ、かしこに家が二三十、北の隅にあるのが妻籠の里と云ってまずこの谷の都で、町といえば町、戸数は千に足らない」（『思出の記』）。

「大川小川」とは菊池川と迫間川。蘆花は水の清さと稲の美しさを「都人士《とじんし》に見せもしたい」という。つづいて夕立の描写である。

「暑い、堪らぬという下からごうごうと鳴出す。突然大気が冷る。ふっと見ると、黒雲がもう高鞍山を七部通り呑んで居る、それがインキの散るように颯と吹いてくると、やがて大粒の雨がぽつり。耳を押さえた太郎作がまだ半丁も逃延びぬ中に、鳴る、光る、降る、吹く」

たたみかけるリズムに、思わず引きこまれてしまう。引きこまれながらその背後に、故郷隈府町のことを夫に説明している愛子が見えてくる。きっと鞍岳を絵にも描いたろう。一気に広がる雲のさまの説明は両手を宙に泳がせもしたろう。逃げきれなかった太郎作のあたりでは、二人声を揃えて笑ったのではあるまいか。

東に鞍岳や深葉山、北には八方ガ岳、周辺の山々からの伏流水が菊池地方に豊かな湧水をもたらす。江戸で「鮨米なら菊池米」といわしめたのも、豊饒な土壌と至る所に湧水があるからで、いきおい酒造業も多かった。そのころの隈府町にどれぐらいの酒造業があったかは、熊本の銘酒瑞鷹酒造の吉村圭四郎氏の資料を借りる。愛子が育ったころより十数年後の明治二十七年十月の資料に、隈府町八十七番地に原田省二の名がある。省二は菊池合志組合員二十七軒の頭取だったようだ。酒造業は隈府に九軒あって、菊の城、菊の露、重陽などの懐かしい銘柄名が見える。西寺四軒、原水四軒、泗水村《しすい》（現菊池市泗水町）にはないと思っていたら、福本九三六番地に一軒、吉村常三郎の名があった。

愛子の家では冬は酒、夏は焼酎を造っていた。酒といえば清酒と思いがちだが、吉村氏の研究では、清酒（火持酒）の技術が熊本に入るのは明治三〇年代だそうだ。ということは、愛子が育った十年代は赤酒（灰《あく》持酒）にまちがいない。熊本で正月のお屠蘇に赤酒を使うのは、そのころの名残りだろうか。

赤酒造りの様子を愛子が書いている。酒造りは大寒中と決まっていて、生家でも醸米が「裏の蔵の一棟の中にギッシリ一杯に積み込まれ」て俵の山であった。酒造りの第一は米と水。水は庭の井戸水を使う。釣るべ井戸の綱持つ若者の肩肉が盛り上がり、滑車のきしみが聞こえてくる。澄みきった水があけられ、石畳では大桶で米が磨かれる。磨くのは女衆。どんどんくみ上げる井戸水は、厳寒でもさほど冷たくない。とはいえ精出す女衆の手は真っ赤だし、あかぎれが痛そうである。

夜明け前から長さ三尺（約一メートル）もの丸太がくべられ、勢いよく炎が燃え上がる。湯気吹く大釜に真っ白な米の入ったせいろがのせられ、次々とふかされていく。せいろの湯気の渦巻きが、薪の上げる炎が、大きな家もほんわかと暖めてくれる。かまどでできた熾《おき》が、土間につづく部屋の大いろりへ運ばれる。熾をすくい運ぶのは半畳もの大火斗《おおじゅうのう》である。三尺四方の大いろりに熾が盛り上がるように入った。

愛子はそのころに起きていろり端に坐る。すかさず杜氏《とじ》がふかし上がったばかりの米で、ビワやだるま形の俗にいうひねり餅をこしらえてくれる。それを食べながらの寒さ知らずの冬の朝であった。

この季節になると愛子は、男衆が一斉に唄いだす杜氏唄の、何ともいえない韻律を思い出す。しんしんと冷える寒気の底から湧き上がるように、一斉に唄い出す杜氏唄の張りのある声が聞こえてくる。長く引いた語尾が愛子の心をゆさぶり、やがてかぼそく夜気に消えていく。暖かい床のなかでじいっと耳を澄ませていると、まるでおかっぱ髪の愛子までもが、唄声に包みこまれて消えていくかのようである。これが冬。

愛子の夏は迫間川抜きには語れない。酒蔵のある裏屋敷の北側は、二十メートルもの崖で、崖下は迫間川の流れだ。川に向かって大榎《えのき》が枝を張り、その木陰は最高の涼み場所だ。二、三十人はいた男衆や女衆が総出で踊る盆踊りもここで輪になって踊った。

榎の木陰に置座をおいて父は昼寝が日課である（置座＝一畳ほどの木製テーブル状。戦後まで各家庭にあり、夕涼みがてらの将棋も西瓜の馳走もここ）。愛子も父のかたわらで遊び、川風に誘われては玉虫の美しい殻をさがす。大榎からは蟬時雨、崖下からは迫間川の清い瀬音、向こう岸は緑の稲田。次々と稲が波打ち、風の走り道を見せている。

熊本の夏の暑さはすさまじく、まるでお天道さんとの握手である。その上に蒸す。そんな肥後の夏も、愛子には楽しいものとしてよりほか感じた記憶がない。

愛子は菊池のことを「一体に見識の高い風習がありました」という。本来菊池一帯は、南朝の忠臣菊池氏の居城のあったところで、気位の高い地域である。筆者も子ども心に、私は菊池の産、尽忠菊池の流れと胸を張っていた。

菊池氏の初めは延久二年（一〇七〇）藤原則隆の下向からである。則隆は菊池郡深川村に城を築き菊池氏を名のった。それから二十四代、四六〇余年を肥後にあった。六代隆直より肥後守に任ぜられ、子孫は多くこれを継ぐ。

蒙古襲来には十代武房が出陣して奮戦。十二代武時からは、武重、武士、武光など十三代かけての七十年間を、一族あげて南朝方の主力であった。その間、北條、足利の武家勢力と戦い、南北統一を迎えたのである。

有名な菊池千本槍の起こりは十三代武重武勲の名残りである。足利尊氏兄弟鎌倉で謀反す、との報に、武重は新田義貞に従い、尊氏の弟直義と箱根路で戦う。新田軍に裏切りが出て戦況は利あらず、竹の先に短刀をつけて奮戦。これが菊池千本槍の起こりである。

十五代は武光。武光は能耳山正観寺を建立、のちに菊池郡内に五山を選定する。これは征西将軍懐良《かねなが》親王の命で、鎌倉五山、京都五山にならって定めたといわれている。五山とは五カ寺の総称で、九儀山大林寺、袈裟尾山北福寺、無量山西福寺、手水山南福寺、輪《わた》足《り》山東福寺のこと。菊池氏の衰えとともに寺も衰微し、宗派も変わり、廃寺になった寺もある。菊池氏盛んなころは、五山を拠点に菊池の地に文武を栄えさせしめた。

しかも武光は、征西将軍懐良《かねなが》親王を奉じて東奔西走、連勝して親王を太宰府に安定せしめた。県立菊池高等学校正門横の将軍木は、懐良親王お手植えといわれ、御松能《おんまつのう》奉納は、以来将軍木正面でいまもつづけられている。この御能は、国の無形文化財に指定されており、将軍木を懐良親王と見立てての親王ご面前での奉納なのだ。

菊池を文教の地といわしめたのは二十一代重朝である。重朝は儒学や和歌を好み、孔子廟を建て儒学を奨励した。そこから、菊池の地は戸ごとに素読の声がもれる、と旅人にまでいわしめた。これを基礎に文明八年（一七八六）五月、菊池の家臣と僧侶が藤崎八幡宮に集まり、一千句の歌仙を巻いて献じた。

歌仙を巻くとは連歌を詠むことで、詩歌の一つの形である。歌仙から連歌となり、俳諧からいまは連句という。師匠が発句を五七五で詠み、二句目は亭主が七七で挨拶、これを脇という。三句目からは転じて、二花三月や恋などの約束にしたがって次々に詠みまわしていく文芸である。いうなら短歌合作の形であり、連衆《れんじゅ》という仲間での絵巻物的旅を歌で楽しむ。歌仙全体に意味はなく、連続する二句の間の付け合わせや、場面転換の妙味を楽しむ。

武光や重朝からのこのような流れが、長い間菊池地方を文教の地といわしめた。この地域性があってあの有名な「菊池一万句」がある。百韻や五十韻があり、やがて三十六歌仙が普通になった。一日に一万句を巻くのは途方もないことで、地域的な学問の豊かさがなければとてもできることではない。一万句を一カ所で巻くのは無理で、同じ時間に二十カ所で五百句ずつを詠んだ。これだけ大勢の人々が歌仙を巻ける基礎的教養を持っていた、それが菊池なのだ。

なおかつ町人農山村一帯が面として詩情豊かでなかったら、これだけ大規模な歌仙は巻けまい。文教の地菊池。人々が庶民まで胸を張る訳がここにもある。いま一つは節を変えず忠義を尽くしたからだ。ちなみに菊池神社の主神は、武時公、武重公、武光公である。

こうした環境の中で愛子は父に溺愛されて育った。長女を亡くした父が、男ばかりの末っ子の愛子をそれは慈しんだ。だから長い足がにょっきりと下がる十歳までも父におんぶされ、毎晩父に抱かれて寝ている。五、六歳のころ父の懐で愛子は聞いた。

「ととさん、おどん（私）などっかる（どこから）きたつか知らんな」

父は愛子の頭をなでながら、

「お愛どんかい、お愛どんなな、桃太郎どんのごつ、ウッカンウッカン川ば流れちくっとば、父《とと》さんが見つけちピョクリと杓子ですくうちきたつばい」

愛子はずいぶん久しくこのことを信じていた。だからといってさして悲哀を感じるでもなく、おおらかに素直に成長していった。甘やかされ愛されすぎて育った愛子は、それを「愛の中毒」という。

明治十二、三年ごろの隈府町には本屋がない。新聞をとっている家が町にはたったの一軒きり。大寺の住職がとっていて、それを物知りという人たち三、四十人が読む。読み回して最後の読者が日本のできごとを知るころは、記事の事件はとうに決着がつき、新しい内閣ができて崩れて次の代、法律も変わっていたりする。字が読める年ごろになった兄たちに、本を読ませたいのに本がない。母は新版本を借りては御家流のきれいな字で丹念に書き写す。だが兄たちはこの手製本が気に入らない。

母の里の山鹿までは三里（十二キロ）、愛子は供の背におんぶされるか、男衆が担う畚《ふご》の中に坐らせられるかして、母との里帰りである。畚とはワラで編んだ大きめの籠。畚についた縄の取っ手を天秤棒にひっかけて両方に担ぐ。片方に荷物、もう一方には愛子。

明治十三年（一八八〇）は愛子も小学生だ。田圃の中にぽつんとある学校ではあったが、黒板塀をめぐらせた立派な校舎で、いまの肥後銀行のあたりにあった。校舎を二つに仕切り、門も区切って右が男子、左が女子。「男女七歳にして席を同じゅうせず」の儒教精神を大事にした、寺子屋式教育法だったのだ。

学科は、読み、書き、そろばん、裁縫が主。文机は各自が持参し、机の前に正座しての授業である。ということは教室は畳だったのだ。愛子の文机は母丹精の手作りで、畳紙《たとうがみ》（厚めの和紙）を何枚も重ね、柿渋をたっぷり塗って鈍く光って軽くて丈夫。実によくできていて愛子はそれが自慢であった。

教科書や弁当はふろしきに包んで斜めに背負う。父はそれを嫌い熊本からカバンを買ってきた。和紙を張り重ね、柿しぶやうるしを塗った一閑張りだ。雨傘も白地に山水墨絵のコウモリ傘で、愛子は有難迷惑でしかない。愛子は父の愛情過多に悩まされた。彼女の気位の高さはこうした父の特別扱いが、私は特別、との思いを刷りこませたのかもしれない。学校の早朝手習いには友だちと誘いあわせ、真っ暗な道を提灯を頼りに登校する。机には各自カンテラを灯し、冬は縦一尺（約三三センチ）の木製火鉢を抱いて行く。いうなら暖房持参で、机、カンテラ、教科書全部が自前であった。

担任はお千代先生。小布を継ぎあわせた巾着を縫ってきた愛子に先生はいわれた。

「よぉでけましたたぃ。ああたはきっと東京においずっどぉ」

勉強のできる者は東京へ東京への風潮は、田舎の町にも充ちみちていた。

愛子は成績優秀。県庁の学務課役人の視察は、まるで殿さま御来校ほどの大騒ぎだ。愛子はそのたびに何かとさせられては褒美をもらった。あるとき年長の女の子に呼び出され、いきなり迫間川に突き落とされた。水量豊富で流れも速く、すぐ下は淵。あわやのときに川釣りの人に助けられ、ずぶ濡れで震えながら連れ帰られた。この事件はこのままでは終わらず、しばらくしてその子が家の前を通っていた。それを見た兄良八が、天水釜の水を大柄杓ですくい、逃げるその子にあびせかけた。

ある夏の経験は怖かった。あまりの怖さが愛子の心に忘れられない思いを刻ませる。熊本から菊池へ帰らなければならない日に、大水で橋が流され、川下からは帰れないという。仕方なく馬で渡れる上流へ向かう。菊池川は泥水の激流に一変。うねり流れてごうごうと底ごもる。よほどの手綱さばきがないと、足をとられて馬も人もひとたまりもない。馬の腹を濁流がこすって人も必死馬も必死。川底をさぐりながらの緊張した馬の一歩一歩は、ずいぶん下流で渡り終えた。深いため息と一緒に生き延びた、と、ほっと目を上げた目の前に、水平一面に稲田の広がりがある。

酒造りには稲の出来不出来は死活問題だ。全滅と思っていた稲が助かっていた喜びは、愛子に愛の目で稲を見させた。青い穂はすいすいと見事に伸び、降り残した雨のはらら ぎが葉先に白銀の露をのせている。出穂期の稲穂を愛子ははじめてしみじみと見た。折れば簡単に折れる稲の穂が大雨にもめげず、凛と直立。愛子はそこに生命の美を見出した。いまここにあるからある。生命そのものの美しさを愛子は生涯忘れることはなかった。

虫追いや水争いと農村の暮らしもことが多い。その中でも菊池神社の例祭は、駕籠にのった稚児、武者行列が町を練り歩き、夜は大綱引きで町中の男衆が総出である。城山の桜は山桜。山裾から山頂まで、弥生三月一山一万本の満開だ。いまは蘆花恒春園となっている自宅の庭に山桜を植えたのも、故郷隈府への思いゆえであった。

故郷の話で忘れられないのが鮎《あゆ》。愛子は「川魚なら鮎、鮎の中でも迫間川の鮎！　これは天下一品と申したい香味です」と書く。夏の迫間川には竹梁が編まれ、朝には何匹もの鮎がぴんぴんとはねている。大いろりに山のような熾《おき》。竹串に刺された鮎には塩。青光りして熾のぐるりに挿し並べられる。頂上《とっぺん》に穴のあいた竹籠をすっぽりかぶせての蒸し焼きで、冷めないうちに酢をかけて食べるのは絶品だ。

西南の役のあとに父は、次兄軍次を熊本に分家させ、熊本市内で酒屋を開店させた。父は良八、愛子を連れて転居。おそらく小学校卒業の愛子や兄良八の教育の便利を考えたのだろう。引っ越し先は熊本市下通七九番地。西南の役で焼けた町も大分復興していた。

女高師へ

愛子一家が住んだ熊本市下通の家は、いまの銀座通りあたりと思われる。場所確認のために、明治十三年（一八八〇）、二十六年（一八九三）、三十八年（一九〇五）の熊本市地図を調べた。通称病院橋ともいう世継橋は、明治二十六年の地図になく三十八年のにはあった。この世継橋の位置から鷹匠町を見ると、大方いまの銀座通り辺だろうと推測できる。当時とは地形も通りも町名も変わっていて確認はできないが、そうちがってはいないはずである。

明治二十六年の地図で面白いことに気づいた。電信線が細く書きこまれていて、一本はいまの上通一丁目の端から下通三丁目（当時鷹匠町）の端まで。もう一本は京町から熊本城の西側、古城堀端町の端まで。当時はここら辺が熊本市の中心街だったのだ。

愛子は、熊本尋常師範学校附属小学校高等小学部に編入、男子二十五人、女子十一人。自由民権思想が九州をおおい、愛子の父も『自由新聞』『自由の燈』などの新聞をとっていた。日本立憲政党を組織した中島信行夫人となった永田俊子（一）（湘煙）が来熊したのもこのころ。当時女性は政治結社への参加どころか、政治演説会場に入るのさえ禁止。それが振り袖姿で政治演説をするのだから、どこの会場も大入り満員。男子生徒ばかりでなく、女子生徒も自由民権風潮にあおられ、政治政論熱に染まっていく。愛子も学校の二階に駆け上がり、校庭に向かって「諸君！」と声を挙げた。ただしこの一声だけ。

愛子の家は東表が下通に面した店口で、店裏と二階が自宅。家の裏は小半丁（五十メートル）もいって黒板塀があり、塀外は寂しい小路だ。これが光琳寺通りでいまの栄通りである。板塀に添って西に土蔵。土蔵と自宅との間が中庭。中庭南寄りには父が魂打ち込んでいる菊花壇。そこから西へ折れて裏門へと通じた。北側は隣家の裏に回りこんで野菜畑があり、四つ目垣が隣との境だ。垣根前には大樹の碧桃があり、八重大輪の花を咲かせて父の自慢であった。

桃の樹いっぱいに雪を被ったような花の日、愛子は不思議なものを見た。地上一尺（約三三センチ）ばかりに、若い男の後ろ姿が浮いている。確かに見た、なのに次の瞬間幻は消え、のちに愛子は結婚式でこの姿を思い出す。

隠居生活でも父は、毎晩十時には店を閉めさせ、夜に長座の客でもあると客の面前で、

「もう何時かい」と家人に聞く。

「かれこれ十時でっしゅぅ」

「もう十時かい、そんならはよ寝ろ寝ろ」

と叱るようにいい、客も「では……」といたたまれず腰を上げる。田舎出のお高くとまった商売ぶりと、二十代の独り者の店主である。稼業がうまくいくはずがない。

兄良八が中学を卒業し、上級学校へ行きたいのに家の経済がそれを許さず家出した。行き先は東京。豊肥線開通前のこと、苦学も厭わずの兄の心意気が、阿蘇山越えて大分まで歩かせた。半紙二十枚もの書き置きを両親が読むのを聞きながら、愛子も兄の悲壮な思いを味わった。愛子も母も兄の家出の気配をうすうす察していた。だが暗黙の応援で父には黙っていたのだ。兄の学費を何とかしなければならず、母はカマドの灰をかき集め、ためては売った。いい肥料なのだ。着物を質にも入れた。そんな母を父は、「ここんかかさんな、学問でんさせたならそらぁ偉かもんにならしたたい」と独り言のようにつぶやく。その言葉を愛子は、父が母を敬愛していた証拠だとして時折思い出す。

「明治廿一年四月二日」（一八八九）の「熊本尋常師範校附属小学校高等三年」卒業時に、愛子が総代で読んだ祝辞コピーがある。文字こそ幼いがとても現中学一年生の文とは思えない。「古人曰ク高キニ登ルハ卑《イヤシ》キヨリス。遠キニ往クハ近キヨリス。蓋《ケダ》シ一歩ヨリセズシテ百里に至ルモノアラザルナリ」ではじまり、「芳名ヲ百代ニ遺シ」人々の模範となり、外国人にさえ慕われる人格者になるには、小学卒業時にすでに基礎は定まり、その基礎を土台に伸びてそれに至る云々。「此校ノ学生タルヲ辱《ハズカシュ》フスルヲ以て欣喜ニ堪ヘズ。聊《イササ》カ蕪辞《ブジ》ヲ陳シテ以テ祝辞トナス」（原文は句読点なし）で結んである。

明治二十二年（一八八九）である。熊本尋常師範学校附属小学校高等小学部を主席で卒業した愛子は、もっと勉強がしたい。家の経済を考えて授業料無料の官立へ。それが女子高等師範学校、通称女高師（現お茶の水女子大学）である。

女高師への入試勉強中に愛子は、のちに義兄となる蘇峰の講演を聞いている。二年前に東京に移住した蘇峰は、民友社を興して雑誌『国民之友』を創刊。翌年の『国民新聞』創刊に向けて奮闘中であった。その蘇峰講演時の印象を愛子が書いている。

長い髪でやせて背が高く「才気活発の風貌」に、浅黄縞の羽織の着流し「一種異様な力強い演説」で、内容は忘れたが先鋭的な感じを受けたという。蘇峰は明治二十二年の春、「地方自治制」が実施されることになって、父の友人山田武甫《たけとし》(二)と一緒に、県下遊説のために帰熊した。おそらく愛子が聞いたのはこれであろう。どうやらこれは、翌年行われる第一回帝国議会のための衆議院議員総選挙のためでもあったらしい。蘇峰はいう。自分は何より政治が好き、だが政治家としてでなく政治を自分の思うように動かしたかった、と。だとするなら、この選挙に立候補予定の山田は主に、総選挙向けの演説をし、蘇峰が「地方自治制」を主に、政治をからめての話ではなかったろうか。当時の蘇峰の写真は愛子が見たままの姿を写しており、なかなかのハンサム青年だ。

十四歳の少女がよくも蘇峰の講演を聞いたと思う。時代の高揚は幼い少女の気持ちをもじっとさせておかないものをはらんでいた。維新から二十二年、興隆しつつある日本であったし、時代の風潮もあったろう。当時の少年少女は心理的にはぐんと大人で、若者としてなすべきことはと、天下国家を論じ気炎を上げていたのだ。

当時、女高師入試には府県知事の推挙書が必要で、願書も熊本県庁へ出している。この年「教育ニ関スル勅語」(「教育勅語」)が発布された。年が明け熊本県庁での入試は、英、数、国、漢、の四課目。英語科の入試問題は「silk」の題で、百字以上の英作文を書かされている。

女高師の合格者は全国で二十五名、熊本の志願者六名中愛子一人が合格。三月に父と叔父がつきそって上京。熊本から東京まで一週間を要し、愛子の東京生活がはじまる。東京に兄良八がいることが両親には安心の第一であったろう。

満十六歳に三カ月半足りない愛子は仮入学だ。尋常師範を終えての受験が普通のはずが、彼女は尋常高等小学部卒の最年少である。はたして授業について行けるのか。学校側にも不安があり、見極めのための仮入学であった。休み時間に一人で毬《まり》をつき、百つけた二百つけたと喜んでいる愛子に、学友も教師も微笑するよりない。愛子の幼なさはいろんなところにあらわれ、ある学友が学科授業には出席するのに、なんで体操の授業だけは休むのか。それが不思議で仕方がない。しつこくたずねる愛子に学友は、「そんなこと、おたずねなさるもんじゃありませんよ」といわれてもまだ分からない。

愛子がおどろいたのは参考書どころか教科書さえないことで、先生の講義を懸命に筆記するよりない。愛子は無事二学期を迎えられた。それでも講義の東京ことばは聞き取りにくく、速記も追いつけない。友人のノートを借りながら必死にあと追う毎日である。教室では鉛筆で速記して清書は毛筆。こうした清書は柔らかい脳に知識を叩きこんだ。

寄宿舎生活は厳しく、起床は年中午前五時。冬は真っ暗で暖房さえなし。自室での身じまいも洗面所の鏡の前での髪結いも、手はかじかみ体は寒さにブルブルふるえっぱなし。愛子の髪が静電気を起こし、青い火花をパチパチと気味が悪いほどだ。愛子の後ろで舎監の先生の足がとまり、愛子は一瞬ドキンとする。

「油をつけますがよろしゅうごぜえますぞ」

東北弁が耳に柔らかくほっと胸をなでおろす。髪油を買わなければ、と思うのと同時に、あーア外出地獄だとは胸の内。身元保証人の署名捺印がないかぎり外出はできない。外出は週に一度、日曜に限られた。買いもののことは愛子回想文(『婦人の友』一九三七年一月号〜六月号)を借りる。

「往復とも駆け足同様にして、転がり込むようにして校門をくぐった瞬間が、いつも規定の門限時刻で、途中で道草を食っている余裕はおろか、少しでも歩調を鈍らせたら、どんなに息セキ切って馳せたところで、刻限に追いつけようはずはなかった程に、無情といえば無情な『外出地獄』だったのです」

これが明治二十三、四年当時の愛子外出の様子である。この外出地獄は、よほどこたえていたのだろう。晩年になっても大型時計を握りしめ、東京じゅうを走っている夢をよく見ている。

賢兄愚弟

健次郎がはじめて「蘆花」の筆名を使うのは、熊本英学校(一)時代だといわれてきた。英学校の校内誌に蘆花の署名があったことは、英学校生徒であった福田令寿《よしのぶ》(二)の証言がある。しかしもっと早く四国伊予今治《いまばり》時代に使っていたという証拠が残されていた。蘆花が古今諸家の名文を書き抜いていたのは知られているが、その「古今大家名家文林苑纂第四」（故勝本清一郎氏所持本）に「蘆花逸」と署名があり、「明治十八年十一月初旬於南海伊豫今治」ともある、として中野好夫氏が『蘆花徳冨健次郎』に詳しく説明しておられる。

雅号を蘆花と決めた根拠を蘆花本人は『自然と人生』の中に、「『蘆の花は見所となく』と清少納言は書きぬ。然もその見所なきを余はかえって愛するなり」と書く。しかしこれは蘆花が三十二歳のときの文章で、中野氏は後から理由付けしたのだろうといわれる。多分そうであろう。だとしたら十八歳の蘆花が、どこからこの雅号を思いついたのか。

蘇峰が東京から故郷へくると、近郷近在から古文書鑑定のために大勢が集まる。その日も蘆花の署

名のある絵が出て一座の期待が集まった。作品をじっと見ていた蘇峰は、

「ちがいます。健次郎の作でない」

不審が部屋に満ちたとき遠慮がちの声がした。

「描いた覚えがあります」

蘆花と同年で仲良しのいとこ徳永重子である。父一敬弟の昌龍《まさたつ》は、生母の実家徳永家を継ぎ長女が重子。蘆花とはよく一緒に絵を描いて遊んだ。重子は十二、三歳から日本画を習い、雅号を蘆花と署名していた。この日の絵にも蘆花の署名と落款に徳永重子とある。まちがいなく蘆花は重子である。

中野氏はこの論拠を水俣の蘆花研究者斎藤俊三氏の「もう一人の蘆花」によるとある。「もう一人の蘆花」文を調べた。確かにそう書いてある。

父一敬が生まれたのは安政五年（一八二三）で、弟に一義、高廉《たかかど》、昌龍がいる。昌龍は健次郎の才能を最初に認めた叔父であり、可愛がってもくれた。昌龍の雅号を蘆津といい、父の蘆津から娘重子の蘆花へ、さらにいとこの健次郎へ、と連なったのではなかろうか。

健次郎の呼び名はなじみがない。やっぱり健次郎は蘆花であり、猪一郎は蘇峰の方が耳になれている。蘆花名の出所が分ったところで、呼びなれた蘆花に蘇峰とする。

蘇峰が大江義塾を閉校して上京したのは明治十九年（一八八六）十二月一日であった。この前年蘇峰

は土佐から東京に出るのに大江義塾生だった人見一太郎（熊本県宇土出身）をともなった。蘇峰は東京に残り、人見を先に帰熊させて大江義塾閉校のすべてを託した。蘇峰は「もし諸友が異存あれば、火をつけて塾を焼いても差し支えない」とまでいっている。

そのとき蘆花は、一度退学した同志社の編入試験に合格、三年生で京都にいた。蘆花が京都に行くには紆余曲折がある。青春まっただ中の諸々を心配した母は、彼を三年坂教会で受洗させ、いとこの横井時雄に預けた。

ついでだから記すが、徳富家では母久子の受洗が一番早かった。白川教会が開かれたのは明治十七年（一八八四）で、日本メソジスト熊本教会といった。これは日本でのプロテスタント宣教（一八五九）から二十五年目である。熊本教会開設第一年目に、飛鳥賢次郎牧師からの受洗者は十四名（二名は小児）、その中に久子の名がある。久子を伝導したのは横井小楠娘のみや子で、このときは海老名弾正夫人となって熊本にいた。翌年の十四名中に蘆花がいて姉山川常子、河田光子、大久保音羽子、音羽子長女の落実、蘇峰妻の静子、静子兄の倉園秀雄がいた（『熊本白川教会百年史』）。もちろんその前に、明治九年の熊本バンドがある。蘇峰も奉教書に署名した、がのちに棄教している。

蘆花が預けられた横井時雄とは、小楠の長男で、蘆花とはいとこになる。

小楠のことを蘆花は、「世界的眼光を有する哲人」という。いまは熊本市だが、当時は市の東、阿蘇方面へぐんと近づく郊外の沼山津村に住んだ。家の窓にビードロを使ったと村で大騒ぎになった。そこに四時軒という私塾を開いていた小楠を、全国から有志が訪ねた。

坂本龍馬は小楠を三度訪ねているが、三度目(慶応元年)のとき父一敬がいあわせた。父の話として蘆花が『青山白雲』の中に「沼山津村」として書いている。薩摩からの帰りであった龍馬は、「薩長連合に骨折る最中」である。白の琉球絣の単衣《ひとえ》に鍔細《つばぼそ》の大小をさし、ゆったりとものいう色黒の大男龍馬。龍馬が先生と呼ぶ小楠との話は、酒を飲みながらの人物論だ。西郷はどうの、大久保はどうのとの談笑の果てに、盃を右手に持った小楠が「俺はどうだ」という。龍馬は「莞爾《にこり》と笑ってゆるゆると『先生ア、まあ二階にござって綺麗な女共に酌でもさして、酒をあがって西郷や大久保がする芝居見物をなさるがようござる。大久保共が行きつまったりしますと、そりゃちょっと、指図してやって下さるとようございましょう』」という。龍馬の言葉に小楠はからからと笑ってうなずいた。

このとき会談した四時軒十二畳の客間は、いまも沼山津に保存(火災で半焼、焼けた部分を復元)され、北隣に「横井小楠記念館」があり、南に秋津川が流れて阿蘇の遠望もあって、蘆花が書く「沼山津村」の風景が少しは残っている。

話がそれた。蘆花が時雄に預けられ、今治に行った理由にもどる。それが両親、兄、本人と三人三様なのだ。本人は、兄との結婚を断った娘の家に養蚕の修業に行き、その娘おさきを忘れられないで悶々。それを心配して母が時雄に託したという。

兄蘇峰は、蘆花のあまりの傍若無人な乱暴ゆえだとして、『徳富蘇峰――蘇峰自伝』に次のように書いている。内気者ではにかみやで、人の前ではものもいえないのに、辛抱がなく気分気分にまかせて感情が激烈。うまくない弁当は食わないどころか、弁当箱ごと川や道に棄てて帰り、母は取っかえ引っかえ弁当箱を買った。店先の物でも欲しいとなれば「父母に相談することもなく、店からずんずん物を「取って」くる。「とてもこの子は一本立ちできぬ」と両親が心配する。蘇峰妻静子の思い出は、静子が徳富家に嫁入ってすぐ、蘆花が「障子を片っぱしからぽんぽん破って行くのを見て」びっくり。

母久子がいうそれは、兄の暴力がひどくて見かねてだという。このことは蘆花も書いていて、「兄が敬二（蘆花）を眼の敵にして、少し気に入らぬことがあれば、直ぐ打つ、踏む、蹴る、散々な目にあわして、早く出て行け」（『黒い眼と茶色の目』）がましい扱いであった。これを見かねた父が母に相談、とこうなる。これに父の言が加わる。

「わが子ながらも全く得体の知れぬ性格である。うつらうつらと終日ものを考えているかと思うと、いきなり火の玉のような癇癪を破裂させる。そうかと思うとぷいと表にとび出して半日もどこかをうろついて帰ってくる。軍人にするには活気がなし、学問には精を出さず、世間にはこんな子供に当てはまる職業といって何があろう。要するにこれは恒心《こうしん》なさが故である」（『蘆花伝』）

金額は不明だが、父は蘆花への仕送りを欠かしていない。時雄への賄《まかな》い料やら蘆花の小遣いであろう。立場がちがうと見方も変わり、一体どれが本当なのかと思うがどれも事実であった。

蘆花を託された時雄は、素地のあった伊予の今治に教会を設立。信者を増やして名を挙げていた。蘆花は伝導したり英語教師をしたり。当時の蘆花を見た人の思い出話に「だぶだぶのズボン下を穿いておられた」とある。蘆花自身は当時のことを、「私の今治生活は追々荒んで来た。教会がつまらなくなり、寛大な伊勢さん（時雄）より、さんざん私をいじめた兄がなつかしく」（『もう三千弗』序）なったと書く。

やがて恩師新島襄に招かれて時雄が同志社に転勤。蘆花も十日遅れて京都へ。

京都で蘆花は、わが一生の瑕瑾《かきん》という恋愛沙汰を起こす。このことを書いたのが『黒い眼と茶色の目』である。これを読むと草創期の同志社の様子がよく分かる。恋の相手は同志社社長新島襄の妻八重子の姪山本久栄。同志社女学校生の久栄は、時雄の妻峰子の妹で、横井家で再々出会ううちに恋心が芽生えた。だが、周囲の反対で恋破れ、蘆花は遺書を残して出奔。自暴自棄が「暗黒の二カ月」といわれる放浪の旅に押し出して大阪から鹿児島へ。この旅で淋病をわずらい、のちに子どもができないのはそのためではと強く後悔する。

蘆花と久栄、二人は婚約までしたのに手さえ握らずで、当時の恋とはそんなもの。久栄への一途な思いは、その後も蘆花に潜在して久栄は先妻とまで思わせつづけた。

親戚中を借りまくったお金が鹿児島でなくなり、またも昌龍叔父に無心である。これで居場所が分かって迎えがきた。水俣で淋病の治療をして熊本へ。やがて熊本英学校の教師（月給七円）になった。兄蘇峰が来熊（明治二十二年遊説で帰熊。愛子が演説を聴いた）し、許されて上京。京橋区滝山町に下宿して民友社社員となる。同志社英学校でも熊本英学校でも文才を謳われた蘆花である。自分の才能を信じての夢いっぱいの上京であった。だが一カ月もしないで人間喪失になり、傲慢で冷淡な人間になったと本人はいう。このころの彼は、感情を圧し殺し、心を固く鎧《よろ》うことで自己防衛しているかのようである。繊細な神経をもつだけに、そのやり場のない苦しみが思われる。

蘇峰が国民新聞社を創業、蘆花は新聞社に転属。国民新聞社は主筆から配達人まで、二十六、七歳から十六、七歳の若者ばかり。それも大江義塾関係者が多く、民友社では熊本弁がまかり通った。社屋は当時の日吉町。帝国ホテル近くでいまの銀座八丁目である。

『国民新聞』と『国民之友』の編集室は二階。板の階段は下駄の音がひびき、上りつめると高いところに勝海舟の額が目につく。編集局の正面には南に向いて社長の大机。その前に新聞編集と雑誌編集とが二列、お互いに向きあう机の配置である。社長席の後ろは壁つきに古新聞の押し入れ戸棚。その前に雑誌戸棚。両脇に小さな凹みの空間がそれぞれ東西の窓に面している。東の窓際が画家久保田米《べい》僊《せん》(三)の席、西の窓下に蘆花の机。左側を新聞掛けで仕切るとほとんど小さな別室だ。東の窓は梧桐《あおぎり》が緑の葉影を揺らしもするが、西の席は西日が容赦なし。日中はむうっといきれがこもり、人間納豆ができそうだ。ガラス窓から見えるゆがんだ風景は、すすけた町裏の低い屋根瓦ばかり。その瓦屋根よりすすけてみすぼらしいのが蘆花。紺絣にちびた下駄。せめて足音なりと若者らしくと思うのは他人で、本人は下駄を引きずっての通勤である。その上に猫背に内股だからなおいけない。蘆花は、とんでもなくハイカラななりをするかと思うと、何とも風采の上がらない浮浪者まがいで平気でもいる。ここらへんが彼の感情変化の一つで、そうしようと思わなくても自然と何でも徹底、白黒ついた形ができていく。

蘆花は西窓下の窮屈なこの空間を隠居席と呼び、ひがな一日この席でぐずぐずしている。十一月三日天長節（天皇誕生日）の外務大臣招待の祝賀パーティがある。大官が出揃う年中行事は、当時の新聞には欠かせない記事であった。

兄の温情が弟を出席させ、兄の燕尾服にシルクハットの弟が、高官が居並ぶ華やかな雰囲気を記事の中にどう醸《かも》し出し、政経界の人物模様を語り、日本国の側面をどう切るか。見せ所のある記事に期待が集まる。がそれは単なる蘆花の出席記事でしかなかった。蘇峰は、弟は記者としては不適当、社内にいて翻訳をさせようと判断する。

横浜から着いたばかりの英米雑誌は湿っぽい。兄が選んだ小さな記事を切りぬき、日がな一日弟が翻訳する。赤罫唐紙の原稿用紙に毛筆で書くこの翻訳の他は、ろくに仕事もせず、大きな体も心も縮ませ、いつくるか分からない運を待っている。筆一本で立つ夢はあっさりと砕かれ、弟の日常は辛い。

兄に苦情らしいことをいっても、

「いうこつばきく約束できたっだろが！」

と、一蹴されて終わりである。

　天下取る話股火の火鉢かな
とは蘇峰の句だが、当時の社内の雰囲気が想像できる。これらのにぎやかな天下国家論にも加わらず、社長以下の日曜社員レクリエーションにも不参加。兄と話をするさえ目をあわせず、おまけにむっつり無表情なのだ。

「ぬしがごつ苦虫かみつぶしたごたる面《つら》しとっと、人が好かんぞ」

と兄がいい、同僚たちはもっと辛辣で、当時『国民新聞』記者だった山路愛山が面と向かって皮肉る。

「わが輩は皆と一緒に笑いもせず、怒りもせんような人間は嫌いだ」

「人は知らんこっでん知った振りばすっとに、ぬしゃ知っとったっちゃ知らんふりする」

かばうつもりか兄がいい添える。そんな彼もあみだくじだけは仲間に入り、まるで泥棒猫ででもあるかのように、一つ二つをかすめ取って自席に逃げ帰る。このころの彼のあだ名は猫。泥棒猫のような動作からか、役立たずのずぼらからなのか、多分両方だろう。

雑誌と新聞編集の席は向かい合わせ。能力によって地位も上がり、席の入れかわりもあるのに、彼一人は何年も隠居席から動かずである。もちろん月給も動かない。

「兄はたいぎゃな利口かばってん、弟はどこ吹く風かちゅう面《つら》ばしとんなあ」

編集のテーブルから才人といわれている人の声がする。あざけりと冷笑を含む沈黙が編集局内に満ちわたった。それをかき回すかのような兄の声がする。

「子どもんときぁ寝小便なしよったじゃっどん、頭はよかったけんなぁ、偉うなるかて思うとったつばってんなぁ」

弟は隠れた席で体を熱くして耐えている。こうして周囲がこきおろす前に、蘆花はまず自分で自分を軽蔑し、嫌悪して書く。出社はしても「彼は隅の猫であった。小使いすら彼を敬しなかった」と。

彼はこの年二冊の本を出版した。といっても指示されての翻訳本で、九月刊行は『如温《ジョン》・武雷士傳《ブライト》』。蒸気機関火夫も、炭坑工夫もその名を知っていたイギリスの政治家。平民出身の彼は民衆のために働いた。当時の英国国民を苦しめた穀物条例（穀物を輸入規制するために制定された法律）に反対。選挙権を拡大して、職工や労役者も選挙権があるようにした。十二月には『理査士《リチャード》・格武電《コブデン》』を民友社から刊行する。コブデンもブライトと行を共にして働いたイギリスの政治家である。

兄はときに弟をかばい、ときにはあからさまにいらついて打ち叩くかと思う見幕を見せた。弟はなおさら自分の世界を狭くするしかない。

そんなときの吾妻山噴火である。すわ、と誰かがすっ飛ぶところだが、人がいない。蘆花に取材命令だ。

「すばしかこつの（機敏な）でけんけん、俺はちょっと……」

「ぬしのごたる馬鹿でたくさん！」

兄の罵声が飛ぶ。この取材記事は明治二十六年六月九日に「吾妻岳破裂」の十五行があり、翌日は犠牲となった地質調査所三浦技師、西山技手の詳細が報じられている。

父はかつて「猪一郎なればこそ俺も東京にでてきた」といった。父から軽んじられた蘆花の気持ちが思われる。父の気の弱さを弟に見る母は、弟のいうことすることにいらついた。「私は馬鹿が一番嫌い」これが口癖。その母が蘆花を前によく「お前はたいぎゃな馬鹿ばい」とののしった。

馬鹿といわれて蘆花は思う。翻訳机にこびりつき、することなすこと穴だらけ。苦心した翻訳も、翻訳者の名すら紙面に出してもらえず、叱られ追いまくられながら認めてももらえない仕事に精を出す。それを何年もできるのは、俺が馬鹿だからできること。誰もが苦もなくこなすことができず、誰もが面白がることに興味がない。いわなければならないときにはだんまりで、いってはならないときに思いきったことをいう。それが俺。そう思うとこんどは、そんな弟の存在が、社長の兄にはさぞかし恥かしく、厄介者であろうと気の毒になってくる。

先のことなど一切考えず、兄が社長であるかぎりは生涯こうして、編集局の片隅で翻訳係をつとめ、兄の厄介者でありつづけるだろうとぼんやり思ってもいる。月末には会計主任から給料の十一円を渡される。牛鍋を食い丸善で英書を買いと、することは毎月同じだ。

そんな弟のたった一つの自慢は兄の看病である。無理に無理を重ね、仕事だ勉強だと多忙な兄はときどき大病をする。その看病は誰よりも蘆花が行き届き、そのときはまるで別人。恐れも遠慮も投げくりやって一心に介抱する。兄もこれには感謝して、楠の香高い本箱を贈ってくれたりもする。同僚は弟に「社長の保健委員」とあだ名をつけた。何といわれようと彼は、兄の役に立っている、それだけで嬉しいのだ。

弟は決して無神経ではない。周囲の軽蔑もあざけりも冷笑さえも敏感に感じとっている。溶けこめばいいだけのことと分かってもいる。しかしそれができないのが蘆花である。

初対面

明治二十三年（一八九〇）の暮れである。赤坂氷川町に蘇峰が一軒家を借りた。この家に鍵形に両親の隠居所が建て増された。蘆花は、下宿と隠居所二階を行ったりきたりして三年半。結婚を前に下宿から二階六畳に引っ越した。

この家の大家は勝海舟（本名義邦、通称麟太郎）。海舟は江戸城を無血開城させた立役者である。咸臨《かんりん》丸《まる》を指揮して渡米もした。明治四年（一八七一）が廃藩置県。翌五年に海軍大輔に任ぜられ、静岡から東京赤坂に移転。それが氷川町四番地の旧柴田七九郎邸である。

なんで海舟の家に徳富一家が？　横井小楠と海舟は友人で、小楠紹介というのが最初。しかも同志社社長新島襄も海舟の門人で、重なる縁で親子ともどもお世話になった。海舟は父一敬を「正直者」といい、蘇峰を「異な者」として目をかけている。

勝屋敷の総面積がほぼ二四六三坪。屋敷内で散歩もできたし、茶畑や桑畑があって夫人は蚕《かいこ》も飼っていた。ここに別棟数が二五棟。それぞれに庭造りのある中の一軒が徳富家の借家である。蘇峰の部屋は、数株のシュロをへだてて海舟の居間に向かいあい、蘆花が同居し、愛子が新婚時代を暮らすのもここ。

いまの勝邸跡がどうなっているかを知りたい。テレビ局ＴＢＳの南方、急坂を上ると旧勝邸跡がある。旧勝邸の東横はいまも急な坂道だ。当時はここを皇后坂といっていた。

勝邸敷地のおよそ三分の二は昭和二年に東京市へ売られ、市は氷川小学校をその地へ新築移転。いまは小学校の建物だけが残り、平成十五年度からは港区赤坂子ども中高年プラザになっている。勝邸当時のものは正門横の大榎《えのき》と、史跡石碑横の大銀杏《いちょう》ぐらいだろうか。大銀杏は太枝まで詰められて肩身もせまそう。それでも強烈な夏日をさえぎり、日陰を作っている。

大銀杏を後ろに、すぐ左に折れた急坂下が六本木通りで道向こうが全日空ホテル。ホテル横からの坂道上を左に曲がるとすぐ左側に赤レンガの建物が高い。これが熊本県人小崎弘道が開いた霊南坂教会だ。教会前の突き当たりには、杉の垣根がいまもある錯覚がある。同志社時代の蘆花が夏休みにはじめて東京の蘇峰の家に帰省。時雄とばったり会って恋人久栄とのこと露見の杉垣小道である。いまは隙間なしに会社ばかりで、表側にその名残りはない。蘇峰一家はここから勝邸の借家に引っ越した。

このとき原田愛子はもう東京にいた。少しずつ蘆花との距離が近づき、愛子は女子高等師範学校の寄宿生で、すぐに夏休みである。

蘆花が同居したことで、徳富一家は大江時代以来の一家同居。蘆花は自宅でも新聞社でも隠居所暮らしになった。

今年も徳富一家は逗子に避暑で、留守番は蘆花。ある日の夕方郵便箱にハガキが一枚、何気なく薄明かりにすかし見た。兄宛の死亡通知のようで、「永々病気の処、養生相叶わず」。初恋の人久栄が死んだ。暮れなずむ淡い光りの中に佇《た》ちつくす蘆花。思考を失い言葉を失い、呆然と立つ彼を幾重にも夕闇が包み込む。その日蘆花は二度目に書いた『春夢の記』を取り出し、余白に「此等の事の終は是なり」と書いた。

のちに『黒い眼と茶色の目』として出版する『春夢の記』への蘆花の執着は深い。最初に書いたのは熊本英学校時代で、これは「誤りに始まり、誤りに成り、誤りに破る」と序に書いてすぐに破り棄てられた。二度目に書いたのが国民新聞社時代である。京橋瀧山町の佐賀ボーロの二階にいるころで、鬱屈した日々に日課のようにして書いている。これは社で偶然見た外国雑誌のグラビア写真の目が、あまりにも久栄に似ていたのがきっかけ。若い西洋婦人の久栄そっくりの目が、帽子の陰から蘆花を見つめている。密かに下宿に持ち帰り、茶色の目と対《む》きあいながら、思い出し、思い出しして書いた。

二百字薄葉罫紙三百枚のこれは『春夢の記』と題され、木綿糸で綴じられた。序の一部には「記憶は破り棄て難し。記憶の重荷を取り去らんとして、吾はこの冊を書けるなり」と書かれている。蘆花はなんども焼こうと思った。だが焼けなかった。それはなんど焼こうと破ろうと、書かずにおられない自分であることを知っていたからだ。こうして『春夢の記』は竹行李の筐《はこ》底深くしまわれた。その夏の久栄死亡通知である。生身の個体は死が終わらせる。だがその人とかかわった人の思いは残る。かかわった人のすべてが死に絶え、思い出の痕跡が消えてはじめて、その人に本当の死が訪れるのかもしれない。

話は愛子に変わり、同じ年の夏である。兄に連れられ避暑に行く愛子は、横須賀線の列車にのった。思いがけず同じ車両に蘇峰がいた。天運到来、兄良八と蘇峰は年来の知己、自然と同席する。逗子で兄妹が当てにしてきた養神亭が満員。良八は旧友と同室できたが、愛子の行き先がない。蘇峰の機転で、徳富一家が借りきっている養神亭の離れに愛子をとのこと。

愛子は蘇峰の両親に可愛がられ、子供たちになつかれ、蘇峰夫人静子とは鎌倉に遊びにも行った。老母の久子がしきりに「来らっせばよかつに」と独り言めいていうのを、愛子がなんどか聞いている。久子は愛子を蘆花に一目会わせたいのだ。

愛子は一週間を徳富家に世話になり、帰京するとすぐに礼状を書いた。これで筆跡や文面のありようを見られた。

冬休みになって愛子は、蘇峰の娘たちには毬《まり》、手編みの肩掛けは母久子や兄嫁静子にと、夏のお礼に氷川町の徳富家を訪問する。がまたも蘆花は留守。それから間もなく、徳富家から愛子を欲しいといってきた。

年は二十五、名は健次郎、国民新聞社勤務、書く文章はこんなもの、と兄から渡されたのは古新聞。新聞には「モルトケ将軍」と題して徳富健次郎の名があった。モルトケとはフルネームがヘルムート・グラフ・モルトケ。天才的手腕で、対デンマーク戦争（一八六四）、対オーストリア戦争（一八六六）、対フランス戦争（一八七〇）に勝利し、ドイツ統一に大きな貢献をしたプロイセン王国の陸軍参謀総長である。読後感を愛子は「凛と胸に響いた」という。

愛子はすべてを兄良八にまかせた。文通も十分にさせてとの話だから、と兄にいわれ、愛子は待った。待っても待っても手紙はこない。こちらから出すのははしたないし、その勇気もない。悶々と思いばかりが重くなって行く。いたずら好きの学友が「健次郎さんが面会にいらしてよ」と呼びにきた。さっと顔赤らめ、歩きながらも髪に手をやり襟元を直しと面会室へ急ぐ。部屋はからっぽでかつがれたのだ。

愛子は変わった。授業中さえぼんやりと窓の外を見、かと思うといつの間にかノートの片隅に徳冨健次郎、徳冨健次郎と書いている。しきりに彼のうわさを聞きたがり、細い伝手《つて》をたぐりよせては友人に聞いてもらう。

「健次郎さんという人はあまり有望ではないようですよ」

愛子は勉強に集中できないままに夏に熊本へ帰省。学校へもどるともう教育研修生だ。

これまでも蘆花の縁談話は幾つかあった。最初は郷里の地所管理を頼んでいる遠縁の家の次女。答えは否。断られるなど夢にも思わない父は非常におどろき不快である。訳は明々白々。放浪中の蘆花が、鹿児島から水俣のその家に無心の手紙を出した。東京からご命令があればと当然の理由で断られ、頭にきた彼は手紙で散々毒づいた。次は母の妹矢島楫子《かじこ》が校長の女子学院の生徒である。頭のいいその子の家に叔母から話が通ったある日、新聞社に徳富家の財産調べがあって兄が激怒。それこそ一喝して終わり。次が相模（神奈川県）の代議士の娘。仲人役が蘇峰に蘆花の人となりを問うた。兄曰く「新聞社ではまず二十円がとまり」との社長の確約にこの話も空中分解。いま一つは蘆花がひそかに恋心を育んでいた内緒の話だ。思う相手は伯母藤島もと子の一人孫雪子。蘆花とはいとこ半の雪子は、二人の大学生から望まれ、歌人で学者の佐佐木信綱夫人となった。

蘇峰の名にひかれ、蘇峰の弟ならと期待いっぱいでの話は次々にこわれて行く。愛子を褒めちぎる兄の仲人口も、蘆花はまるで他人ごと。どうせまたこわれる話と高をくくっている。それを蘆花の不服と見た母が、「親兄弟の見立てばまかせきらんなら、あんたは馬鹿」とまたも馬鹿呼ばわりだ。

蘆花は期待もせずの兄任せ。それを暗示したかのように、熊本では愛子の父が猛反対。近所にも親戚にも自慢の娘を、新聞社勤めのしがないサラリーマンに嫁にやる気などない。いまはあこがれの新聞記者も、当時は褒められるべき職業ではなく、何となくうさん臭い印象を世間はもっていた。ぐずぐずと日はすぎて、愛子の父説得に仲人役の人見一太郎が熊本へ。同行した蘆花の姉がいう。

「東京は近うござりますもん」

「いえいえ東京に縁づくと、ちょっとやそっとじゃ帰っちゃこられまっせん」

すかさず父が皮肉る。この春には愛子も晴れて卒業する。尋常師範学校か女学校ん先生にならるっとに、そん夢ば目ん前にして横かる攫《(ら)さら》われとうはなかっです。なぁんも一週間もかかるごたる東京下《くんだ》りまでやらんてちゃ、すぐ会わるる県内てちゃよか男はおるし、よか縁もある、と思うのは親心ちゅうもんでござります。

兄良八の気長な説得と、母鹿子の応援でやっと父が折れ、結婚話がまとまった。こうして迎えた愛子の卒業式当日である。母も菊池から上京し、徳富家からは母久子と姪逸子が出席。入学は二十五人でも卒業できたのは十五人。本来なら晴れがましい卒業式のはず、である。ところが愛子はどうにも顔を出せないでいた。

「明治二十七年三月二十四日高等師範学課卒業第五回」と毛筆で書かれた卒業名簿のコピーがある。卒業時の成績順名簿だが一番は長崎県出身平民の浜武亀代。愛子は何とビリから三番目。十五人中の十三番では顔出しする勇気がない。母や兄には申し訳なく、懇望してくれている徳富家には恥ずかしい。妹びいきの兄はしきりに「もっとできるはずなのに?」とかばいながらもぐちをいう。顔さえ知らずの掴みどころのない恋、ではあるが彼女の初恋だ。恋知り染めた娘心の変化を兄は推しはかれないでいた。

同級生中の少数が東京に、ほとんどは地方の学校に赴任した。結婚が決まっている愛子に地方就職はならず、良八の必死の協力でやっと決まったのは、日本橋区内の有馬小学校。月俸十二円。有馬小学校はもしや廃校かと思ったがあった。地下鉄水天宮駅から歩いて五分。裏門外は公園で周囲をビルに囲まれ、窮屈そうにこじんまりした小学校である。


明治二十七年五月五日、原田愛子十九歳、徳冨蘆花二十六歳の結婚式当日である。

蘆花は今日も出勤していた。午後四時になると隠れ場所のような片隅の弟に、社長の兄が声をかける。

「おい、遅《おそ》なっぞ」

ひそめた声にうながされて蘆花は席を立つ。古びたズックの雑嚢を肩にうつむいたまま足早に編集室を出る。

結婚話があってからおよそ一年半、二人は今日が初対面である。初夜にはじめて結婚相手の顔を見たなどの話は、昭和の半ばまでそう珍しいことではない。蘆花はこの日の花婿支度を「腹立たしかった」と書く。一度の試着もなしは案の定袴丈が短く、長着の袷《あわせ》は染め直しだ。結局は千筋木綿縞《せんすじもめんじま》の単衣の長着に仙台平の父の袴をはき、これに黒羽二重の羽織を着た（本来単衣をきるのは六月一日の衣替えから。いまは気温に合わせることも多く、南国熊本ではなおさらそうなってきた）。

愛子の花嫁衣装は空色縮緬地に控えめな桜の裾模様。式は徳富家階下の十畳座敷でなのだが、席順がおかしい。床柱を前に両親、昌龍叔父、兄、義姉と、角から障子の方に並ぶのが徳富家。新婦側は、脇床前から壁側にそって仲人で徳富家遠縁の人見一太郎（熊本県宇土出身）、兄良八、愛子の異母兄夫人の兄で蔵前の高等工業学校教授、母、教授夫人、そして愛子。末席に坐りながら愛子も「何で？」といぶかしく思っていた。

ここまでが先に坐り最後に花婿の入室である。階段下で待っている蘆花を、兄が障子から首だけ出して「おい」と声をかける。「は」と座敷に入る蘆花に、兄が指示した席はやはり徳富家側の末席である。身内のほかは仲人だけの祝い席ではあったが、このことは蘆花の腹立ちを倍加させた。出席者が少ないのも、内輪に内輪にと蘇峰がいい人数を限ったからで、愛子側の教授夫妻の出席は愛子母のたってのお願いであった。

蘇峰がしきった結婚式は三三九度の盃も謡もなし。これらの決めごとがキリスト教徒に必要なしは分かる。だが床柱に正面した末席に並び立った新郎新婦を前に、床を背にした蘇峰が、これも立ちながら結婚誓約書を読みあげたのだ。兄が書いた誓約書を、兄が読みあげる。兄が書いても誓うのは新郎新婦だろうに？

仲人の人見一太郎は、大江義塾に学んだ民友社幹部だ。彼の結婚式も蘇峰がしきり、料亭を借り切って招待客は二百人。富豪の娘だったという花嫁はやがて離婚した。蘆花にしてみたら民友社社長のたった一人の弟との思いがあったろう。その結婚式が自宅座敷で、五十銭の仕出し料理に酒はなし。静かで素朴、簡略この上なし。まるで蘇峰主役での貧しい結婚式だと蘆花は文句たらたら。

確かにそうではあった。が蘇峰自身は披露宴どころか式さえ挙げずだったのだ。彼が大江義塾の夏休みに土佐に行き、帰ったら自分の部屋から女の声で素読が聞こえる。おかしいと思ったらそれが顔も知らずの自分の妻だと知らされた。蘇峰留守の間に父が選び、向こうの父、こちらはつせ子叔母だけで、花婿不在の嫁入り式があるのはあったらしい。

一方愛子は、新郎入室にこの人っと直感する。ずっと昔に確かにこの人に会ったことがある。あれは熊本下通の家の裏庭、桃の花盛りに宙に浮いていた若い男。ぞくっと震えがして、畏敬すべきあるものが体の芯を通りすぎた。妻籠の里の神が用意されていた赤い糸の天運、その片方をわたしはしかと握りつづけていたのだと思ったろう。

つつましい結婚式は終わった。花嫁は蘇峰夫人に連れられ、海舟邸の内玄関で挨拶をすます。この日の日記に愛子は「式の終りに父君の命にて茶を入れ、家の人となりぬ」と書く。新入りの嫁は、夫の両親か夫に何かをいいつけられ、それをし終えて夫の家に受け入れられたと実感する。

愛子はこうして蘆花夫人となった。五月五日男の節句の結婚は、彼女のこれからを暗示していた。苦しみの出発点であり、充実人生の歩きはじめでもある。新郎蘆花も男の節句日の結婚に思いを述べ、戦闘開始の象徴だという。戦闘開始とはおだやかでない。何ごとかと思えば愛子周辺の男のこと。男なら誰しもが無関心ではいられないほど新婦愛子は素晴らしい、といいたいのだ。こる《（れ）》が初対面結婚式当日の感想でござりますけん。誇《しこ》っとんなはるていうか、でれでれというか、まあなあ、女房ば褒むるちゅうは良かこつじゃありますばってんがなぁ。

愛子は、蘆花が兵隊養子にいった須崎の徳富家へ入籍されている。戸籍には「明治二十七年八月二十九日、養子健次郎妻藍（明治七年七月十日生）入籍」とある。愛子は十八日生だから、入籍時に八を書き落としたのだろう。

もしかして蘆花の点なし「徳冨」は、兵隊養子にいった須崎の「徳冨」が点なしなのでは、と思った。「富」の字のうかんむりに点があるなしだけのちがいだが、蘇峰は「徳富」で蘆花は「徳冨」。徳富家は六代のときに北酒屋、浜居蔵（蘆花生家）、新酒屋と分家している。須崎は新酒屋系統で点あり、点なしは北酒屋系統の十一代に点なし（斎藤俊三氏調べ）とあり、結局不明のままである。

結婚式の翌日は日曜で明日は二人ともに出勤だ。せめて今日ぐらいは二人でいたい。蘆花のこの思いが、池上本門寺近くの鉱泉行きを思い立たせ、蘆花は両親の許しを得る。

「無理なところ《（ろ）》ば歩かせたりしちゃならんぞ」

という父の言葉と、うなずく母に見送られて門を出る。蘆花は花婿衣装の袴をぬいだだけ、花嫁は女高師卒業時に、クラスお揃いで作った空色の信州紬の紋付。帯は結納金十円に五円足して買った金茶繻珍《しゅちん》地の帯を締めた。空色無地の着物に金茶色の帯とはおしゃれな色合わせで、さぞかし帯が浮き立ったろう。結納金で買った帯ですよ、ぐらいの会話はあったかもしれない。途中で人力車をひろって新橋駅へ。ところが愛子の車が先に行き、間にほかの車が割りこんだ。それが気に入らない蘆花はじれて蹴込みを踏み鳴らし、年老いた車夫に叱られる。

夫との初めての外出に愛子ははにかみ、蘆花は晴れがましい。池上の曙楼は本門寺のある内膳山の東斜面に大小の座敷が散らばっていた。千三百余株の老梅、三千余株の南天、紅葉にツツジも興を添え、点在する別棟が十余棟。長い廊下をいくつも曲がり、六畳二間の離れに案内された。日曜なのにひっそりしている。鬼がら焼き（伊勢エビ）の昼食後に風呂へ。湯上がりに、欄干に拠って見る東京湾の眺めがなかなかだ。

庭下駄のまま裏につづく本門寺に出る。初対面同様の二人に仁王門の見事さも、日蓮の生涯も話題にはならず、黙ったまま祖師堂、輪堂と歩いて西の端へ。六郷《りくごう》の田圃が広がり、鶴見台の丘陵がつづいて遠富士が浮いている。富士を浮かせた五月の空は、他人行儀な二人のように薄霞みしていた。

池上本門寺は日蓮宗四大本山の一つ。日蓮上人はここで没した。受付の若いお坊さんは、愛子はともかく蘆花さえご存じない。大堂（祖師堂）と五重の塔は国指定重文。清正が寄進したという本堂は宝永七年（一七一〇）の失火で焼け、山門下の石段だけが残った。

部屋に帰ってもやっぱり二人に話題はない。愛子も手持ち無沙汰なら、蘆花はもっと困って後ろ手にお縁を行ったりきたり。たとえ六畳一間の二階住まいでも一家の主になったのだ。主の言があってしかるべき、とあせっても何も思い浮かばず、蘆花は、先月父から渡された資産分与のことを考えた。田畑一町歩の年収が三十円。三池紡績株が一千円。株券は四年後に手元にとのこと、それまでは月額十円の配当が兄からわたされる。これらは徳富家資産の約七分の一で、書付けをわたしながら父は、兄猪一郎から譲るといった。蘆花はそれが不服。父は隠居、兄が家長、理屈はそうなのだが感情が納得しない。

そこまで考えて蘆花はふっとわれに返る。妻の名を呼ぶのは羞《は》ずかしい。その思いが足を止めさせず、お縁を歩きながらいきなり本題をいう。

「これから経済のこつはですね。経済のこつはなんもかんもあなたにやってもらうから、そのつもりで」

「はい、かしこまりました」

かたい返事である。家庭の経済はまかせるといったのだから、妻として質問でもしてくれればと思うがまた沈黙。家のなかにほのかな体温を感じるだけで安心する、そんな夫婦になるには長い長い年月が必要なのだ。

初対面での結婚二日目では、会話がなくても仕方があるまい。意識しすぎての沈黙はかえってお互いを浮き立たせて息苦しい。堅苦しい部屋の雰囲気に押し出され、つと立って蘆花は庭へ。愛子も降りる。遠く丘陵地帯の向こう、海景色が広がるのに蘆花は助けを求めた。目のかぎり知るかぎりの地名を教える。かたわらに立つ愛子は黙ってうなずく。このときの愛子のことをのちに蘆花が書いている。

「官立学校出の才媛で、高島田の美人、指には金の指輪がキラキラと光っている」指輪は二十五銭の電気メッキ、同級生中最年少の愛子の結婚に、学友たちからのお祝いである。

教える地名も尽きて蘆花は部屋に入ったが結果は同じ。またも芝生におりて寝転び、詩集を読みはじめる。ハイネである。読みたくての本でないことぐらいは判っていそうなものと、腹の中で舌打ちする。座敷の愛子は柱にもたれて仕方なしのスケッチをはじめた。眼下に広がる東京湾が、こんな花嫁を慰めているかのよう。蘆花はのぞきたいし、絵が好きなのかと聞いてもみたい。だが聞けない。

薄むらさき色の夕靄が流れ滑るように夜がきた。女中が雨戸をしめにきたのを機に、愛子が鏡台の前に坐る。高島田を解くのを手伝う女中が髪の美しさを褒め、しきりに解くのは惜しいという。微笑で応えながら愛子はたちまち結いなれた束髪になる。いかにもほっとした顔の愛子に、蘆花も訳もなくくつろぐものを感じている。

翌朝早立ちのことなどを女中に頼み、二人は本館までの長い廊下をおりて鉱泉へ。愛子が、ぽちゃぽちゃからんと音をたてる。隣の浴室の蘆花は、カラスの行水でさっさと上がって妻を待つ。だがなかなか上がってこない。夫はぶらぶら帰りかける。曲がり角の多い長い廊下だ。ほどよい間をおいてランプが灯され、あたりの闇を淡く圧し広げている。灯しに送られ迎えられ、ゆっくりゆっくり、そのくせわざとのように足音高く歩いて行く。立ち止まっては聞き耳をたて、まだだと思って歩き、もうそろそろと立ち止まる。静けさのなかに愛しい人の足音が欲しい。それは夫へと歩く妻の足音だから。でも聞こえない。

もはや離れの部屋。仕方がない部屋で待とうと思い決めて障子をあける。ぱっと目に飛びこんできた赤い色。むらがる赤は「緋牡丹の花」を部屋いっぱいに散らしたかのよう。「燃えでるやうな夜のものが二つ、奥の六畳にのべて」あった。分かっているし期待もある。ではあるのだがいざとなると気遅れする。新妻は上がってこないし、手を握りしめたりゆるめたり、膝を叩いてみたり押さえてみたり。どうにも落ちつかない。

軽い不安を感じはじめて夫は、待っておればよかったと後悔少し。そうだちょっと迎えに、と立ちかけたそのときひそやかな足音が。ひそやかさが妻だと教え、その確信が鼓動を高め、膝にのせた手に力が入り、よけいに落ちつきを失わせていた。

襖がすうっと開き、にじって入って両手をついて「おそくなりました」一連の動作のつつましさ。期待いっぱいの表情をかくし、さりげなく見つめた夫の目が、大きく見開いたまま動けない。目の前の姿はたったいま咲いた桜のよう。

「高島田に紅、白粉、縮緬《ちりめん》の裾曳いた昨夕の」ませた愛子ではない。初々しく可憐に、にじみでるような美しさが照り映え、自ずとあふれこぼれている。湯上がりの素顔が夫を見あげ、はにかみが目元をほほえませていた。

II

阿修羅のごとき夫《つま》なれど

梔子《くちなし》の咲く家

愛子夫婦の新所帯は、蘆花の部屋の六畳一間である。

西向き細縁の欄干ごしに、兄の書斎が中庭をへだてて見下ろせている。夫婦の机、簞笥、本箱、鏡台などをおくと、あとは布団を敷くだけでやっと。嫁入り道具の鏡台は三円五十銭で小さくかわいく、熊本市大江の旧居跡「徳富記念園」に展示されている（前頁参照、上に載っているのは「墨染ポマード」、「クラブクレンジングクリーム」）。

二人分の食費八円を入れ、食事は下の薄暗い二畳で両親と一緒だ。朝食が終わるとすぐに愛子は出勤。赤坂から有馬小学校は遠く、両親の心入れで朝は人力車を使い、ときに帰りも乗ると月給十二円の大半が消える。大方は愛子が先に帰り、ちょっと反り身の夫がきまり悪そうにわたすカバンを受け取る。ときに愛子が二階にいたりすると夫の帰宅に気づかず、義姉に呼ばれて大急ぎで玄関へとなりあきらかに夫の機嫌が悪い。

愛子の担任は尋常四年の女児四十名。予習に教材作り、生徒の作文に感想を書き、校長に提出する授業細目などなど、どれも時間がかかった。夫はそれが不服なら、二人の会話が寝物語だけというのも不服。二人きりになりたくて日曜になると外出する。最初は新婚旅行、次は写真撮り、高島田を束髪にしただけの花嫁と新郎、どこかぎこちない写真が残されている。次は江東区にバラ見物、翌週も翌々週も挨拶回りだ。

「女房持っと位がつくとばいな」

玄関であと追うような兄の皮肉が聞こえる。それでも二人は、時間さえあると散歩に出る。姑久子にしてみたら、外出に散歩などと嫁の分際では思いもよらず、ちくりと皮肉も飛び出す。それでも夫は妻を独占したい。二階から降りてこない愛子に父が真顔でいう。

「健次郎さんなな、家におっときでん腹案ば立てたりして仕事《しごつ》のあっとだけん、邪魔せんごつせにゃならんばい。日曜どまお愛どんもちいっとどま下で手伝いばせにゃんたい」

母の意見の裏張りがあきらかだが父の本意でもある。そんな二人も、夜を重ねるうちに少しずつへだてが取れてきた。へだてが取れればお互いが見えてきて、内心目を丸くしたり、困ったりおどろいたり。

結婚前の愛子が信じこんでいた蘆花像はこうである。令兄は有名な蘇峰先生、その先生が「筆ばとらすんなら日本一ですたい」と、褒めそやされた弟御。私の夫となるお方はすばらしい名文を書かれ、翻訳もなさる抜きん出た学者さま。令兄が社長の新聞社にお勤めで、輝かしい未来が待っているはず。そんなお方に私は嫁ぐ。しかも彼女が信じる学者さま像は、何を聞いても即座に答え、分からないことなどないのだから辞書は要らない。この学者さま像は当時、庶民の誰もが信じていた学者さま像でもあった。

それがある日、英辞書をひいている夫を見てびっくり。学者さまでも辞書をひくし、質問に答えられないこともあると知った。小学校の授業に必要で「品川砲台[二]の沿革」を夫に聞いた。夫は答えられず兄に聞けという。朝食中の箸を休め、ちいっとばっかりうすとろ（遠慮と困惑まじりの羞恥）そうだ。それでも兄の答えによどみはなく、階段口でぬすみ聞きしながら夫はしだいに息苦しくなっていた。

結婚初日に夫は妻にいった。

「兄は親と思うとっとだけん、ああたもそう思うちくだはり」

弟は兄を畏敬し尊敬し、自慢でもあり親しむ思いも強い。それでも妻が兄に親しむのは不愉快だし、自分が答えられないことを兄が答えているのはもっとしゃくだ。かといって妻が知っている無限大記号の∞を夫は知らず、思いのほかの知識の貧弱さは、愛子にしてみたらあってはならないことであった。

いま一つは夫の持ち物の少なさだ。時計、ナイフ、ランプなし、あるのは手燭だけ。洋服はなく絹の羽織は一張羅。六年前に熊本の姉が四円でこしらえてくれてどこへ行くにもこればかり。吾妻山噴火の取材時にどろんこになったのを、宿の主婦が一晩で丸洗いしてくれてよれよれだ。他にセルの長羽織が一枚、古い木綿着物が二、三枚、古シャツ古足袋、古すぎて変色したふんどし。上京して五年、ふんどしさえ増えていない。どうしても蘇峰から連想したい愛子が、想像しえないほどに物のない男。それらは生活を共にしてはじめて見えてきたことであった。

一方蘆花から見た愛子である。愛子の幼さはちょっと度をこしていた。姪の逸子がもらうお八つをさえ羨ましがるのだ。兄は弟に愛子を褒めていったことがある。

「全国かる秀才の集まっとる高等師範学校ん寄宿舎におってな、官立学校生だけんな。そんなかでん明るうして優秀な人物げなもん。俺《おる》も話ばしたっじゃっどん、いさぎゅう（とても）利発かごたるしなぁ。両親も静子も大《たい》ぎゃな気に入っとるけんな」

蘇峰はこのあと、思わずぐちらしきことをいい添えた。

「お愛どんな、人付き合いもよかごたるばい。こるから先んおなごはな、ちっとどま交際もしきらにゃいかん。そぎゃんなからにゃ男も困るもン」

兄の仲人口から蘆花は、何もかもを兼ねそなえた大人の女性だと思いこんだ。しかし実際は、無邪気すぎて裏表なしの生一本、しかも初心《うぶ》で天真爛漫《らんまん》。そらぁまっすぐで良《よ》かとこる《（ろ）》ばっかりですたい、といいたくなる。だが大方は無邪気は幼なすぎだし、初心で天真爛漫は遠慮も会釈もない明けっぴろげに通じる。しばらくは内緒にと思っても愛子はとんと頓着なし。立ちどころに何もかもが明々白々、両親に兄夫婦に女中にさえ筒抜けだ。初対面夫婦はお互いに思惑ちがいの続出であった。

しかし徳富家の日常は、無邪気で明るい愛子が加わってにぎやかである。何となく華やぐ空気が家中に満ち、夕食後は兄もまじえてなおのこと楽しい。その日は義姉も子どもたちも留守。いつものように父と兄が並び、向かいあって母と蘆花。この座に愛子が加わって蘆花はびっくりする。あと片付けをすませた愛子がにこやかに座に加わる。ところがするすると坐った席は兄の下座。妻は夫のかたわらに坐るものと思いこんでいた蘆花ははっとする。おどろきと怒りが腹の中で渦を巻きぐっと我慢。鵜呑みにはなれている。

ぷりぷりと太りざかりの愛子は、色白の皮膚もはちきれそうな十九歳。隣に坐った愛子を見ながら蘇峰がからかう。借家の近くにころび坂がある。

「そぎゃん肥えとっと、ころび坂は危なかばい。米俵んごつころころして、止まりきらんとじゃなかつかい」

一座がどっと湧いた。からかわれて笑う妻も嫌なら、からかう兄はもっと嫌。

五月も末の寝物語に妻がいった。

「面白くないほどなら、生きてる甲斐はありません」

そうそう、本当《ほんな》こつ、そぎゃんたい（そうだ）、と同意したいのに夫はそれがいえない。夫の過去は重すぎた。社でも家でも不快なことばかりで蘆花は思う。自分は日陰道をへどろまみれに生きてきて孤独。だが妻は、そよ風吹く青空に抱かれ、野の花まみれののびやかさで友人も多そう。夫はそれがしゃくでたまらない。

このころ二人はお互いの日記を盗み読みしている。蘆花の日記には「幼稚なれども、教うれば好き家妻とならむ」とあり、愛子のには「むずかしやだけれども時々おかしいことを言うたりして、面白い男」とある。

疲れると素地が出てきて二人の性格のちがいが出はじめた。蘆花はせっかちだし、愛子はゆったりでリズムがあわない。蘆花の早口に愛子がいう。

「早口はちょっと……」

「早口がどうした」

「品格にさわるのでは……」

口ごもる妻に夫はむっとする。

蘆花の不快は実にささいなことが多い。たとえば結婚式後に挨拶に行った親戚の家で、お茶菓子をすすめられたのが妻が先だったとか、愛子の母に招待されて兄良八の家に行ったときのこと。宴の半ばに仲人の人見が、即座に書く用ができて母に筆記用具を所望。何げなく愛子が取りに立ち、墨をすり筆の柄を人見に向けてすすめた。礼儀にかなったこれしきの当然も蘆花にはしゃくの種。

自分以外の誰かのために妻が何かをするのが嫌。ましてや相手が男ならなお腹立たしく、この我慢が癇癪《かんしゃく》となる。愛子は、何で？　と訳が分からない。他の人なら意に介さないことが、蘆花には大きな我慢なのだ。仕事上のやるせなさ、親や兄夫婦との同居、あれもこれもの不満が喉元までつまっている。それをぐっとこらえている、それが新婚蘆花の日常であった。

そんなある日、思いがけない話が飛び込んできた。邸内に借家が一軒空いた。兄の家から屋敷内を東へ一丁ほど。裏門きわの家で八畳、五畳半、三畳、二畳に台所、家賃は四円五十銭。行水をする場所もなく、重い木造ポンプの井戸も遠い。それでも六畳一間から比べたらもったいないほどの広さである。何より二人きりになれるのが嬉しくてならない。ところが、借家を気に入った両親が新居を隠居所にという。

「子のもんな親んもんですけん」

と兄はにやにや。さあ大変だ。大抵《たいぎゃ》なこつぁ我慢なれしとる弟もこれには猛反対。憤然と気色ばんで抗議する。すったもんだして新夫婦が別居と決まった。

緑の多い小さな庭に甘い香りがただよっている。あまりの馥郁《ふくいく》さに二人は黙って庭木のなかへ。梔子《くちなし》の花の五、六輪が人待ち顔の白さである。二人は顔を見合わせ、思わず手を取り合って驚喜した。天下晴れて二人きりは何もかもが新鮮だ。蘆花の部屋は八つ手の葉陰ともいえそうな南向き八畳、愛子は東向きの五畳半。格子窓の下に机と鏡台を並べた。格子窓からはすぐ下に大路が見え、道向こうの黒塀黒門は九条邸。少し下ると一条邸。大正天皇と明治天皇、両皇后のご生家である。そこからかこの大路を皇后坂と呼びなれていた。

新居暮らしも食事は隠居所で一緒だし、日常にさしたる変化もない。だが気分的には雲泥の差、日曜はつい寝過ごして女中に起こされ赤面する。この開放感が新たな問題を生じさせた。第一は蘆花の妬みで、それも妻を相手だから厄介だ。

妻と自分を比較する夫は、「幸福の中から歩み出てきたような心身美しい」妻に反し、自分は「汚点だらけの過去」を持ち、兄の重荷のままに先行きにさしたる希望もない、と思う。さらに官立学校出身の妻に「小学校の卒業証書一枚持た」ない自分とでは所詮勝ち目はなく、月給も妻が一円上で最初から完敗、と思う。この考えを下敷きに、俺が妻に勝つのは文章と英語だけ。俺は夫、俺は男、歳は六つも上、俺は肥後ん男ぞ、敗けてなるものかと対抗意識がむくむく。

最初の妬みの実行は、入社いらいの歩きを人力車に変更。愛子が人力車通勤だからだ。これといった仕事もせず「ぽかんとしていてまたぽかんと」退社して人力車で帰宅。蘆花は愛子を幼いという。だが蘆花の方がよっぽど子どもっぽい。なあんも女房ば嫉妬《しょねま》んてちゃ、と馬鹿馬鹿しくさえなってくる。が、そこが男のプライドで「おなごなんかに何が分かるかっ！」と一喝されそう。そのくせ夫は、心底妻が可愛いいし大事でもある。

この思いの強さが妻をかばって母久子に反発させる。蘇峰妻の静子は家妻として懸命に努め、次々と子を産んだ。姑としてはそんな義姉にはあまり用をいいつけられず、次男の嫁に期待する。嫁が姑に仕えるのは当然の時代に、こん嫁は、学校ん仕事《しごつ》ぁあるし息子はべたべた。食費は入れとっとばかりに朝夕の食卓にはきっちり坐る。そんくせ家んこつぁ女中まかせ、姑ん手伝《てつだ》やあとまわしで姑は不満が一杯。

今日は夫の帰りがおそい日だ。愛子は両親と一緒に夕飯をすませ、何かと義母の用をしていた。愛子が二階への階段に足をかけたとき夫が帰宅、そのまま食卓へ。すかさず女中が給仕に坐り、階段にかけた愛子の足が迷う。それを見た姑がすかさず、

「はよういまんぅち出しとかにゃ！（早くいまのぅちに出しておかないと！）」

とがり声での催促に愛子の目線が夫をちらり、すまなさそうな顔をして二階へ。それが蘆花には、母が妻を二階へ追いやったかに見えた。夫はぱっと顔赤らめ、いきなりちゃぶ台ごとひっくり返し、痛っ、と女中が顔を押さえ、かまわず夫は蓋ものを投げ、あとは手当たりしだい。初めての経験に愛子はびっくり、びびりまくって私が悪いゆえとひたすら謝る。と、とっさに姑が、

「自分のこつぁ棚にあげち、人に第一等ば求むるもんじゃなかっ！」

一喝されて夫はぎゃふん。母の言に思わず、そん通り、と思った自分が口惜しい。蘆花は何もかも

に腹が立って腹が立って口もきけずに帰ってしまう。愛子はどちらにつくこともならず、どうしていいやら判らない。

新居のお縁から見えるたそがれの空が美しい。だが蘆花には見えていず、妻も妻だが息子の食卓から妻を追いやる母親がどこにいる、と母への怒りが燃えている。しばらくして雪駄《せった》の音。庭から父が現れ、後ろに隠れるように愛子がいる。父は笑止な顔をし、愛子はしおしおとうなだれ、愛子をかばって父は息子をなだめた。

そんな日にまたも事件である。結婚早々愛子は、夫の着物のみすぼらしいのが気になっていた。実家の母とも相談し、三円の縮《ちぢみ》を買って内緒で縫う。料理も縫いものも苦手な愛子だが、そこはそれ門前の小僧である。ともかくも着物の形に仕上がった。

内緒の効果はてき面で、新妻がはじめて仕立ててくれた単衣は、縞柄も色合いも好みにぴったり。シャキッと涼やかで愛情たっぷりの着心地だ。愛子もとてもよく似合うと嬉しい気分。蘆花は早速本宅へ。その後ろ姿に愛子は、妻であることの実感を噛みしめていた。きっと本宅でもよく似合うと褒められるだろう。はにかむ夫の嬉しそうな顔が浮かぶ。本宅での蘆花は、前見せ後ろ見せてと手放しの嬉しがりようだ。

肥後の地は本来質朴を見栄にもして質素である。徳富の家も代々それを守ってきた。だから蘆花の姉たちも紋付さえ持たず、蘇峰が結婚したころも木綿ものしか持っていなかった。それが新婚早々、仕立て下ろしの縮《ちぢみ》の着物に得々顔の弟である。翌日の夕方もその着物をきて本宅へ。そこに母の陰口が聞こえた。

「よか着物《きもん》ばっかり作って着せらすもん」

はっとして蘆花は縁側に立ち往生、体が熱くなるのを感じている。よか着物《きもん》ば着せらしたのは愛子。母の陰口に蘆花はきりきりと歯を噛んだ。噛みながらこれは父の癖と、恐ろしかった怒りの目を思い出すのと、右手が左袖を引きちぎるのと同時。あとはもう無我夢中。ひき裂き引きちぎり、ひと足おくれできた愛子はあっけにとられて息を呑む。ずたずたになった単衣を丸め、蘆花は愛子めがけて投げつけた。それをかき抱き、ひぃーっと泣き伏す愛子。はっと吾にかえった蘆花は、二階に駆け上がり古単衣をひっかけると新居へ走る。

やがて愛子が泣きながら帰ってきた。

「悪かった。ごめんよ」

夫はしゃくり上げる妻の背をなでて慰める。愛子にしてみたら、丹精込めて縫った単衣が何で引き裂かれたのか分からず、みんな自分の落ち度と思うよりない。女大学《おんなだいがく》(二)で育った女の誰しもの思考経路である。嵐の去ったあとの静寂に、たそがれだけが濃くなっていく。黄昏に包まれながら、二人は心の溶け合うのを感じていた。どちらからともなく手を取り合い、縁に坐って見た空に、気の早い星が二つ三つまたたいていた。

新居での気兼ねのなさで、寝物語に夫は妻に問いかける。笑いながらの質問は、夫が新妻に問いたい不審である。処女なら新婚初夜にあるべきものがあるはずだが、との問いに愛子は意味が分からない。夫はさらにその証拠があったかと問うてきた。明治どころか戦後までも、性の知識など何も知らないのが当たり前。だから嫁入りのとき、連れ母《かか》さん、といって姉か伯母がついていき、初夜の作法を教えたものだ。愛子はそれもなく、夫に問われ、夫に教えられてはじめて処女の意味を知って愕然《がくぜん》とする。

熊本下通の家でのこと。二階が広すぎることもあって母は陸軍少尉を下宿させた。兄良八上京のあとだったことで、十四、五歳ごろの愛子は少尉を兄のように慕った。花岡山に遊びにといわれて大喜び、弁当持って花岡山へ。そのことが何かも分からず愛子は山頂で少尉に犯された。同じことを家の二階でしようとして母に見つかり、少尉は逃げ出した。愛子は処女の意味を知ったがゆえに、なおさらのこと夫にはいえず、どんなに怒られても私のせい、と自分を責めることで彼女なりの制裁を受けているつもりである。

褒められこそすれ、叱られ、どなられ、お膳をひっくりかえされるなど一度もなかった愛子である。それがささいなことで連日叱られどなられる。結婚とはこんなもの、夫とは妻に当たり散らすもの、と思うよりない。母鹿子はまだ東京にいるのに、夫が里へ行くのを嫌がるので里帰りもめったにできない。

そんなある日の訪問客は仲人の人見一太郎だ。何の用だか分からないうちに帰り、こんどは人見のお祖母さんが現れた。お祖母さんは、二人にも分からない生粋《きっすい》の肥後弁をしゃべりまくった。

「はァい、そうじござりますたい。はァい、どうしてあァた」

分かったのはそれぐらいで最後に「なんのよかよか」といい残して帰った。どうやら原田家からの離縁の申し入れに、仲人として新居の様子を見にきたらしい。愛子の兄良八から人見に、愛子は虐待されている、ときつい申し入れがあったのだ。話の出所は本家の子守らしく、このことは「なんのよかよか」で立ち消えた。

そんなある日、新聞社で蘆花は午後になって下腹が痛みはじめた。小使い部屋の木の長椅子に横になっても治らない。湯を飲みにきた社員がにやりと笑って去り、蘆花は我慢できなくなって帰宅した。

身もだえして痛がる夫に愛子はおろおろ。青ざめた額から脂汗が吹き出す。隠宅からは母が、次に医者がきてやっと少し治まった。愛子は学校を休んで二日間を看病だ。団扇《うちわ》でハエを追い、風を送り、音羽子義姉から教わったゼリーやカスタードプリンを作りと、妻の時間の全部が夫のために使われる。夫が安らいでいるのが分かって愛子は少しほっとする。

妻を独占できた蘆花は、あの激痛にさえ感謝したい気分である。夫は思う。妻を自分から引きのける学校が憎い。背が高く若い男子教師もいる学校は止めさせよう。これは妻独占の味をしめた夫のひそかな誓いであった。

こうして弟が妻のことで思い悩むとき、兄蘇峰は風雲ただならぬ日本のために大奮闘。明治二十七年（一八九四）六月号『国民之友』は、「日本国民の膨張性」を巻頭に掲げた。次は大意である。いまや日本国民は「日本国」の外に「日本国を建設しつつあるにあらずや。若し過去幾百年の歴史をして、収縮の歴史たらしめば、将来幾百年の歴史は、膨張の歴史と云わざるを得ず」こう書き出され、神代からのわが祖先は、いまこそ「閉鎖の隧道《ずいどう》を過ぎて、開放の天地に入れり」同胞たちは、南極星の真下、千尋《ちひろ》の海底、黒竜江、椰子樹の葉陰にも生計を立てる者二万有余人。まさに日本膨張の時代である。日本の一年間の人口増加はここ五年間の平均で、四四万二千三百人だから、明治二十四年（一八九一）から八十三年目には一億人を超えるだろうと書く。『国民之友』がいう八十三年後は昭和四十九年（一九七四）だ。このとき日本人口は、一億九九四万人（総務省統計局）で予測通りである。「憶《おも》うに我が国将来の歴史は、日本国民が世界の各所に新故郷を建設するの膨張史に相違なかる可く」と締めくくる。

その一カ月後の七月二十五日、軍艦浪速丸艦長東郷平八郎は、英国旗をかかげ清国兵を輸送していた船を朝鮮半島沖で撃沈。八月一日に日清宣戦が布告された。社は大本営がおかれた広島に臨時支局を設置。総力あげての戦況報告である。蘇峰は陸海軍の要職者に話を聞き、乃木希典《まれすけ》とも会った。ある社員は従軍記者として出発。編集室では帰国記者を囲んで戦争談義に花が咲く。蘆花よりうんと若い記者の「あんまり敵の砲丸がひどうござりますけん、小舎の蔭にいって屈《かご》うちおりました」という声が聞こえる。隠居席の蘆花はただただ肩身が狭い。俺も何かしなければとあせる、が、何もできない自分にさじを投げ、周囲が忙しいと暇になる、とふてくされるよりない。

このとき国木田独歩(三)は従軍記者として戦地へ。独歩がのった「千代田艦」からの取材記事「愛弟通信」が大きな話題を呼んだ。署名は「海軍従軍記者国木田哲夫」とあり、愛弟とは社で留守を守る国木田収二である。記事の多くが「愛弟」ではじまっている。だがこの日のはちがう。『国民新聞』明治二十八年二月二十六日「威海衛大攻撃　北洋艦隊全滅！」と題された五段組二段の中程を要約して抜粋する。

支那北洋艦隊は二月十七日までに敵艦六隻が撃沈され、残る軍艦四隻と砲艦六隻を「分捕る」ために、千代田艦は軍港威海衛《いかいえい》（中国山東省北東岸）に入った。次は、そのときの軍港内の見聞録である。「惨然《さんぜん》たる零落《れいらく》の形容一見して目にあふれたり。彼等は城を明け渡したるなり」「一個破船の光景に画家詩人をして『悲惨』の題目たらしむるに、見よ、靖遠（敵艦名）は二本の檣《ほばしら》と一個の烟筒《えんとう》と艦橋の上部と風取りの頂《いただき》とを水面に現すのみ。且つ一本の檣はトップ以上を失い他の檣頭《しょうとう》に彼れ《（ママ）》の軍艦旗半《なか》ば裂けて風に翻るを見る」と。他の軍艦五隻の無惨なさまを書き、つづけて敵味方、悲嘆と歓喜を描写し、その心情を述べ、艦内敵兵の様子を書く。私物をもって甲板に集合した敵兵の哀れな様子を描写かと思えば、敵下士官を「彼等は支那人の花なり」という。「その風采は悠然迫らざる趣を有して、英語を操つること流るるが如く、敵として吾が相手となし、鋼鉄榴弾もて命の取り遣りするには余りに優長に、むしろ士官室に招きて三鞭酒の杯をあげ、巴理《パリ》の花を賞するに適す。彼等は泰平の海軍士官なり、武人には非ず」

阿修羅《あしゅら》

兄は東奔西走、国のために働き、弟は私事にのめり込む。

兄蘇峰への蘆花の心が冷えた。あることを思い出し、そうであったかと納得できたからである。蘆花が結婚する前年であった。兄と姪が大病をして兄が癒《い》え、姪を看病していた深夜。姪の枕元で蘆花は、愛子と鎌倉へ遊びに行ったという義姉に、愛子のことを問うたことがある。翌日に兄が「疑うわけじゃなか」といい訳しながら、「義姉《あね》さんとにゃ、差し向かいのはなしゃするもんじゃなか」隣室で寝ていた兄は、ふすま越しに深夜の話を聞いていたのだ。そのときは兄のいう意味が分からず、妙なことを、と蘆花は思った。いまはっきりと思い出したが、思い出すきっかけはこうである。

この夏も本宅は揃って逗子へ避暑に行き、愛子夫婦が本宅に寝泊まりしての留守番で主婦役は愛子。兄が家にいる間は、毎朝のひげ剃りも、洋服だ和服だと身の回りの気遣いも愛子の役目。喉の弱い兄は、筆に薬液を含ませ喉に塗るのが日課である。父の居間にいる蘆花は、障子にうっすら影を映し、縁側から中二階へ行くらしい愛子の気配が分かる。やがてごほごほと兄の咳が聞こえ、薬液塗りの様子が想像できた。

何でもない、それは百も承知、だが彼の心は穏やかでない。身の回りのことは女中に、といいたくても結婚初日に、兄は親と思え、といった手前それもいえず、屈託のない愛子によけいに腹が立つ。兄は特別、子女三人の父親、やましい気などある兄でない、だから嫉妬など無用、見苦しいと自分で自分を叱りつける。それでも次々に気になることばかりで、どう抑《おさ》えても妬《や》く気持ちが湧いてくる。なぜ、と思い、はっと思い当たったのは、義姉との会話を注意されたあの深夜のこと。あぁあれは兄の嫉妬《しょねみ》であった。なあんだ兄も普通の男、つまらぬことを気にして笑止な、と思う。しかしそれはいまの自分の姿そのもので、笑止な、などと笑ってすませられないのだ。

俺は長い間兄の何を見てきたのだろう。幻影をでも見ていたか。偉大と信じてきた兄も実際は自分と同じただの土塊《つちくれ》。こう気づいた蘆花は幻滅に打ちひしがれ、果てしない寂しさに襲われる。かといっていらつく気持ちがおさまる訳でもなく、嫉妬《しょね》む思いも募る一方。兄が逗子に行く土日にほっとし、兄が家にいる間は神経がたかぶる。夕食の片づけもすんで愛子が女中相手に話し込む、と、二階からおりてくるらしい夫の足音。ずいと茶の間に入ってきた夫はランプへ一直線。黙って火を吹き消した。たとえ相手が女中だろうと、夜の愛子は夫の占有であらねばならぬ。これは夫蘆花の鉄則である。

勤めながらの本家の主婦業は、慣れないだけに夫に叱られてなおとちる。そんな愛子を兄がかばい、神経を逆なでされて夫はなおさら妻に当たりちらす。

ある朝兄が緊急書類の置き場所を忘れ、蘆花も一緒に捜しても見つからない。捜すのを手伝いましょうときた愛子を、険しい顔で言葉も荒く夫が追いかえす。しばらくして愛子が、「洋服のポケットにございました」と嬉しそうに持ってきた。兄も夫も喜ぶかと思いきや、夫は妻を押しへだて、書類をひったくるや振りあげたげんこつが愛子の肩へ。うしろではっと息を呑むらしい兄の気配。びっくりしたまま愛子は階下へ。蘆花も急いで後追いながら、階段の途中でもう後悔している。

首うなだれじっと立っているよりない夫。とうとう禁を破った、殴るのだけはと夫は夫なりに自戒していたのに……。蘆花の手を柔らかい掌《て》が包み込む。棒立ちに立ちつくす夫の姿は、深い哀しみの器。妻は思わず手をとらずにはおられない。夫の目から涙があふれ、涙にさそわれて妻も泣いた。温かい涙の中で二人はしみじみと幸せであった。

義兄は親、本家の主、夫の社長、手落ちのないようにと愛子の気遣いも細やかだ。懸命に兄に仕えるそのことが、夫の機嫌を損ねているとは……。愛子はまったく気づかない。日に日に機嫌が悪くなる夫。どうしたらいいものやら、愛子の神経は少しずつ病んでいった。帰宅途中に人力車から授業指導書を取り落とす。疲れからの居眠りとしか思わず、笑い話の種にしかならなかった。

夏休みがきて、夫は早々に愛子を逗子へ追いやる。一刻も早く兄から遠ざけたいのだ。愛子はそれっきり退職。理由は神経衰弱と書かれた。五年の義務年限があるのに、一年どころか一学期だけの勤務で終わった。

秋風とともに避暑組が帰京し、新居での二人暮らしがはじまった。新米主婦はご飯を炊いたことがない。最初のご飯はこげくさく、表面に小さなこげ穴ができて淡黄色の色つきご飯ができた。日曜に夫へすすめた料理は、小麦粉にシラスを入れて焼いたもの、どうにも生くさくて食えない。炒り豆だと出してくれたは嬉しいが、なんと小豆の炒り豆。大豆で美味しいのだから、小豆でもと思ったのだろう。いくら新妻の手料理でもとても食えない。

両方の母を招待しての接待は冷やしそうめんだ。ところがだし汁を知らない新妻は、醤油を煮立てた熱々のつけ汁を出した。母たちは思わず苦笑、生醤油《きじょうゆ》でうまそうにすする。汗っかきの夫にと麻のシャツを縫う。試着の夫が妙な顔、何かが変である。打ち合わせが左前、つまり女物に仕立て上がっていた。

夕食後の団欒時に「懺悔《ざんげ》するかのように」兄がいう。

「お愛どんな、Morality（一般的にいうモラル・道徳的には）の方はどぎゃんかい」

切り返す口調で弟が、

「そる《れ》が欠けたら、すぐに離婚たい」

「そぎゃんこつばいうち。健さんぐりゃん男なら、どしこでん（いくらでも）世話するばい」

愛子は黙っているよりない。その夜のあと話である。

「俺《おる》ぐりゃん男なら、どしこでんおるてちいうたな」

と夫。愛子は目を上げず、「もったいない」とだけ。ちょっと気の利いた男なら兄の冗談を、「ほうら、どしこでん世話すってばい。俺《おる》よりよか男んおっどかなあ」ぐらいの返しはいうだろう。それをこの夫は、こと愛子に関しては冗談を冗談と受けとれない。次は『思出の記』の蘆花文である。

「熊次（蘆花）は駒子（愛子）に対する兄の愛の日に日に昂ずるを感じた。薄々は結婚前にも感じ、結婚後はまたひたと感じたことであったが、此数日の間にそれがいよいよ露骨になってきたのを否でも認めねばならなかった」

蘆花はそれを「妹というものを一人ももたぬ兄の、義理の妹に対する自然の情愛かもしれなかったが、満たされなかった兄のあるものが、今弟の妻によって満たされる自然の衝動かもしれなかった」と書き、さらに「熊次の嫉妬の目は、駒子（愛子）を見る兄の眼の異様な輝きを決して見落とさなかった」とも書く。端的にいえば、たとえ小学校さえ出ていなくても、家妻としては充分に努めている静子である。兄の社会的地位にふさわしい夫人像、つまり知的水準や優雅さを求めたいときの物足りなさがある、と弟は見た。それらを備えている上に、何といっても愛子には若さがある。それらへの兄の関心を、蘆花はじっと見つめている。

兄はいう。『弟　徳冨蘆花』のなかで、「予は正直に告白するが、蘆花夫人は予の理想とする女性とは全くかけ離れた女性であった」確かにそうであったろう。だが、それとは関係なく、若ければよし、とする男心が微塵もなかったとはいえなかろう。詩人蘆花の繊細な神経が、それを感じとっていたとはいえないだろうか。

結婚五カ月めで愛子にあるべきものがない。すわおめでたか、と蘆花も両親も色めき立った。いよいよ母になれる。愛子はその喜びはもちろんだが、それより責任が果たせる方が嬉しかった。寝物語も、男か女か、名を何とつけよう、母に似たらさぞ可愛かろう、父に似たら目玉ぐりぐりか、とそのことばかり。姑久子もきっときれいな子が産まれると喜び、姉たちからもご懐妊おめでとうとの手紙が舞い込む。蘆花は社の帰りに、大きな宝珠形の土焼き貯金玉を買い、墨黒々と「生れむ子の為に」と書いた。その日から十銭二十銭と銅銭の落ちる音がする。

しかし愛子が「母になる望みは、間もなくはずれた」。はずれたとは流産ではなく何かで生理がおくれていたのだろう。きっと愛子の精神的ストレスだったのだ。まだ二人とも若い。すぐに本当の懐妊の日がくる。このときはそんな安心があった。それでも喜びが大きかっただけに落胆も大きく、一時治まっていた蘆花のいらいらがぶり返す。

愛子の虫歯が痛んで頭に響く。愛子がどんなに痛がっても、夫は歯医者へ行くことを許さない。男の医者などもってのほかで、痛がる愛子に蘆花は、俺が埋めてやる、と虫歯の穴に消しゴムをつめてくれた。次の日帰宅するや夫は妻に質問する。

「帯揚げば失わんだったかい」

「帯揚げ？」

「誰かにやったりせんだったろね」

「誰かに⁇」

愛子は何で帯揚げ？　と思う。それもそのはず、社の同僚が従軍記者として出発するとき、女の帯揚げでズボンを締めていた、そこからの発想は、もしかして愛子の帯揚げではとの邪推である。想像は想像を生み夫の嫉妬は際限がない。

一度口が切れたらあとはもう洪水のようなもの。ちょっとしたことで玄関障子の骨までメチャメチャ。猫を引っつかみ畳に投げつける。腰がぬけた猫がひょろひょろ。じいっと見ていた蘆花は猫の口をスープ皿に押しつけて放さない。社でのあだ名が猫、陰で猫といわれる自分への面当て的自虐か。自分に思い当たる殴打《おうだ》なら妻の努めと思えもする、が、意味不明だから困ってしまう。

蘆花のいらいらは社での鬱屈がたまってのこと。かといって新妻に仕事上のぐちなどいえる訳がない。九州男児、それも肥後モッコスざい俺は、と威張りはしても、めそめそなどとんでもないのだ。

愛子はよく笑う。それを嘲笑ととる夫は、無礼な、と打ち叩く。愛子はうっかり笑うことさえできない。愛子の耳のそばで「あぁたはきっとどぎゃん辛抱でんするね」といいながらなぐりつづける。まるで辛抱の度合いを測っているかのよう。

ところが日記には「余は悪魔なり。天の使よ顧《かえり》みよ、愛子の夫は悪魔なり。しかも愛子は無罪の天使なるを」と書くのだから、自分の行為はきっちり見えている。それはちょうど、自分が経験させられたすべてを愛子に仕返ししているかのようで、愛子が幸せに育ったのが許せない。そこには多分に、あれほど自分を殴り足蹴《あしげ》にした兄が、愛子を可愛がり慈しむことへの苛立ちがある。加えて父が母を打ち叩いたことへのなぞりもあったろう。

夫の過去を知らない愛子への不意打ちは、愛子の気を動転させとまどわせる。このころの自分を蘆花は「社にでては猫、帰ると虎」といい、ささいなことで暴れ出す自分の中の悪魔を彼自身も御しかねていた。

「I am like a drum」私は太鼓のように叩かれる。愛子のこの一言が蘆花の胸を刺す。蘆花はこんな愛子が可哀想でならない。まるで五つ六つの幼女でもあやすかのように、なめんばかりの可愛いがりようだ。ときには打ち叩いたあとで激しく肉の愛を求める。極端から極端へ。蘆花の気持ちの揺れは激しい。

「自分をちゃちゃくちゃにする」とは母久子の弁である。今日もぐぜってぐぜって際限なしにじれまくる蘆花に、さすがの愛子も途方にくれる。もはや八方ふさがりである。と愛子がいきなり帯締めをとき、さっと首に巻くや力まかせにひっぱった。

「さようなら」くびれようとした愛子の首から、蘆花は帯締めの紫をひったくる。愛子の神経はぼろぼろ、溌剌と輝いていた愛子の顔が痩せて青白い。そんな愛子も好きな絵を描いていると少し元気になる。下屋敷の大銀杏がまぶしいほどの金色《こんじき》を見せている。

「ほオ見事なもんたい、あん銀杏ば描くとよか」

こういって夫は出社。その日帰宅すると愛子の様子がおかしい。

「雌黄《しおう》を呑みましたの」

雌黄とは硫化ヒ素を主成分とする鉱物で有毒。樹脂のもつ光沢を発する黄色で、日本画ではよく使う絵の具である。絵の具を溶きながら愛子は、発作的に雌黄の一塊を呑み込んだ。途方に暮れた愛子の病んでいく心が哀れである。雌黄の量が少なかったのか、毒性がさほどでもないのかは分からないが、さしたることもなく愛子はすぐに元気になった。

愛子略奪

結婚して八カ月、明治二十八年（一八九五）の松の内が明けた。とすぐ熊本から、愛子の父と異母兄軍次が腸チフスに感染し、追いかけて母も重体との電報がきた。

蘆花は愛子を取りもどしたいための偽り電報かと疑う。そのまま離縁と心配はしても帰さない訳にもいかず、兄良八の頼みもあってしぶしぶ許してくれた。もしかしてとの不安は、徳富の両親も兄夫婦も同じで、愛子の両手を握りしめて義姉静子が懇願する。

「きっと帰ってきてくだはり。どうぞ帰ってきてくだはりよ」

汽車が神戸を行くころは兄軍次が逝き、数時間後に母もみまかった。愛子が九日目に熊本下通の家についたとき、父も危篤状態。その電報に蘆花も熊本へ急いだ。

裏庭に十畳、六畳に板の間付きの隠居屋を新築して、両親が三年住んだ。父の葬式もすみ、夫婦はこの家で半月ぶりの気がねなし。日清戦争で人手不足の新聞社をそうそう休んでもおられない。かといって愛子一人を残して帰れば、それこそそれっきりだろう。帰りを急ぎたい蘆花は、翌日から親戚への挨拶回りだ。どこへ行っても愛子の評判はよく、蘆花のむっつりはちょっと敬遠される。それでも蘆花の名は通っていた。といっても外国偉人伝記の『武雷士《ブライト》』や『格武電《コブデン》』『グラッドストーン』『近世欧米歴史之片影』を出していたくらいで、それほど名声が挙がっていたわけではない。むしろ郷里に読者の多い『国民之友』『国民新聞』に書くものでの噂話なのか。それより蘇峰弟の小説家としての方が通っていたのかもしれない。

大江の旧居には光子姉一家が住み、竹崎順子伯母は、すぐ近くの熊本英学校附属女学校の舎監である。大江の姉宅に順子も会いにきた。その夜のこと、義父の形見分けで義兄良八に後回しにされ、翌日は兄妹での写真撮りにも誘われずで蘆花は不満たらたら。義父が一番愛した娘の亭主が俺、との思いが強い。

来熊して五日、明日出立のはずが愛子が熱発して三十八度五分。原田家の後始末に良八は妹を引きとめたい。隠居屋で良八が話しこむ。火鉢を囲みながら蘆花は、愛子を連れ帰るすまなさをなんども詫びた。夜もふけた。熱のある愛子も蘆花も疲れているのに、良八はなかなか立とうとしない。ついに蘆花が、荷物のまとめもあるからといい、若いもんを手伝いにと良八が気遣ってくれる。すかさず蘆花は、

「なあに、出奔したりして荷造りにゃなれとりますけん」と毒づく。

「じゃ」としぶしぶ立った良八が玄関の戸をしめる。待ってましたと蘆花の拳骨が愛子を打ち、蹴倒

し、ふんづけ蹴りまくる。愛子は悲鳴をあげ、良八が障子を引きあける。

「健次郎さん、健次郎さん」

とびこんでの羽交い締めに蘆花は、

「何ですか！　ああたはあっちぃいってくだはり！」

手荒く義兄を押し出すやピシャリと障子を閉める。転がされたままに愛子が嗚咽。猛火に嗚咽は水の役割。またやってしまったとの後悔が愛子を抱かせ、添い寝しながら片手は愛子の背を撫でさする。

「俺が悪かった、ほんなこつ俺が悪い。許してくれるね、許してくれるよね、ねぇ、許すだろう」

ひとりでに言葉が流れ出て蘆花の口はエンドレス。障子際にいるらしい義兄にも聞かせるつもりなのだ。しばらくして戸口に足音がした。大江の姉光子の夫河田精一のびっくりした黒い顔と、眉間にしわ寄せた良八の顔が現れた。

「健さん、健さん、あっちぃいこ、よかよか、よかけん、あっちぃいこ」

精一義兄が蘆花を引っ張り、蘆花は顔をしかめる。

「こん通り僕はもう落ち着いとっじゃなかですか。わたしゃここば動きまっせん。夫婦んこつぁ夫婦でします。そっでん無理ばしなはんなら、わたしどま情死してしまいますけん」

良八が精一を連れ出してぐどぐどいう小声が聞こえ、一人の足音が遠ざかり、一人が部屋へ、良八だった。三人はまた火鉢を囲む。

「失礼ばしました。びっくりしなはったでっしゅ」

「はぁ、おどろきました。よくもそっで文章ば書きなはっですなぁ」

感に堪えた良八のものいいに、蘆花はいずまいを正し、

「いや、実に何です……こっだけでん離縁……という理由は十分にあっとです。ばってんですな……」

「はぁ、私もそのぉ、こっじゃどぎゃんしたっちゃ（どうしても）離縁てち思やぁしましたばってん……まぁ、ちょっとあっちぃいこ」

愛子をうながす良八。吐息をもらす愛子。目をつぶる蘆花。その耳に愛子がささやく。

「わたしちょっといってきます。心はここにおりますよ」

軽くうなずく蘆花が小声でいう。

「面倒くそなったならこんまま発ってしまおう」

これには愛子がうなずき出て行った。だがなかなか帰ってこない。頭がしびれて考えられない蘆花。火鉢の火も灰になり、ジジジッと音たててランプが消えた。真っ暗闇に永い永い時が過ぎ、身に沁みる寒さに心も冷えきる。蘆花は手さぐりで土間へ。半月の薄明かりに築山を巡ると黒板塀だ。下駄をぬぎ外へ投げ、塀の横木に足踏みかけてひらりと道へ。掌《て》のざらざらは霜、そのまま少し南へ、西へ曲がってひたすら歩く。足は自然と高野辺田の竹崎順子宅へ向かう。

一方本宅の愛子は、夫の暴力に気分の悪さがかえって紛れたようでもあり、良八は離婚しろの一点

張りだ。

「俺が拝むけん。こうして手をついて拝むけんどうぞ帰ってくれ」

土間にとびおりて土下座の兄。

「私も拝みます。どうぞ徳冨にやってください」

「お愛は情死する女かい？」

「はい、情死します」

意気地なしと思っていた兄には意外で、疲れきっている妹を今夜はひとまず寝かそうと思う。愛子は真っ暗な隠居屋へ。夫の下駄がない。霜の上に足跡、さてはとって返し、カバンに残りの荷をつめ、夫の帽子と自分の肩掛けをもって裏門へ。一瞬停車場が浮かぶ。私をおいて夫だけの帰京はあり得ない。足は自然と三年坂へ向かう。もしかして追っ手が。動悸は激しく重い頭に体はふらふら、安《やす》巳《み》橋を渡るとすぐに九品寺《くほんじ》村から大江村だ。しらじらと東の空が明るんできた。


夫精一の報告に眠れないでいた光子姉が喜んで愛子を迎える。立っているさえやっとの愛子を義姉は風呂に入れ、女中が背中を流す。拳《こぶし》や足蹴《あしげ》の跡が紫がかったあざになり、女中さえもが思わず「むぞなげなァ（かわいそうに）」ともらす。高熱にあえぐ愛子はやはり腸チフスで即刻入院だ。兄良八が釣台（病人を寝かせたまま釣った状態で運ぶ）をもって迎えにきた。すわこそと蘆花が身構える。

「死んだっちゃかまいまっせん。連れち帰ります」

いきまく良八を光子がとりなし、何時間もすったもんだの末に蘇峰に「コトアリ、オイデヲマツ」との電報が打たれた。

蘆花は情けなくてならない。精一義兄に双方のいとこ婿二人まで加わっても、良八一人を説得できないでいるからだ。結局良八の意を入れ、蘆花は「謝り証文」を書いた。

愛子は隔離病院に入院する。ところがまた蘆花と釣台舁《か》きとが衝突。「帰れ、帰れ——帰らんか！」といきまく蘆花に、とうとう精一義兄が泣き出し、泣きながら蘆花を止める。

「好意でくっとばい、好意で」

剛直な義兄が泣いた。おどろく間もなく光子姉の一喝は、

「あんたが色々いうたっちゃ、一人《ひと》って何《なん》がでく(き)るかな！」

まったくその通りで蘆花一人で何ができよう。愛子は入院、見舞い客は絶えず、東京からは「社無人、いつ帰るか」と電報が立てつづけ。永い入院に費用も半端ではない。

いつしか三月になり、愛子も二十六日に退院だ。ひとまずは通町の研屋《とぎや》旅館支店へ。すぐに日奈久《ひなぐ》温泉へ療養に行く。そこへ蘇峰からの手紙は、愛子は順子伯母にでも託して帰京せよとあり、手紙からは兄の熱意が伝わってくる。もう否やはいえない。蘆花は、四月四日早朝に帰京と決めた。四日朝

早く人力車を連ねて池田駅（現上熊本駅）へ。廐橋《うまやばし》（現市役所前）を渡り、千葉城下（現伝統工芸館前）の切り通しでのこと。坂の途中にいた若者が、足早に蘆花の車に近寄った。

「わりさん（お前さん）な昨日おるがこつば悪口したな」

「なんばいうきゃァ！」

たちまち摑みあいなぐりあいの大喧嘩がはじまった。

「なんばしとるかナ、はようおりなはり！」

あわただしい光子姉の声に、はっと我にかえって蘆花は身軽に飛びおり、さっさと坂を上る。と、道の真ん中に納戸色の羽織の女。愛子だ。赤い顔して立っている。喧嘩がすんだのか蘆花の空車がきた。汽車の時間が迫っている。

「早くおのり」

蘆花は愛子をせかせる。と愛子が

「わたしその車にのります」

とさっさと蘆花の車に。蘆花は怪訝《けげん》な思いで愛子の車へ。蘆花がのった車の車夫は見るからに偉丈夫だ。今朝の出発時も愛子をのせるやあっという間に見えなくなった。その健脚がいまはのろのろ。のりかえたのがよほど不服なのか、不承不承が目に見えていて走らない。

「車屋さん、急《いそ》うじくだはり、汽車におくるるけん」

頼みこんでやっと池田駅へ。

愛子と長兄省二が真剣な表情で立ち話をしている。挨拶もそこそこに車中へ。ほっとして、あれ、ホームに良八兄の姿を見なかったがと蘆花は思う。

「良八さんなどぎゃんしなはったっだろか？　おんなはらんだったな」

それからの話は蘆花の肝を冷やした。昨日蘆花が一人で挨拶回りの間のこと。愛子のいとこ夫人が訪ねてきて愛子に容易ならぬことを告げた。愛子略奪計画である。車夫の大喧嘩もやらせなら、屈強な車夫ののろのろ歩きも兄の意を受けてのこと。愛子を隠れ家に連れこむ作戦であった。この話を聞いても愛子はまさかと半信半疑だ。ところが今朝、韋駄天《いだてん》走りの車夫が、呼んでも頼んでも車を止めてくれず、ならばと蹴込みの下へずるずると滑りおりた。車輪の大きい人力車だからできたことで、坂上で待っていたのは愛子の機転がさせた脱出後の姿だったのだ。

蘇峰への電報の詫びやら報告やら、蘆花は兄への手紙に書いた。原田の家と夫との間にあって、尋常の気遣いでなかった愛子。蘆花はそれを、「まさかの時に臨《のぞ》みて」「断固」として私に従ったその「覚悟と手際は」、普段はただ優しい一方のように見えても「真実驚くべき丈夫なる性質」を表したと。わが妻の腹の据わりように蘆花は舌を巻いている。

こうして愛子夫婦が、熊本であわや離婚かとの日々を送っている間に、日本は日清戦争に勝った。

この戦争に蘇峰は「あらゆる一切のものを犠牲にした」。外注であった印刷を、社が大きくなって印刷機を買う準備をしていた。資金成った直後の日清開戦である。蘇峰は印刷機購入資金、借金をも含めた全額を軍資金として献金した。同じく福沢諭吉は一万円（記憶ちがいかもと蘇峰）を拠出した。（『徳富蘇峰――蘇峰自伝』）

日清戦争でせっかく勝ち取った遼東半島を、三国干渉(二)（仏・独・露）で返還（一八九五年十一月八日。第二次伊藤内閣）した。蘇峰はこれが癪で仕方がない。しかも返還のそのとき蘇峰は遼東半島にいた。のちに「尋常ならざる関係」を結ぶことになる桂太郎も、第三師団司令部師団長として遼東にいた。二人ははじめて会い、蘇峰は「久しぶりにわけの分かった軍人と語るを得」たとの印象を持った。返還を知った蘇峰は「他国に返還したる土地にいるを屑《いさぎよし》とせず」と即刻帰国。このときから「予は精神的にほとんど別人になった」といい、国粋主義者へと転換していくのである。

遼東の返還を日本じゅうが口惜しがり「三国に踏股がれよ富士の山」と勝海舟が活を入れた。
蘇峰は社をあげて日本のために戦い、弟は愛子獲得のために瀬戸際を闘った。

一人私事におぼれていた蘆花は、ますます肩を縮《すぼ》ませての出社である。帰宅するや社での鬱屈がはじける。父の形見と愛子が大事にしていた銀時計を「夫が持たないものを妻が持つ法はない」と、庭石に叩きつけて粉微塵。義姉静子の産後の肥立ちが悪く、長男太多雄をあずかった。太多雄と添い寝の愛子に蘆花は、五歳の子でも男は男と蹴りつける。

絵を描くことが大好きな愛子に蘇峰が、絵の勉強をして雑誌の挿絵を描いたらと助言する。これは夫も納得。愛子はプロ画家（女性）についてめきめき腕をあげ、『家庭雑誌』に書く蘆花文の挿絵を描きはじめた。このことを蘆花が義母鹿子に知らせている。『家庭雑誌』の「秋の楽しみ」の挿絵三つは愛子が描いたもので、行く行くは「雑誌の光り」ともなるだろうと楽しみにしているとある。なるほど細筆描きのカットではあるが、なかなかの出来映えだ。

蘆花誕生日には、徳富の両親姉らを招き、愛子の手料理で接待もした。羊羹《ようかん》から吸い物、刺身、白和《あ》え、のっぺい汁、漬け物、オムレツまでも愛子一人で作ったものばかりで、両親も「大満悦、且は大喜悦にて」と蘆花は両親への手紙に自慢して書いた。

ところが現実は、女房がうまい絵を描けば、亭主も社のお抱え画家、和田英作（二）について絵の勉強だ。ここでも二人のちがいは明らかで、愛子は手本通りに緻密に描き、蘆花はいきなり色彩で表現する。目の悪い蘆花は、おおまかに「色彩で物を見る」描き方だったのだろう。

蘆花は写生に没頭し、写生旅行にはまった。これで自ずから大自然と真剣に向きあうことになり、『青山白雲』『自然と人生』などの名作が生まれる。のちに国木田独歩が称賛した『自然と人生』の中の「此頃の富士の曙」に、

「心あらん人に見せたきは此頃の富士の曙。

午前六時過、試《こころみ》に逗子の浜に立って望め。眼前には水蒸気渦まく相模灘を見む。灘《なだ》の果には、水平線に沿うてほの暗き藍色を見む。（中略）

富士は今睡りより醒《さ》めんとすなり。

今醒めぬ。見よ嶺の東の一角、薔薇色になりしを。

請《こ》う瞬《またた》かずして見よ。今富士の嶺《いただき》にかかりし紅霞《こうか》は、見るが内に富士の暁《あかつきやみ》闇を追い下ろし行くなり。一分、――二分、――肩――胸。見よ、天辺《てんぺん》に立つ珊瑚の富士を。桃色の匂う雪の膚《はだ》、山は透き徹らむとすなり」

逗子の浜から見る富士は遠い。それでもこれだけ緻密《ちみつ》に、刻々と変化する富士を眼前に現出させる。愛子は、蘭芳《らんほう》や黄花《こうか》女史の名で『家庭雑誌』に家庭的読み物を発表しはじめた。これらはどれも、家庭的読み物の範囲を出ていない。ちなみにこのような愛子の雅号は蘆花がつけた。蘭芳は「乱暴」を意味し、黄花は菊作りの名人であった愛子父の記念だという。

避寒に行く両親を送って蘆花は逗子へ。帰りに川崎の一杯飲み屋に一泊。この夜の相手は飯盛り女。三日目に帰った夫を愛子は逗子から直接帰ったとしか思わない。

明治二十九年、蘇峰が洋行するのをきっかけに蘇峰一家は逗子へ転居。このとき蘇峰が買った地所が逗子市桜山の二反（六百坪、約一九八四平方メートル。三二年には、この背後地の桜山上方に約三千坪の山を買い増す。故郷水俣に似ている風景にここを選ぶ）で、そこに隠居所が建てられ、いまも長孫健太郎氏が住んでおられる老龍庵である。

蘇峰が留守の間は、蘇峰長女の逸子を愛子が預かって氷川小学校へ通わせた。これで蘆花の癇癪が、逸子の口からそのまま逗子に聞こえてしまった。

兄蘇峰の外遊便りが『国民新聞』の紙面をかざり、氷川町の愛子の側には女中の藤がきた。陰気な感じで口重い藤は日がすぎてよけいに口重くなり、やがて下便所でくくれて死んだ。見つけたのは愛子。藤を蘆花が叱ったことはなくても、目の前での愛子への仕打ちは、藤を叱りとばすと同じだったのではと蘆花は気が滅入る。

蘆花の気伏せはつづき、臆病な彼はいつも日本刀を布団の下にかくして寝る。細川侯から拝領の細川家紋の九曜紋入りで、父からゆずられた脇差だ。寝付かれない真夜中に寝たまま抜き身をかざす。すーっと蚊帳《かや》の天井を切る。蚊帳は切れても手応えがない。つづけざまの二刀、三刀。あとはめちゃめちゃに刀を振り回す。「危ない！」愛子が叫び、蘆花は抜き身を静かに鞘に納め、愛子は黙って蚊帳をつくろう。

朝がきて逸子は学校へ。待ってましたと夫は刀の鞘をはらう。力を込めて振り上げ振り下ろし、ひゅうひゅうと白刃がうなる。ガチッ、槻《つき》の木の大机に当り、切っ先が曲がった。こんななまくらを大仰に拝領刀とおしいただき、我が家の家宝と代々ゆずってきた。何と腹だたしく馬鹿馬鹿しく滑稽なことか。

刀を逆手にもって畳にぐさり。両手に力を込めて向こうへ押すと無残やぐにゃり。引き抜いて庭に投げすてる。全身に殺気がみなぎる。そのまま振り返り、光る目で室内をねめ回す。目線の先になげしの額。新所帯の祝いに父が書いてくれた横額だ。蘆花は飛び上がって引きずりおろし、蹴破り、踏み抜き、それでも気が治まらない。

ぐるりと睨むと床にあるのが小楠の軸。妻をもっても兄弟仲よく云々と蘆花は書くが、詩文は分からない。つかつかと歩み寄りぐいと軸を引く。あとはまるでスルメを裂くかのよう。狂気じみた目がじろりとあたりを見回す。手近に何もない。顔色を変えて見上げる妻に目がとまる。愛子は黙って拳骨《げんこつ》に足蹴に耐えているしかない。

教会の老人会の集まりで母が上京してきた。久しぶりに会う息子である。

「おォおォ、痩せて」

母には息子の苦悩が見えたのか。

蘆花は社でのみじめを愛子にいわない。ただでさえ引け目ばかりの妻にいうことは、二重の辱《はずかし》めを受けると同じなのだ。食欲さえなくなった蘆花。おそく出勤して早く帰り、やがて出社するさえ面倒がる。愛子は夫を慰めたい。でもどう慰めたらいいのやら、下手なものいいでは逆効果で、はらはらと見ているよりない。

藤がくくれて新しい女中がきた。お梅という。蚊帳が一張りしかなく、愛子を中に川の字になって寝る。それもあの切り裂き蚊帳で、天井にふせ（つくろい）したあとがまるでみみず脹れのように見えている。

愛子ははっとして目覚めた。暗闇で争う気配にあわててローソクをつける。夫はすでに自分の布団でそしらぬ姿。愛子は黙って梅を抱きしめ、そのまま夜明けを待った。

翌日蘆花はものもいわず外出し、愛子は三畳の部屋を出ない。テーブルの下に頭を突っこみ、そのままの姿勢で髪の毛をかきむしっている。両肘をつき、無意識のうちにむしった髪の毛が玉になった。梅は台所にいて物音ひとつ立てずにどうしているのやら。

外出した蘆花には計画があった。病院で「犬の治療のためにクロロホルムを少し」と医師にいう。「素人じゃ危険ですよ」といわれて失敗。黙って帰ってきた夫は、ぞっとするほどの暗い目を据えて座敷に坐る。落ちかかるような蟬の声が、たぎる熱気を圧《お》しつけてくる。なのに家の中は薄暗く、じめじめとよどんだ空気が息苦しい。

午後に思いがけず人見一太郎がきた。すわ正式に離婚の使者。蘆花はとっさにそう思う。気になる三畳からは人の気配さえ感じさせず、てっきり愛子通報での重大事と思ったのに、人見は何も知らないらしい。

蘆花の仕事の二、三をいい、自宅でつづきものを書いてくれれば毎日出社しなくてもとのこと。人見はあっさり帰り、残された蘆花の長いため息には、複雑な感情がこもっていた。仲人人見に何も告げ口していないことが、素直に嬉しい蘆花である。蘆花は愛子を呼んで感謝し、梅を呼んで謝った。

「かわいそうじゃありませんか」

高ぶる感情を必死で抑えて愛子がいう。

この日かぎり蘆花は出社を止め、前日の日記に蘆花は「梅を見舞う」と書いた。

梅事件のあとも平穏ではなく、愛子は夫の心が自分から離れたことに苦しむ。あれほどに求め、嫉妬し、可愛がってやまない夫が、同じ蚊帳の中で女中に手を出したのだ。愛子は打ちひしがれた。かといって嫉妬は見苦しい。そしらぬふりして夫に仕える、それが賢い女のあるべき姿であった。夫は新聞に『すつる命』を連載中なのにそれを書かず、翻訳もせずまたも一人で写生旅行である。その留守に梅がいった。

「奥さまの顔は鬼のようになるときがあります」

愛子にはこれが「奥さまよりも旦那さまは若い私をお好き。それは奥さまが鬼のような顔をなさるから」と聞こえた。誇り高い愛子の自尊心はずたずた。梅には即刻暇を出した。愛子には帰るべき家がない。遭難したとき何としても生きて必ずあの家へ、と思わせるべき家がない。心を吹き抜ける凩《こがらし》の冷たさはあっても、風音は聞こえず寂しさだけがひしひしと身を縛る。

『家庭雑誌』に書かなくなった夫に別途収入はなく、株の配当金も月々十円が五円に。出社せず書きもしない蘆花の月給は十一円のまま。月十六円の暮らしに夫は、一人で肉を食い、次の日は写生旅行にと相変わらずである。質屋を知らない愛子は、嫁入り着物を屑屋に売ってしのぎ、掛け買いという盆暮れ払いに助けられてのやりくりである。

この年の誕生日に蘆花は、自戒をこめて墨書した。

「嗚呼吾は久しき奴隷にてありしよ。家兄の奴隷なりき。情欲の奴隷なりき」

と書き出して自立への決意を書く。決意がごろんと一回転、蘆花の心が動いた。転居である。出社しなければ社の近くに住む必要はない。

明治三十年（一八九七）正月三日に夫婦は逗子に転居。神奈川県三浦郡田越村（現逗子市桜山八丁目）に、蘇峰が前年建てた老龍庵から、空き地が少しの南隣、柳屋の一室である。

「そらよかばい、土台かる(ら)据え直しなはり」

母も賛成してくれた。大きな萱葺《かやぶ》きの柳屋の二階は、南に八畳二室で北に八畳が三室。北部屋のまん中だけが空いていて、襖だけのしきりは何もかもが筒抜けだ。部屋代は二円で夏場は五円。夫婦はひと月の生活費を十円と決め、かさばった借金返済の覚悟である。

この正月は逗子で一尺からの雪が積もった。雪を障子にへだてて書いたのが『漁師の娘』で『家庭雑誌』新年号付録用である。愛子はこれで夫の少女恋いを見た。『家庭雑誌』の編集者は、国木田独歩の実弟国木田収二で、独歩も新聞社の同僚である。蘇峰が媒酌した新婚の独歩夫妻も、去年の正月はこの柳屋に住んでいた。才子才女といわれた二人だったが、妻の信子（実家名佐々木、結婚時十七歳。有島武郎(一)著『或る女』の主人公ではといわれている。相馬黒光《こっこう》(二)とは母方のいとこ）は実家に行ったっきり帰ってこない。今日か明日かと待っていた社での独歩。結局五カ月で離婚したが、蘆花はそれらを思い出し、度々の危機にもめげず側にいてくれる愛子を思う。その愛子はリズミカルな包丁の音を立てながら、隣の台所を借りて夕飯のしたくである。

逗子の柳屋はいまも残っている。昭和二十九年に火事で焼け、場所もずっと南に移転。名前だけの柳屋で、女将さんの対応も蘆花や独歩へのこだわりはないようだ。柳屋跡にはいま蘆花と独歩の文学碑が立っている。

柳屋前は三崎往還をへだてて田越川の川口である。当時は潮が引けばアサリがとれ、松藻にトサカのりなど海草も豊富。春はセリ、ナズナなどなど。山では石蕗《つわぶき》に蕗、山三つ葉がいい香りを放つ。生きのいいアジが五銭、セイゴは十銭、どちらも愛子たちには贅沢で、五厘のサバの切り身もときどきしか買えない。

欧州旅行中の兄に、逗子転居の断りの手紙を書きたい。両親も兄の家族も逗子。その間の東京赤坂区榎坂の家を頼まれてもいた。なのに勝手に転居したのだ。何とも書きづらい。自分のわがままからの都落ちとの思い。出社しないでもらいつづけている月給。ろくな仕事はしていなくても、八年間も十一円のままには不満がある。もろもろの思いを込めて蘆花は兄へ手紙を書いた。

「小林、金子などとは同列に扱われ、三歳年上の人見輩には、顎《あご》でこき使われながら唯々《いい》諾々《だくだく》としていなければならない情なさ。だからといって、彼等と対抗し『一敵国を造りて堂々一方の将たる力量』は自分にはありません。『今の境遇に居れば到底不平憂愁自棄懶惰《らんだ》の中に死する』ほかなくなりましょう」

手紙文から、大きな後ろ盾だった兄は旅行中で、あからさまな社員たちの侮蔑《ぶべつ》的態度が垣間見える。そうなってはじめて蘆花は、真の自分の姿が見えたのではあるまいか。「電報の翻訳やら一夜小説のなぐり書き」は単なる埋め草原稿でしかない。蘆花はそこに将来への不安を見た。構想を練り、心を集中させての一心不乱。想像力をフル回転させて書きたいものを書きたい。それにはまず我慢できない雰囲気から抜け出すこと。兄がいないいまこそ、自分が親孝行をしなければとも思う。逗子の自然は素晴らしい。逗子に家を建てよう。結婚時にゆずられた熊本是法《ぜほう》村（現熊本市大江）の土地を売れば、小さな家なら建てられよう。このとき蘆花は数えの三十歳。よい区切りでもあるのだ。

氷川町梔子《くちなし》の家での荒れようは、ほんとに悶死への一里塚的様相をはらんでいた。そのときはきっと愛子に情死をといい、愛子も同意したであろう。だからこその引っ越しだが、これが愛子夫婦に大きな幸運をもたらすことになる。

逗子で最初の仕事は、評伝『トルストイ』を民友社から刊行。田山花袋の『蒲団』に感心し、言文一致で書いた日本最初のトルストイ伝である。一カ月もかからないで書き上げたこの本は、「この冊子の成る一半は卿《きょう》の力」と書き添えられて愛子に贈られた。社からの稿料は四十円。すぐに三島だ箱根だと一人で写生旅行である。掛け金その他の返済をと胸算用していた妻なのに、お金が入るとじっとしておられない夫であった。

季節がかわって隣室があき、八畳二室に三畳半を借りた。蘆花が据えた机の位置からは三崎往還は見えない。小さな庭と桜山と空の一部が見える。

桜山八丁目一帯はいま蘆花記念公園になっている。頂上には郷土資料館があって入場料百円。蘇峰、蘆花のものも少し展示してある。そこへの道々、幾曲りかの坂に桜山の四季を書いた蘆花文の書き抜き案内板がある。

「暮れて、山を下れば、径《みち》を夾《さしはさ》む青茅《かや》の一色に青黒きに、点々たる百合の花、朧《おぼろ》夜《よ》の星の如く、ほの白う暮れ残りぬ。風そよそよとして、夕山の香袂《たもと》に満つ。

山の端《は》に月光り初《そ》めぬ」（『自然と人生』）

紅葉が多く秋はきっと見事であろう。頂上の資料館前からは逗子湾が一望できる。江の島は目近に、富士山は長く裾ひいて伊豆の山並を従えている。蘆花文学碑は桜山の東南下にひっそりと低くある。

蘇峰が一年ぶりに帰国。兄の帰朝で社員残らず俸給一カ月の慰労金が出た。蘆花の月給も約束高の二十円に昇給だ。八月になって兄蘇峰が、内務省勅任参事官正五位に叙せられ、両親が涙で喜ぶ。これで『国民新聞』の性格が変わった。祝い客が引きも切らずの老龍庵で社の幹部の一人がいう。

「いよいよ御用新聞になりましたッ、よろっしゅう」

舌打ちめいたものいいは、まず社員が自嘲したのだ。

イギリスに発注していた一万トン級最新式戦艦「富士」(三)が横須賀に入港。特別観覧で両親と愛子夫婦も見学に行く。兄の威力はここでも発揮され、日本は否応なく一定の方向を向きつつあった。都落ちの弟とはあまりにも差がありすぎる。

兄への祝い文に「青山白雲道同じからずと雖《いえど》も」の一節があって、兄とはちがう道を模索《もさく》しはじめた弟がここにいる。兄の出世は弟をいじけさせ、いじけの行き先はやっぱり愛子。打って蹴ってびんたを張って、引きずり回して罵詈雑言《ばりぞうごん》。その怒声は柳屋が家鳴り震動したとの証言もある。蘆花にはうっぷん晴らしの相手がいる。受ける愛子はいつも一人、じっと耐えるしかない。


翌年、蘆花自身が自分のはじめての文芸書だという『青山白雲』が出た。蘆花は自然を通じて神を見た。愛子に当たり散らす蘆花と『青山白雲』の蘆花とどこでどうつながるのだろう。これを読むと、狂気と天才は紙一重を実感させられる。蘆花はまちがいなく詩人である。詩人の魂をもつ純粋な蘆花と、わがままで暴力亭主の蘆花が同居している。矛盾は人の常。愛子はそんな夫の詩的部分を見つめていた。

この本には多く熊本が語られる。育った大江村、横井小楠の「沼山津村《ぬやまづ》」、阿蘇の健磐龍命《たていわたつのみこと》（四）伝説の「数鹿流《すがる》ヶ瀧《たき》」、英学校時代の下宿白川公園界隈の「訪はぬ墓」、明治十六年（一八八三）に、兄と遊んだ世界一の外輪に囲まれた活火山、阿蘇のことは「阿蘇の山」でそのさまざまが語られる。温泉、草千里、放牛、白川黒川、火の山阿蘇山そのものなどなど。

結婚五回目の記念日がきても夫婦は子なしである。帰国した兄にはすぐに女児が生れ、湯浅治郎（五）妻の初子姉もお産をすませた。柳屋の女房も臨月。赤ん坊の泣き声に囲まれながら愛子はその兆しさえない。夫は一人写生行脚だ。どちらを向いても独りぼっち。夫婦はよく浜を散歩する。波が寄せると頭を出し、引けばもぐる可愛い貝がいる。貝の名はナミコ。わが子が産まれたら浪子の名をと、楽しいはずの会話も愛子にはかえって辛い。夫の嫉妬のすさまじさ。癇癪の激しさ。夫のためにと愛想をしてもそれが嫉妬の種、癇癪の種。笑ってならず外出もならず、久々にきてくれた学友も早々に帰ってもらい、実家の両親は土の中。兄良八は北海道。四面楚歌の愛子である。

頼みにしたいは夫、なのに夫は妻にさえ、いえ妻なればこそ踏み込ませない心の領域をもち、埒外《らちがい》にはじき返して妻をへだてる。愛子は母が手織りの着物を膝に、撫でさすりながらぼんやり見つめている。日が暮れたのさえ気づかない。ふらふらと立ち上がり表へ。新しい石垣の突端で上げ潮がしぶく。ざわざわと泡立つ波の白さが懐かしい。迫間川《はざまがわ》に突き落とされ、溺れそうになってからは水が怖い。なのにいまは妙に身近だ。潮波が迫間川の流れに思われ、あそこへ飛び込んだら水はわたしをどこへ連れて行くのだろう。目が覚めたらきっと両親の側にちがいない。袂に拾う石の重みが花岡山で処女を奪われたあのときの、あの少尉の重みにも感じられ、夫にはすまないが早く両親に会いたい。これで処女を失くしたわたしの罪も消え、罪が消えればわたしもあの空の星になれるのかしら。夫はどこにいるのやら、夫がとても遠くに感じられる。なのにその夫が心残りでもある。

何かがふっと脳裏をかすめた。いつか聞いた逗子浜に上がったという土左衛門の話だ。愛子はどうして柳屋まで帰ったのかを覚えていない。

我慢の限界である。それでも耐えなければならない愛子。そこまで耐えさせているもの。それは、真実。しかしそれはのちのちに分かることで、いまの愛子にそこまでの理解はない。愛子の基礎には良妻賢母の思想がある。幼時教育で徹底して刷り込まれたものの強さであろう。女高師までの学校教育、家庭教育、どちらも女大学的儒教教育であった。この教育を基礎に愛子の素直さと勝ち気、それに自尊心が耐えさせた。

戦前までは、三従七去が良妻賢母の指針であった。これを守ってこその賢婦である。夫の浮気わがまま暴力貧乏。これらに耐え切れなかったらそれこそが恥。誇り高い女なら、裡《うち》に昂然と顔を上げ、表につつましく両手をついて耐える。さらにもっと根本的なことがある。

婦徳、これを堅持してこそあるべき賢婦の姿である。夫の理不尽に耐えているそこには、自虐的自己満足もあったろう。耐え忍ぶ自分の姿は称賛の的、のはず、とのかすかな希望的観測もあろう。かてて加えていまの愛子は、どうしようもない男の苦悩を感じとっていた。男が女に体でそれをぶちまけるのは、愛すればこそ信じればこそで、一番身近な分身だという思いの丈を体に託して本音をぶっつけてくるのである。

知性ある男が秘める魂の苦悶。それを感じとる能力を愛子は持っていた。それが愛子をして耐えさせたのだ。愛子には守るべき子どもがいない。夫と妻の一対一。直接激しくぶつかってくる夫に、愛子は、男の苦悩を、純粋な魂を、狂おしいほどの夫の愛を感じとっていたのだ。

愛子夫婦は急に思い立って旅に出た。行き先は伊香保(群馬県)。姉湯浅初子が伊香保で結婚三年にして妊娠。それにあやかりたいとの強い願望が、初子たちが泊まったという宿、千明仁泉亭《ちぎらじんせんてい》を紹介となった。以来伊香保をこよなく愛した愛子夫婦は、この宿と深い縁ができて蘆花はここで没する。

愛子夫婦がこうして辛い道を歩いていたとき、蘇峰には別の命運が迫っていた。帰朝後の蘇峰の立場はむずかしい。任官したことで民主主義を捨て、官僚側に立ったと見られた。それを変節と取った民衆は『国民之友』も『家庭雑誌』も買わない。新聞も購読者がへり、社員の給料が払えずに三分の一が首になった。やがて『国民之友』は通算三七二号で廃刊され、『家庭雑誌』も同じ運命を辿る。

逗子にきて二回目の夏である。客が多すぎて柳家の部屋が足りない。去年もきて顔見知りの母子が予約なしにきたのは夏の半ば。母親は病後らしくげっそり痩せている。愛子夫婦は夏の間だけとの条件付きで庭に面した八畳をゆずった。

借り主の名は福家《ふけ》安子といい陸軍中佐の未亡人である。夜はともかく昼間は開けっ放しのすだれごし。他人とはいえ同居のようなもので風も通れば話も通る。福家夫人の気さくな人柄もあって、料理下手、家事下手の愛子には伝統的知恵袋いっぱいの先生でもあった。

福家夫人はいう。蘆花の笑い声は中佐の笑い声と怖いほどに似ていると。親しくなれば身の上話はつきもので、夏も終わりの曇ってしめやかな夕方、問わず語りの話がはじまる。夫人の夫は大山巌(六)大将の副官であった。中佐は大山大将につき日清戦争に出征、旅順も落ちないうちに戦死。話は大山家のことへと移り大将の娘信子の哀れが物語られる。

大山の先妻澤子の出自は伯爵吉井家。三姉妹を残して澤子が没し、後妻に入ったのが日本最初の女子留学生津田梅子(七)ら五人の中の一人山川捨松(八)である。捨松には愛子も縁があり、捨松の姉二葉(九)が女高師時代の舎監であった。さらに愛子は二葉に連れられて大山邸に遊びに行き、お茶を出してくれた信子にも会っている。思わぬ縁が蘆花に作用する。大山大将先妻の長女信子は十八歳。明治二十六年に子爵三島弥太郎(十)二十七歳と結婚（愛子結婚の一年前）。子爵は外国留学もした官吏である。当時父大山は陸軍大臣で、信子の媒酌は海軍大臣西郷従道《つぐみち》(十一)であった。

二カ月して信子が肺結核と診断される。結核は死病と恐れられた当時、信子は大山家に引き取られ、手を尽くすが思わしくなくて離婚。信子は亡くなった。愛子はうなだれ、蘆花は床柱によりかかりながら聞き入り、信子臨終の言葉だと夫人がいう。

「もうもうわたし、二度と女なんぞには決して生まれてきは……」

むせび泣く夫人。蘆花の脊髄を「あるものが雷の如く走った」。

夏は終わって福家夫人は元気になって帰京。蘆花はこの話が忘れられない。浜辺を歩いていても信子の面影が顕《た》ち、波の音に信子の声が聞こえる。彼は信子に取り憑《つ》かれていた。可哀想がすぎて苦痛にさえなり、どうにかしないではおられずに書きはじめたのが、『国民新聞』連載の『不如帰《ほととぎす》』である。

これが単行本となり大ベストセラーとなった。女の子が生まれたら浪子と思っていた名が主人公の名になり、愛子がいて『不如帰』は書けた。浪子から武男への手紙文、女性の会話、登場人物に着せる衣装。これらは愛子の知識とセンスに頼るしかない。小説『不如帰』の書き出しはこうである。

「上州伊香保千明《ちぎら》の三階の障子開きて、夕景色を眺むる婦人。年は十八、九。品良き丸髷《まるまげ》に結ひて、草色の紐つけし小紋縮緬の被布《ひふ》を着たり」

蘆花は若い子爵夫婦を伊香保に遊ばせた。これで伊香保も千明も一躍有名になり、一〇七年(二〇〇七年時)後のいまも宣伝なしでも若いカップルが多いとは、千明仁泉亭《じんせんてい》お女将さんの話である。何しろこの旅館は一時期「ほととぎす旅館」と別称したほどだから、その人気のほども窺える。群馬県伊香保温泉は石段街で有名だ。上へ上へとひしめいて温泉旅館や土産店が並ぶ。千明仁泉亭は石段街の最初、西側にある老舗旅館がそれで、玄関には蘆花の直筆手紙を横額にしてかかげてある。愛子夫婦が最初に泊り、巻頭に書かれた三階の部屋はいまもある。当時は下方に何もなく見晴らし抜群であった。いまも遠目連山の眺めが素晴らしい。

千明はやがて本館の一段下に二の段の別荘を新築、ここが愛子夫婦の定宿となった。二の段の別荘はいま旅館千明のすぐ下、バス停前の「徳冨蘆花記念文学館」にそっくり移築されている。展示室に入ると正面に浪子の等身大の挿絵コピー。黒田清輝《せいき》(十二)の絵が、写真で見る大山信子に似て、きりっとした顔に憂いを沈ませている。二の段の別荘はこの展示室の後にあって、千明仁泉亭先代の寄贈である。蘆花常用の籐椅子は、亡くなる前に椅子のまま温泉に入った藤椅子だし、蘆花の月命日の十八日にはお茶席も設けられ、床には蘆花の農事メモ的軸がかけられている。廊下の総ガラスの向こうは急斜面に大木の林、春は鳥の声がふり緑がしたたる。

『不如帰』は明治三十三年(一九〇〇)に初版が出て、九年後には百版。民友社だけでも一九二版を出し、昭和十一年(一九三六)に岩波書店から出たのが平成十七年で七七刷だ。

逗子湾の渚は一キロ。北の端に昭和八年建立の「不如帰の碑」がある。ちなみに「ホトトギス」の読み名だが、百版の巻頭に蘆花は「フジョキ」とルビをふっている。愛子と蘆花の間では、ただ「如《じょ》帰《き》」とさえいいあっていた。ではあるが連載中は「ほとときす」のルビがあり、不如帰はやっぱり「ホトトギス」である。

『不如帰』は明治三十一年（一八九八）十一月末から半年間『国民新聞』に連載された。これで新聞の購買数が急激に増えた。尾崎紅葉の『金色夜叉』は一年早く『読売新聞』に連載されていて、貫一の名台詞「今月今夜のこの月を」で有名である。『不如帰』を蘆花は『金色夜叉』につかず離れず書いたといい、芥川龍之介は尋常小学校三年生で『不如帰』を愛読したという。

つづけて『国民新聞』に「灰燼《かいじん》」（昭和四年映画化、監督村田実）を書く。『不如帰』も「灰燼」も蘆花は、話の中の一言に刺激されている。前者は福家《ふけ》夫人が大山大将の娘の言葉として伝えた「もうもうわたし、女なんぞに――生まれてきは……」だし、後者は姉常子が語った、切腹を迫られる若者の言葉「阿母《おっかさん》、あなたも！」の一言だった。

しかも蘆花はちらとではあったが若者（「灰燼」での小説名は茂）の姿を見ている。「西南の役」騒ぎで沼山津《ぬやまづ》に避難していた幼い蘆花。西郷軍に加わる郷士の一隊が、戦《いくさ》装束に鉄砲《てっぽ》かついで通る。蘆花は「二階から恐々《こわごわ》眺めて」いた。と、一人抜けた若者が、蘆花がいる家の主に別れの挨拶に立ち寄るらしい。姉が語る一言がこの姿を再び眼前に見せたのだ。『不如帰』も「灰燼」も死ぬ直前の台詞であり、せっぱ詰まった場面での一言であった。

「灰燼」につづけて蘆花は『おもひ出の記』を『国民新聞』に連載。八月に出版したのが『自然と人生』で、全集本での「灰燼」はこの本の最初に入っている。

『不如帰《ほととぎす》』

小説に涙を落す火鉢かな

『不如帰』を徹夜で読んだ高浜虚子の句である。

明治三十三年（一九〇〇）十月四日に愛子夫婦は逗子から東京へ転居した。東京府豊多摩郡千駄ケ谷村字原宿一七八番地。大きな桜の木のある借家で、敷地は二百坪足らずの平屋。部屋は八畳から二畳まで七室。井戸もあり、三角形の庭も広くて樹木もほどよく「植え散らして」ある。

両親も兄も見にきて喜び、兄がいった。

「健さんの家の立派なこつ、びっくりしたばい」

敷金二十円。十四円の家賃がちょっと重荷だ。いま家跡はビルになっていて、ビル前には、東京都が新しく史跡記念碑を立ててあるはずである。

愛子夫婦はこの家に五年三カ月近くを住む。逗子の自然が蘆花に生気を恵んでくれて、蘆花は、逗子で新聞に連載しはじめた『おもひ出の記』（のちの『思出の記』）をこの家で書きつづけた。机は行李のふたである。何もない四囲の壁には逗子で描いた風景画を貼った。火事見物のために屋根の上にのぼった蘆花は、富士が見えて大喜びする。

明治三十四年（一九〇一）二月である。高田実一座がはじめて大阪で『不如帰』を舞台にのせた。翌々年（一九〇三）四月には東京本郷座で藤沢浅次郎（二）らが『不如帰』の芝居を上演。初日から割れかえるような人気である。藤沢の蘆花訪問記には「原宿の家は軒傾き、蜘蛛の巣かかり、あんな艶麗なものを書いた作者その人はと云へば、ツンツルテンの筒袖を着た無骨な男」とある。藤沢の舞台を見た愛子は、浪子の衣装がやぼったく、最後まで着替えなしなのが不満でならない。以来浪子役を演じた役者は木下吉之助、芝翫《しかん》時代の歌右衛門、河合武雄（三）らが演じ、初代水谷八重子も当たり役であった。

くりかえされる芝居上演は、宣伝の役割をしてくれて本は大ベストセラーである。映画にもなった。映画評とまではいえないが、夏目漱石は日記に、九歳の娘常子が映画を見に行って泣いたそうだが、「どうして泣けるか不思議である」と書いた。

『不如帰』は日本国内ばかりでなく、諸外国でも多く読まれている。孫引きで申し訳ないが『落穂』（『蘆花全集』付録）から諸外国の新聞評をひろってみた。

『不如帰』は明治三十四年（一九〇一）『Namiko』の題で英訳され、英米同時に発売された。『ウイリアム・グリフイス』は多分イギリスの新聞であろう。「此の小説は暗示的な筆致に富み、国土の美しさや郷土に対する国民の熱愛を現している高尚な芸術品である」と書く。『紐育《ニューヨーク》タイムズ』は「良い意味」での「写真的な小説であり、忠実にして偽らざる生活描写である。その直裁な単純性といい、絶対的真理に関する確信といい、我々はあらゆる点にトルストイの姿を思い泛べる。若し日本に生まれて居たとすれば、かの偉大な露西亜人は此れと同じことを書いたであろう」という。いま一つ『ボストン・ヘラルド』は「花の縺《もつ》れ、絵の錦を剥いで、赤裸々な日本を現実的な争闘の形で描写している。美しい性格描写の断片もあり、多くの素晴らしい場面《シーン》の効果もある」。

さらにスペインでは明治三十五年（一九〇二）英語からの重訳で出版。重版に重版を重ねた。やがて『アンテス・ラ・ムエールテ』（『……むしろ死すのみ……』）と改題され、なおも重版を重ねたという。こう書くのはスペイン在住十八年の田川清（熊本県八代《やつしろ》出身）で、彼は『不如帰』について感謝しながら書いている。この作品は「至純」「人間的」で、中南米でも「蘆花の名と共に永世不朽の作である」。いまひとつは中国に『小説攷證』（民国十一年上海出版）中の拾遺篇に、外国小説二編が載っていて、『不如帰』と『シャーロックホームズ探偵譚』だとある。こうして『不如帰』はポルトガルその他、多くの国々でも重訳されて世界的作品となっていく。

『不如帰』の話が長引いたが、原宿時代の愛子と蘆花である。

愛子が蘆花原稿の清書を最初にしたのは、『ゴルドン将軍』（チャールズ・ジョージ・ゴードン、イギリスの常勝将軍の伝記）である。この年（一九〇二）の夏蘆花は、逗子への避暑もせず熱心に『ゴルドン将軍』

を書いた。資料を読むほどに蘆花はゴルドンが好きになり、好きな人物を書くのは筆も進む。夫が書くかたわらで愛子は、片端から清書してほぼ一カ月で書き上げた。このときちょっとした争いがある。物語も終わり近くに愛子が、中国大平天国の乱を平定した「マアヂ」に対する「ゴルドンの意志がはっきりせぬ」という。

「マアヂ」とは神人の意で、のちに第二のマホメットとか、救世将軍と呼ばれたアアメットのこと。嘉永元年（一八四八）に大工の子としてスーダンに生まれた。彼は長じて回回教《ふいふいきょう》の聖《ひじり》となる。ゴルドン将軍がスーダン提督の職を辞し英国へ帰国。エジプト政府の虐政に苦しむアーリア種族と、マアヂの野心が結びつき「マアヂの反乱」を起こす。この反乱にイギリス政府も軍隊を出し、エジプト政府軍も戦った。だがマアヂをマホメット再来と信じて戦うアーリア人の勢いに歯が立たない。ここで再びゴルドン将軍が出馬、マアヂと会談したり戦ったり。それらのことは書かれていても、マアヂへのゴルドンの意志不明と愛子はいいたいのだろう。人徳抜群、思いやり深いゴルドン将軍が、国民的英雄で宗教的シンボルの反乱軍マアヂをどう思っていたのか、著者も知りたい。

これまで一言も批評がましいことをいったことのなかった愛子が「書き方が不徹底」だと非難した。しかもかたくなにいいつのる。蘆花の怒りが爆発、せっかく清書した原稿を摑むや、畳に投げつけ踏んづけ蹴散らし蹴飛ばし、つっ立ったまま大きく肩で息をしながら、おさまらない怒りのやり場をさがしていた。そのとき玄関に誰やらの声。義兄湯浅治郎である。座敷から客間まで足の踏み場もないありさまに義兄は、「こらあどうし！」といいながら目を丸くしている。

明治三十四、五年だというから、薄田泣菫《すすきだきゅうきん》が蘆花を訪ねたのがこのころで、『落穂』に短い印象記がある。「二カ月も鋏を入れないらしい硬い髪の毛が、うるさく襟筋に垂れかかるのを気にしながら」言葉少なで、時折鋭い皮肉が「刃物」のように光る。蘆花は「百姓の」ような大きな右手の人差し指で、気ぜわしく「畳の上に書き物を」しながら話をする癖があった。その文字は「いろはとなり」ローマ字となり「漢字となり、時には大入道の頭になったりした」。同じことを『九州日日新聞』にいた後藤是山[三]も書いていて、千歳村粕谷時代の蘆花は「新しい畳の毛をぶちぶちとむしりながら」ときどき後藤の話に意見をはさんだという。


次に出版したのが『黒潮』である。これの『国民新聞』連載は、明治三十五年（一九〇二）一月一日の「『黒潮』の解」からはじまっている。まだ逗子住まいのころであった。出京した蘆花は兄の家（東京青山南町三〇番地。のちに青山会館が建つ）にいた。義姉は具合が悪く子どもたちと逗子に行って留守。蘇峰は朝から機嫌がよい。

さまざまの雑談後に、兄からこんな小説はどうかと話が出た。明治政府に反感を持ちながら、落胆のままに死んだ志士の息子が、父の志を継いで明治政府と闘う。だが時代が移り、青年の視野も開けて反感は消える。ところが世間は彼を誤解するといった筋立てだ。蘆花はこれに恋を絡ませたら面白かろうと思う。この話を傍らで聞いていた母久子が喜び、「そん話しゃきっと面白かばな」と大喜び。義姉が留守を幸い肉鍋だと、肉をじゅうじゅう焼きはじめた。肉大好きの兄弟もさすがに「朝かる《ら》！」とびっくり。

『黒潮』は一年連載との予告が出た。蘆花は書くことを一日も休まず出稿、だが半年で終る。本人はそれを「小説は熊次（蘆花）の手に余った。見たもの、知った事、感じた事しか書けない自分だからといい、小説中の会話を社の皮肉屋は「人と話した事のない会話」だと評した。

『黒潮』が終わるとき、二巻の構想はすでにあった。愛読者だという久保青年（大阪商業学校在学中）の手紙に、自分の身の上話を三十枚もべた書きに書いてあって、小説に使って欲しいとのこと。蘆花は早速取材開始。そのための旅がつづく。といってもこの取材は半ば遊びのようなもの。急に愛子を京都へ呼んだはよしとして、愛子が義姉初子に誘われ、蘆花に黙って同志社に行ったことに激怒して即刻帰京。

蘆花は困っていた。『黒潮』の連載が終わって収入がない。書く他に入金の手だてはなく、十二月二十三日から五回『霜枯れ日記』を出稿。二十四日と二十七日の原稿を、編集部が勝手に削ったことをきっかけに、これまでの民友社への不満が噴出。蘆花は「コムミッション……」の句と、「反政府的の数句」が削られたという。元原稿がなくて詳しくは分からないが、中野好夫著『蘆花徳冨健次郎』にあるので拝借する。「コムミッション（賄賂）」云々の方を中野氏は、蘆花の「重大な記憶ちがい」つまり、「海軍大拡張」のための「地租増徴継続」問題の議会紛争はその通りだが、「コムミッション」を受け取ったと蘆花が書く山本権兵衛海相の件は、大正三年のシーメンス事件だと指摘されている。

大正三年時に逮捕されたのは、呉鎮守府司令長官松本和である。『霜枯れ日記』が書かれたのは明治三十五年（一九〇二）なのに、どうして大正三年（一九一四）のシーメンス事件が登場するのだろう。中野氏も「いまさら厳密にたしかめるすべもない」と書いておられる。ということは、蘆花原稿のまちがいを編集部が削ってくれたのかもしれないのだ。

二十七日の新聞で二度目に削られているのを見て蘆花は怒った。無断削除を詰問し、「今後一切」新聞には書かないと手紙を書いた。告別の辞を出す出さないで社ともめ、結局出せないままに民友社と決別。蘆花が告別の辞を発表しなかったのは、蘇峰に出してくれるなと頼まれたからである。

兄の書斎で弟はいう。

「切っていただきまっしゅ。所詮見込みやありまっせんけん。こる《れ》かる《ら》書くとはどうせ社会主義に傾くとですけん……」

「そこまじいうなら仕方《しょん》なか。大《ふと》か穴んあくばってんなぁ……」

弟は立ち上がり兄は戸口まで見送る。見送られながら蘆花は思っていた。兄弟それぞれに天職がある、俺は俺の天職に向かって進まなければならぬ、と。

これが十二月二十八日。街には号外号外の声、第一次桂内閣による議会解散である。このころ日本政界は混迷していた。十九世紀に入っての世界情勢は、小国の独立が相つぎ、列国の食指が動き弱小国の植民地化がすすんだ。アメリカはその周辺を、イギリス、フランスは東方へと地域を拡げ、中でもイギリスの東進は凄まじく、これにロシア、ドイツが加わり、ロシアは不凍港を求めて南進し、中国は朝鮮を手なずけていた。そのために日本は朝鮮で一国の皇后を惨殺するという閔妃事件まで起こす。世界的な植民地獲得時代、つまり自国膨張時代が大きなうねりとしてあり、近代国家として脱皮しつつあった日本も、うねりの端に身をおいた。

少し時代が上がり、第一次桂内閣が誕生したのが前年(一九〇一)の六月二日。それより前五月二日に、第四次伊藤内閣が内閣不統一を理由に辞表を提出。組閣命令が井上馨に出た。井上は桂に応援を頼む。だが桂はこれを断り、渋沢栄一も協力を断った。井上の組閣は不調。元老会議(山縣有朋、松方正義、西郷従道、井上馨ら)の推挙で急遽桂内閣が誕生したのが六月二日。伊藤内閣崩壊から一カ月の空白である。一カ月間首相の椅子を持ち回ったこの騒動を、「茶屋の女将さんまでが」「緞帳《どんちょう》芝居といった」とも蘇峰は書く。

誰もが「三日内閣」と思った第一次桂内閣だったが、八カ月後の明治三十五年一月三十日に「日英同盟」が調印された。以来この条約は、第三次(一九一二)まで連続更新された。日本の外交政策は、第一次世界大戦終了までの間、この条約を基本としたのである。当時の世界情勢、つまり世界的自国拡張政策の中で、イギリスは中国の利権保持や、ロシアの満州居坐りを牽制しなければならなかった。それらがイギリスの「栄光ある孤立」政策をすてさせ、ドイツに接近させた。かと思えば、義和団事件で活躍した日本へも近づきたい。日本は日本で、伊藤博文や井上馨らが、ロシアとの妥協の道を探っていたが、日露協商条約に失敗。山縣有朋や桂太郎らは、いずれロシアとの対立は避けられないとしてイギリスとの同盟論を唱えた。ここに両国の利害関係が一致しての条約締結である。

これを蘇峰は、桂内閣にとって「大なる仕合わせ」であったという。第十六議会開催中（十二月十日開会〜三月九日閉会）の日英同盟成立が桂内閣を信用させ、信用が増せば勢力も増す。日英同盟に賛成の蘇峰も喜んだ。

蘆花が蘇峰に民友社との決別を宣言し、表に出てきたときの号外は、第十七回通常議会（十二月九日開会）解散号外である。解散の主な理由は、伊藤内閣成立当初からつづいている「地租増税改正案（地租増徴継続）」問題であった。桂は立憲政友会を創立した伊藤と会談し、地租増徴を継続しての海軍拡張計画に賛成を求めた。日露同盟を主張する伊藤は、海軍拡張には賛成だが、地租増税継続には反対。政友会も憲政本党も総会を開いて反対を表明。地租条例改正案採決直前の議会解散である。

こうして日本政界の権力争いはつづいた。蘇峰はそれらを「余はこの芝居を、余り遠くもなく、余り近くもなく、ちょうど都合のよきところから、面白く見物していた」という。

Ⅲ 新生

——水の洗礼、土の洗礼

富士登山

蘆花は自立した。明治三十六年（一九〇三）である。

蘇峰の呪縛からの解放は、蘆花に活気をもたらした。愛子には喜ばしいことだが両親は、弟が兄から離れることが心配でならない。

「おなごちゅうもんなな、米んねばりのごたるもんたい。ぽろぽろしたご飯なナ、美味《うもう》はなかもん。男同士が離れたっちゃ、おなごはつなぎのやわらっか味にならにゃんもんばい」とは愛子への姑の至言である。

熊本英学校時代の同僚、村田勲が書いた「母の声」という短い文章が『落穂』にある。村田は蘆花に、今日までに聞いた一番美《うる》わしい人間の声は誰？　と聞いた。蘆花は即座に「母の声である」と答えたという。「おなごはつなぎ」という久子の声はきっと、美《うる》わしい声だったにちがいない。

蘆花は急に太りはじめた。兄の傘下から離れ、社での鬱屈を逃れた蘆花の気が晴れ、食欲旺盛。ちょうど熊本から遊びにきていた甥が、ライスカレー七皿のお代わりに「こらァいさぎ！」（いさぎ＝すごい）とびっくりする。甥を連れての珍客は、愛子の母鹿子の妹で熊本山鹿の品子叔母だ。蘆花は鹿子よりさばさばした品子の方が好き。生まれてはじめてのライスカレーに叔母がいう。

「あんたは結構なもんたいなぁ、こぎゃん馳走《ごつつお》ばっかり食わるる家《うちゃ》あ、山鹿なんかにゃ、どぎゃん（どんな）金持ちてちゃ一軒だっちゃなかばな」

ずらりと並んだバラの鉢が一鉢二円と聞いて目を丸くした叔母。

「あぎゃん（あんな）イゲボタンば二円も出《じゃ》アち、こっじゃァ金はたまらんばな」

イゲはトゲ、叔母の素朴な目が姪婿の浪費を見抜いていた。

兄と縁を切り、『国民新聞』から離れた蘆花に残されたのは愛子だけ。頼り頼られ、頼る者は守らねばならず、生活費をかせぐには本の出版しかない。

新聞連載を終わったばかりの『黒潮』を自費出版する。「蘇峰家兄」と書き出す「告別の辞」がこの本の巻頭に掲載され、本の内容よりこっちが評判になった。

次は三頁もの「告別の辞」の大意である。

「兄上に手を引かれて村塾に通い、英語、文章、自由の大義を教わりました。民友社入社後も兄上に負うところ多く、『狂愚』の僕を兄上は我慢して下さり、『怯懦《きょうだ》』の僕は兄上にかばわれ、兄上の大きな翼の下に生い立ちました。兄上に従って地の果てまでも行くべきでしょう。が、しかし『先天的相違』に僕は苦しんだのです。『人の運命』はすでに『胎内にあって定ま』っているのだと思います。松は松とならざるを得ないように、『主義も同情も』『自家発展』の現象なのです。『複雑なる』性格の兄上は世の流れに従い、『単純』な僕は『直裁』にしか生きることができません。兄上は『帝国主義』を主張し、自分は『人道の大儀を執』る社会主義者です。主義主張も異なります。

これまでの恩義が重いからといって、兄上の元を去ることをためらう理由にはなりますまい。兄上の目からすれば、文学は生きるための一手段としか見えないでしょうが、僕は文学一本で生きて行きます。真善境に迷いながらも文学に生きることを決意したのです。愚鈍で弱い『一小弟』の自分ですが、孤立には馴れています。『寂寥』が『糧』であった自分ですから、斃《たお》れるまで行くだけです。

兄上からの山のような恩義に感謝し、社中の皆様の健康を祈ります。

『明治卅六年一月廿一日　弱弟　蘆花生謹識』

出版費用三百円は親からゆずられていた三井紡績株を売った。注文の一番乗りは神田の書店だ。尻をからげた六十爺さんが、えいやっと大風呂敷を背負う。玄関で見送る二人の目に涙がにじむ。次の日も次の日も爺さんは現れ、百部二百部と背負い、代金は全部銅貨である。銀行通いの愛子も大変だし、紙幣でといったら一円紙幣で銅貨が一円五銭買えるとのこと。五銭を稼ぐ辛抱が信玄袋の重い銅貨を持たせるのだ。本の定価は四十銭で卸は二割五部引き。爺さんにだけは三割引きにする。『黒潮』が売れてまたも蘆花はぐうたら生活である。自分がぐうたらなら妻にも強要。何もせずのぶらぶら暮らしは人に充実感を与えない。愛子はしたいことがいっぱいあった。英語の勉強がしたいのに英語が得意の夫は知らん顔。一人で聖書を読むことは許しても、同好者や指導者を外に求めるのは禁止。自分を信じない夫は世の男を信じない。ましてや女はもっと信じない。唯一許されたのが書道で、愛子は高名な書道家に入門する。とはいえ当然のように通信教育だ。そういえば愛子の文字はいかにも手習いをした人の文字で、きれいで読みやすい。

蘆花は『黒潮』続編を『国民新聞』に書くと約束する。約束通り書かないのだから当然原稿催促に追い立てられる。書きたい。だが書き出しさえ見つからず、書かなければとの思いが書けない夫を圧迫する。夫の感情が限度にきているのを察している愛子である。案の定またもや狂気が貌《かお》を出す。庭の一隅をじっと睨んでいた蘆花が、青蛙を握りしめての半殺し。愛子はいっそ殺してと涙をにじませる。垣根の隙間から向かいの八百屋をのぞく夫。何かと思ったら可愛がっている子犬が、八百屋でもらい食いしたと激怒。しっぽを振りながら帰ってきた子犬の額をコウモリ傘の先で一突き。犬はひくひくと痙攣しながら死んだ。愛するものへの嫉妬は人も犬もない。

蘆花はこのころから黒メガネをかけはじめる。ささいなことにすぐに不快を感じる彼は、それをおおいかくすために、もっと大きな不快をしでかす衝動にかられる。そんな自分を世間から遠ざけ、自分を見せずに人を見る。そのための色メガネである。

自分を御しかねた蘆花は旅に逃げた。一人旅の行き先は鹿児島の桜島。湾の中に孤立して噴煙をあげる活火山。噴火するこの山に蘆花は自分を見るのだ。明治三十八年（一九〇五）の紀元節（現建国記念日）に彼は一人桜島の頂上に立った。このとき蘆花が滞在した宿の娘（当時数え十二歳）が書いたものが『落穂』にある。「黒めがねをかけた異形な風体に」一度は断った客は、職業欄に「書生」と書いた。それから二カ月滞在したが、とうとう正体が判らない。岩にチョークで何やら書いては消して、は書く様子に、村人は彼女の母に「気がちごうた男だぞ。用心せんけりゃならん」といったという。

鹿児島滞在の間に伯母竹崎順子が危篤との知らせ。三月七日に順子が没した。

この年の夏、夫婦は富士登山を思い立つ。供は姪河田春子（青山女学院生）。

八月七日は七合五勺の石室で一泊し、翌八日は雨。九日も雨時折、風が強いが出発する。こごえながら九合目の石室へ到着。人、人、人。途中誰にも会わなかったのに石室は満員。仕方なくそのまま頂上を目指す。体が吹き倒されそうだ。風が飛ばす砂利が頬を打ち、手袋の中で手がかじかむ。凍えて歯の根もあわず、空気が薄くて頭が痛い。ねずみ色の霧雨が横なぐりの中を、ひと足ひと足を踏みしめて胸突き八丁もやっと登りおおせた。

一万二千尺（標高三七七六メートル）の頂上だ。石室に客はなく宿の主が一人火を守っていた。熱々の甘酒を飲み、ほっとして聞く風音の凄まじさは身の毛がよだつ。愛子たちは山頂で眠る。蘆花はポケットに忍ばせてきたブランデーの一杯が効いたのか、よく眠り、一度目を覚ましてビンの口から直接チビリチビリ。日ごろは酒を飲まない蘆花がいつの間にやらビンが空。体中がぽっぽとほてり頭はぼんやり。だが愛子はそれを知らない。蘆花の耳から風音が消え、自分の中も空っぽ。富士も愛子も消えて蘆花は「呼吸する死骸」である。

翌朝は愛子が一番に目を覚ます。夫はまだ夢の中のようだ。愛子はまた眠って次の目覚めは午後。強力《ごうりき》たちの高声にも目覚めず、夫はいびきをかいている。甘酒が沸き、愛子は蘆花をゆする。目を閉じたまま起き上がった夫が、茶碗は持つには持ったが、取り落として甘酒が飛び散り巨体がくずれた。「こんなに疲れられて……」と愛子も春子もさして気にもせず、明朝下山と決めてまたひと眠りだ。夫も静かに眠っている。空気が薄いと眠い。

その翌朝も外は大荒れ。夫は眠りつづけ、あまりもの静かな眠りは、魂が少しずつ抜け出ているかのよう。あの世からこの世へ、またあの世へと魂を運ぶ嵐なのか、外は凄まじい風の咆哮《ほうこう》。石室さえもぎ取る勢いである。なのに夫の眠りが静かすぎる、おかしい、異変だ。ゆすっても呼びかけても夫は目覚めず、愛子は祈った。

「医者を、医者を頼みます」

「吉田（山梨県側登山口）に医者はいねえよ。迎え？　そんなもん頼もうにも山にゃ若いもんは一人もいねえ。いるのは年寄りか病人だァに」

「あなたッ、覚めて、覚めてちょうだいッ。覚めてッ」

足元の砂を波がさらう感覚に愛子の不安は募る。この三日間に口にしたのは甘酒の一杯だけ。その頼りなさと、空気の薄さが考える力を奪っている。末っ子で甘えっ子の特徴で、日ごろの愛子は人のいうまま、頼りっぱなしの人任せ。その性癖が愛子をまごつかせている。せめて葛湯《くずゆ》でもと思ってても「そんなものはねえよ、ねえッ」と言下である。ああここは富士山頂であったとやおら周囲が少し見えてきた。ここは春子を頼るよりない。嵐が止みしだい強力《ごうりき》を連れて下山し、必ず医者を連れてきてとは泣き声だ。そこへ他の石室の痩せた爺さんが、小さな紙包みを差し出した。葛粉だ。神の賜物《たまもの》と伏し拝み、早速葛湯に。しかし蘆花は受け付けない。夫にはもう感覚がないらしい。爺さんがいった。

「この嵐さえ止んだらきっと誰か登ってくるで。強力がこんけりゃここには何にもないし、きっと誰かくる。そしたら頼んでやるけに」

また夜がきて轟々と嵐はやまない。なのに怖いほどの静寂は頭上の真空《しんくう》が近いのだ。一人起きている愛子に聞きなれない音がする。乾いた弾けた音は霰《あられ》に雹《ひょう》。雹はやんでも空は晴れず、愛子は決心した。とにかく人がきたら発つ。

宿代を払うと残りが十円、これだけでどうしよう。ずいぶん待って現れたのは薪を背負った若者が一人。目の前を黙々と通りすぎた。とすぐに葛粉の爺さんと一緒に若者が現れ、事情は承知、やってみましょうという。足がつっぱったままの蘆花を、全員で背負わせる。しかし立ち上がれない。

「駄目だ！　とてもいけねえ。大きいからなア」

若者はさっさと出て行き、愛子は呆然と見送る。はっとして追いかけ、どんなことになっても責任は私がといい、爺さんも言葉を添えて、それじゃ、と頑張っても、背負った腰はやっぱり上がらない。もう一度との押し問答は、手を合わせての哀願だ。

「ようし命がけだッ！」若者の腰が上がり、胸突き八丁で硬直した蘆花の足が岩につっかえる。やっと六合の石室へ。愛子は春子を寝かせて一人夫の頭を冷やしている。貴重な水を使うのはすまないが仕方がない。祈っては冷やし、冷やしては祈る。と夜中になって強力の若者が残雪を持ってきた。引き返してざくざくの万年雪を取ってきてくれたのだ。愛子は押し頂き、親切が心に痛い。

「リンゴ、リンゴ」

確かに夫がしゃべった。愛子の全身に喜びが湧きあがり「えっリンゴ？」とおうむ返し。六合目からだと近くは須走《すばしり》、町なら御殿場で五、六里（二十四キロ弱）とのこと。諦めるよりない。うなだれた愛子の胸に哀しみが満ちてくる。呼ばれたようで振り返ると、お盆の上に赤いリンゴが二つ。お盆をもつ宿の主の真面目な顔が魔法使いに見えてくる。主は振り返り、あれが、という。目線の先に十ほどの男の子。宿の子であろう得意な顔が笑っていた。先程到着の客が持っているのを見て、もらってやりなとその子がいったとか。愛子はすぐにリンゴをむいた。起き上がった蘆花はものもいわずにうまそうだ。またたくまに二つをぺろり。そんな夫の様子に愛子は、何もかもが神の賜物に思えてくる。

そう思う愛子の手を取り口にもっていこうとする夫。どうやら愛子の手をリンゴの白さとまちがえたらしい。朦朧《もうろう》とした様子の夫、隅の方に会社員らしい若者が二、三人。リンゴをゆずってくれたグループだ。愛子は丁寧にお礼はいうが名のらない。名の出てきた夫の萎《な》えた姿を見せたくなかったのか。それとも若者に名のる妻に、嫉妬の情抑えがたく、朦朧のままに癇癪を起こされたら一大事と控えたのか。

翌朝である。「ご来光！」との声がして、着茣蓙《きござ》のままに数人が走り出て行く。

「ここはどこだ」

五日間弱を人事不省だった夫が目覚めた。大きく開かれた戸口から、朝日に照らされた緑の斜面が見えている。ずうっと下まで見通しの斜面は、ちょうど阿蘇湯の谷から熊本平野を見るようである。

「富士の六合目ですよ」

「そうじゃあるまい。阿蘇、阿蘇だよ。ほら、な、阿蘇だ」

日本は日露戦争に勝った。花馬車に乗った第三軍司令長官東郷平八郎の凱旋《がいせん》を、愛子夫婦も銀座で迎えた。

八月末から日露講和問題が沸騰。樺太の北半分返還に賠償金はなしと日本は弱腰である。日比谷公園での調印反対国民大会の勢いは、焼き打ち事件へと発展。『国民新聞』も御用新聞としてまっさきに三回も襲われた。新聞社をやめたいきさつが蘆花をしばり、迷いながらもとうとう彼は焼き打ち現場に駆けつけなかった。

蘆花は富士山頂での人事不省からよみがえった。「生後三十八年、受洗後二十年にして復活し、寧ろ新たに生まるるを得たり」と書く。蘆花は復活した命の清新をと願う。神の愛に助けられたと実感した夫は妻に礼をいわない。山頂での祈りは妻として当然、との思いもあったろうが、それより必死に祈ったという愛子の祈りを通し、愛子を超えて神の偉大さを実感したからである。

蘆花は朦朧とした混沌の中にいた。時間空間ばかりでなく、すべての外界は存在感がない。古い肉体は疲れ果て、徐々に徐々に新しい肉体が生まれている。蘆花の感覚はこれで、それは自分の汚《けが》れを実感している蘆花にして起こったことかもしれない。

愛子も感じていた。己の意志とは関係ない何かを感知しているらしい夫。遥かな天上からの垂直下降か、大地からの自噴か、それとも遥かかなたからの水平到来かは分からない。そうしないではおられない衝動があって夫は、そこに神の意志を感じているのだ。

新しい肉体に宿るべき新しい精神は芽生えたばかり。「内なるものの」育つまでは黙って祈禱し、精神性を高めなければならず、二人は静養を求めた。新しい肉体に新しい精神の芽生え、蘆花はこれを革命という。革命の第一は兄蘇峰への詫びからはじまり、蘆花は、国民新聞社が群衆に襲われたときに駆けつけなかったことを詫びた。

「どうせ打ち殺さるってち思うたけん、あんたにも会わんで死なにゃんかてちも思うちなぁ」

しみじみという兄が、丸三年も会わなかった顔をあげて笑う。弟は兄の笑顔が嬉しい。兄への謝罪を蘆花は、自分の身に起きた革命のほんのひとかけらだという。

次の革命は食。肉も魚も大好き、何であれ最上等でなくてはならない蘆花が菜食と決めた。夫が菜食なら妻の菜食も当然である。

次は家。神の栄えのために働く資格を得るには、自己浄化をはからねばならず、清浄な地に身を置くこと。それには伊香保。清らかな大自然に囲まれている伊香保へ引っ越そう。

いまや過去は不要。二十歳からの日記、公《おおやけ》にしたくない雑文、手紙もろもろ、そして久栄との『春夢の記』もある。すべてを持ち出して火をつけた。過去の汚辱が燃え上がり、晩年、愛子との共著『冨士』を書くのに困る。

残るは精神面だ。夫は妻にこれまでのすべてを懺悔し告白する。女中たちがよく眠っているのを確かめ、蘆花告白の第一声は「俺は動物なんだ」ではじまる。数えの五、六歳で乳母に性の遊びを教えられ、そのままを母にしかけて「突きのけた母の手をいまだにびちびち感じ」るといい「俺はその時から母を失うてしもうた」と嗚咽《おえつ》する。

このとき語られたのが、川崎の飯盛り女のこと。愛子は「はっと息をのみ」「消え入る」ような「長い息」をついた。蘆花の告白はつづき、病気ともいえる自慰癖や、多くの女性関係が語られて白々と夜が明けた。

「機械的に」朝食をすませた直後。愛子が蘆花の耳元で「か、わ、さ、き」というやいなや、「ああ、いやだ、いやだ、私別居したい、別居しましょ、あなた」。蘆花ははっと顔をあげる。その顔に飯盛り女の姿態でも重なったのか、「ああ、しびれる、しびれる。ああ、もう胸のところまできた、あなたどうにかしてください」と愛子は顔面蒼白。あわてて医者が呼ばれた。心配する蘆花に医者は、「なあに、すぐ治りますよ、癇、癇ですよ」と笑う。ヒステリーだったのだ。

このときの蘆花が、過去の女性関係をどこまで告白したかは分からないが、初恋の人久栄のことはとうとういえなかった。あからさまに具体的に書かれていて、十歳以前に十人の女性との交渉があったことにおどろく。だが、詳述はもそっとあとの話である。

愛子受洗

石川三四郎の「魂の飛躍時代」が『落穂』にある。蘆花を評して「空間の中に潜んでいる電気の様な」「気儘な雷鳴や稲妻と同様にいつ何処で光り、いつ何処で鳴り出すか判らない」という。

本当《ほんな》こつですもん、大層《たいぎゃ》なご迷惑ばおかけしてしもうち、ほんにすまんこっでござりましたなあ、と同郷人としては謝りたくなる。

石川が蘆花との交流が深かったのがこのころで、蘆花の人事不省から二カ月後。つまり明治三十八年（一九〇五）、コスモスが庭に咲き乱れていた十月であった。「平民社」を解散、「新紀元社」を創立した石川は、仲間の木下尚江と原宿の蘆花を訪ねた。「新紀元社」への原稿依頼である。意外にも蘆花は非常に喜び『黒潮』続編を書くことを確約する。

『新紀元』第二号に第一回が掲載された。だが続稿がこない。代わりに蘆花が自分で原稿『懺悔』を持ってきた。（木下尚江が書く『落穂』文には郵送とある、が、石川文により実感性を感じるので石川文を拝借）。

蘆花持参の『懺悔』は「感激に充ちた長大論文」の告白文で、「当時の非戦論に関する意見、実兄と和睦するに至った心情」、富士山頂での失神、など「血の滴る様な苦闘と懺悔の経過が」目に見えるように書かれていた。原稿は『新紀元』新年号掲載のためにすぐに印刷所に送られた。ところが翌日か翌々日かにまたも蘆花が現れ、原稿を返してほしいという。緊張しきった蘆花のようすから、容易でないものを察した石川は、「傑作をむざむざ闇に葬り去るのは、如何にも残念」であったが、すぐの返送を約束する。

のちに蘆花は石川に手紙を書いた。「昨年十二月中旬までは、小生は猶恐ろしき罪人なりき、『懺悔』の一文を」とどけたときまでの自分は、まだ「悪魔の配下を脱する能はざりき」と。さらに大正十四年（一九二五）になって蘆花は『黒潮』や『十年』を書きつづけられなかったのは、「中心がつかめていなかったせい」だと『読売新聞』に書いた。

明治三十八年を夫婦は逗子で越年し、一月八日に伊香保へと身を移す。心身ともに清浄を願う夫婦にとって、それができるのは伊香保。豊かな大自然に抱かれ、聖書に親しみ、祈り、トルストイを繰り返し読む。

十三日には石川宛に手紙で、蘆花名をやめ徳冨健次郎に返る、と書く。本人は「堺利彦[二]兄に倣ふて『蘆花生』の号を廃したり」というが、それでも蘆花は蘆花。本書は蘆花と呼びつづけたい。

愛子は急遽江州大津へ。朝鮮群山にいる兄良八が、伊香保へ会いにきてくれた。その帰りに、江州大津の知り合いの家で赤痢に感染、その看病のためである。夫蘆花の怖いほどの変貌は、あれほど嫌った兄良八を看病させ、兄が癒えたらそのまま一緒に熊本に帰ったらと勧めてくれる。

愛子は久しぶりに熊本へ里帰りだ。兄との長い長い旅は、愛子にはこよなく嬉しい時間であった。誰にも聞いてもらえなかった思いの丈を、十分に時間をかけて大好きな兄に話す。話しながら愛子は自分で自分を見つめ、自分の本心を確認していく。愛子の本心。それは別居。川崎での飯盛り女のことを知ったときのひらめきではあったが、それはやはり本心であったろう。このときの相手が兄であったことも作用したのか。ぐちる相手の相づちは、相手によって公平でなくなる。

熊本から伊香保へ帰った愛子は別居をいい出す。蘆花はぎょっとし、いつかはと恐れていたことが起きたと思う。蘆花には突然でも、愛子には十年以上の鬱屈がたまっている。結婚当初に愛子は「面白くなければ生きている甲斐がない」といった。純で素直で天真爛漫、明るかった愛子が、十年の歳月に幾日それがあったろう。

愛子がいう「面白い」の意味は心が生きていること。自己を高める何かを吸収できていること、充実、これあっての満足である。夫と一緒に向上したいのに、いつも置いてけぼり。子どもなしの愛子の話し相手は、少女の姪や、文字知らず天皇さえ知らずの女中だけ。確かに夫の名声は上がった。しかしそれは愛子という個の充実ではない。しかも夫は、無知な女中や下賤な女を相手に選んだ。気位の高い愛子はそれが許せない。清くなるための告白を、現実の嫉妬の対象にするのはまちがいだと百も承知。だが理解と感情は別、明日のためにここは別居が必要だと愛子は思う。信仰さえ自由にならず、独りぼっちに耐えてきた愛子が、いい出す機会はいまと決めての申し出である。いまの蘆花は愛子の気持ちも理解できる。

愛子が帰熊の留守の間、蘆花は聖書をトルストイを読みまくり、翁と自分は似ていることを再確認。蘆花は長い間ためらっていたトルストイへの手紙を書いた。英文訳の『不如帰』に添えての自己紹介である。トルストイを敬慕する自分は、社会主義者でキリスト教信者で下手な作家だとも書いた。それを見て愛子が、

「トルストイは奥さんと別居しているのでしょう。様子を聞きにいらしたら」

本気なのか皮肉なのか、彼女も率直にものがいえるようになった。自分の考えを夫にいえるだけの自信がつきつつあったのだろう。確かにトルストイは財産のことで夫人ともめていた。全財産を村人に開放しようとする翁と、それに反対する家族との対立である。

愛子の一言が蘆花に直感を与え、現地へ行きたい、トルストイの顔が見たいと希望がふくらむ。トルストイへの二信が出されたのは聖地巡礼旅の途中、ポートサイド（スエズ運河地中海側入り口の都市）から五月十八日に出されている。だが、この手紙より蘆花の方が先につくことになる。

伊香保の山をおりたのは明治三十九年（一九〇六）三月十日。愛子受洗はこのとき。これまでなんど

頼んでも教会へ行かせてもらえなかった。夫の暴力に耐えようためでもそうとはいえず、愛子は一人聖書を読み、一人祈った。夫にしてみたら妻の精神面をよその男に頼るなどもってのほか。例え女性であっても妻の心を他人にゆだねたくはない。あくまでも聖書の導きは自分、蘆花はそう思った。だが当時の彼はそれができる精神状態ではなく、やっといま聖書の道案内ができる。いまの蘆花の裡では「一切の思想感情は醗酵、また醗酵」酒は米から酒になるべく寒中を熱く発酵する。蘆花も生まれ変わるべく発酵していた。行き先に何があるかも、どこへいくかも不明。何かがずんずん新しくなっているのが分っているだけである。いまは蘆花としてではなく、神の僕《しもべ》として何かをしなければならない。なすべきことの最初、それが愛子受洗への導きであった。

伊香保からおりてきた安中（現群馬県高崎市安中）は、前夜の大火が鎮火したばかりで、血走った目で人々が走り回っていた。味噌・醤油製造業の湯浅初子姉の家は類焼をまぬがれ、夫婦は姉宅に二泊する。

安中は新島襄の故郷で、安中教会は新島が開いた。教会は新島生家から湯浅家の前を通り、下豊岡町にある。このときは牧師柏木義円がいた。蘆花の同志社時代の友人柏木に、蘆花は愛子受洗を頼む。だが愛子は洗礼の必要を感じない。信仰は心のこと、神との直接交流には祈禱があり、多くの人の前で水の洗礼を受けることなど無用だと思う。洗礼無用は蘆花も同意。しかし心を新たにする儀式にこだわった。男女の結びつきに結婚式が大切な意味を持つようなものだといい、愛子もしぶしぶ同意する。教会はいまも大樹の十数本が緑の枝をひろげ、趣深い雰囲気が歴史を感じさせている。

受洗後二人は逗子へ。両親のいる老龍庵に同居し、外遊の準備をして蘆花は聖地へ。愛子は英語勉強のために英和女学校（カナダ系ミッションスクール）寄宿舎へ。


下船予定のポートサイドまで特別三等の船賃が一六〇円。旅費の六百余円は英国金貨六十枚と紙幣に交換した。輝く金貨をネルの胴巻きに一枚ずつ縫いつけ、必要時につまみだせるように工夫してある。

「もしもんときゃ大事《おおごつ》ばい。浮袋どころかこっじゃ錘《おも》り袋たい」という姉たちと一緒に笑っていた愛子が、出発前夜は夫の腕の中で泣きじゃくった。

四月四日、欧州航路の備後丸船中の蘆花である。インド洋をまわり、五月十八日に備後丸を下船。ピラミッドにのぼり、スフィンクスに語りかけ、あこがれて行ったエルサレムは、所詮「目を閉じて見物すべき所なり」とその俗化に失望し、聖書に書かれた物語の舞台、パレスチナ地方をめぐり、バルカン半島を走る。ロシアではあこがれのトルストイ家に五日間滞在。トルストイへの思いを深めて帰朝。この旅を書いたのが『順礼紀行』である。

トルストイに会った蘆花は深い感銘を受け、トルストイもまた彼を気に入ったらしい。トルストイに師事していたと、『落穂』にいう小西増太郎(二)が、十六年ぶりにトルストイを訪ねた。それがいつであったかは、蘆花訪問後のこととしか分からない。小西への第一声で翁は蘆花のことを聞き、会話の途中でもたびたび蘆花のことを話題にした。さらにトルストイ夫人も娘のアレキサンドラも「蘆花さんは」「蘆花さんは」と繰り返しその名を口にしたという。蘆花の滞在は五日間ではあったが、トルストイ一家と蘆花との交流はお互いに忘れられない印象を与えたのだ。トルストイと蘆花、馬車上の写真がある。御者は娘アレキサンドラ（当時二十二歳）。川に泳ぐ二人を迎えに行き、帰ったら、夫人がカメラをセットして待っていた。「そのまま、そのまま」と夫人がいい、シャッターを押したのも夫人。アレキサンドラはのちに、四十五歳で蘆花没後の粕谷に愛子を訪ねている。

蘆花とトルストイ作品との初対面は明治二十五年で、これには『国民新聞』の発行停止がからむ。この年八月第二次伊藤内閣が発足、外務大臣陸奥宗光、司法大臣山県有朋などの顔が並び、別名を元勲内閣といわれた。蘇峰はこれに反発。蘇峰が新聞を創刊したかった第一は政治の改良。幕藩政治、いうなら薩長政治の解消であった。なのに元勲内閣誕生に蘇峰が黙っているはずがない。『国民新聞』『国民之友』あげて攻撃。当然仕返しがきての新聞発行停止処分である。

にわかに閑をもてあました若い蘆花は、兄の本棚の英訳本『戦争と平和』を手にした。彼は青山墓地で芝生に寝ころび読みふけった。それからは手に入るかぎりのトルストイ著作（英訳）にのめり込み、日本最初のトルストイ評伝『トルストイ』も書いた。

そのトルストイが目の前にいるのである。握手をし、菜食主義者同士で食事をし、散歩しながら議論をし、共に泳いで強い感銘をもらった。

蘆花はいう。「百姓だけして働いてばかり居ると人は獣になる。書斎にばかり居て本ばかり読んで居ると人は悪魔になる」トルストイの生活ぶりのように生きたくなった蘆花は、自ら耕し、土に生きるための土地捜しをはじめた。

千歳村――美的百姓

蘆花は、「十八で水の洗礼を受けた私は、四十の春土の洗礼を受くべく此千歳村に来ました」と書く(『新春』)。十八歳で母に連れられて三年坂教会(現白川教会)でキリスト教の洗礼を受け、今回はトルストイ的土への執着である。

明治四十年(一九〇七)二月二十七日、東京府北多摩郡千歳村粕谷三五六番地(現東京都世田谷区粕谷一―二〇―一)へ移住した。

一反四畝(四二〇坪。約一三八六平方メートル)の敷地に十五坪(約五〇平方メートル)のぼろ家を二百二十円(土地坪単価約四十銭)で買い、粕谷の戸数二十六戸に仲間入りして、戸籍も水俣から移した。

六畳二間のこの家は「腐れかけた麦藁屋根、ぽろぽろ崩れ落ちる荒壁、子供の尿《いばり》の浸みた古畳が六枚、茶色に煤けた破れ唐紙が二枚、蝿の卵のへばりついた六畳一間の天井と、土間の崩れた一つ竈《かまど》云々」、畳だけを新しくしての入居である。

引っ越してまず困ったのは飲み水で、水深一尺ほどの井戸はゴミだらけ虫だらけで飲み水どころか洗濯にさえ使えそうにない。家から五丁（約五五〇メートル）ばかり西に、品川堀という小さな流れがある。近所の人は顔も洗えばおしめも洗い肥桶も洗う。肥桶と聞いて愛子が苦い顔をする。その顔を見ながら蘆花がいう。

「なあにこれも玉川の水、朝早く汲めばいいさ」

すまし顔の蘆花は翌朝から起きぬけに水汲みだ。手桶とバケツの水運びは、腕も抜けるほどに重い。家に着くころは着物の裾はずぶ濡れ、残った水は手桶に半分ほど。ならばと天秤棒を買い、これなら楽だと勇み立つ。ところが、えいやっと腰はあがっても歩けばふらふら。桶がゆれて腰がひっぱられ、耐え切れずに降ろすと桶が勝手に大地にドン。水が跳びはね、肩で息をし、汗が吹き出し、肩が腫《は》れ上がる。

周囲は墓地や雑木林、一番近いお隣さんは百メートルも離れ、困ったことにその家はサイコロ振っての博徒の巣。こんどの家への最初の訪問者が叔母矢島楫子《かじこ》だと蘆花はいう。それより早かったか遅かったか、熊本から守田晴市《せいいち》が訪ねている。当時二十三歳（数え）の彼は作品を通して蘆花に心酔。蘆花への思慕抑えがたく青山高樹町を訪ねた。だが蘆花はすでに千歳村だ。その足で追いかけ、尋ね尋ねて三里（十二キロ）。そのときの手記「蘆花　徳冨先生を訪うの記」が『婦人朝日』（昭和十五年九月号）にある。

玄関はなく、守田は愛子に招ぜられて縁から書斎へ。六畳中央の丸卓上にバイブル、新聞五、六枚。「押入の襖には雑誌の口絵がベチャベチャ貼り付け」られていた。おそらく先住者だったという大工の妾が張ったのだろう。

入ってきた蘆花は「白面、長髪長髭」に「水色の眼鏡、大きな体が敏捷そうで」ある。胸の辺の縞も切れ切れの古い「田舎銘仙」のような袷《あわせ》に、筒袖の絣の古びた羽織。守田青年は崇拝する蘆花を前に「何とはなしに恍惚」となりながら問うた。

「先生はトルストイ翁の農的生活が、人生幸福の一番だという説に同意でございますか」

「そんなことは分かりませんね、あなたはどう思ってますか」

長い沈黙のあとの逆質問である。転居してまだ一カ月たったかたたないか。トルストイのいう農的生活の目処も立たずでは軽々しく返事すべきでない。実際に生活しての体験上からのものいいでありたい、と思ったのではなかろうか。蘆花の誠実さである。

あいにくご飯がなくてと愛子が出してくれたのは、ふかし芋。一緒に唐芋を食べながらも蘆花は熱心に話してくれた。

「いまは文士が東京に集まってしまっている、日本の脳充血だ。少し地方に散らなけりゃ、人間でも頭にばかり血があっては悪いように国でも同様だ。血は常に循環しなければ」

訪問して二時間、彼は辞した。愛子も出てきて一緒に見送ってくれる。見送りながら蘆花は「私の妻も隈府《わいふ》ですよ」といい、愛子は「私も隈府でございます。ええ、隈府は中町ですが、いまは跡が絶えているのです」という。

このとき蘆花は帰りかけた守田に、くるくると帯をといて与えた。いまそれは合志市御代志の中原友幸氏（守田晴市長孫）宅にある。故郷の青年の純粋さに何かを渡さないではおられなかったのだろう。やがて結核と分かり帰郷を決めた守田は再び粕谷を訪うた。蘆花は留守で愛子が応対。愛子の虜《とりこ》になった守田は愛子を尊敬し、それがいま菊池市城山にある「徳冨愛子女史髪塚」（巻末参照）へとつながる。

愛子夫婦が千歳村にきたのが二月末、秋には女中部屋と湯殿を建て、中一年おいて離れの梅花書院を、三年目に客間兼物置を。さらに翌年は二十五坪の奥書院を三五〇円で購入。秋水書院と呼ぶこの書院は、築九十数年の古家の移築だが、移築費用が八〇三円とはおどろく。これらの家を幅一間、長さ十一間と二間半の廊下でつないだ。氷川町勝海舟の書斎がこうであった。もしかしてそれにあこがれてのことかもしれない。男はあこがれを実行したがる。

これで母屋、旧書院、新書院がつながった。宅地も広くなって二千余坪、四年間でおよそ六倍、蘆花本のベストセラーぶりが分かる。土地は増え次々建て増される蘆花邸を村人は、粕谷御殿と呼びなれた。

蘆花はいう。俺は風来坊で漂泊の血をもっている、度重なる引っ越しもその血のなせるわざであった。故郷を失った自分は、失った故郷を必死に造ってみたかった、と。では熊本はもう彼の故郷ではないのだろうか。不思議なもので育った家であっても、両親がいないと故郷の感覚も執着も薄れてゆく。どうやら故郷の中心点は両親で、土地や家は漠たる全体像としてあるようだ。しかし土壌のもつ重厚な何か、地霊ともいえるそれは育った者の中に幾重にも生きている。大江での蘆花は惨《みじ》めな思い出が多く、故郷と思うさえ苦汁の味なのだろう。自分に都合の悪いことはないものにする。蘆花の思考経路でもある。

当時の証言者はいま一人おられて、蘆花の家の隣で育たれた高橋きみ子さんだ。『みみずのたはこと』に出てくる岩公こと、倉本石蔵の娘である。塚戸小学校入学前後のきみ子さんは、よく蘆花宅に使いにやらされた。初物野菜などの届け役で、当時愛子の側には、青山家政婦会からの家政婦の三、四人がいた。ということは、転居直後の記憶ではない。当初は手伝いの女中は引っ越しの荷が片づくと返し、夫婦二人きりであったからだ。きみ子さんが行くと、家政婦が「石さんところから、お初がとどきました」と奥の愛子へ告げる。と、愛子が表口へ。半襟やサロン前掛け、下駄などをお返しに渡されるが、サロン前掛けが珍しくて、それがとても嬉しかった。

当時は邸のまわりにしきりはなく、広い屋敷内の林の中の細道が通学の近道であった。一年生のきみ子さんは、友達と一緒に習いたての唱歌を歌いながら帰る。と突然「やかましい！」とのどなり声。身体が大きく、白髪も多い蘆花は、きみ子さんにはずうっと「怖い小父さん」であった。

一方愛子は、いつも優しく丁寧なものいいの、上品な奥さん、の印象が強い。蘆花の亡きがらが伊香保から帰ってきたときも、愛子は優しく「きみちゃん、こっち」と自分から秋水書院の蘆花に会わせてくれた。白布の下の物言わぬ小父さんは、やはり怖い小父さんであった。愛子には可愛がってももらったし、それは懐かしい方だときみ子さんはいわれる。

次は蘆花がぞっとした話である。ある日蘆花は縁の近くに坐り、縁に背を向けて読書をしていた。背中をかすめてどさっと何かが落ちた。おっと振り返ると、大きな青大将がぬらり。あと一尺縁近くだったら頭の真上だったとぞっとする。藁屋根は組んだ竹がむき出しで天井はない。蛇大嫌いの蘆花の頭上は、この家の主《ぬし》の青大将と同居状態だ。昔から青大将は家の守り神だとして殺さない地方も多い。おまけにこの家は雨風と寒さが半端ではない。茶色の雫の雨漏りは、あるだけの器をおいてもまだたりない。

次は風。大きな針金で柱を樫の木にしばってある。これでは相当の風が吹くなと予想もし、覚悟もしていたが実際に吹かれて仰天。南西方向は、なだらかに下る斜面が全面の麦畑だ。はるかに白銀の富士を望み眺望絶佳。ところが強い風が、麦畑表土を巻きあげてまともに襲いかかる。「愛子日記」がその様子をつぶさに告げる。家の中のどこもここも土ぼこりが積み、「障子開けば土けぶり空をこがし、大火事か、それとも戦場か、いかにも勇壮なり、かかる状態を見るの愉快を思へば、人は平和をのみは好まぬものなりしとは我夫の言。われもすまぬことながら、かかる勇ましき景を好むと、しばし二人見とれぬ」。茶褐色の風が床下からゆすりあげ、どんな隙間からも土ぼこりが容赦なし。引き出しの原稿用紙も、目、鼻、耳、口もざらざら、歩くと畳に足跡がくっきりついた。

次は寒さ。庭はまるで霜柱の背比べで、愛子はむしろ氷柱だという。霜解け道がぬかるみ、乾くとこれまた土ぼこりである。ぼろ家はどこにいても隙間風の通り道なのに、暖房は小さな炉の火があるだけ。大炉に燃える薪の火。これも田舎暮らしに蘆花があこがれた理由の一つ。だが大炉はまだない。それでもうっかりすると隙間風が誘う火の粉が、そこら中にある発火物に点火しそうなので危険この上なし。

硬く冷たい水での家事で、愛子の手足はたちまちひびにあかぎれだらけ。たわしの先があかぎれに突き刺さり、飛びあがるほど痛い。オリーブ油やリスリンを塗っても血は止まらず、あまりの痛さに涙がこぼれる。

一方蘆花は理想実現に大張り切り、一反五畝のうち宅地と雑木林を除けば残るは一反余。農業用具一式を買いそろえてまずは草取りから。大好きな水蜜桃を植え、風よけにと杉苗を植え、蘆花はむしろ不便が嬉しそうである。

その第一が下肥《しもごえ》汲み。厠《かわや》の便壺から大きな肥柄杓で汲みあげ、肥タンゴ（桶）は青竹で担う。扱いべたの蘆花は、ときに黄色いものが顔にもかかり、これで本物の百姓だとかえって嬉しい様子。しかもそのいでたちたるや、日露戦争前に七円で買った白っぽい綿セルの背広。富士登山もロシア訪問にも着たいわくつきだ。八幡さまで寄りあいの村人が、背広に肥タンゴを担うへっぴり腰がおかしいとどっと笑う。

「裏の方へ百歩往けば、鎮守八幡である。型の通りの草葺きの小宮で、田圃を見下して東向きに立って居る」蘆花がこう書いた八幡さまはいまもある。屋根は銅板葺きになり、見事な大銀杏二本は、蘆花転居のころはまだ小さかったろう。

おから汁大好きの蘆花が、背広姿で味噌こし（小さ目の竹製ザル）もって、髭面に黒メガネで五厘のおからを買いに行く。ハガキ一枚出すのも豆腐一丁を買うのも隣村まで行かねばならず、せっかく郵便局まで行ったっちゃハガキも切手も「ありません」と素っ気ない。蘆花が歩けば子どもたちがついてくるし、たまに愛子が買い物に出れば、「おっかあ、粕谷の仙ちゃんのお妾のいた家に越してきた東京のおかみさんが通るからでてきてみなよオ」となが〜い説明付きで子どもが大声を張りあげる。

お妾がいたあばら屋に住む夫婦は、東京を食いつめた流れ者に見えるのだ。流れ者でも文字が書けるそうな、との噂が広まったのか手紙の代筆を頼まれる。愛子も蘆花も気軽に引き受け、沢庵漬の二、三本、小松菜の一、二把のお礼がとどく。

十月二十五日は蘆花の誕生日だ。新居にはじめて両親来訪。新しく軒下に作った湯殿の使い初めは父である。父は喜び風呂場の板壁に「日々新」と書いた。あっという間の一年は、大地に足を踏ん張った一年であった。

井戸ができて風呂は毎日。隣の遠い田舎である。外に据えた風呂釜は月か星明かりでの入浴で、正真正銘の露天風呂だ。雨が降ったら傘をさし、ときには海水帽をかぶる。しかも苗床に苗の伸びるころは蛍もスーイスイともらい風呂にくる。

最初は蘆花も村集会のぜんぶに出席した。酒飲まずの彼は沢庵かじって黙っている。月番役も一銭集めて役場へ持参した。都会の客には愛想なしでも、村人には誰彼なしに優しい蘆花に愛子もほっとする。

新聞社で同勤だった国木田独歩への手紙に蘆花は、村人がいう自分の家の呼び方を書いている。信心して学問して本がいっぱいある家で「東京からエラ客の来る家」「何もしない家」そして最近「植木が好きな家」が加わった。「梅、桜、朴、楓、椎、其他雑木約二百円ばかり植へ込み候。近所の農家が目を円くして眺め居候」それを蘆花は「これは自分の米麦也」と村人に説明したと書く。

二百円がどのぐらいかは、明治四十一年二月の愛子の家計簿がある。教会費二円、懐炉灰二銭、種痘三十銭、米二円、麦五升五十銭、卵二銭、新聞代一円五八銭などなど、総支出が二十七円六十六銭六厘。三月は貯金の六円を入れて三十二円八十一銭。二百円あれば近所の農家なら一年以上は贅沢して暮らせよう。村人がおどろくはずである。

自ら畑を耕しはじめた蘆花が、キリスト教信者のある人にいったことがある。それがこのころであった。独身を通し山にこもるといって聞かぬ二十四歳の婦人を説得できないその人は、蘆花の意見を聞きにきたのだ。熟考した蘆花は「婦人は土のようなもの。土は植物動物のすべてを生み育て養っている。婦人も同じ。婦人は土である。土でなければならぬと思います」土にゆだねて多くの木や花を植える蘆花の、これは実感であったろう。土なる愛子。妻あってこその夫の在りよう、その実感なのだ。

やがて村に大変革がきた。京王電鉄の大がかりな土地買収である。この攻防で蘆花は、村人に土地を売るなと説得する。新宿から八王子までの足となる京王電鉄。千歳村に京王が欲しいのは二十万坪。土地はお金にしたら最後、どう使ったか分からないうちに消えてしまう。蘆花はいう。「農が土を手放すは魚の水を離れるやうなものだ」百姓にとって「土はただの財産ではない、生命そのものである。祖先伝来一切の生命の蓄積して居る土は、その一塊も肉の一片血の一滴である。農から土を奪ふは、霊魂から肉体を奪ふのである」

京王には利益問題でも百姓には死活問題だ。土地は売るなと蘆花は叫ぶ。こんな生活をのびのびと書いたのが、大正二年三月発行の『みみずのたはこと』（『芋の葉の手招き』を改題）である。賀川豊彦はこの本を「農村青年の聖書」だと褒め称《たた》えたし、中学生からの蘆花ファンだったという野口雨情は評していう。「文章が平易で率直で」「これこそ真の文章であり、千載の名文」「少しも衒飾《げんしょく》のない全く真情流溢《いつ》の名文章で、徒《いたずら》に誇張した形容詞を並べたり、おどかしの新熟語をもちいたりせねば文章でないように思っている詩人や文士には、夢想だに及ばぬことであります」と。『みみずのたはこと』は発売三カ月で一〇八刷、以後も増刷はつづき、蘆花作品の中でも最高の発行部数を誇った。

このとき蘆花四十五歳、大正三年(一九一四)五月五日は夫婦の結婚満二十年である。この日から蘆花は再び日記を書きはじめる。何もかもがあからさまな蘆花日記を辿りながら、父一敬危篤前後の蘆花の心情を追い、愛子の苦悩を追う。これには蘆花のある決意がからむ。

夫婦は毎日両親の千歳来訪を待ちかねていた。父からのハガキに青山(蘇峰は東京市赤坂区青山南町六丁目に我が家を新築。蘆花は以来兄のことを青山という)から逗子に帰るから来いと書いてあった。蘆花は「子細あって参上致兼ねます」が、来て下されば歓迎と返事する。「京都移住を見合わせ少なくもここ一年は千歳」に住むと決め、地続きの畑二反ばかりを買い足した、とも書き添えた。

十日の今日は、両親が青山から逗子に帰る日である。午後になって自動車のエンジン音だ。すわ両親と愛子があわただしく蘆花を呼びたてる。だが出版社の野村新橋堂であった。十九日に蘆花は、原宿で生やしはじめた髭を約九年ぶりに剃り落す。自分を隠すための髭も、自信がついてもう必要がない。同日蘇峰夫人静子からの手紙で、父が逗子で膀胱《ぼうこう》結石で苦しんでいることを知る。同じ病気で痛さのほどを知る蘆花は、迷いながらも、水分を多く取ってなどと手紙での見舞いですませた。

二日後の二十一日に青山から車夫がきた。一昨日から上京した父は、青山にいて病状がよくないから来て欲しい、との伝言だ。行かぬと決めて車夫を帰す。同日の夕方に二度目の使者は書生の松岡である。今夜が分からぬから是非にとのこと。二人挽きの人力車を用意しての迎えに蘆花は行かず、代わりに鶴子をやる。

「こちらから迎えをよこすまでは帰ってくることはならぬ」蘆花は当時養女にしていた鶴子（籍は入れず。二〇〇七年九月十日没、一〇一歳）へいい含めたが、蘆花には兄への絶縁宣告のつもりがあった。

父危篤に駆けつけないことが愛子を苦しめる。愛子にしてみたら大事な義父。何をおいても駆けつけて看病したいと思う。だが夫は、それを「一言でも云へばタタキ出してしまう」といきまく。行くに行けないジレンマが愛子の裡でせめぎあう。その日の日記に蘆花は父のことを「逗子で死なせば《ママ》好いに」と書いた。

三日目。父が生きているのか死んでしまったのか、「此方から仕組んだ事だが、東京からナシのつぶても来ぬ」愛子は終日泣いている。

翌日は民友社社員で遠縁の尾間明がきて、父は朝倉病院に入院して手術の予定だという。蘆花はこれが気に入らない。車夫に書生に今日は尾間「兄の心も知れたものだ」と、青山に行くことを「拒絶」。昼近く「熊本女の声が」して、大江の光子姉と湯浅初子姉が現れた。実は蘇峰の差し金だったが、このときの蘆花はそれを知らない。

「まだ爺さんな死にきらっさんごたんな。爆裂弾で徳富家の癌ば破裂さすっとだけん、睾丸《きんたま》んなかもんにゃ話したっちゃ分からん」

こういい放ち、姉たちを呆れさせたり煙にまいたりである。

蘆花がいう「徳富家の癌」とは豪家主義の家制度であり、その象徴が兄。「爆弾」とは次に書く予定の作品である。でなかったら蘆花は、お父さん、お母さん、と呼ばれる幸せを捨ててまで鶴子を返さなかったろう。俺の両親は死んだ、俺も死んだ、と繰り返し日記に書くこともなかったろう。きっと、父は死んだ、と自分に思い込ませることで、ゆらぐ決心の直立をと恃《たの》んだのだ。

懺悔のために書こうと思っている「茶色の目の少女」。これを書きはじめる前に、血縁と絶縁して思いきって書きたい。

『蘆花日記』では「茶色の目の少女」の「少女」部分が、「娘」になり「女」になり「眼」が「目」と変化し、最後に『黒い眼と茶色の目』となる。これらの変化は、多分意図したものではあるまい。日記という性質上、恋の進度に従って思い描く久栄の変化、それを書く蘆花の心情的変化が、無意識に文字に表れたように思えてならない。ひいてはそのことが、女への不信感となって蘆花の心底に根付いた。それが炎《ほむら》立ち、愛子への嫉妬ともなったのだろう。

話がそれた。「茶色の目の少女」に戻る。「茶色の目の少女」を書くことは、蘆花の封建的家制度への全身的な反発であり、命をかけた挑戦である。だが、その前の血縁との絶縁は、蘆花の愛情の裏返しなのだ。

鶴子がいたら兄との没交渉はあり得ない。蘆花は早晩そうするはずだったし、その予感があったという。とはいえ、こう決めるまでの蘆花の苦しみは尋常一様ではなかった。彼はいま、積もり積もった苦悩が心身いっぱいになって破裂しそうなのだ。何万言書き連ねても、このときの蘆花の気持ちを代弁はできまい。彼の心情はとても複雑で、ある意味での死をさえ覚悟していた。それを蘆花は、時間をかけた切腹だという。

蘆花の思いの中には、生まれ落ちた瞬間からの怨念がたまりにたまっている。公と私。嫡子と末子《ばっし》。家制度に守られた傲然たる兄、翻弄された自分。畏敬する兄の容赦ない打擲《ちょうちゃく》。一躍社会に躍《おど》り出た兄、その禄を食まざるを得なかった自分。豪胆な兄、小心な自分。弟の妻を横取りしようとする兄。卑劣なりと兄にいいたい。なのに何もいえず、絶交しかなし得ない自分の不甲斐なさ。たった一言、兄と俺との指し向かいで、すまなかった、といって欲しい。それも本心でなければ問答無用。なのに兄には誠意のかけらもない、と蘆花は思う。それもそのはず、兄はいまわの際にいる父と弟との間に、自分の過去が横たわっているなど微塵も思ってはいないのだ。弟をいじめたつもりもなければ、愛子への横恋慕などもってのほか。このときの蘇峰には、ただ父が危篤との思いしかなく、父を見舞わないのは弟のわがままとしか思えない。

蘆花は本来とても親孝行で、旅先からの土産や、季節季節の両親への思い入れは、夫婦してそれは濃《こま》やかである。蘇峰も弟は「親孝行しすぎる」とまでいう。いつであったか父の誕生日に札幌にいあわせた夫婦は、わざわざ札幌一の林檎園に行き、札幌一だという最上の林檎を送っている。蘆花夫婦には日常にそれがあった。

俺は父の子だ、父似だという蘆花。尊敬する大好きな父が死ぬ。日記には一言も「父よ」との文言はない。だが行間から父恋しの思いが立ちゆらぐ。一散に駆けつけたいのに、看病上手な俺が蚊帳の外。このはがゆさ腹立たしさ。親孝行を兄が独り占めし、それを許している両親にも腹が立つ。なぜ健次郎に、愛子に看病をといってくれない。

蘆花の相手はあくまでも兄。大好きな父の臨終に立ち会えない苦しさは、見せしめに死んで抗議したいぐらいに口惜しい。なのに心底のどこかで無理に兄を悪者に仕立てている自分を感じてもいる。行くところまで行かないと収まりがつかない蘆花の性癖が、ここでも出ていた。何重かの矛盾の層が蘆花を苦しめ、夜中まで妻にぐちをいい、翌晩は午前二時に愛子を起こして思いの丈を話す。これでどれだけ夫の心は救われていたことか。でなかったら、もしかして本当に死んでいたかもしれない。

二十六日になって蘆花は、門に「ものいみ中面会謝絶」の札を貼らせた。同じ日の午後三時の電報は「今暁尊翁永眠」とあって一敬九十二歳であった。

「これで余が荷物は下りた。尊翁は余の有《もの》になった」「余は首尾よく不孝者になった」といい、門の札を「忌中面会謝絶」と替えた。

「一向悲しくない、涙が出ない。却ってのうのうして、朗らかになって、嬉しい気持ちが一ぱいだ」夕飯に赤飯を炊き、父のあの世への引越しと「第二の誕生を祝」った。

蘆花の複雑さは一方で父の死が胸を咬みつづけ、一方で死が父を、天国の父、新しい父とならしめて自分占有の父になったとの喜びもある。

翌日の『国民新聞』の死亡広告に蘆花の名はなく、葬儀は三十日とある。両親や兄を棄てて愛子を娶《めと》ったという蘆花。血縁なしになった蘆花に残ったのは愛子だけ。散々愛子に愚痴をこぼすと「貴方は庶子のようですね」と愛子がいう。連日連夜蘆花の愚痴は、目が覚めた真夜中でも切りがない。

大正三年（一九一四）六月二日の日記、終わり三行部分である。

「夕飯後、細君がうっかり青山の肩もつ様な口振りを見せたので」「散々に毒づき、『死ね』と云い『おれは公平な博愛はイラヌ、おれは人間の女房が欲しい』と大喝する」

母も兄も姉たちも死んでいる。生きているのは俺だけだと連日恨み言を書き、それへのこだわりを書かずにおられない。やはり肉親への情断ちがたくなのであろう。

「六月八日（月）曇り

青山の事やら一家一門の態度を思うと気が狂いそうになる。自分の腹をかき切って、臓腑をつかみ出して、彼らの門に押付けてやりたい。人を殺したい、殺すなら、母の胸に短刀を突込みたい、青山の頭を微塵《みじん》に踏み砕きたい」

とこうである。

「六月二十五日（木）曇りつ照りつ

小麦も刈入れ終了。

都新聞に兄弟喧嘩が出ている。逗子から東京に（父を）移したのを余が反対したの、財産争いだの、鶴子をかえしたのと想像とりまぜて書いてある」

「六月三十日（火）晴　暑

夕方の草とりに、自分があまり琴と接近していたと云うので、夜細君が自分をいびる」

琴とは『寄生木』の主人公篠原良平こと岩手県宮古出身の小笠原善平（蘆花作品ファン）の妹である。善平自殺後に親から送ってきたノートは四十冊。善平生前に、小説にすることを頼まれていたノートの内容を蘆花は、「回想録」で「懺悔録」で「長恨歌」だという。

ここで善平を短く紹介する。士官学校生であった善平が、いきなり青山原宿の家へ訪ねてきたのは、明治三十六年（一九〇三）四月であった。恩人（乃木希典将軍）のためと自分の恥辱をすすぎたいために、小説を書いて欲しい。そのための回想録をこれから自分で書くという。その「寄生木ノート」二十九冊が送られてきたのは、善平が少尉に任官し、旅順に出征、広島から乗船する直前に発送したのであった。生還後は原宿や粕谷に訪ねてきた。失恋した善平は、軍人を止め外国語学校のロシア語科に入学する。だが病気のために故郷宮古に帰省、やがて善平自殺の知らせがきた。岩手県宮古にある墓碑の、端正でやさしい文字は乃木将軍の筆である。

善平は、蘆花の千歳村移住の翌年、明治四十一年（一九〇八）九月に自殺。善平に頼まれていたこともあって、俊子《しゅんこ》（本名薪子、善平の姉）、琴子（妹、本名糸、まぎらわしいので俊子・琴子とする）姉妹を粕谷に引きとり、このころは琴子だけが粕谷にいた。

次は『蘆花日記』から琴に関する記述である。

「七月八日（水）曇り
入浴後琴を抱く。琴応ず。（抱き締めるだけ）其勢いで細君と交合」
「七月十四日（火）晴
お俊、お琴に各金千円宛やる」「心の籠った金だから、快く収めなければ焼いて灰にすると云うた」
蘆花はこれで「久しく気になって居た事を果たして、荷を卸した様だ」という。
「七月十八日（金）《ママ》（土）晴
親は死ぬ。養うた子は戻す。親族からは見捨てられる。これから先は如何するのだ。生きて行くのが面倒くさくも思う。自分でなければならぬ仕事が果たしてあるであろうか」「入浴後、蒲団を敷いているお琴の右手をとって、雨戸が開いているので奥の五畳に連れ込み、脇から手を入れて汗になっているその背を抱き、接吻、舌の先で、歯を開いて舌を舌で摩擦《まさつ》、そして緊く抱擁《ほうよう》。『キュッと抱いてくれ』と云う。琴抱きながら『お父さん』と小声に云う。あいつ俐口なやつだ――その一言で自分は一歩も進めなくなった。不本意ながら抱擁の手を解く」

これから十四年後の欄外書きこみは愛子である。

「妻の誕生日を何ぞけがすの甚だしき、やぶいて焼いてすててもよいこの頃の日記ながら、胸底にひそむ清い生命までも亡すにしのびない。暗涙をのんでいかして置く！　昭和三年二月七日死后(蘆花の)百三十三日雪解けの日」

愛子はまた鬼のような顔で書いたのだろうか。天国の蘆花もまた「ごめんよ、俺が悪かった、お前を一番愛しているんだからね、ね、分かってるだろう」と、愛子の背をなで、接吻し、甘いことばで包みこみ、うやむやですませるつもりであろう。

丸四年半余りを手元においた琴子が粕谷を去った。次はその日の日記である。

「お琴を存分に淫しなかったのが、残念な気もちもする。(中略)然し抱擁、接吻、『お父さん』と云われては、十二分の様な気もちもする。おれは俊(姉俊子)をすら淫しようかと思うた時もあるのだ。即ち亡父が母と妾を左右に寝かして、真昼中交互に淫した其記臆〔憶〕を再現実現してみようとしたのだ。然し心淫と、抱擁接吻だけで（俊には握手だけ）二人は去った。細君曰く、陰では仕方が無い。眼前に手を握ったり、腰を揉ませたり、飲みかけのシトロンを飲ましたりは御免です。

細君又曰く（中略）娘にはすぐ囚われておしまいなさる」

まったくその通りで、蘆花は十六、七の娘好みなのだ。教会関係の方からお叱りを受けそうだが「これは八畳の額にあるシスチン（ヴァチカンの礼拝堂）、マドンナのマリアさまさえ眺めていると、淫したくなる」とさえ書いている。とはいえ姉妹との同居に蘆花は「債権者と同居する様で、一種の圧迫を感じた」ともいう。『寄生木』を、善平ノートを元に書いたことからの債権者意識である。この日はちょうど善平の七回忌「善平も苦情はあるまい」とは蘆花の思いであった。

「謀叛論」

一高で蘆花が講演した「謀叛論」。これを語るには、明治四十四年（一九一一）までさかのぼらなくてはならない。

兄蘇峰は貴族員議員に勅選され、弟は前年に起こった大逆事件の死刑判決に抗議する。大逆事件とは明治天皇暗殺を企てたとされた弾圧事件である。日本じゅうの社会主義者の数百人が検挙逮捕され、首謀者と見なされたのは幸徳秋水であった。熊本からは松尾卯一太、新実卯一郎、佐々木道元、飛松与次郎を含め、全国で二十六人が起訴された。

筋書き裁判の結果は死刑判決が出て、明治四十四年一月十九日の「愛子日記」である。

「書斎より吾夫オーイとよびたもうに、何事ぞと急ぎゆかんとすれば、つづけて二十四人殺すそうだ！」

「いつもいつも此事につき語り気をもみしが、何事ぞ廿四人の死刑宣告‼　まさか宣告をしても殺しはすまじ云々」

「否殺させ度なしと吾夫のたもう」

夫婦は翌日もこの事件について語り暮らす。二十一日に十二人が無期に減刑。熊本の四人は飛松、佐々木が無期になった。蘆花はすぐに兄に手紙を書き、別に桂首相への嘆願文「桂侯爵へ」を書いて直接郵送する。蘇峰は桂から「徳富某君から一通の書簡を受取った」といわれて、それは「多分弟」内容は幸徳事件であろうと推察する。

翌一月二十二日に、一高生二名が粕谷に来訪、河上丈太郎（のちの社会党委員長）と河合栄治郎(一)である。この日の蘆花は機嫌がよく、気軽に二人を書院に通し火鉢を中に応対する。講演を頼まれた蘆花はあっさりと引き受ける。「演題は？」と問われ「不平を吐露するに、一高はよいところだからな」とぽつり。はて？　と思う二人。蘆花は黙って考えている風であったが、火箸をもつ手が灰に何やら書いている。目をこらすと「謀叛論」と読めた。はっとして「不平吐露」の意味氷解の彼らは、顔を見合わせ震えるほどに興奮する。愛子が焼いたカキモチを馳走になり、胸高鳴らせて彼らは辞した。

一月二十四日の「愛子日記」。「死刑執行は本月末か来月上旬なるべしとの新聞の評判」

翌日の「愛子日記」。「吾夫の眠り安からず。早朝床にいたもう折から、いろいろ考え給いどうしても天皇陛下に言上し奉る外はあらじ」「ともかくも草し見んと、まだうすぐらきに書院の障子あけはなち、旭日のあたたかき光をのぞみて、氷の筆をいそいそ走らし給う。桂さんよりは書生の言と退けて一言の返事もなし。とにかく『朝日』の池辺氏」に「たのみて新聞に　陛下に言上し奉る　の一文をのせてもらわんと漸くかき終え」た。この公開直訴状を午前十一時ごろに書き終え、『朝日新聞』主筆の池辺三山（二）（本名吉太郎。熊本人）に至急親展で午後一時ごろに書留便で出した。

「午後三時頃新聞来オオーイもう殺しちまったよ。みんな死んだよと叫び給うに驚き怪しみ書斎にかけ入れば、已に既に廿四日の午前八時より死刑執行‼‼！

何たるいそぎようぞ、きのうの新聞で本月末か来月上旬とありしにあらずや、桂さんもおそくも廿三日の晩までは手紙を見ておらるる筈。何故よく熟考して見られない」

つづいて愛子は大意、次のことを書いている。

「大逆徒とあざけられし彼等ゆえ」きっと遺体の引き取り手がいなかろう。とにかくでかけてみる。もしも誰も引き取り手がなかったら、ここに引き取ろう。吉田松陰の墓近くに彼等を葬るのもよかろうという蘆花。すると新聞紙上に、加藤時次郎が引き取るとの記事があった。蘆花はこれに安心して行くのをひかえた。

翌二十六日の「愛子日記」。「あけ方嗚咽の声にめざむ。吾夫夢におそわれ給うにやと声をかけまつれば、考えていたら可愛そうで可愛そうで仕方がなくなった！　ただため息をつくのみ」。「愛子日記」はいつも短い。なのにこの日は、延々と秋水・すが子（管野）への同情と、死刑執行をごまかした政府への腹立ちを書いている。

熊本市大江にある「徳富記念園」に、これら蘆花手紙コピーが展示されている。「天皇陛下に願ひ奉る」は、新しい筆で書かれたらしい文字が、直線にきちんと並び、蘆花特有の右肩上がりの文字がやや小さい。「乍畏奉申上候」（畏れながら申し上げ奉り候）と書き出され、行をかえて「今度幸徳傳次等二十四名の者共不届千萬なる事仕出し、御思召の程も奉恐入候」とある。「桂侯爵様」への文字はやや大きく、これはやや崩し文字である。

さらに死刑執行を知っての池辺への第二信。これらへの池辺の返書は大きな文字が躍っている。抑えられない感情のままに、一気に書いたのだろう。次は一部分である。

「（前略）彼等はいかにも恐ろしき者共に候処、これを殺すもまた恐ろしき感あるを免れざるは小生もご同様に候。しかして天下従此益多事との御一語は、また同感至極に候。かってパリー滞在中（カルノオ大統領は小生滞在中に暗殺されたり）、共和政府が少しも容赦なく無政府党員を殺しいたるを小生は、意外千万にも我が日本にて又これを見る事と相成り候。（以下略）」

一月三十一日の蘆花は、二十八日にできた一高講演草稿を書き直し書き直し「次第に激烈の度」が加わってきた。たまたまこの日に蘆花邸を訪問したのが浅原丈平（海老名弾正初子夫妻の娘婿、このときは東京高商・現一橋大学生）であった。翌日に蘆花が一高で講演することを知った浅原はもぐりで聴講、その感想文がある。それによると会場の様子は次のようであった。

会場は立錐の余地もないほどの超満員。前後横の通路も演台上も、さらには窓枠にさえ二重三重にスクラムを組み、とりすがるようにして聞く者もあってその数二千人。「演題未定」の張り紙が「謀叛論」に替えられ「異様な空気がサッと場内に流れた」この聴衆の中には当時学生だった近衛文麿、河合栄治郎、矢内原忠雄、田中耕太郎らもいたが、ここは河上丈太郎に語ってもらう。

「みんなかたくなって、息をつめて聞いていた。会場の空気は極度に緊張して、拍手をする者もなければ、咳払いをする者もない。しずかな太古の湖水に蘆花の声だけがひびいている、というような感じであった」（『落穂』）

「太古の湖水」のように、とは、二千人の聴衆が身じろぎもせず魅せられていたのだ。これほどに学生たちを魅了した講演内容とは一体どんなものだったのだろう。「謀叛論」は老いて読んでも胸おどるものがある（昭和四年発行『全集』第十九巻所収「謀叛論」は伏せ字が多く、当時の時代背景をのぞかせている）。ましてや第一高等学校（現東京大学）の学生たちが、当時の社会情勢からしても多感な感情を高ぶらせないはずがない。

このとき聞いた浅原丈平は「原稿なしの講演だった」と書く。あれほど苦心して練りなおした草稿を蘆花は講演時に使わなかったのだ。もっともなんども書き直すうちにほとんど記憶したのだろう。南原繁[三]（元東大総長）の証言だと、「夕方のうす暗い」講堂で「卓上にろうそくを灯して」行われたという。どうやら草稿の読めないうす暗さだったのだ。

蘆花はこの講演で「彼等は乱民賊子の名をうけても、ただの賊ではない。志士である。ただの賊でも死刑はいけぬ。況《ま》してや彼等は有意の志士である」といい、いまや天皇陛下をいましめ得る元田宮中顧問官（永孚）のような仁臣がいない、と嘆き、政府のとった態度を「痛烈に難詰」する。

この講演を評して矢内原忠雄（のちの東大総長）は、一高「弁論部史上かつて見ざりし迫力ある雄弁」とたたえ、田中耕太郎（のちの最高裁判所長官）は「未聞の大演説、もしこれが八日早く行われていたならば、十二人は助かっていたであろうに何よりの恨時である」と日記に書いた。

講演当日の蘆花のことは「愛子日記」にある。二月一日の「愛子日記」。「此数日腸よからずとおかゆのみ召したまう」「夜八時御帰宅」「よくも無事にかえり給いし事よ」とあって、愛子が不測の事態さえ案じていたことが伺える。この日の講演はそれほど世の流れに逆らうもので、蘆花も意を決してのぞんだのだ。愛子は日記で一高生に語りかけている。「可愛き子等よ、能くおとなしく聞きしよ。天下に無邪気にして真を語るものは、爾等青年ばかりであろう。自愛して世の所謂《いわゆる》利口者となるなかれ。清かれ。深かれ。いつ迄も」

蘆花講演は新渡戸稲造校長譴責《けんせき》問題に発展した。このことを新渡戸校長自身は次のように書く。講演の中に「時の総理大臣桂公が、幸徳を呼んでよく話をしたら、決してあんなことにはならなかったろうという言葉があった」翌日文部省に出頭した新渡戸は「あんなことを云う人間を演説会に呼んだのは怪しからん」といわれ、「責任は自分にあるのだから規則通りに罰して」という。次に弁論部の生徒たちが文部省に現れ、「あれは校長の全然知らないことで、校長には何の関係もない。責任は自分たちが負う」と申し出る。再び文部省によばれた新渡戸はいう。「生徒が頼んだにしても責任は校長が持つべきだ」と。結局生徒にはとがめなし、新渡戸は「譴責」という一番軽い懲罰《ちょうばつ》ですんだ。それを聞いた蘆花は「気の毒だった」との伝言を、新渡戸に一、二度よこしている。新渡戸はこれを「物事をおそろかにしない」蘆花の真面目さだという。(『落穂』)

ちょうどこのときに移築したのが奥書院である。夫婦は奥書院を「秋水書院」と名づけた。書院はいまも蘆花恒春園内にあって、夫婦の秋水等への思いを伝えている。

Ⅳ　懊悩、苦悶の果てに

蘆花懊悩　愛子苦悶

明治四十五年（一九一二）七月二十九日、明治天皇が崩御された。

公表されたのは翌三十日午前〇時四十三分。真夜中の大正改元である。九月十三日に明治天皇大喪が行われ、この日に乃木希典大将夫妻が殉死。十月には家族間のことで北海道の関寛斎（二）が自殺した。

明治四十五年六月から書きはじめた『みみずのたはこと』が、大正二年（一九一三）三月に服部書店から出て、警醒社書店、新橋堂書店と出る。初版から九年、一〇一版を出したのは福永書店である。一〇七版は十二年の震災で紙型が焼けた。

翌年六月『国民新聞』に小説『十年』の連載を開始。これはこの年二月に、憲政擁護運動で焼き討ちに遭った国民新聞社復興応援のためであった。だが、十一回で突然中止。兄との溝が深まる。蘆花は苦しむ。

モデルはあるにしても創作小説に蘆花は行きづまっていた。致命的苦しみからの逃避は旅である。九月二日、蘆花一家は『死の蔭に』の旅に出る。目的は、西郷隆盛命日に墓参したい、というそれだけ。何の計画もなしの旅立ちだ。この旅行中のこと、前を行く人力車にのる愛子の盆の窪を見つめながら、蘆花は「死ね、死ね」と心に念じ、呪ったことが一度や二度ではなかったという。いまのように交通が発達していたら、それこそホームの黄色線を一歩踏み出せばいいだけのこと。蘆花の衝動が動くか動かないかだけなのだ。

この旅行の後だか前だかに、朝鮮の蘇峰から二枚の葉書がとどいた。宛名が徳冨健次郎様宛と、徳冨愛子、鶴子様宛である。蘆花はこれが気に入らない。蘆花は愛子に、

「どうだ、嬉しいだろう」

鶴子との連名葉書を見せながら皮肉たっぷりである。蘆花にしてみたら、何で健次郎、愛子をこそ連名にしない。愛子と鶴子を並べることで、兄の愛を見せたいのだとの彼特有の邪推による嫉妬《しょねみ》である。ここまじ曲げち受けとらるっともう、どぎゃんもこぎゃんも(どうにもこうにも)あきるるほかない。

大正三年(一九一四)の蘆花は、それらの細々を思い出しながら愛子故に苦しんでいた。彼女が俺を殺すか、でなければ俺が彼女を殺すかだとまでいい切る。世界一素晴らしい女性愛子。そのために兄をはじめ世の男どもが色目を使い、夫たる者気がかりで気の休まるときがない。嫉妬心が蘆花の心を裡から焼く。深い愛ゆえに反転する強烈な憎悪である。まさに愛と憎しみはコインの表裏そのままだった。

愛子はそこまで魅力ある女性だったのだろうか。顔の美醜だけをいえば、写真で見るかぎりそれほどとは思えない。最も美人の基準は好みに左右されるし、時代の要求も異なる。共通していえることは顔はそれほど美形でなくても、立ち居振る舞いの優雅さやものいいなど、総合的な雰囲気に大きく左右されるし、第一、何よりも心であろう。それに色の白いは七難かくすともいい、愛子は色が白かった。それを証言するのは守田有秋《ゆうしゅう》(二)である。「一度お目に掛ったあの白蠟のような顔をして居られたあい子夫人の前に自然と頭が下る『他人の罪を負う受難者よ』という感じが。むらむらと私の胸に迫ってくる」(『落穂』)とある。

女高師時代の友人が、久しぶりに会った愛子にいったことがある。「あなたは蘆花さんの作った芸術品ね」嫉《しょね》むが普通の同級生でさえこういう。先述した守田晴市《せいいち》(千歳移転直後の熊本からの訪問者)妻昌代に、夫が出征後にはじめて愛子に出した手紙がある。それには夫のことばを引用してあり「あの御奥様にしてあの先生あり。お前の様なものをしばらくでもあの奥様のお膝元にお預けしておいたなら、あのお徳が少しでも身にしむ事だったが、実に残念云々」と夫は愛子を絶賛している。

ところが『恒春園離騒』の著者渡辺勲氏から聞いた話はちがった。鶴子さんの証言だと、巷間いわれている愛子像は虚像だとして、次のようにいわれたという。「叔母の体の動きには、男心をそそるような何かがあって、なよなよと体をくねらせるというか、しなをつくるところがありました」。蘆花も『冨士』に「駒子(愛子)は口が重く、ときどき甘えるような舌足らずの口を利いた」と書く。だとしたら蘆花が、愛子周辺から男の影さえ排斥したがった気持ちが分からないでもない。愛子が意識してそうしたとは思えないが、意識しなくとも自然にそうなる女性がいるのも確かである。

死ね、とまで憎む妻だが、一方で蘆花は、鏡にうつる自分の裸体に絶望し（大正三年七月二十四日日記）、こんな自分でも愛子だからこそ愛してくれると思う。なのにその愛子でさえいまは、蘆花の心を苦しめる存在でしかない。となれば蘆花は確実な何を握ることができるのか。蘆花は己に問う。「世捨て人になり、一切の情欲を絶つか。彼女を殺すか」この年になって「放蕩でもはじめる」か。近寄る「娘でも慰むか。要するにどうにかせねばならぬ」と男四十六歳の苦悩である。

四十歳台は男も女も充実時代だが、自分を抑えるのに難しい年代でもある。蘆花は自分の性欲の強さに苦しんでいた。「女は愛すればいいのだ。誰彼の区別」なしに、といい、それでは不公平とすぐに反省。たちまち反転して、いや誰彼なしにとくり返す。そして「女を求めるのは俺の性分だから仕方がない」とこんどは開き直りである。

七月二十五日の夜中であった。午前二時に目覚めた蘆花は愛子を起こし「お前をいじめ殺さずには置かぬ」といい放つ。さすがの愛子も「くわっとなって」裸でとび起き、団扇《うちわ》を引き裂き、廊下へ駆け出し「覚悟がある」と脅し文句を並べ立てる。夫は井戸へでも飛び込まれたらと、はらはらしているくせに起き上がりもせず、蒲団の中から名を呼ぶだけ。とうとう愛子は裸で雨戸を開け、腰巻き一枚で廊下の雑巾がけをはじめた。思いっきり夫をなぐりたい、でも暴力ではかなわず、挙げ句の果ての腹立ちまぎれ、やけになっての雑巾がけ。永年刷りこまれた婦徳が、愛子に雑巾を握らせる。おなごちゅうもんな、真《しん》かる哀《かな》しゅうござりますなあ。

その姿に夫は思う。「悧口でも、聡明でも、賢明でも、女は矢張り女」。無理矢理《むりやり》そこへ追いやっておきながら、こんどは男の高飛車な嘆き節だ。加えて蘆花はいう。お前は「自身に都合の好いことばかり考え」る。俺のように「神経の鋭い」者には、お前の無邪気そのものの言動が、どんなに俺に苦痛を与え、傷つけているかに思い至らない。長い年月俺はそれで傷ついてきた、と愛子をなじりつづける。

蘆花が妻の天真爛漫《らんまん》さに翻弄《ほんろう》されたのは事実で、このことが夫をして「賢明貞淑と云うてもよい妻でさえ、本当の味方ではない」とまでいわせる。理由は簡単で、愛子が女で女は自分の敵だからだとなる。そこには「茶色の眼の少女」つまり初恋の人久栄がいる。久栄とのいきさつを書こうと構想を練っている蘆花は、久栄へのやるせなさ、当時の自分の情けなさ、それらが一緒くたになって増幅され、愛子への憎悪となったのだろう。とにかく蘆花の内心は複雑である。

翌朝の愛子は夫の機嫌をとるのに懸命だ。一方夫は、その日手にした大江の光子姉からの手紙を喜んだ。「謀叛論」からこちら、手紙を出すさえ怖れている、と母や姉たちへの不満をいい、こきおろしていたのを反省。ここに味方がいたと嬉しかった。

このごろの蘆花は心の揺れがひどい。否定、肯定、肯定、否定。定まらない自分の心を摑みかねて苦しみ、矛先はいつも愛子へ。男の俺をこれほどまでに執着させるそれが女。女がそこにいるから俺は苦しむ。女はみんな「サダ」(三)だという蘆花は、女が女であること自体が罪悪だと、女の存在そのものを否定する。

そこには愛子の病気があった。表現に問題ありだが、それを紹介しないでは蘆花のこれほどの苦しみが分かりにくかろう。愛子は体の具合が悪い。子宮下垂、出血頻繁《ひんぱん》でいつも生理帯(ふんどし状)をしていた。女にできて男にできないこと、それは子どもを産むこと。この肉体的仕組みがもたらすものが生理である。生理のことを現代の若者は羞かしげもなく公言する。が、戦後まで口にするさえ慎んだ。だから非常な羞恥心をもっていうが、生理のときに綿花を当てるか、ぼろ布を当てるか(洗濯して清潔)、それに油紙を重ね、生理帯で押さえる方法しかない時代である。その日の日記に蘆花は「ふんどし女子《おなご》を犯す」と書く。

愛子は交合後に痛みがある。だから夫は妻を抱きたくても思いきって抱けない。それでも交合の文字が連日で夫も妻も辛い。そのことを蘆花は「細君の裸体は、白く肉づいて美しい」このところ自分の性慾が猛烈なので「彼女は観音的慈悲心を起し、実は静養すべきを自ら迎へて相手になってくれる。気の毒でもある。然し観音様の抱き心地は甚好い」「霊肉共に美しい観音様を抱くのも好いが、それで満足出来ぬが多情士の本分である」

壮年の健康体が健康な交合を求め、心も肉も妻一人で満足したいのに、それができない苦悩が蘆花をいらつかせる。蘆花の気をそそった琴子（既出）も、可愛がりの対象だった養女鶴子もいない。蘆花の相手は昼も夜も表裏大小すべて愛子へ向かうしかない。

「最暗黒は暁の前にあり」その暗黒時代がいまなのか。そういえば『不如帰』のテーマにあう前も彼は七転八倒荒れに荒れた。蘆花は心に悲鳴をあげながらも真剣だ。煩悶《はんもん》の苦しさがいわせるのだろうが、連日肉欲のことに触れ、なんとかそれを克服しようともがいている。肉欲のすべてを赤裸々に書くことで、沸き上がる性欲を必死に抑えているかのようにさえ見える。「夜『ガール』を淫する真似をして、細君に『ガール』の役をやらせたりしていたが、到頭昂じて細君を犯して了うた」（七月二十八日日記）

翌二十九日（一九一四）の日記、最後の一行「昨夜交合の結果――ばかりでもあるまいが――今日は大分下腹がいたむと細君云う」こんな日記がつづく。

「夕方細君が余の着ている汗衣で汗の背を拭こうとしたので、散々毒づき、湯のわくまで裸体で蚊帳の内に寝ながら細君をいかに虐殺すべきかを思うた。一は昨夜の淫事で疲れた結果である。今日も夕方芝生に寝ながら庭の松を見上げて、あの枝まで攀《よ》じ上りブラ下ったら如何だと思うた」

これが八月一日。

八月六日。愛子が、体の調子が「また悪い、とこぼす。此病気多分余を聖人にするのであろ《ママ》。それとも反対に腎虚乱淫ガールの摩《な》で斬りかしらん」これが日記最後の一行なら「秋だ。空には星の影、地には人家の灯火、水瓜番小屋の火が紅い」これも最後の一行である。そして十一日。

「彼女は無我の魂である。

余は我の魂である。

そこで夫婦の間は間断なき戦いだ」

すさまじい夫婦喧嘩の連続である。最後に和すために我を張り戦う愛子夫婦。ではあっても人間同士「互いに宥《ゆる》す」ほかなく、果物を食うときだけは休戦、とはいかにもいかにもで、二人は果物が大好きなのだ。

蘆花の魂の屹立が見えはじめるのがこのころからである。「余は追々に世間の前にまる裸になるのだ」赤裸々になった蘆花という男を「愛し得る者あらば愛せよ」そうでないなら「忌め、嫌へ、憎め、軽蔑しろ。余は赤裸で沢山だ」「余の告白は『茶色の眼の娘』からはじまる」とやっとここまで到達したのだ。

それでも彼は迷う。これを書くことは自分の苦痛はもとより、えぐって書けば書かれた人に苦痛を与へ、避ければ生ぬるいものになる。思い余った蘆花は寝物語で愛子に相談する。愛子はいう。

「致し方ありません、芸術家は一切他を顧慮《こりょ》せずに自分の書きたいように書くばかりです」

さすがは愛子。蘆花はこの一言が欲しかった。以心伝心でなくはっきり言葉として聞きたかった。これへの返答がまた蘆花ならではである。

「筆を執る小説家は、神だ、神が何を第二義の人間など顧慮するものか」

妻に励まされて夫は意気軒昂。やっと立ち直り、迷いから抜け出た蘆花がしたこと。それは懺悔のための告白を日記に書くことであった。

『蘆花日記』一巻が出たとき、「ルソーの『懺悔録』や、聖書の『黙示録』を越えるか、越えないにしても匹敵する、と世間の反響は大きかった」と中村青史元熊大教授はいわれる。この計画は当初、残されている「蘆花日記」の全部を解読、二十一巻発行の予定であったという。それが七巻で終わっている。おそらく最初の評判ほどには売れず、中止されたのだろうが惜しまれる。

作家の日記には、発表を意識して書くか、全く私的なものとして書くかのちがいがある。前者に永井荷風の『断腸亭日乗』、高見順の『高見順日記』があり、『蘆花日記』や、宇野浩二の『日記』は後者である。

世間の反響の中から『新潮45』（一九六五年九月号）の水上勉文を、わずかに引用する。「『蘆花日記』にはあまりにも、自己の恥部がありのまま記録されているので、こんなことを書きとめねばならなかった作家の業を考えさせ、深い感銘に誘われたのである」「小説となればうわべのつくりものになりかねないところを、日記は、つきぬけて、真実の灯を光らせたせいかもしれぬ」と書く。

「真実の灯」、その強さが読む者の心をわしづかみにする。真実の重さ強さ、心のどん底までを見つめて書いた『蘆花日記』。蘆花は自分を抑えるためにこれを書いた。

最初は女性関係で「女として余の頭に残っている若い女（余をそそった女）」が六十八人。翌日が十二人で計八十人。それもほとんどの名を挙げ、そのときの様子まで書いている。中には「ちえ（姉山川常子の次女）五、六歳の頃に、オドマ（「おどん（＝私）は」が詰まった言い方）オジサンノオヨメゴサンニナルモン」といった姪がいる。「たけ（女性名）、しびれちゃった」には思わずクスッ。総勢一〇八人。記憶のいいのにおどろく。

「一切の苦痛から逃げ込む場所は唯一つ、死？　否、――それは若い娘の両脚の間の温柔な洞である」そうかもしれない。いや多分そうであろう。蘆花はいう。自分は「決して道理では動かぬ、利害では動かぬ。あくまでも感情の子で生き而して死ぬるのだ」

翌日は「裸で交合、ドウも先生の陰茎が弱小（比較的）でいけぬ。摺子木大になれぬものか」自分の小娘好きは「陰茎に相応した鞘を生理的に欲しがるの」だ。「アラビアンナイトの王様ではないが、十四五から十七八までの処女を一夜婬して直ぐ」「新しいのに取り更へることが出来たらと思う」かと思うと真面目に（蘆花は肉欲のことも真面目である）小説のことにも意欲が出てきた。「公平冷静などは俺の柄に無い。俺は直覚派、即興詩人」だといい「深い思索、組織などを企てるときっと失敗する。今日の俺は今日の俺を存分に出すまでのことだ」

「俺は正直なのだ。嘘がつけぬのだ。トルストイの爺がそうだった。矢っ張り俺はあの爺に何処か肖《に》ているのだ」

九月になって「俺は、乃木式切腹を一度にやらずに、徐々にやっているようなものなのだ」という。彼が告白文学を書くことは、腹に突き立てる刃の切っ先を少しずつ深くしていく行為で、これぞ文学者の覚悟である。

大正三年（一九一四）九月八日「一体『茶色の眼の娘』を書いて何になるだろう」とまたも迷う。親兄弟、親族、世間の反応がどう出るか。何もかもが不明。文壇からも干される可能性は大きく、迷って当然であろう。

九月十四日に書きはじめた蘆花は、「茶色の眼……」を書くのは自己肯定の結果であり、「真実の自己を押し出す勇気がやっと出たから」。蘆花は久栄を書き、公表することで内縁の妻久栄は先妻となり、愛子は後妻となるという。蘆花は久栄の手さえ握っていない。

プラトニック・ラブとはかえって鮮烈に、至純に、心のひだを染めてくる。

蘆花は久栄を隠し妻のままにしておく間は、愛子は真の妻ではないという。久栄を公表し、なおかつ久栄を愛子が包容する。ここではじめて蘆花と愛子の真の結婚は成立する。赤裸々、真っ正直とはそういうことなのだ。

「十月八日（木）雨午後晴
奥の八畳で例（久栄のこと）の鍛錬をする。彼女の相鎚で余の混沌たる考がまとまって往く。即ち人格がかたまって行く」

夫婦は毎晩のように久栄のことを話題にして長時間話し合う。これが大事で、遠慮なくそれができる蘆花は幸せだ。

「久栄は余の最初の妻であることを余は断言する。同時に余の愛を受くるに足りなかった幼稚軽佻不貞の妻であったことを断言する。余は新妻に玩《もてあそ》ばれ、而して捨てられたことを告白する」

「余は『茶色』（『黒い眼と茶色の目』）で潔く彼女を永久に葬る」

蘆花はまた『茶色』は余の久栄に対する離縁状」だといい、「久栄は余が離縁した妻でない、皆が離縁さした妻である。細君は余が親迎した妻でない、皆が結婚さした妻である。故に余は満足しなかった」ともいう。

だから蘆花は、結婚早々愛子に不満をぶっつけた。蘆花は自分の意志で女性を選び、心からの欲求で妻としたかったのだ。

蘆花は本の題名を「茶色の眼」とすることに決めたといい、愛子が読んだら「巻を投げたくなる」という。こういわれて愛子はヒステリーを起こし「狂乱笑声」を連発。蘆花を「ヒヤヒヤ」させた。このヒヤヒヤは原宿の梅事件を思い出したからで、蘆花はこうもいう。自分は万年筆で愛子はインキ、神は手だと。インキがなくても手がなくても文章は書けない。もっと穿《うが》てば、万年筆とインキは鉛筆での代用もあるが、手は何よりも必要だと言いたいのかもしれない。

「十月十二日（月）晴」

仕事の間に茶菓をもってきた愛子に蘆花が接吻、「硝子の外に『クマ』（飼い犬の名）が真面目な皃《かお》して見ている。余曰く、クマ、人には言うな」蘆花はお茶目だ。

お茶目ついでに『落穂』の投書からユーモア一つ。別府からの娘客（蘆花本の愛読者で『蘆花日記』付録として出た『落穂』への投書者。このときは恒春園への来遊客）は、愛子の姪だという娘と二人、愛子に教えられて淡紅色のドレスを縫った。仕上がった日の夕食後にドレスアップ。「軒に岐阜提灯を灯し連ねた」書斎に挨拶に行く。椅子にいた蘆花は「いつ日本へお帰りでしたか？」とにこにこ。クマ口止めから十年後の話である。

閨《ねや》での会話は連日久栄のこと。そこからの蘆花の愛子評は、愛子は「余の啓蒙師」だという。それは「久栄さんが居なければあなたは今少し爛《ただ》れていた、だから久栄さんは恩人」といった風にである。

十月十四日であった。蘆花は「茶色の眼の娘」の題を『黒い眼と茶色の目』に変更する。

日記を書いていた蘆花は、「少し書くと忽ち思いつ」いて題名に「黒い眼」を入れた、と書いている。「黒い眼」とは新島襄、「茶色の目」は久栄、このことはその場で愛子に告げられた。「此小説は二

つの眼が余を争うた其争の記録である」（蘆花文中は新嶋だが、最近は同志社印刷物にも新島とある）

「茶色の眼の娘」を書きすすむうちに、新島が占める位置の大きさに気づいたのだろう。この裏には愛子への気兼ねがあったのかもしれない。久栄と蘆花が主人公ではあっても、題名に新島先生を入れることで受ける印象は大ちがいである。こうして『黒い眼と茶色の目』となった題名は、七月ごろは「茶色の目の少女」。それが九月に入って『『茶色の眼の娘』となり『茶色の眼の女』と変化。『黒い眼』を思いつくまでは『茶色の眼の娘』で落ち着く。

どうやら蘆花は、考え、悩み、書き進むうちに、少女であった久栄は、蘆花の心中で娘から女へと成熟していったのだろう。蘆花自身はこの変化に気づいていないようである。無意識での文字多様は、日記という性質上よりそうなったと思われる。

大正三年十月十七日。この一週間ほどの蘆花は、新聞も手紙さえも見ないで書くことに没頭。今日は是非とも書き上げたいと朝から一心不乱。「夕飯はテーブルにかけたまま握り飯で済まし、湯にも入らず、到頭夜の一時半に終った」この日一日で蘆花は、二百字原稿用紙七十枚を一気に書き、三十四日間で『黒い眼と茶色の目』を書き上げた。

『黒い眼……』を書き上げた蘆花は、わだかまりのさまざまが見えてきた。過去が見えればいまが見え、誰彼に感謝の気持ちが湧いてくる。

「胸の障りがとれたからには、早く母や兄の顔を見、鶴子を引取りに新(使いつけ車夫)の車をやりたい。然しいつも早まって仕損ずる。もっと力がつくまで、皮膚が丈夫になるまで、祈って我慢する事だ。憎悪が余から去って、身も軽くなった。嬉しいことだ。交合」

十月二十日「早朝交合。日課、『茶色』訂正」

久栄のことを毎晩話しあっていても、抑えがたかった久栄への恋心を、蘆花はどうにも妻にいえないでいた。恋しい思いの隅々までを妻が知り、その一切を受け入れてくれてはじめて真の夫婦になれる、と信じる。だが、それがいえない。さりとて過去をなしにはできず、方法は一つ『黒い眼……』の清書を妻に頼むことだと思いつく。

夫に頼まれ、愛子は清書を引き受けた。が何とも辛い作業である。久栄は自分と知りあう前の人だと分かっている。だが清書することで久栄が生き返り、語り、歩き、笑い、魅惑的に蘆花への恋情を訴えかけてくる。苦しかったろう。切なかったであろう。妻にとって何が苦しいといって、夫が思う女性への嫉妬ほど苦しいものはない。逆もまた真なりだ。久栄と大文字を眺めた箇所ではついに愛子の心がくずおれ、夕飯が食べられない。慰めようと夫が接吻しても、夫は「水の味」だといい、妻は「胸がふさがって」心が入らないという。

蘆花は愛子の苦しみが分かっていた。過去の自分が妻を苦しめれば、夫には夫のすまなさがあって夫婦の間は大揺れに揺れる。

三日後、久栄を書いたことで蘆花の中の久栄は死に、同じようにわがままなだけの爆発的な痼癪も葬って大人になれたという。愛子のためにもそうあれかしと願うが、これがなかなかにそうは問屋が卸さない。

大正三年（一九一四）十月二十五日は蘆花の誕生日で、蘆花満四十六歳、愛子は四十歳。二人は互いに歌を詠みあった。

父恋し逢はで逝きにし父恋しみたまに在《ま》すと子は知れれども　蘆花

愛子の歌は手作りチョコレートに添えられた四首からの一首。

みかはせば君がひとみにそのかみのむつごとよみぬ今生の秋　愛子

自分ではなく久栄と交わされた睦言が夫の瞳に揺れている。人生も秋、夫婦の心も秋、生涯ももはや秋、季節も秋のさ中である。

さらに三日後、愛子の苦しみを見ている蘆花も苦しく、ついに見かねて「茶色」の原稿を焼いてしまおうと決心する。決心はしてもそこはそれ……。「一年半の努力（愉快もまじったが）廿七年間の貯蔵、三度の書き直し」熊本英学校附属熊本女学校勤務時代と、国民新聞社時代に書いて焼き、こんどは三度目の書き直しだ。「約四十日間の潜心没頭」を捨て去るのだ。愛子の苦しみさえ去れば、とは思っても惜しいのも本心。重い心で庭を歩き『黒い眼……』が駄目なら……はて次は？……何を書こうと思い悩む。

悩む蘆花に秋色に染む庭木々の美しさは見えていない。やがて蘆花の脳を外気が清浄にし、淡彩だった庭木々が色をにじませはじめた。木々のささやきに教えられての知恵は、愛子が清書をつづけるも止めるも自由、愛子に原稿を預けることだと思う。

預けられた愛子も小説家の女房だ。この告白本を書くために夫は、見ていられないほど苦しみ悩み、やっと書き上げた原稿である。それをなしにするのは残酷というもの。ましてや小説は自分たちの糧である。苦しみながら愛子は、いつの間にかまた清書の筆をとる。久栄と将来を誓いあう手紙の交換箇所にきた。我慢できなくなったのか愛子は、箪笥の引き出しから白無垢を取り出す。『黒い眼……』の中にそれとは書かれていないが、このときの愛子は夫の本心を見抜いていた。妻の勘である。蘆花日記がそれを証明する。

「実は今日まで久栄を愛して居た、『黒い目』を出すのも一は久栄の心の最後の在所を探らん為であった。久栄が俺を捨てたや否やまだ余の安心はついていなかったのだ。万一、久栄の心が余にあったら、余は卿（愛子）を捨てて久栄の後を追いかけるつもりで居た」

あれほど愛子愛子と抱きしめながら、内心では久栄を抱きしめた日もあったとは。いつであったか愛子は、あの本を出すと私は急に老《ふ》けると思ったことがあった。煩悶している蘆花の顔はいま六十に見える。ともに若くなるには二人の子として『黒い眼……』を産むしかない。

一度は愛子に預けられた『黒い眼……』は、蘆花の煩悶に愛子が負けて命を取りとめた。産むとは生命の連続である。懊悩、苦悩、煩悶、苦悶、痛恨、あらゆるものを飲み込んで産む。苦しみに耐えて二人は『黒い眼……』を産んだ。

十一月二日、夜も八時になって「読了」と「愛子日記」にはある。しかし愛子は清書していたのだから、ここは清書が終わったということだろう。愛子は九時に書斎の夫に手紙をとどけさせる。

「いままでのあなたは『茶色』の夫で、わたしに恋は残されていません」

こういわれて蘆花は、すぐに愛子の部屋に行き一緒に寝ながら慰める。治まらない愛子に蘆花は、またもや『黒い眼……』の原稿の一部を引き裂いた。唸り苦しみながら自分の寝間着をも「寸断」する。これを見て愛子は夢から覚めたように安心する。立場逆転の様相だが、二人ともに芝居っ気たっぷりを感じる。最初の間こそ争いも真剣だった。が、ここまでくると結末はこうと決めていての丁々発止、幕引きまでの行程を楽しんでいるように思えてならない。僻目《ひが》だろうか。

十一月三日「細君心釈《と》け、死を思止り『黒い眼……』の出版を心から承諾した。余も嬉しく、みのを新宿にやって、野村を電報で呼ぶ」野村は出版社の新橋堂だ。それからの愛子は久栄の夢を見て悩まされる。

『黒い眼……』七冊が蘆花にとどけられたのは十二月十日。第一回五千部印税千二百円を受け取ったが新橋堂にはすでに三千円の借金がある。納本は十三日。

大正四年一月十五日の蘆花日記。『黒い眼……』の定価が一円五十銭でこれまでに四千五百円の収入があった。「三四カ月の労でペン一本の働きがこれでは虫がよ過ぎると云う者がある云々」これへの蘆花のいい分は、実際にペンを執って書く期間は三カ月かもしれぬが「躬《からだ》を以て執ったのは三十年だ。三十年の苦を知らぬ馬鹿者め、と罵《ののし》りたくなる」

このころからいい争いの言葉に直接的淫語が多くなる。それを蘆花は、永年の謙遜の衣を脱ぎ「自己肯定の赤裸々」に立ったからだという。

二月四日。愛子が、まさか、と思うことを口走る。毎夜毎夜久栄のことでいい争いがつづいていた。

『黒い眼……』をそのように立派なものとお思いなさるのですか」

自作をけなされカッとなった夫はさっと立って奥へ。その背に妻の大声がいどみかかる。

「ポコチン……○○○をもって、突っ込んでおいでなさい云々」

○は筆者の伏せ字、語尾の「云々」は蘆花。これとて蘆花が毎晩のように愛子の耳元でささやいた淫語である。愛子は羞恥から興奮へと誘われ夫の相手をする、ということは妻の淫語も夫の教育よろしきを得てとなる。このときの言葉を「嘔吐的激語云々」と蘆花がぼかすほどだから、よほどひどかったのだろう。妻のあまりの大声に夫は、

「みの、きよに聞こえる」(四)とたしなめる。と妻は、

「鉈《なた》で二人をぶった切りなさい」

カナキリ声での絶叫は愛子もなかなかに剣呑《けんのん》だ。すべてをかなぐり棄てた妻の興奮度が分かる。

「二十七年前におれは一度女から棄てられた。貴様も俺を棄てるのか」

真っ赤な顔に大声でうなりながら、殺してやると夫は妻の首をかかえこむ。結局最後は bed へ。夫婦で演じる本気ないまぜの芝居は、結末も幕引きのころあいも阿吽《あうん》の呼吸の痴話ゲンカである。

様々の波紋を起こして『黒い眼……』は世に出た。故郷熊本県水俣の斎藤俊三氏談だと、斎藤氏らが子供のころは老人たちに、「若い者が読むと毒になる」といってこの本を読むことを禁じられたという。手も握らない恋物語なのにと思うが、世の風潮というか、それらをはらんでいるのが時代である。

愛子入院

大正四年（一九一五）二月十五日に新橋堂がきて、『黒い眼……』の三刷三千部の印税を受けとった。その直後に、愛子の部屋からのベルが二度鳴る。はっと胸騒ぎがして長い廊下を急ぐ蘆花。裾を血だらけで倒れている愛子。一見して一大事を直感する。

最近の愛子の様子から医者にと思い思い、妻を男の婦人科医に診せるなどもってのほかと、先延ばししながら女医を捜していた。野村（新橋堂）が東京へ医者を呼びに走る。

愛子は激痛に苦しみ、生理中と重なって出血がひどい。蘆花はおろおろ、不安が蘆花をいらつかせ大声で女中を叱りまくる。苦しい中から妻がたしなめ、指示されてみのと一緒に下り物まみれの妻の体を拭く。寝間着や蒲団を交換、あきらめて医者を迎える準備である。「細君の子宮――即ち〝女〟――が忍び忍びして、とうとう謀叛の声をあげたのだ」と蘆花は、強い敗北を感じていた。

日も暮れぐれに医者到着。野村の案内で順天堂婦人科小野医学士が看護婦同道での往診である。愛子の病名は子宮内膜炎。下腹が痛い愛子はあんまをすることで楽になった。蘆花は毎晩妻の下腹部のあんまを欠かさなかった。それが激痛を挑発したのだそうだ。

蘆花はいう。「下り物も体も開けっ放しになる段になれば、美人も賢女も醜婦もない、唯一の自然界の雌的生物あるのみだ。そこに涅槃《ねはん》がある、平等がある、無がある、――芸術は然し悲しむ。然し芸術もまた着物一枚にこだわるのでは詮方《せんかた》がない――赤裸々――これ芸術の極致妙諦」。まったくその通りで、どう肩書つけようと威張ろうと人間は人間。だからこそ、その枠の中で納得する生を重ねるよりない。蘆花が目指す芸術とは「赤裸々」。彼はここに「妙諦（優れた真理）」を見つけた。苦しみ抜いてやっと辿りついた極致である。『黒い眼と茶色の目』はその思いで書かれた。だから蘆花はそれを分かって欲しいのだ。しかし作家たちを含めて世間はそこまでは読み取ってくれない。

蘆花は自分なりの妙諦を見出して意気軒昂。「失敗、恥辱、苦痛、何でもとって吾薬籠中のものとせずにはおかぬ」と作家の目がきらめく。

愛子は十日以上も高熱がつづいた。蘆花の小説的診断は、高熱の原因は『黒い眼……』の久栄だという。愛子の久栄への対抗意識のすごさは、嫉妬する女の正体見たりと思わせ、蘆花説もありだなと感じる。懺悔《ざんげ》のための告白で、〝婦徳〟にがんじがらめだった才女愛子は、その律をかなぐり棄てた。結婚後の鬱屈のすべてを久栄（蘆花初恋の相手）一人に振り向けているかのようで、執拗な根深さを感じる。

三月二日に愛子が入院した。本郷区湯島五丁目の順天堂病院四十八号室。百十八日、四カ月近くを愛子は入院する。この間に夫婦で取り交わした手紙は、蘆花が百十通余り、愛子が八十数通で『蘆花家信』に収めてある。

病室の愛子には看護婦の小山や女中がつき、女高師時代の親友、雨森釧子《せんこ》が毎日見舞ってもくれる。やがて病気治療をかねて熊本山鹿の品子叔母までが付き添った。

問題は蘆花である。粕谷の家に蘆花と若い女中が二人。危なっかしい蘆花の生活を覗《のぞ》いてみる。

六日に北原白秋が車で来訪。「一寸心が動いたが、面倒だから」と面会謝絶。「金が無くて近来珍しく困った。朝、宮川牛乳の三円が払えなかった」当時の三円は清の給金高だし、先輩格のみよは三円五十銭だ。

雑誌『創造』に『黒い眼……』の短評がやっと出た。「畢竟芸術など云うべきものでない、例のpopular（大衆に人気の流行作家）な筆致で書き流してあるまでだ」

この短評に蘆花は「実感の描写が芸術でないとは如何して云われるだろう」傑作とはいえないまでも単なるpopularだけではない、と彼には彼のいい分がある。

『黒い眼……』が本になったことで、蘆花の中では「茶色の目」、つまり久栄のことは、自分の中での処理がついて気が清々した。原稿も校正刷原稿も燃やしてしまったし、という。だがどうもそうではないようだ。これからもつづく蘆花の少女恋の原点は久栄にあると思われる。久栄とは彼女の十五歳で会い十六歳で別れた。蘆花は十八歳から十九歳である。一番忘れがたい年ごろの初恋。それもプラトニック・ラブ。遂げられなかった恋の成就を、性欲旺盛な中年男が求めるのだろう。

それにいま一つ清々していないものがある。それは兄。愛子のいない粕谷で蘆花の思いはそこへ行く。政界さえ裏から操る兄の実力を上京以来見せつけられてきた。その兄に親しむ愛子。そんな兄をじだんだ踏んで俺は嫉妬した。兄弟にも嫉妬の感情はあるし、裏打ちされたコンプレックスも強い。肉親ゆえになおとの一面もある。

愛子のいない家で蘆花の想像は際限なくふくらむ。想像は想像をかき立てて鬱屈はたまる一方。このやるせなさがやがて形となって現れる。女中清十六歳への欲情である。蘆花日記に清へのそれらしい記述が見えはじめるのは、愛子入院から一カ月後である。

ここのところ「女が恋しくてならぬ」と、朝から清に足袋をはかせてもらい、清の髪に触れ、肩をたたき、背を撫で、廊下ですれちがいざまに手を握る。この日の夕方、頼んでいた玉川のフナとハヤ（ハエ）が届いた。フナこくとハヤは佃煮にしたいが料理法が分からない。料理本を捜しながら蘆花と清のからみ合いは危険がいっぱい。足に猫がふれると思ったら清の足、清の足の甲を蘆花はやさしく踏みつける。書院から奥の五畳まで手燭をつけて捜しながら、ゆらぐ炎の陰で清の息がはずみ、蘆花ももむずむず。清の体にはどこにも触れずだったと自慢気だが、手を出す一歩手前の断崖ぎりぎり、かろうじて引き返したのだ。

蘆花は、俺を試すために遣わされている使者が清だと思おうとする。この誘惑に負けたら「多分細君を永久に喪《うしな》うだろう。恐ろしいことだ」と、自分にはめた脅迫的手枷足枷《てかせあしかせ》である。行きつ戻りつする愛子の病状に、自分の欲情が清に動けば病状は悪化し、愛子の命が生に遠くなると考える。

フナこくと佃煮を持って清が病院へ。これへの愛子の礼状には「やくミ迄香高きをおそえ下すって」とあり、蘆花の心遣いは濃やかだし、愛子もまた夫の思いやりをきっちりと受けとり礼を尽くす。ところが翌日はもう「余は近来女の肌に飢えている」と書き、同じ日の愛子への絵はがきには次の句が書かれた。

ゆく春や美的百姓大欠伸

女の肌に飢えている本心と、この句の持つおおらかさのちがいはどうだろう。そこに男蘆花の辛さがある。心の葛藤で疲れがたまって情念の度が増し、清とのきわどさも増してゆく。

大正四年（一九一五）五月五日は満二十一年の結婚記念日だ。蘆花は四時起きで赤飯を炊かせ、庭の切り花もたっぷり持って愛子を見舞う。この日に蘆花が病室で食べた昼食の食欲旺盛なこと。金杯で結婚記念日の祝杯をあげ、最初が赤飯と鮎、赤飯のお代わりが何杯か。それにメンチビーフ、チキンカツレツ、さらにライスカレーにザクロ、ネーブルも数個ずつ。しかも二時半に手作りのアイスクーム、三時に粽《ちまき》。ついでだから記すが、ある日の精養軒でロースステーキ十一人前、ご飯が五、六人前をペロリ。原宿時代は一日にまくわ瓜を十六本食ったこともある。

愛子と話したことで「余の情火は少し燃え下が」ったとはいうが、これだけの食欲があれば懸念が先に立つ。案の定この日の日記に「先日来募って来た情欲はますます昂進して、今朝も清を二回抱いた。椅子にかけながら、足袋をはかせる足の尖を太腿の上部にやったり、果ては其腰を緊く抱いたりした」

そして四日後「実際此頃、余は勃起した陽物のやり場に困っている。清でも犯して了はうか、と思う。然し結果を見通すと、その様な勇気も出ぬ。お琴のときと同じだ。今少し勇気ある女の相手なら、余は夙《つと》に姦淫を遂げている。どこまで消極的な男だろう。姦淫の罪すら、半分の負担者を求めている。何と卑怯だろう」

同じ日にみのが熱っぽい顔をしている。それを確かめようと蘆花が額にさわろうとすると「毛虫でも寄る様に、みのが一寸すくんだ。色魔詩人腥《なまくさ》い息をして、色気を毛穴の一つ一つから迸《ほとばし》らしていると見える」「おれはどうしてこんなに女が好きだろう! 俺は全世界の女を皆抱きたい!」と男蘆花の嘆きである。

朝っぱらからいらだつ蘆花は、何でも心おきなく話せて、当たり散らせる相手がいることが、どんなに大事で幸せなことかを思い知らされていた。何をするにもみのと清相手では、物たりなさが先に立つ。ついどなり散らして二人はなお失敗。おまけに金がないいらいらが加わる。さりとて女中を足蹴にはできず、罵声とともにステッキが振り上げられては手当たりしだい、鉢物や家具が壊される。

五月十九日に出された愛子への手紙がある。

「余は八畳でこの手紙を書き、それから新聞を読もうとしている。みのは、食堂次の六畳で俺の叔父の綿入れをといている。清は庭の芝生で草をむしっている。林《りん》（林蔵）は畑で甘藷を植えている。猫は昨夜雄猫が襲来して、活躍はキジの子猫をすでに流しもとまでくわえだしたところを取りとめ」

「妹（子猫）は構わずじゃれ、母（猫）は眼を皿にして護っている。硝子窓から覗《のぞ》くと、鶏網にからむあの、はとやばらが白くちらちら咲きだした」

夫のやるせなさを知らない愛子は、さりげない日常描写の文面に安心する。

その間に出版社問題が浮上。結論は「新橋堂はペケ、警醒社ペケ」今後は元民友社社員だった大江保吉の大江書房に決定。大江は十年近く何十回も蘆花の元に通いつめ、やっと原稿の前渡し金一千円を持ってこいとの呼び出しだ。蘆花の借金申し込みは、次の本はお前の所からとの約束と同意語。蘆花本を出版できるかどうかは社運をかけた大問題である。それほど蘆花本は売れた。

そこへ思いがけない来客は、兄の家の女中かね。かねは父の臨終に立ち会っていた。蘆花の顔を見るなりかねは、顔をそむけて泣き出した。蘆花は嬉しい。心おきなく話せる相手が現れ、ここぞとばかり、父の臨終に駆けつけたかったと訴える。

「兄からとうとう一行の手紙もなかった。青山は兄でも何でもない、俺の敵だ」「青山の旦那や俺は悪党だ、唯青山(蘇峰)は知恵の多い悪党で、おれは馬鹿な悪党だ」

蘆花は一人で一年分もしゃべりまくり、かねはいう。

「ご隠居さまは青山できょろきょろ寝ながら見回しておいでなさいました。青山の旦那さまがおいでなさると、誰かい、とお聞きになります。お声が千歳の旦那さまに似ていらっしゃるから、きっと千歳の旦那さまを待っておいでなすったのです」「死ぬるときは逗子でといっておいでなさいました」

このことは蘆花が一番聞きたくて、一番聞きたくなかったことであったろう。

「淋しい、淋しくてならぬ」と蘆花がいい「奥さんがいらっしゃるから」と慰め顔のかねである。タタミしらすを置き土産に、かねはたっぷりの淋しさを残して逗子へ帰っていった。その淋しさを紛《まぎ》らしたかったのか蘆花は、借金したお金で一個一円五十銭の石鹸を病院に届けた。愛子が使う石鹸一個が清給与の半額である。

その他にも蘆花は、愛子見舞いのついでに樹木店の「ばら新」に寄りバラを買う。新種とはいえ赤銅色のばら一鉢が五円。ほかに買った鉢が五十七鉢、うちバラ鉢が五十六鉢で総額八十四円八十銭なり。翌日はこれらが大八車で配達されてきた。女中の給料より二円も高い「ばらの花を剪り、木香バラ、除虫菊、矢車草、緋紅ゼラニアム、浮世画集、袷、羽織、レコードを添え右の車の帰便で病院に届ける」

清への欲情を何とか抑えたい蘆花が、好きな花鉢を買うことで心をよそに振り向けようと必死である。それとも蘆花は、自分で自分を借金地獄に追い込み、無理やり書かせようとの魂胆なのか。そんな日々に、父危篤との迎えの人力車に鶴子一人をのせた日が巡ってきた。一年前を思い、思いも複雑な蘆花は一人で百草園に遠出する。

「水の流れを見る。自殺を覚期（悟）した主人、其相伴を覚期（悟）した妻。不測の運命を担ふた女児、其淋しい一群がこの水のほとりに立ったのは一昨年の六月、麦は刈られて、水には燕が飛んで居た。鴨長明の所謂『ゆく川の流れはたえずして然ももとの水にはあらず』水は流れて居る。三人は生きて居る。然し水ももとの水でない、人も三年前（二年）の人ではない。

逝く――逝く――ああすべてのものは逝く」「水は好い、流れは好い」（『蘆花日記』一、五月二十一日）

清との危ない毎日がつづいたあとに、蘆花本来の文章にあうとほっとする。蘆花が愛子へ一日六通の手紙を出したのはこの日で、粕谷から百草園への道すがら、夫から妻へ語りかけの便りであった。

今日はみのが留守で、広い家に蘆花と清と二人きり。なのに蘆花は清を避け、みのが帰ってくるとたちまち手が伸びる。臆病な自分をよく知る蘆花の抑制剤がみので、みのは彼の良心だ。蘆花もぎりぎり、もう限界である。そこへありがたい訪問客は、同郷人で熊本バンド参加者の一人、金森道倫《みちとも》父子であった。彼も「五十八、少し白くなったが、依然たる金森さんだ」八月から欧米漫遊をするという。

金森はキリスト教の話をひとしきり。蘆花は彼の「純一」さを感じとり、彼の前で正直である。蘆花は、神に選ばれ、神の愛子愛女になるまでの計り知れない深く暗い苦悩を打ち明ける。自分はなんども死のうと思った。しかし「死は問題を延期」はしても解決ではない。死ほど無意味なものはなく、死んで逃げおおせたつもりで天に行けたとしても、再び地に蹴落され「為すだけの事をして来いといわれるだけだ」久しぶりに蘆花は饒舌だった。金森はきっと、心を集中させて黙って聞いてくれたろう。そしていう。

「もう死なないね」

「はい、死にません」

「でもなあ、あなたに書かれて困る人があろう。あなたもその人も傷つくだろうなあ。それでも?」

それでも書くのかと金森は問い、蘆花は答える。

「調和は神」だ。妥協という刺繍で飾るのは美しいようでも「人間として神を気どるは傲慢《ごうまん》だ。眼をつぶって」真実を露《あらわ》にすることで血が流れ、埋もれていた苦しみを掘り起こしたとしてもそれでいい。

「尻拭いは神にさす、おやじにさす」

天なる神を「おやじ」と親愛をこめていいたい蘆花である。蘆花が先輩金森を尊敬していることを金森が知り、彼が蘆花を愛していることも蘆花は感じていた。この相互関係が蘆花を素直にし、金森はうなずきながら、

「ほぼ分かった。破壊だね。今の世界は白く塗った墓だから」あばいたら白骨がたくさん出てくる。「基督の時代がそうだった。然しその結果は十字架だ」あなたの行き先は「恐ろしい Tragedy（悲劇）だ」といった。

愛子が退院する。入院も四カ月ともなると看護婦も手伝いも、そして病人も飽きがきて、何かとぎくしゃくしたようで病気全快ではなさそうである。それでも愛子退院に一同大喜びで、久しぶりに蘆花らしい日記を書いた。それは『黒い眼……』を褒めた友人手紙への反応であった。

物の滋養も味も果物の表皮にある。「あまり皮を剥けば何もなくなる。露骨も、深刻も、あまり抉《えぐ》ればかって真を失ふ。写実も」人形が人に肖《に》すぎるといやらしいといった「近松の言葉は真諦を得ている」「父は子の為に隠し、子は父の為に隠す。真其中にあり」との孔子の言葉は生ぬるいようでも、人情とはそれが実際だ。「流動しているものを型に入れよう、攫《つか》もうと思うのが間違っているのだ」このように自分がいうのは、もしかしたらいまの辛い日々に疲れて、妥協という安易な方法で安らぎを得よう、いい加減な心で楽な道を取りたい下心かもしれぬ、といい、正直蘆花も疲れていた。

『黒い眼……』を読んで懐かしかったからと、横井時雄の長女悦子（京都同志社時代の蘆花は横井家に同居、一歳の悦子を子守しているとき久栄が現れ、ものいわずの初対面）が訪ねてきたり、愛子が退院したらすぐに伊香保に保養に行くつもりで、その準備をしたりと清から少し心が離れた。

「大正四年六月廿七日（日）晴
去三月二日入院以来百十八日目に細君が今日は帰ってくる日だ」
夫婦は白蚊帳をつり、注文した新しい二人寝の寝台に寝ぞめである。白い月がそんな二人を見下ろしていた。

アダムとイヴ──『死の蔭に』

蘆花の少女好きももうたくさんだ。愛子も退院してきたことだし、これで落ち着くだろう。筆者はこれからの数年は飛ばして、と思った。ところが愛子が蘆花が引っ張る。

みの、清にかわって、玉、梅、みつ、敏、春代（秘書兼）と若い女が五人も揃うと、蘆花の欲情がまた動き出す。いくら大きな家とはいえ女中が五人も要るのだろうか。夫婦二人きりには屋敷が広すぎて淋しいからだと蘆花はいう。中年以上の女中希望者は、それとなく蘆花が断るのも面白い。

懺悔のための告白作品を書きはじめた蘆花は、親族や世間からの爪はじきを予想。自分から世間をへだてた。覚悟した夫婦の生活空間が、およそ三千坪（大正七年には四千坪）では、むしろ狭いほどだといわれれば、なるほどと納得もする。

屋敷の中に果樹園あり麦畑あり、桑畑に野菜畑、竹林に雑木林、春は筍、秋は栗の実、椎の実は小さくつやつやと手のひらにまろび、一番意をそそぐのは花畑だ。垣根は萩、日本古来の花はもちろん、四季それぞれに西洋花が咲き乱れる。

神に選ばれた日子日女《ひこひめ》（アダムとイヴ）というまでに精神を高め、維持していく環境には広い屋敷は必要不可欠だともいう。ところが蘆花は、女性関係にも広がりを求め、愛子はそれを察した。どうやら夫は、清のときよりもっと玉に夢中のようである。

『落穂』に愛子夫妻を囲んで俊子、琴子、玉、桜井春子の写真がある。コピーなためによくは分からないが、玉は満月に目鼻といいたいほどの丸顔で、美人とはとてもいえない。ただそれだけに幼さが見えている。俊子は、愛子が「愚痴をいわぬ気丈なお俊さん」というのがなるほどと頷ける。琴子も丸顔だが俊子ほどに締まった顔立ちではない。まぶたが腫《は》れぼったく見えるせいかも。春子は秘書を兼ねているだけに、どこか年上の感じで落ち着きが見える。残念ながらいつ撮った写真なのかは分からない。

蘆花が玉に夢中のいまは、『死の蔭に』を執筆中で大正六年（一九一七）である。『死の蔭に』の表題は、「さまよひ」「灰の中から」「死の方へ」と変化。書きながらも売れそうにないと思う。そこに蘆花の不安があった。

九州、満州、朝鮮、山陰と三カ月ものこの旅は、大正二年（一九一三）九月からの、死に場所探しの旅であった。それを書くのは鬱屈した心のなぞり旅だから書くのも辛い。それでも売れると思えば筆も走る、が、売れない公算が強く、ストレスはたまり、ストレス発散の気分転換には生娘が一番。玉は生娘、玉が恋しい。

玉を犯したいとの強い願望がある。だが現実には安全な愛子へ向かう。この夫婦交合場面を書いた日記文が何とも具体的すぎて引用に困る。これも夫婦和合の大事な秘訣、何よりとは思うが辟易する。

「——交合。最初は按腹、陰毛に頬こすりつけ、陰阜《いんふ》（阜は丘の意）の接吻から始まった。些か（ママ）の臭気がない。話もせず。手燭の光で交合。最後に横になり、終には例の茶臼になり、下から妻の腰を抱き上げさまに射精した。一種特有の感があった。いつもの交合ではない。玉も眼中になかった。妊娠するなら斯様な時と云う感がした」

これが序の口なのだからご想像願いたい。

次は玉（数え十七歳）を相手に。

「玉が両手で髪を直す。手も腕もしっかり肉づいて、如何にも抱き除ケ《よげ》に見ゆる。あの脇から手を入れて背を抱き、あの懐をあけて乳房をいじりて竦《すく》ませ、あの腰を膝に抱きあげて仰向き揺く（ママ）亀頭で割った彼女の陰をほとほと敲《たた》いたら、いや息巻あらく押倒してぎゅうと入れたら、など猛烈な想像を走らす」

蘆花は、玉を相手に抱きしめたり、ソファで腹の上にのせたりはしてもそこまで。彼の品性と理性、愛子を失う怖さが実行を避けさせる。ではあるが、自分のものと玉のものの絵を描き、その間を文章でつないでいるのだから、これ以上の具体はない。例えば「少女の〇〇〇は可愛い。毛も何もなし、食べられそうだ」（〇は筆者）。少女のそれを蘆花は「わんぐり」と食べたいという。別の日には、玉のものの絵を描きその下に「白玉大明神、ドウぞ、一番おさせ下さい、いや一番では足りませぬ、少なくとも百番」とあって、あまりの正直さに思わず笑ってしまう。

　つづけて蘆花は愛子のことを、俺には過ぎた「Wife」だといい「だから俺は清だの、玉だの、国だの、京だの、梅だの少し低能な若い肉を好むのだ。玉の○○○○好しと雖《いえ》ども、俺が身投げする淵としてあまりに浅い」（○は筆者）という。

　本当《ほんな》こつですばい。用心ばおしまっせ。そるばってんがな。何《なん》でん出来《でけ》ち、大層《そうにゃ》頭ん良うござって、利口《りこ》すぎる女房よりかは、気楽な女《おなご》ん方が良かてち思いなはっとは良う分かります。たまにゃ気楽《きらっ》か方がてち思いなはっとも仕方《しょん》なかこっでござりまっしゅ。

『死の蔭に』のルビつけが終わったのは大正六年二月十日。

　四日後にはトルストイの三男レオ（小説家・劇作家）を粕谷の家に迎えた。トルストイ家で会った貴公子レオもいまや四十七歳。おどろくほど老いた風貌にその後の生活ぶりが見えている。案の定妻とは別居中で、秘書兼愛人（フランス人）と一緒だった。レオは泣き顔のようなトルストイの写真一枚をおき、昼食を一緒にしただけで東京へ去った。

　この一カ月後に『死の蔭に』が本になる。『死の蔭に』を書いたことで死の蔭から脱出した蘆花である。定価一円八十銭、大正六年三月十二日書店販売。十五日には赤痢のために山路愛山が没した。「愛山の死は漱石の死ほどに余にこたえぬが、兄の一人を喪ふた感は確かにある」といい、およそ三月前に没した漱石を思う。漱石の死を彼が知ったのは翌日の新聞でだった。漱石が連載中の『明暗』になぜ黒枠をつけないのだろう、と新聞の情味のなさを嘆く。かすかな気配にふと目をあげると雪になっていた。

雪降るや枯るる尾花も小笹にも

と二人の友人を喪った悲しみを詠い「寒い、哀しい、痛い。——痛切な一日」と書く。

ついでに愛山の蘆花評を紹介する。「社会の大勢とか政治上の大問題とかに向かっては健次郎さんは興味を持たぬ人」で「観察が中心の生命に触れることに骨を折って、周囲の事情から性格を造ることに興味の少ない人だ」(『落穂』)。しばらくを蘆花近くにいて、晩年は離れていただけに愛山の蘆花評は確かである。

蘆花自身の自作評は、これまでの作品は霊肉別々で、『自然と人生』だけが霊、あとの作品は全部肉だったのが『死の蔭に』で「霊肉合致の端緒が開かれた」という。

霊とは？　肉とは？　キリスト教を信じ、神との対話を積み重ね、同じ信仰をもつ愛子と討論してのこれが自作評である。その判断が示した霊と肉を、キリスト教を知らず、仏教徒の私が考えてもまちがうかもしれない。あえて危険を犯していえば、『自然と人生』の文章は、自然を見て心に感じたものを素直に書いている。この本のどこを開いても詩人の感性、詩人の言葉が書き連ねられている。

自然に抱かれ、自然と対話しながら澄んだ心で書いた文章は、あまりにもそれに片より人間臭のないのを蘆花は、肉がない、といいたいのだろう。人間関係なしに人は語れず、人間関係にはどろどろがつきものだ。それを蘆花は肉の文章だといいたい。『死の蔭に』でやっと霊肉ともにそなわった文章らしきものが書けたといいたいのだ。すかさず愛子がいう。

「あなたは霊は霊、肉は肉と、二つの線を別々に気長くお綯《よ》りなすった、それが綯り合わされると大きな丈夫なものになります」

蘆花が「霊肉合致の端緒が開かれた」という『死の蔭に』は軽く書き出されている。

「大正二年九月二日の朝、これでも出るか往くのかと天意さながら阻《はば》むようなざあざあ振りの其中を、往くといったら往くのだと腹立ちまぎれの雨支度」

新宿駅では中央線の電車出発五分前にやっと荷物がついた。荷車の「元さん林ちゃん」は汗だくだく。「帰りに空車」はもったいないと思ったのか、「肥桶四つ荷物の前後にのせて」いる。「早くして下さいッ！」と「荷物係の叫声《さけび》に、元さんあわてて荷物を下ろす拍子に、アッと云う間もなく肥桶をひっくりかえして了うた。空とは云う条、洗わぬ肥桶に雨水が溜って居て、ドッと蓋が落ちると新宿停車場の入り口は黄いろい汁がどろどろとそこら一面におっぴろがった。みみずののたくりには格好の御出立！」

こうして新宿を発った一行ははじめての信州へ向かう。さすらい人の頼りなさだけが心を占めていたという旅は、日程なし、目的なしである。はじめての木曾なのに、汽車窓に見える木曾谷の風景描写はそっけない。「駒カ嶽は腹ばかり見えた。後嶽《みたけ》は見えたが、好いた容《かたち》の山ではなかった。感興はなくて、欠伸《あくび》ばかり出る」ここには「死への近道」旅になるかもとの陰鬱な蘆花しかいない。こんな蘆花では、気持ちが詩的高みへ向かうはずもなく、人間界をただうろうろ。落ち込み人間が暗い目で人の隙間から垣間見た自然だったのだ。『死の蔭に』の文章は、自然描写が淡泊で人間から離れることがない。

この本も愛子との討論の中で生まれ、愛子は夫が疲れているのを感じていた。『死の蔭に』を生んだ産後の疲れである。本一冊を書き上げる作業は、なが｜くかかる難産のようなもの。

愛子は夫と相談して避暑を思い立つ。行き先は千葉県九十九里浜の茉莉《まり》の舎《や》。茉莉の舎とは粟生《あお》海岸松原の中にある小さな別荘で、持ち主は片貝に住む愛読者薬剤師の中西忠吉。娘の結核療養のために建てたがまり子は一年で永眠。愛子夫婦がつけた愛称が茉莉の舎。愛子夫婦、玉に梅、秘書兼女中の桜井春子がいて一行五人。

九十九里浜の一カ月は次の一文を紹介して略する。

「拍子木が鳴る。かねて聴いた地曳きらしい」蘆花は一人で浜に出た。

「手繰網で、今舟を引き上げつつあるところだ。傘をさしばさんで、自分も手伝う。

やがて舟は引き上げられた。赤裸の漁師等、舟の上で網を手繰る。戯れて頭から打ちかぶせたりする。犢鼻褌《ふんどし》をしたり、着物を着たりしたのは中々に好くない。赤裸に限る。陰茎をぶらつかせ、或いはその亀頭を藁で結んだりしたのが、雨風の中、波打ち際でしごとをして居るのは、実に爽快なものだ。裸の美に憧憬《しょうけい》する。裸に限る。女なんかも赤裸に馴れて少しも変に感ぜぬようだ」

風雨の中赤裸でふるちんの男たちが曳く舟での地曳き網。青木繁(一)にでも描かせたい構図である。九十九里浜の東のはずれ、銚子灯台で見る太平洋は、地球の丸さを肉眼で実感させてくれる。

この年大晦日の『蘆花日記』である。「大正六年はめでたく暮れた。(中略) 九月——琴来る。十一月——琴結婚」琴は蘆花には特筆したい娘であった。

翌一月十六日に明治四十二年(一九〇五)～大正六年(一九一七)の総収入が書かれている。九年間の総収入が四万五千五百円に対して、支出の総額はなく内訳がある。内訳の最初は献金の一万一千円だが、これを蘆花は九年間の収入のうち四分の一の献金額が、『寄生木』印税一万二千五百円とほぼ同額なのに、ほっとしている風である。それは『寄生木』が小笠原善平ノートを元に書かれたことへの負い目であった。

つづけてその他の支出が書かれている。地所四千百円、家屋二千七百円、これに献金額と合わせても一万七千八百円でしかない。なのにこのときの蘆花の預金高は、繰越金の三百円を入れても五百六十円なのだ。旅行や日常の生活費のぜいたくぶりが想像できる。

ちなみに昨年度（一九一七年）一年間の収入は七千八百二十三円余で、支出が七千五百十三円余、残高三百円余とある。これに繰り越し分を加えた預金高が五百六十円なのだ。

さらに二十二日に、愛子に手伝わせての収入分類がある。多い順に並べ変えて記す。『みみずのたはこと』一万五千五百九十五円。『寄生木』一万二千四百九十二円。『死の蔭に』六千五百十円。『黒い眼と茶色の目』四千六百六十円。『不如帰』（芝居など印税外も含む）一千八百七十円。『自然と人生』一千七百七十円。『思出の記』一千百二十五円。『順礼紀行』六百三円。『黒潮』六百円。『青蘆集』二百七十五円。

名随筆『みみずのたはこと』は順当だろうが、蘆花が売れないだろうと嘆いた『死の蔭に』は意外と読まれていたのだ。蘆花の平均月収三百五十円と出たところで、この年（大正七年・一九一八）の庶民月収を見てみたい。小学校教員初任給十二円〜二十円。巡査初任給十八円。公務員初任給七十円。大正九年はいっぺんに跳ね上がり、小学校教員四十円〜五十円、巡査四十五円。ついでに総理大臣月給一千円。（『値段史年表』週刊朝日編集）

『みみずのたはこと』の本のことで、蘆花は面白いことを書いている。新聞が蘆花のことを書くことで、『死の蔭に』の旅は、行く先々で思いがけない親戚や、旧友の出迎えを受けた。奉天でのこと、奉天領事をはじめ熊本人大勢での歓迎会があった。「ぽきぽきがくがくした肥後言葉が」標準語とチャンポンに飛び交う。酒に酔った遼東新報奉天支局の某が、

『みみずのたはこと』ばですな、大連に来たつば満鉄（満州鉄道）がすっかり買収して終《しも》うたてちいうとは本当ですか」

と突然に蘆花への質問である。

「いやちっとも知りません。そのようなことがあったのですか」

といいながら蘆花は、大連の大会社が二百円ものお買い上げだったことを思い出した。奉天の大会社といえば満鉄のほかになく、その満鉄の用度課長の、くすぐったそうな変な表情の意味が解けたとも思う。『みみずのたはこと』をなぜ満鉄が買い占めたのか。きっと京王電鉄の土地買い占めのときに蘆花が、農にとって「土は、その一塊も肉の一片血の一滴」、「生命《いのち》そのもの」の土地は売るなと村人を説得したからだろう。この本が読まれることで、不買運動でも起きたらことだと警戒したのか、それとも耳に痛かったのか。きっと警戒心ゆえの買い占めだったのだろう。だが、耳に痛いのもちょっぴりまざっていたはずである。

蘆花は特別の事情がないかぎり愛子にお金は持たせない。旅をするにも財布は蘆花が持つ。おどろくのは宿代合計より祝儀《チップ》金合計の方が多いことだ。人力車夫、赤帽（駅での荷物運び）、番頭、仲居、玄関番、浴室係、ちょっと寄った茶店の婆さんや小女《こおんな》まで、蘆花は心付けを忘れない。

この翌年（一九一八）『新春』が世に出た。

「永い間の流浪苦労に、かさねかさねた虚飾粉飾の十二単衣を脱ぎ捨てて、純真赤裸の自然男自然女に立ち帰ったアダム、イヴ」

これは蘆花の序の一部である。

『新春』の書き出しは、五寸（一五、六センチ）も積もった雪の景からはじまる。

「今朝ぽっかり眼を開いた私は、寝た間に人間のではない別の世界へさらわれて来た心地がします。ペンを握って、頬杖ついて、この雪と名づくる白い、浄い、美しい、やわらかい、光る不思議なものをつくづく眺めていると、人懐かしさが潮の如くこみ上げて来ます」

雪の中から夢のように現れるのは老若男女さまざまで、鳥獣や虫や魚などまですべて。「茫々とした雪の中を」一人の旅人が足もしどろに歩いてくる。それは蘆花。ふと見るとその後にも人、人、人。だんだん小さくつづいているのは折々の蘆花で、途中から影のようにより添うのは愛子である。

『新春』の彼は時々の自分を振り返り、生々しかった具体が、遥かなこととして均《な》らして語られる。いうならこれまでの作品の上塗りで、内容そのものに新しさはない。しかし、精神的に高められ、浄化されての赤裸々な告白だから、そのことでより清く脱皮していく夫婦像が見えてくる。懺悔の告白をはじめた蘆花は他を語らなくなった。つまり小説を書かなくなったのだ。

ともあれ『新春』を読んでいると、ああのときのあなたはそんな風に思っていたんですか、と納得する部分が諸処にある。修羅のまっただ中、離れて眺める余裕などなく苦しかったんですね、と声をかけたくなる。

『新春』は途中から筆の走りに勢いがつく。走るのはいいが読む方は内容についていきにくい。すぐ側にいた愛子が蘆花が、旧約聖書に現れる人間の最初、禁断の実を食べたアダムだイヴだとなってく。心も体も赤裸、生まれたまんまの自然児アダムとイヴ。

夫婦がそれを実感し、小躍りして喜んだのは大正七年二月十一日紀元節(建国記念日)の朝であった。富士山頂の人事不省から満十三年は、夫婦が精神革命にかけた年月である。

この朝、「初めて分った」「m(マダムの略・愛子のこと)を側にして他に女を求めるは、妾を置いた父の Animal Ego が動くのだ」「五歳のあの苦痛(乳母に教わった性の戯れを母にして手厳しく叱られたこと)の執着に何もかも始終帰り帰りしていたのだ。成長の遅れたも無理はない。対青山(蘇峰)、対母の条は大に正々堂々となった。凛とした男、男性の爛々赫々が吾ながら気持ちよい」

こう聞いて筆者ははっと思った。父の死に駆けつけなかったのは、もしかしてそのときの蘇りではないのか。母の拒否を「びちびち」体に感じた五歳児の感覚。蘇る恥の感覚に、生真面目な蘆花は金縛りになった。それもあったのかもと思い当たった。

ともかく『新春』は「夫婦の愛児」として生まれた。夫婦は毎日毎晩、聖書を中に話しあい、論争に論争を重ねた結果の『新春』執筆であった。

三日後(十四日)になって、「余の嘔吐が到頭出た」宗教的な精神の高まりが、琴、清、玉のことの懺悔となって愛子に告白させる。かといってそれは聖書がいう「爾姦淫するなかれ」で、姦淫を思うだけで罪となる姦淫である。それでも告白されて愛子はショックを受ける。「m果たして大いに苦しむ。別居するという。死ぬと云う」。

この日二人は蘆花の女性問題を存分に話しあった。何もかもあからさまにしての話しあいは、話し合うそのときの心のありようで結果が変化する。宗教的に浄まりつつあった二人は、より信頼を強めていくことになり愛子はいう。

「怒りたいけれども矢張り悦びが湧いてきます」

久栄のことを含めてこれも本音である。まやかしなしの、素直な心での充分な話し合いなら、きっとよい方向に決着がつく。

蘆花にとっての聖書は米の飯。それほどに聖書に親しみ、賛美歌を歌い、祈っていたからだろう。蘆花は『新春』を書きながら不思議な体験をする。

耳の奥に神の声のささやきが聞こえ、それをつつしんで速記したのが『新春』だ。夢中で書いた文章は、「私をみちびいた天の父の手の跡なのだ」と。確かにずんずんと筆が走っている。蘆花は不思議体験を説明する。いまはちょうど五十、人生の峠に立って書いていると思っていた。ところが実際は、宇宙の中心に輝き匂う「真善美」の三つの花びら、未来永劫しぼむことのない花の蕊の頂点に立っていた。自分はそこから「神の目」ですべてを見る特権を与えられて「現世を見渡し」て書いた、というのだ。そういえば鳥瞰なのか、俯瞰なのか、それが感じられる。

蘆花は過去に神秘体験を二度している。最初は富士山頂の人事不省のときで、目をさました蘆花は新しく生まれかわったといい、長年捨てていたキリスト教を取り戻した。

二度目は父一敬が死んだ翌晩十二時ごろ。ご不浄に立った彼は、手を洗おうと小障子をあけた。その瞬間「眼の前がくわっと明るく」なり、はっと見た闇夜の庭に、サルスベリの花も芝生の葉先まではっきりと見え、「赤味を帯びた一団」の明かりが庭を通り、杉垣の上からすうっと西の方へいった。おどろく蘆花は部屋にいる愛子に声をかける。

「おい、おまえいま手燭をつけたのかい？」

「いいえ」

就寝前の二人は霊魂はあると信じながら、昨日亡くなった父のこと、自分たちの将来のことを話し合っていた。この話を聞いた父が安心して逝ったのだと二人は感じた。

今年は銀婚年である。愛子四十四歳、蘆花五十歳。三日前に銀婚記念に銀製茶器をそろえ、「大正七年五月五日銀婚記念　健と愛」と刻した。結婚年数にちなんで記念品を贈る風習はイギリスからはじまり、日本に広まったのは明治時代から。主に銀婚、金婚を祝ったようで、毎年は煩雑だから五年ごとの記念品目を紹介する。一年紙、五年木、十年錫、十五年水晶、二十年磁器、二十五年銀、三十年真珠、三十五年サンゴ、四十年ルビー、四十五年サファイヤ、五十年金、五十五年エメラルド、六十年七十年ダイヤモンド。

世のご亭主方は、こそっと（内緒でそっと）ご準備ばおしまっせ。なあんも記念品でなかたっちゃ温泉旅行でんよかっですけん。女房といたしましては、日ごろの小《こま》んかこっどま、どけか飛うじいってしまいますけん。

その日の徳富家では花壇からの切り花を大卓にたっぷりと飾り、祝いの赤飯は金時豆入り。書院前の桜におびただしい毛虫発見、総がかりの毛虫退治でこれが午前。午後は出版社やら個人やら銀婚の祝い客来訪。清も琴もきた。蘆花はこの日の感想を、今年の庭はことにツツジが美しいが「寂々寥々」と感じられたと書く。愛子もまた「ショウケかる漏ったごつして過ぎてしもうた」という。ショウケ、つまり竹籠から水がもれ、あらまっ、どぎゃんしまっしゅ、と底に掌《て》ばあてごうたっしゃ間にゃあわず、すばしゅう（すばやく）いってしもうた記念日だったのだ。

なぜ二人にこの思いが湧くのだろう。多分血であろう。我から血縁を切った、ではあっても夫婦は肉親が揃うた祝い座で、

「二十五年もようもったなあ」

「いつお愛殿《どん》が逃げ出すどかてちはらはらしとったつばい」

「本当《ほんな》こつそぎゃんですもん。もう安心したっちゃ良《よ》かでっしゅかなあ」

「まあだ分かりまっせんばい」

と一座は大笑い。肉親ならではの愛情表現に愛子の兄良八も笑っている。こんな場面が欲しかったのではあるまいか。他人ばかりに祝われて、あわただしくはあってもがらんどうのような銀婚記念日に、寂々寥々と感じられたのもうべなるかなである。

粕谷の自宅を恒春園と名づけたのもこの年。堺枯川（利彦）から、蘆花所有の台湾の農場恒春園に、次男を雇ってもらえないかとの手紙である。噂だけのまぼろし農場では雇いたくても雇えない。しかし蘆花は恒春園の名を大いに気に入り、わが家を恒春園と名づけ、東京都のものになったいまも蘆花恒春園である。


さらに翌年の大正八年一月二十七日に夫婦は世界一周に旅立つ。昨十一月に第一次世界大戦が終わったばかり。蘆花の巡礼紀行時の旅券番号は五百何番であったのが、今回は四十何万台である。十三年の間に日本と世界を結ぶ糸は約八百倍に増えていた。それを揶揄《やゆ》してか、『時事新報』に猫と杓子を書いた漫画が載《の》った。同新報の取材を受けた蘆花は、妻が猫なら僕は杓子、「赤毛布《あかげっと》とブロークンイングリッシュを頼りに、一廻り廻ってくるだけですよ」

「一番の希望」はドイツとロシア訪問で、トルストイ夫人と昔語りをしたいといい呵々大笑。このとき旅行申請書に蘆花が書いた旅行目的は「平和の使いとして国民間の善意疎通のため」であった。それを見た領事館員が遠慮がちにいう。「漫遊では？」。蘆花は「人間並に」そう書き改めた。

夫婦の横浜出港に多くの見送り人がいた。その中の一人は愛子が頼んできてもらった女高師同級生の西島富寿である。夫蘆花を紹介した愛子は、徳富健次郎と書かれた分厚い封筒を手わたす。二人が日本を離れたら、女高師の湯原校長にこれを渡してほしいと頼む。愛子は、女高師卒者に決められていた五年の義務年限を果していない。蘆花は西島に、妻の弁償金の一部にと一千円を託したのだ。『読売新聞』が四月になってこれを報じた。なぜ日本を離れてからなのか。何かと話題になる夫婦である。これが聞こえたらきっと、取材だ何だとうるさいのを避けたかったのだろう。

インド洋上で蘆花は、訳もない非常な寂しさを実感する。二月二十四日にセイロン島のコロンボに入港。蘆花宛の英文電報が待っていた。十八日に母久子が亡くなっていた。この日の蘆花は、ちょうどインド洋上であった。

大正九年（一九二〇）三月二日、夫婦は一年二カ月強の世界旅行から帰国した。

V　白雲しばし二人をへだてる

蘆花最後の熊本

第一次世界大戦終結直後の大正八年（一九一九）に二人は世界を回った。一月二十七日出発して翌年三月八日に帰国。

さらに翌年の大正十年（一九二一）三月には『日本から日本へ』の「東の巻」「西の巻」を出版した。その直後に夫妻で、伊豆、興津、京都、大阪、吉野、伊香保と回遊。京都では新島襄と山本久栄の墓参もした。二人の墓は京都若王子《にゃくおうじ》の同志社墓地内にあり、赤土道が滑りやすい山道を登る。墓地入り口に正面して新島、左方に東面して久栄の墓がひっそりとある。

大正十一年（一九二二）一月から三月にかけて、愛子の兄良八病気との知らせに、朝鮮の群山への見舞いに旅に出る。三か月もの旅であった。（大正十一年四月十一日良八没）。日本にいたころの良八は、山気の多い仲間とくんで、事業をはじめようともくろんでいた。北海道、江州（大津）、東京と住まいを替え、実業家の片棒をかついでいたのだ。愛子夫婦はそれが心配であった。それらがうまくいかず、日露戦争開戦の前年に群山に移住した。蘆花はそれを「内地を見切って」と書く。群山にきてしばらくは新聞も出していたらしいが、種物や苗を外国や日本内地から取り寄せての販売業、原田商店主である。父弥平次同様、あまり商売熱心ではなさそうだ。離れた所に地所もあって苗を育て、女の子が三人男の子が一人の父親である。

群山では満州日日新聞社から講演をたのまれ、蘆花講演のあと愛子も話した。何とその題が「気むずかしい夫をもった細君の忍耐」。壇下では当の蘆花が聞いている。夫の日常を暴露する妻の話をじっと聞いている亭主。当時の聴衆には理解できない光景であったろう。

群山には二泊で熊本へ。夫妻は久しぶりの熊本である。熊本滞在は十日の予定で、蘆花はこれが最後の故郷訪問となった。このときは船場の研屋本店に泊まっている。上通の研屋支店が定宿のはずが、なぜ本店に泊まったかは分からない。が、このときの文に「十年振りに故郷に帰って見ると、春がきてものみなが動きだすように、故郷熊本も動いています。私たちは故郷のためにこんな嬉しいことはありません」とある。おそらく通町付近がにぎやかになり、静かな本店をと願ったのかもしれない。

研屋本店で夫婦が案内されたのは三階。急な狭い専用階段のとっつきで、船場川（または洗馬川、現坪井川）に面した十一番の部屋だ。ふすまを開けるといきなりの本部屋は、本床に一間の違い棚つきの十畳ひと間。船場川に面した西窓からは万歳橋が左斜め下に見え、その橋しもに綿屋旅館。川向こうにあるのが富重写真館で、二階の古い板壁にはいまも富重写真所の文字がある。

研屋三階の部屋から眺める船場川。蘆花が泊まったとき、川岸の柳並木は芽吹くには少し早かったはずで、そこへ降りはじめた雨。思わぬ雨脚の強さに蘆花はにわかに詩情をもよおした。

洗馬川

町うらつづき
きさらぎの
雨降り来れば
紅白の梅はしただり
柳はけぶる
川面に立つや雨脚の
それよりしげき
おもひでの
うれし　うれし
ふるさとの雨

大正　壬戌《みずのえいぬ》二月　　研屋楼上即事　徳冨健次郎

洗馬川の現電車通りの橋が洗馬橋（童謡の歌詞にある）。洗馬橋の西南角が文具の文林堂で、電車道をへだてて向かいが中央郵便局。少年時代の蘆花は文林堂で筆を買った。小説『冨士』に「でっぷり太って眼鏡を光らした其処の主翁を、横柄で少し怖い人」と思ったとある。

「船場川」と「洗馬川」。いまの中央郵便局前や文林堂付近の水辺で、武士が馬を洗っていたところから自然と洗馬川の名がついた。これが洗馬橋の下流、研屋旅館までほんの百メートルちょっと下るともう船場川と呼び名が変わる。見えている近さなのにと思うが、ほどよい川幅の現坪井川は、かつては大事な水路であった。大店は坪井川に面して船着き場をもち、道路に面した表側を店口とした。文林堂の電車通り側の店舗部分も元は船着き場跡である。七、八メートル幅の見事な石段があり、それはきれいな石を使ってあって、洗馬橋下に船つき場跡と見られる古い石垣跡が少し残っている。船場川の川岸にはかつて柳の大木が並び、長い枝が河面すれすれまで垂れていた。柳葉の枝先がちょうどさざ波との会話を楽しんでいるかのよう。いい風情であった。その柳もいまはところどころに小さな柳が肩身も狭そうである。

　こうなると二級河川坪井川の呼称が気になる。市役所で調べた。坪井川の呼称は慶長年間からだという。坪井村の水田地帯を加藤清正が地ならしをし、やがて坪井町ができた。この町を流れる屈折した川の流れを変え、水害を少なくしたのが清正公《せいしょこさん》である。だとすると、清正公さんの工事中から自然と呼びなれた坪井川の呼び名ではなかろうか。それも坪井町を中心に。だから上流から順番に坪井川、洗馬川、船場川と生活に密着させて呼ばれたものと思われる。

　話をもどすと、兄蘇峰も研屋本店が定宿である。兄の部屋は中三階の三十五番。研屋の娘として育たれた日本舞踊家（藤間宗家勘十郎派）の藤間貴恵さんは、幼いときに蘇峰に会っていて「怖い小父さん」との記憶があるそうな。貴恵さんは、蘆花の即興詩「洗馬川」を振り付け（作曲大和久子）、ホテル日航で発表会を（二〇〇七年九月）された。貴恵さんが踊られる「洗馬川」は、大正ロマンと貴恵さんの吾が町への思いが見る者の胸を撲《う》った。

いま金峰山麓峠の茶屋近くに移転している研屋の客間には、蘇峰筆の横額がかかっている。右から左に「家吾在如」、我が家に在るがごとし、と読む。初代は六・二六水害で水浸。二代目のこの字は、蘇峰九十一歳の書である。蘇峰にしては柔らかい筆運びは、年のせいかもと思わせる。蘇峰額は応和元年（九六一）創祀の世継神社にもある。「神徳如天」神徳天の如し、と読む。世継神社はなじみの白川東岸から、白川改修で龍田山を見下ろす天拝山頂に移転。蘇峰額はその拝殿にある。いつ書かれたかは分からないが、二度の火事、戦災、水害にも生き残ったというから戦前であることはまちがいない。見上げる額の文字からは蘇峰の生命力が溢れている。

「洗馬川」といえば、郵便局（現熊本中央郵便局）での一件がある。熊本での蘆花は、大好きな伯母竹崎順子の墓参をし、さて旅費不足にお金をおろそうと郵便局へ。ところが局員は五百円という大金に、同僚と顔見合わせ怪しむ顔でなかなか渡してくれぬ。「御本人ですか?」「名刺は?」「一向新聞にお出の様子は見えません」そこで蘆花「広告をして歩きません」すったもんだ。

そこで蘆花先生、はっと思い出し、やおら汗じみた煤《すす》色帽子の裏ばひっくり返しなはった。そこにゃ墨の文字がうっすら、徳冨健て見えたってです。そして翌日、蘆花ははじめて菊池の隈府（愛子故郷）を訪問。このとき単線の菊池電車にのった（いまも単線で走っているが、菊池市隈府までは半分の距離の御代志《みよし》まで）。

今回の帰郷は、伯母竹崎順子を書くための資料集めもあった。蘆花は大江高等女学校（元熊本女学校、現フェイス女子高等学校。創立は伯母竹崎順子）や、熊本市公会堂で講演をしている。大江高女の講演では、当時『九州日日新聞』にいた後藤是山がほとほと困りぬいたエピソードを残す。蘆花講演を取材したのは若い女性記者であった。翌朝宿に蘆花を訪ねた後藤に、ひどく不機嫌に蘆花がいう。今朝の新聞記事に「立錐の余地なき盛況であった」とあったが「あれは嘘だ、廊下も室内もまだ十分空いて居った、何でもないことのようであるが、あの若さで今から嘘を書くということは将来が思いやられる」そこで後藤は、あれは社会部で手を入れたので、彼女はそうは書かなかったと大いに弁護。しかし蘆花は「将来の為に言っておかなければならぬ」とその女性記者を呼び出した。「舌鋒するどく」蘆花にいわれて、彼女は泣きながら駆けもどってきた。

後藤がいうもう一つの話はザボンのこと。八代《やつしろ》ザボンといえば当時の九州果物の王様である。ある日研屋の部屋で、卓上に見事なザボンがのっていた。八代生まれの女中が果物好きな夫婦のためにと、最上を選んでの故郷土産である。そこに行き合わせた後藤に蘆花は、自分でザボンを割り半分を後藤にすすめる。

「先生から果物をいただくのは命をいただくようなものですね」

と後藤がいうと蘆花は笑いながら、

「こんどフグを食ってみました。うまいことはうまいが、命をかけて食うほどのものではありません。果物でなら命を失うかもしれないが、フグでそれまでにはなれませんな」

後藤は明治四十二年（一九〇九）に国民新聞社に国内留学をしている。それを終えて帰熊する前にと、蘆花を訪ねた。

それは蘆花が千歳へ越して四年目で、後藤はわざわざ大晦日を選んで訪問する。「この変人が世の大晦日というものに」「如何に超然たる態度でおらるるかを見たい」と思った。筒袖姿の蘆花が出てきて、「私の家でも今日は大晦日。別の日に」といわれて押し問答。三十分との約束だったが昼ごろから暗くなるまで話し込んだ。

そのとき後藤がおどろいたのは、蘆花のものいいの丁寧さである。蘆花の姿を見て、畑にいた農夫、とあるから多分畑仕事を頼んである近所の林蔵であろう。「先生、今度は何をいたしましょうか」とたずねたのに蘆花は、「あなたはもうご飯はおすみになりましたか」といい、すんだとの返事に「それではあの隅の畑の手入れをしてくださいませんか」といったのだ。蘆花と農夫、明治も末の時代に、蘆花の人となりを知るエピソードである。

話が千歳へ帰ってしまった。蘆花最後の熊本でのことがまだ終わっていない。

時は大正十一年（一九二二）二月十五日夜、場所は熊本市公会堂。壇上の「私共のお土産」との演題文字が達筆だ。蘆花の講演は、夫婦で行った世界旅行のお土産話。内容は思いきった熊本批判だが、その裏には故郷への大きな愛が感じられる。次は要約である。

「土産にカミをもって来た、といえば、何だカミとは何だ、白紙か、塵紙位のものだ」ろうというかもしれぬが、私の神は「神棚の神」でも「寺の仏」でもない。「ナゲシの下、雪隠の下に住む神である」「神、宗教、信仰、何ものぞや」生活と一致しなければ何にもならぬ。「今後の宗教とは」「勉強机の上」「鉱山の坑夫の握るツルハシの近辺に……至る所に在す神でなければならぬ」

ここで話が変わる。花岡山の白い広告は「目障り」で「花岡山にあんな広告をする者の」「それを許し置く熊本人の気が知れぬ」。「もう二本樹（現二本木。当時はもっと狭い町で遊郭街）は」ないと思ったら「矢張在る」。「坪井川の水も汚い」。水道もなく「十三萬の人間が井戸の水を飲んで居る。どうも不思議である。多分これは党派――何党何党の喧嘩に忙がしくてそんな事をする暇がないのだ」ろう。「国の実体を自ら知らない。他所からいろいろ評判を聞いてやっとこさで気がつく」。天橋立も鹿児島の磯邸も電信の柱と電線が蜘蛛手」のように「横切って」景観も何もあったものではない。熊本も似たようなもの、しっかりと目を開け郷土人士よ、と蘆花はいう。

蘆花はさらに、私ども「天の愛子《あいし》」を生んだ「日本こそ神の愛子《あいし》だと信じ」私はそれを「疑いません。日本人が」それを「自覚しなかったら日本は」アメリカやドイツの「属国にでもなるだろう」「自覚に立って頂きたい。吾こそは宇宙に唯一人なりちゅう尊き自覚に立って頂きたい。真に自ら愛する者は必ず人を愛する。真に自分を敬する者は必ず人を敬する。それがデモクラシーの根底で、そこに立たないデモクラシーは砂の上の楼閣に過ぎない」この域に達したのが自分たち夫婦。私たちはその見本夫婦だから、土産が自分たち夫婦だという結論である。

蘆花が伝えたかった真意が、どれだけの人に伝わったかは疑問で、熱意は伝わったろうが評判は悪かった。さもありなんだ。

蘆花は『九州日日新聞』(現『熊本日日新聞』)に、「十年前は泣くに泣かれぬふさがった胸で熊本を立った。今日は満腔の祝福と感謝を以て立ちます。しっかりと成長せよ、私共の熊本!」とその発展ぶりを喜んでいる。これらの短文と洗馬川の詩を残し、蘆花は二度と帰れない故郷を辞した。

蘆花病む

大正十年（一九二一）三月に『日本から日本へ』「東の巻」「西の巻」を愛子共著で金尾文淵堂から出版。大正十二年四月、『竹崎順子』を福永書店から出版。九月一日関東大震災に見舞われる。恒春園は三百円ほどの被害であった。

蘆花が『冨士』初稿を書きあげたのは翌大正十三年（一九二四）十一月十一日である。「何のこたぁ無い、ただ記憶の羅列だ。これからが練られ、鍛われ、圧縮され、陶冶され、渾成するのは中々大変だ云々」と日記に書き、その後の作業で蘆花に疲れがたまってきた。

大正十四年の初夏、つまり蘆花が病む直前に恒春園にいた甲斐田きん子（長崎県口之津在住の彫刻家）の思い出がある。

そのころ「先生（蘆花）は御発病前でとても気むづかしく、女中も一人減り二人減りして」彼女一人になった。愛子夫妻は朝は五時起きで寝るのは十時。食事もお茶も仕事も、「どんなことがあってもきちんきちんと時間を守っておられたので」女中が彼女一人になると、四時に起きても「硬い木炭をおこし、二つの鉄瓶に湯をわかすのが五時までにできないこともあった」そんなとき愛子は、「こんな田舎で美的生活をするのは無理かなあ」とぽつりと呟く。

愛子夫妻は何かと家事を手伝ってくれた。だがきん子は「毎日薬のように」蘆花が食べる西瓜の相伴に困る。よく冷えた西瓜を彼は、自分の手で切り分け「大きな体を揺るようにして『さあお食べなさい』」という。だがきん子は好きではない西瓜に手が出ない。すると蘆花は「なぜ食べぬ」と叱るようにいい、「家に来る人は肉とトマトと西瓜が嫌いではつとまらないよ」と、奨めることを止めなかった。

それから一年以上がすぎ、蘆花が病み、病床には権威ある専門医師がつめていた。

佐々廉平（主治医・医学博士・心臓病科の大家）、廣瀬仙蔵（医学博士）、村山富治（佐々の助手）。ほかにも慶応大学の正木俊二（蘆花最初の主治医）、長岐佐武郎、林修、帝大の稲田龍吉は一度の来診である。

佐々、廣瀬、村山三医師の蘆花病状の報告文は三人三様である。佐々は病状報告に徹し、廣瀬（のち栃木県佐野の病院長）は最初から蘆花を診た人で、それだけに状況把握がきっちりしている。村山は学生時代に『自然と人生』に読みふけり、蘆花を偶像的に崇拝。助手とはいえ担当医になって興奮したそうだが報告文は控えめだ。三医師の報告文を元に蘆花の病状を再現する。

蘆花が寝ついたのは大正十五年（一九二六）十二月十八日で、風邪の上に息切れがひどかった。愛子がそのときのことを書いているが、暮れに「富士」第三巻の校正を終るや蘆花は「非常な疲労を覚え」心臓の鼓動の激しさは「寝ているしんちゅうの寝台に反響するほど」であった。暖かいところに避寒をと房州勝浦に転地したのが暮れの二十五日。浜辺の散歩にも息切れがはげしく、ほとんど外出ができなくなった。ここで越年。一月七日に蘆花はこの世で最後の日記を書く。

「……午後から風雨になった。障子を打つ雨の音、波の音。昔のやうに自然の流れに調子があわされない。腹が太いので、夕食ぬき。ちとまた風邪気で、吸入も見あわせる。着物が重い。タンゼンが重い。

夕方すこし熱あり。體だるく、生きて居たくなくなる。

六十の瀬越しは骨だ。

A（愛子）が瓦煎餅の幾枚かを母屋にやった」

土地の医者の診断は心臓疾患と肝臓肥大。この医者のすすめで、最後の日記を書いた二週間後の一月二十日に粕谷に帰る。

翌日は正木俊二博士の往診を受け、長岐、廣瀬両医師の治療を受けた。横になるとよけいに息が苦しいので、一日の大半は椅子にかけていることが多く、これは辛そうである。

二月八日からは看護婦がつきそい、十四日に胸の苦しみを訴え、正木博士の診断は狭心症。このとき注射と酸素吸入で楽になったことから毎日注射が打たれた。このことが二月十七日付けの夕刊に公表され、世間は騒ぎになる。

三月に入ると病状は少しよくなって尿量が増えた。ということは腎臓が少しよくなったのだ。しかし食欲はなく、ときどき吐き気をもよおす。しかもひどい下痢が止まらず、これで衰弱がひどくなって行く。日に日に尿量がへり、反比例してむくみが出た。とくに椅子に坐っている時間が長いこともあって、下半身のむくみがひどい。

心臓専門の佐々廉平医師が主治医同道でのはじめての粕谷往診は、昭和二年(一九二七)四月二日である。佐々の病状報告文には、蘆花の訴えは呼吸困難と下痢で、下痢は回数が多いとあり、顔はやや蒼白、そうとう苦痛の表情に見え、上半身は痩せ、下半身はかなりの腫れが認められた。血圧は百九十五、「心臓は左右に拡大し、収縮期雑音が心臓の」いたるところに聞こえた。肺臓に水泡音、腹水もみとめられ、尿にはタンパクがある。佐々の診断は、慢性腎臓病に心臓衰弱を起こしたもの、とある。以来佐々は再々粕谷に往診する。

五月になった。ここで愛子と蘆花に迷いが生じた。長引く病人なら誰にでも起こる疑念である。錚々《そうそう》たる医師団に内緒で、知人が紹介する衣笠なる医師に診察を乞う。衣笠医師は診断後に「もう、一週間ともたない。遺言をなさい」という。愛子夫婦はよそ目にも気の毒なほどショックを受ける。病人に辛い日がつづき、吾と吾が体をもてあます蘆花は「苦しい、苦しい、いっそのこと切腹して死のう。短刀を持ってこい」とどなる。かと思うと「どうしても生きたい、全快しないまでも、せめて筆が持てるぐらいまでは」という。(『緑蔭』)

このころの蘆花は、また尿の排出量が減り、腹のふくれがひどく食欲もない。そればかりか皮膚のところどころに溢血症が見られ、医師団の診断も、余命もあと一、二週間かと思われた。ついに腹水が抜かれた。これでずいぶん楽になったことで、二、三日または四、五日おきに腹水を抜く。毎回三、四百ccほど。少し楽になったことで蘆花は、このころから伊香保へ行きたいと盛んに口にするようになる。

五月二十五日に都下の各新聞に蘆花の病状が、「奇跡的に良好に向いつつあり」と出た。六月に入って空梅雨。照りつける太陽に粕谷の気温はぐんぐん上がる。ここは雑木林に囲まれた別天地。それでも生ぬるい風しか通らず、病人には苦しいむし暑さである。うちわであおぐよりない当時、そのうちわ風が生ぬるいのだからどうしようもない。

気温三十度をこす日がつづいた。気候の悪化が病人に影響するのか蘆花の機嫌が悪い。彼が不機嫌だと周囲はピリピリ。衰弱はまし、愛子は心をいため、医師団も大弱りである。蘆花も願い、愛子もそう思うので佐々医師に伊香保行きの許しをと頼む。が「まだ時期が早い」と反対された。

長いつきあいの正木主治医は、蘆花の伊香保好きをよく知っている。とはいえ「高度の浮腫《ふしゅ》のある重病の心臓患者を、百哩《マイル》(約百六十一キロ)余も自動車で輸送」するのは誰が見ても無謀の企てだ。しかも標高八百メートル以上の高所への転居である。

それでも恋うは伊香保、高原の涼しさに温泉。暑さはひどく、病人の伊香保恋いはつのり、衰弱はます一方。このままだと伊香保への夢は遠のくばかりだ。病人のあれほどの楽しみを、永遠に失わせることになるのではと医師団は悩む。

昭和二年四月十七日付けの千明《ちぎら》三右衛門からの手紙がある。それには「御庭内を乳母車」で「二回も御運動」遊ばされとある。駄々をこねる蘆花に困った愛子が、乳母車を思いついたのだろう。蘆花の喜びようが目に見えるようだ。いまはまだ綿入れの重ね着をしているから、五月になってお越しをともある。二の段の別館もガラス戸などを注文して、今月中にはできると書かれていて、仁泉亭も蘆花の来訪を待ちかねていた。


六月下旬になり蘆花がいう。「私は死んでもかまわん、種々の煩《わずら》いから逃げ出しましょう」これで山行きが決定。蘆花の病状を見ながら、七月四日午後に腹水四百七十ccをとり、五日には正木、廣瀬、長岐の三医師が往診。翌六日早朝に伊香保への出発が決まった。廣瀬医師の日記風報告文を拝借しながら、伊香保行当日を再現する。

「七月六日久しぶりの雨。午前二時半起床」で「車のナッシュ二台で慶応病院から粕谷へ」「粕谷村の森はまだ暗い」高々と鳴らされるクラクションは、徳富家へ医師到着を知らせるため。ではあろうが午前四時前のけたたましいクラクション音に、村人は何ごとかとさぞかしびっくりしたことだろう。蘆花はベッドに腰をかけて待っていた。脈拍百八、その他も昨日と大差なしで緊張もなく佳良。蘆花は袷の上にベージュ色の夏外套をはおり、「同じ色の鳥打帽をチョイと頭の上に」のせる。

看護婦二人が左右から病人を支え、「ギシギシする長い廊下を」秋水書院から母屋へ。出入りの男共が胴上げの格好に持ち上げて「ワッショイワッショイと自動車にかつぎこ」む。蘆花の車には愛子、廣瀬と看護婦が同乗、午前四時四十分出発。蘆花は半年ぶりの外出だ。

「やあ、ナスがこんなに大きくなった」「おや、もう西瓜がなっている」と大喜び。愛子は連日の疲れからかうとうと。蘆花は大きな目玉を「クリクリさせて沿道の風景に」見入っている。当時の中山道はトラックの往来で道路がいたみ、凸凹のひどい穴だらけ道であった。「正に玄海灘の難行」のありさまで時速十六キロ前後しか出せない。

ふりしきる雨に病人が心配な廣瀬は、ときどき脈に触れてみるが異状なし。

「大丈夫ですか、きつくはありませんか」

「いいえ」

この応答がくりかえされる。午前八時、桶川手前の畑の中道に車を止めての朝飯だ。麦入り握り飯に卵焼き、食欲のなかった蘆花が何と握り飯四個をペロリ。病気は気からとはいうが、気分とはこれほどに影響するものか。

奔流みなぎる利根川を渡って渋川到着が十二時四十分。思わず愛子が声を上げる。

「あれ、あなた、三右衛門さんがきておられますよ」

定宿千明《ちぎら》仁泉亭主人が待ち受けていた。蘆花は喜び、かたい握手をなんども交わす。これからは登り坂だ。自動車も無理するし、途中で熱くなったエンジンに冷却水を入れ替えて一路伊香保へ。千明仁泉亭二の段の別荘についたのが十三時四十分。粕谷から九時間のゆられ旅であった。宿の男たちが手ぐすねひいて待ちかまえ、籐椅子にかけさせた蘆花をそのままかつぐようにして座敷へ。

見晴らし抜群の座敷である。蘆花は喜び廣瀬は脈をとる。「脈拍百十八、整調、緊張にもほとんど変化がない。呼吸三十、稍《やや》早いが決して呼吸困難等はない」東京の医師たちに、無事伊香保到着の電報が打たれた。

翌七月七日は一日中糠《ぬか》のような雨で、眺望はなし。

「今朝先生は非常な元気で、飯も三椀平らげられたそうだ。然し如何に気が張っていても、ひどく衰弱した体力は、暴挙とも云うべき昨日の遠乗りを克服する事は出来なかった」廣瀬はこう書き、午後からは病人が全身のだるさを訴える。下半身だけだったむくみが顔から手へも広がり、機嫌が悪くなって夜は看護婦たちに当たり散らし、愛子も困る。

「腰が重くてやり場に困る」と病人は訴え、指で圧すと指跡のくぼみがくっきりとついて愛子の憂いが深まる。看護婦たちはとうとう泣き出し、佐々医師の報告文には心臓が肥大し、下痢がおさまらないとある。

　昭和二年七月九日の伊香保は久しぶりの晴れ、蘆花の機嫌も晴れ、むくみも減って一同ほっとする。十四日、正木医師が来訪。これに力をえた廣瀬医師は、毎日のように蘆花が望んでいた入浴を実行する。正木と千明主人も立ち会って午前中に十分間の入浴である。籐椅子に腰をかけたままでそうっと湯に沈める。湯の中で蘆花は、顔を洗ったり頭に湯をかけたり、はしゃいでまるで少年健次郎だ。肩にバスタオルをかけたこのときの写真は、心の底から嬉しそうな笑顔が痩せている。

　伊香保にある「徳冨蘆花記念文学館」に、二の段の別荘を移築し、そこにこのときの籐椅子、長方形の檜風呂桶、風呂場もガウンも展示してある。

　ここにもう一つの暴挙、いいえ蘆花にしてみたらうれしい冒険が計画された。しかも医師側からの提案なのだ。七月十六日の昼間に腹水四千三百ccをとり、夜になって長岐医師の突然の来訪があった。廣瀬医師はよろこび夕飯を共にする。そのときの雑談で広瀬が、

「どうだ、明日はひとつ山登りをやろうではないか」

　もちろん二人だけのつもりだ。ところが長岐は、

「蘆花先生もお連れしよう」

　といい廣瀬が賛成。二人は高嶺あたりを一、二時間程度ぶらつくぐらいの予定である。ところが蘆花が、

「わしは榛名湖《はるなこ》へいって鯉の洗いが食べたい」

と「平然」といい放つ。二人はびっくり仰天。結局榛名湖へとなり、蘆花は道も高嶺越えでといい出す始末。狭い急坂を駕籠ではとても無理だと、普通の登山道を登ることを承知させる。

翌日は晴天。千明主人の計らいで、藤椅子で作った台つき輿《こし》二台を用意。蘆花用には日よけもつけた。重病人連れの榛名湖登山の一行は、蘆花夫妻、福田静子（甥嫁）、長岐、廣瀬両医師、看護婦四人、女中三人、千明の番頭二人、駕籠かき十五人、斎藤写真館主と全部で三十一人の大所帯だ。

「さながらの大名行列」でにぎにぎしく出発したのが午前十時。その写真があって、駕籠かきのほかは全員が着物で女性組は長袖。帽子をかぶった蘆花は顔の半分が見え、日傘の愛子は顔が真っ黒で見えず、駕籠は四人でかつがれている。

途中二回の休憩をとり、とうにお昼をすぎての榛名湖着。日曜で湖畔は大にぎわい、奥まった「ふじや」（いまもある）に入る。布団を積み上げて蘆花用の椅子がわりにし、蘆花は横になりながら静かに湖を眺めている。医師二人は、左を下にして臥せている蘆花の姿をはじめて見ておどろく。左を下に寝ることは心臓を圧迫して、苦しくて寝るにも寝られなかったのだ。

ゆったりと横になった蘆花の目線の先、湖畔の雑木林で学生が二、三人キャンプをしている。立ちのぼる飯盒《はんごう》炊飯の煙が樹間にたゆとう。やがて鯉の洗いでのおいしい昼食をすませ、モーターボートで湖面を一周もして、病人大満足の榛名湖であった。

病気が重くても登山しないではおられなかった榛名湖。蘆花も愛子も、なんども徒歩登山をしている榛名湖。榛名湖はそう大きな湖ではない。蘆花一行が湖畔を出発したのが、午後四時。千明到着は六時。

若い村山医師の報告文は、強烈な性格の蘆花を見ておどろき、次のように書く。

「あのデリケートな感情の中に、異常といってもいいほどの強烈な性格を発見した時は、ちょっと意外な感に打たれた」

発病いらい亡くなるまでの八カ月間に、看護婦の交代が八十人。「このように看護婦を取りかへる患者は、最初にして最後」であろうという。村山はその理由を、蘆花は実によく病気と闘った、「その闘争の余波がほとばしって、痼となり癪となって、看護婦を八十人も取りかえたという結果になった」のだろう。

蘆花は、現代医学に物たらなさを感じて「しきりに焦慮された容子も」見えた。それでも蘆花は、たったの一言も医師たちに愚痴をいうことはなかった。村山はそれを「不思議にさえ思えた」という。彼としては、蘆花ファンで若造の自分にこそ愚痴をいい、痼癪玉を破裂させてくださればと思ったのかもしれない。

晩年の蘆花は女性を同格に見た。心身が衰弱したいまは、女性蔑視の肥後モッコスの、小《こま》んかとき

（幼い時）の思いがしゃしゃり出てきたっじゃござりまっせんどか。お医者さんな男でござりますけん、男ん方にゃ対等に敬意ばおはらいせにゃですな。愚痴ばこぼすなんか、とけむにゃ（とんでもない）こってち、蘆花さんのお思いましたっじゃござりまっせんどか。

蘆花のわがままと癇癪は、一カ月に平均十人の看護婦を交代させた。やさしい白衣の天使なればこそ、蘆花の強烈な性格に圧倒されたのかもとも思われる。その中の一人でいい、看護日記を書いていてくださったらと思うのは、筆者のないものねだりだろうか。

この村山医師が一度だけ蘆花の涙を見たことがある。六月下旬のこと、腹部が張って苦しいからすぐ来てほしい、と愛子から東京への連絡である。鎌倉への先約があってそちらへ回り、村山の粕谷到着は夜も十二時近かった。蘆花は村山の手を取り、「ありがとう。今日は実に苦しかった。しかし君の顔を見ただけでもう楽になったような気がする」そういう蘆花の目に涙があった。村山がはじめて見た蘆花の涙は「どこか常人の涙とは異なったものがあった」というが、どうちがったかは書かれていない。

いつのことかは分からないが、粕谷の隣人高橋きみ子さんの話だと、伊香保の蘆花が「粕谷の井戸水を飲みたい。粕谷のあの美味しい水を飲めばきっとよくなるから持ってきて欲しい」ときみ子さんの父石蔵に頼んだという。石蔵は一升瓶で井戸水を届けている。

蘆花の看病に誰もが懸命で日がすぎて九月になった。残念だが蘆花の病は重くなる一方である。一進一退は病気の常、ある日は呼吸困難がやわらぎ、全身の痛みも軽い日があるかと思うと、ただだるくてきつくてどうしようもない日もある。このくり返しにしだいに蘆花の心身は衰弱を増し、病状の悪い日が多くなって行く。

九月十七日、佐々廉平医師は林修医師をともなって往診。最後の診察である。というのは九月になると急に山の気温が下がる。それは病人に毒と愛子は夫を粕谷へ連れ帰ろうと、その方法を医師に打診した。佐々は、特別の病人車両でなら、という。

一日も早くその手配をというとき、にわかの容体悪化である。

蘆花臨終

心臓も全身衰弱もひどくなってきた。

蘆花はまだ死ねない。『富士』も途中なら、『富士』につづいて『日本』『世界』と書きたい。とくに大好きな西郷隆盛はどうしても書かねばならないのだ。これらがもし書かれていたら、蘇峰の『近世日本国民史』とまではいかなくても、視点のちがう相当の大作が残されていたであろう。

蘆花臨終のことは多くの方が書いておられる。とくに月刊誌『改造』は特集を組み、その中に蘇峰の「一日如夢の記」がある。また『落穂』の蘇峰文は、蘆花が没した翌朝七時に仁泉亭で書かれたものだ。それやこれやを拝借して蘆花臨終のさまを紹介する。

蘆花が死ぬ前日の昭和二年（一九二七）九月十七日である。蘇峰も六十四歳。風邪気味で頭痛に腰も痛く咳も出て珍しく自宅で寝ていた。(二) 午後四時すぎに至急電報だ。「ただいまお目にかかりたし、直ぐに御出で乞う」朝鮮京城（現ソウル）で別れて以来、まったく音信不通だった弟蘆花が、すぐに会いたいといってきた。蘇峰はこの電報をどれだけ待ったことだろう。

これより前に兄は、見舞いに行きたいのを我慢し、ひそかに姉たちを見舞わせることでその思いを寄せていた。だが弟を心配する兄の思いが我慢の限界を越えた。矢もたてもたまらず夏近くに一人粕谷へ出かけた。なのに弟は、兄一人かと問い、一人と聞いても会わなかった。「まだ早い」とだけ女中にいわせている。蘇峰は「空しく雨のぱらぱら降る草深き庭に立って」しぶ茶のいっぱいも飲まないままに、粕谷をあとにせざるを得なかった。

蘆花の病状記事が新聞に出たのが五月二十五日で、蘇峰訪問は、草深く雨もぱらついていたのだから菜種梅雨の五月末から、本梅雨の六月のころであったろう。空梅雨のこの年とはいえぱらつくことはあったはずだ。それからも蘇峰はいろんな手を尽くして蘆花に面会を求めた。にもかなわず蘆花の返事はなく、機が熟するのを待つしかなかった。

蘇峰は早晩その日はくると信じていた。弟をよく知る兄は、死を意識したら必ず俺を呼ぶ、との自信があった。ただ、その日がこんなに早いとは思っていなくて、蘇峰は電報に「愕然」とする。明日行くとの返電を打ち、風邪床から起き上がっての伊香保行きの準備である。

兄はこのとき「弟が尤も嗜《たしな》みたる物を携《たずさ》うることとした」。それは子どもたち。ほかの何の見舞いより甥姪たちの顔を見ることを喜ぶ、とくに鶴子をと思う。とはいっても次男の萬熊（『国民新聞』調査部長）は三年前に三十三歳で病没。三男忠三郎は早世。残り八人のうち同行したのは長女逸子、三女久子、六女鶴子、四男で末っ子の武雄である。これに秘書並木浅峰をともなった。

この夜の蘇峰は嬉しいのと病状への心配で眠れない。弟の気質を思うと、多分弟も眠れない夜であろうと思いやってもいる。その通りで蘆花は蘆花で眠れないでいた。明日行く、との返電を受けた蘆花は、すぐに電話を入れさせる。最初は待っているといい、次は時間の打ち合わせだ。このことで兄は、弟が待ちこがれていることを察した。

翌日は雨。伊香保への列車車中にも電報がたてつづけにとどき、「高崎からは自動車で来れ」との電文だ。どれにも健次郎とあって待ちわびる弟の思いが伝わる。高崎には千明仁泉亭主人と、『国民新聞』の根岸前橋支局長が待機。ともに自動車に同乗して一路伊香保へ、蘇峰は十一時前に到着した。仁泉亭二の段の別荘玄関で、急いで靴を脱ぐ兄の耳に、危篤のはずの弟の大声が聞こえる。早く早くとせかす声は、いまにも飛び出してくるのではとさえ思われる。靴を脱ぎながら蘇峰は、やはり兄弟、血を分けた者とはこうもあるものかと、両親に見せたかったたと思う。

蘆花は兄を迎えるのに寝たままでは失礼と、愛子の介助で床に坐る。満十四年ぶりの再会に兄は、部屋に一歩入るやはっと胸をつかれた。痩せ細り全身がむくんでいる弟。家を出るとき妻静子は、病人の顔がやつれていても取り乱さないでと蘇峰に注意した。なのに静子が先に泣き出し、兄は弟の死期の近いことを察した。

「ああ間に合ってよかった」

蘆花がこういい、お互いを見つめて手を取り合ったまま言葉もない。後継者と目したわが子萬熊。

その葬式にさえ泣かなかった蘇峰が、涙をこらえるのに「渾身《こんしん》の努力を要し」ている。

蘆花は静かに話しはじめ、兄は聞き役、弟は話し役。弟はゆっくり話しながら時折「水滸伝水滸伝」となんども叫ぶかと思うと「敗北敗北」といい、「ドイツドイツ」と繰り返す。意地を張って強がっていても結局は「俺の負け」といいたかったのだろう。

蘆花は過去の心得ちがいを詫び、日本一の兄をもっていて嬉しい、今後の一切を頼むという。その間にも蘆花を支えている愛子を目線で示し、この女を助けてくれよと繰り返し頼んだ。

やがて蘇峰の涙がひとりでにあふれてきた。兄弟で涙を流し、愛子も静子もせき上げる涙が止まらない。このときの「談話はあまりに神聖なるが故に」ここに書くことを見合わせる、と蘇峰は書いている。

蘇峰は子どもたちを蘆花の前に並ばせた。一人一人の顔をじっと見つめて蘆花は、その成長ぶりにおどろく。七歳だった鶴子がいまや二十一歳の人妻だ。じっくりと見上げ見下ろし感無量。死の床での兄弟再会は、涙の止まらない蘆花の目がすべてを物語っていた。

兄一行は、病人を疲れてさせてはと別室で昼食。その献立も、兄の好みを知る蘆花自身が指示したもので、赤飯に利根川の大鮎の塩焼きである。昼食の間も、兄に会いたい、義姉に会いたいと、蘆花が度々病室に呼び寄せる。弟は兄に甘え、兄はそれを受け止めたい。火鉢の火が青い炎を上げていても弟は寒いと兄に訴える。海抜八百メートルの山の九月である。衰弱した体にはささいな冷えもこたえるのだ。

最初愛子は、恒春園に帰ろうと思っていた。だが医師と毎日相談した結果は、転地先は逗子となった、が蘇峰は、熱海の方がという。蘆花も同意して熱海転地と決定。動かすなら一刻も早くというのが医師団の意見で、移動手段は特別列車。落ち着く先は熱海ホテルと決まる。蘇峰の指示で並木（蘇峰秘書）がきびきびと電話をかけ、列車車輌の一輌借し切りもＯＫ。同行医師の約束も取り、あさって二十日出発と即決。蘇峰の威力発揮である。

愛子夫婦にはもう一つ心配がある。転地費用だ。蓄えも底が見え、移動にかかる費用も滞在費も半端ではない。すると兄は、

「ナーニこんどは存分に世話になっとよか」

病人も妻もほっと表情が明るくなる。と蘆花が、

「いうだけいうちしもうち、荷の軽うなったけん、いま死んだっちゃよかごたる」

「なあんばいいよっとかい。あさってにゃ熱海に行くとぞ、よかな」

兄がいい弟は遠くを見るような、もの思うような細めた目をして、

「ちょっと待ってはいよ。あさっては萬熊（蘇峰次男）んとけ行《い》くとだけん」

とまるで独り言のようにいい、義姉静子にも、

「萬熊は惜しいこつばしましたなあ。あれは兄さんの身代わりんごつして先に逝ってしもうち（しまって）」

といいつつも機嫌がよく、甥姪たちを呼び集めて写真を撮った。ベッドの前列中央に蘆花があぐらで坐り、その横に蘇峰が腰をかけ、兄弟の両脇に愛子と静子。蘆花は顔がむくみ、蘇峰は目線を下げて憮然とした表情。愛子はやつれ、静子はかすかに微笑。後列には子どもたち。ちょっと憂い顔の長女逸子は美人、鶴子は気が強そう、武雄は詰め襟の学生服、後ろに立っている長規医師は、なるほど長身で端正な顔立ちだ。これで子どもたちは東京へ帰る。鶴子は手をつき、「またすぐに熱海でお目にかかります」と挨拶。蘆花はその顔を見つめながら、しおれて（しょんぼりして）しまって何もいわず、兄夫婦も一緒に帰ると思ったらしい。残ると聞いて大安心、満足の微笑が浮いてきた。

兄に会えて、恩師新島襄を思い出したのか蘆花がいう。

「俺《おる》は、なんか大磯におるごたる気のする」

新島は蘇峰に看取られ大磯で亡くなっている。蘆花はいかにもすまなさそうに、

「新島先生にはいろいろな負債があって……」

「そんこつなら安心してよかばい。俺《おる》がなんもかんもぜえんぶ代わりに返しとったけん」

おそらく蘆花は、涙ぐみながらうなずいたろうし、かたわらの愛子も「あなた、よろしゅうございましたね」と涙したろう。

しみじみと兄弟の会話は交わされ、蘆花は兄を褒めまくり、賢兄愚弟のあれこれをいいつづける。その話ぶりを兄は「半ば尊敬の語でもあり、半ば皮肉でもあるかの如く」と書く。弟はまたいう。

「いま死んだっちゃよかごたる」

といいつつ心から安心した笑顔である。死を直前にした病人の曇りのない笑顔は、純粋なだけに哀しい。この言葉に兄は何と答えたのか。本人は何も書いていない。想像するにおそらく、「なあんばいいよっとかい。あんたが死ぬなんてこつがあるもんかい。きつか（辛い・苦しい・だるい）ろばってん、あさってにゃ俺《おる》が熱海に連れていくとだけん、な、がんばらにゃんたい」

とでもいったかもしれない。兄弟の会話は病人を安心させ、安心が病人に余裕をもたせたのか。蘇峰が「意外な事件」と書くことが起こる。数時間後に死ぬ病人が、端正な顔の若き医師、長岐に嫉妬したのだ。蘆花の嫉妬《しょねみ》は人並みはずれている。このいきさつは石川六郎（二）（『国民新聞』、後『朝日新聞』勤務）文を拝借する。

病人はかたわらの妻愛子の肩をたたきながらいう。

「こん人がねんごろに看護はしてくるっとばってん、最後の一点がねえ、お静さん……」

静子へとゆっくり目線を移しながらの問いかけだ。お静さんとは福田静子、大江の河田光子の長男謙雄《やすお》の未亡人で蘆花邸のすべてをとりしきり、愛子を助けていた。

蘆花に「ねえ、お静さん」と問いかけられて静子はけげんな顔。蘆花はすぐにいいつぎ、「医者との間さ」念押しである。

愛子はすぐにすべてを察した。ほかのことには柔順一筋、決して夫に逆らわない愛子も、夫婦の愛と誠は別。髪の毛一筋のうたがいもゆるがせにはできない。しかし、どんなにそうであっても相手は重病人。とっさに言葉を飲みはしたが表情が変わっている。部屋に険悪な空気が流れ、察して蘇峰が、

「アッハハハそらあ妄想ばい」と、わざとのような高笑いに蘆花は、

「お静さんにその実をいう勇気ありやいなや」

文語体での問いかけは、愛子を疑う上目使いの蘆花の目が見えるようである。愛子はたまらず、

「お静さん、どんなひどいことでも遠慮なくいってください」

と声が固い。こういわれて甥嫁静子も、蘆花が何をいわせようとしているかを察した。静子はおもむろに、

「私はそうは思わんとです。叔母さんのまちっとばっかり（もう少しだけ）お医者さんに愛想ばようしてもらいたかてち思うぐらいで、かえって不足に思うとっとです」

愛子はさらに回りの看護婦たちにまで、思っている通りをいってとうながした。中の一人がいう。

「私は奥さまがご病人に本当によくなさるので、涙がこぼれるようです。とても私どもには及びません」

甥嫁や看護婦に無理に口を開かせた愛子の矛先は病人に向かう。

「サア、何でも明らさまにいって下さい。いって下さい」

つめ寄る愛子。ついに蘇峰が、

「もうよかろう。黙って黙って、分かっとる、分かっとるばい、もうよか、な、もうよかよか」

こういいながら蘇峰は、かねてから噂は聞いていても、弟の嫉《やく》妬現場にはじめていあわせ、長い間の兄弟断絶の原因をかいま見た気がした。気まずくなった空気を避け、病人を疲れさせてはとの配慮もあって蘇峰は別室へ。火鉢を中に千明《ちぎら》主人と話をし、主人の厚情へのお礼心もあって揮毫《きごう》をして別館の寝室へ。


蘇峰や医師たちが書いていないことが石川文に書かれている。それを借りて蘆花臨終をふりかえる。話は半日ほどさかのぼる。この世での蘆花最後の食事は昼食であった。いつものように愛子の分と並べてきちんと食卓につく。おそらく、ベッドを椅子がわりにし、その前に食卓がおかれたのだろう。二人は忙しい静子のくるのを静かに待ち受け、一緒に食前のお祈りをした。メニューは小豆飯に兄の土産のトンポニー(中華料理)と子持ち鮎。

「やっぱりトンポニーはうまかなあ」

こういいながら蘆花は一膳のご飯を気持ちよく食べおわった。ところが病人が急に「熱海やよかごたる、なしにしゅう」といい出した。咳や息苦しさの自覚から、移動は無理と感じたのか。近づく死神の影でも見たのか。

熱海ホテルの部屋だけを確保し、ほかはキャンセル。蘆花は咳がひどく苦しそうである。一週間前に腹水を取ったあとの傷がふさがらず、しょっちゅう水がもれ出て、下着がしめりそれも気持ちが悪いのだ。

咳を止める注射をし、腹水もれの手当もして長岐医師は帰京。このあと「満熊んとけ行く」と蘆花はいい、食欲がなく夕食は取らず。

満熊んとけ行く、のほかは、死を予感させる何もなく、遺言らしきこともなし。いまになって思えば兄に、愛子のことをしきりに頼んだことぐらいである。

石川は蘆花の容態にとくべつ具合が悪い様子はなかったと書く。普通食の昼食に痴話喧嘩までするのだから、きっとそうだったのだろう。

石川はいう。夜になって昼間の喧嘩の蒸し返しを愛子がいい出し、病人とのいいあいがつづいて最後に、愛子は病人をゆすぶった。体をゆすぶられても病人は、愛子のするがまま、「おれも考えが足りなかった」と蘆花があやまって愛子も納得。ここまでいわせられて蘆花も安心。自分への念押しでもあるのだ。

咳がひどく、病人を横にねかせても止まらず、頓服薬をすすめても「苦しい、いたい、いたい」と訴える、どこが痛いかが分からない。どうしようもなくて病人の体を起こし、ベッドに坐らせると気持ちよさそうにスヤスヤ。でも後にひっくり返りそう、あわてて支えの蒲団をつみ重ね、よりかからせると眠る。病人が眠り、向かい合う席で愛子も坐ったままこくりこくり。病室が静かである。あまりの静かさに静子がのぞくと、「病人は頭を両手で抑へて、髪の毛をかきむしるようにして」いる。静子がそっと病人に近づいた。少し瞳が開いている感じで、なんとなくいつもとちがう。静子は別館へ駆け出し、その足音で愛子が気が付き、看護婦に頼んで病人の頭を冷やす。濡れタオルを額にのせると、病人は無意識に手ではらいのける。熱は三十八度七分、懐中電灯を目先にちらつかせても反応がない。

総がかりで静かに横に寝かせようとしても「あいた、あいた」と痛がり、「はばかり、はばかり」というがすでにもれていた。

少し静かになり、「病人は軽く愛子夫人の肩をトントンと叩いて唇を動かした。それはこの世の最後のキッスを」との夫から妻への要求であった。「注射をする。温泉医が来診する。しかし脈はあるかなしである」。

「健次郎さん！」蘇峰夫人が呼ぶ。

「ウン」

「あなたっ、しっかりしてください！」愛子が叫ぶ。

「ウン」

これが最後であとはどう呼んでも反応がない。愛子は狂ったように心臓部をもみはじめ、冷えてきた体を必死にさする。

「もうおよしなさい。もう諦めなければいけません」

誰かが愛子を止めた。しかし愛子は夫の手をにぎりしめ、にぎった手をはなさない。蘇峰は書いた。

「午後十時五十分には、ついに昇天した」それは「極めて安らかに」眠るようであったと。

満六十歳に一カ月早く蘆花は逝き、愛子と二人三脚、三十三年四カ月の結婚生活が終わった。

あとはすべて兄蘇峰の手にゆだねられる。亡きがらは汽車で東京へ。亡きがらが伊香保を出るとき、秋雨が降りしきっていた。熊谷あたりで雨が止む。武蔵野に入るころは陽が輝き、東の空に半円形の虹がかかった。上野駅では群集の出迎えを受け、ここからは自動車で粕谷へ。

粕谷へ帰った日のことは、望月百合子(三)が書いている。田圃をへだてて五、六百メートルのところに住んでいた望月は、父石川三四郎と道ばたで蘆花の亡きがらを待った。

蘆花と三四郎とは思想的に近かったところから親しく、三四郎がヨーロッパへ亡命するとき蘆花は、「ロシアを通るのは寒いから」と洋服をプレゼントしている。三四郎はそれをきての亡命だったが、大きすぎで困ったという。千歳村住人になった三四郎は蘆花に会いたい。それを我慢させたのは百合子の性格が、蘆花と似すぎていたからだという。性格の何が似ていたのだろう。癇癪か、真正直さか、わがままか、繊細な神経か、そこまでは書いてない。友人蘆花を失いたくない三四郎は、百合子の言動が蘆花の気にさわることを恐れて敬遠したのだ。それに村人のいう、蘆花は奇人変人、との噂話も作用したらしい。その蘆花が亡きがらで帰ってくる、迎えるのに遠慮は無用。百メートルほど畑道を上ったところで待っていた三四郎が、いたたまれなくなって上高井戸(四)（現芦花公園駅）の方へ歩き出した。大分歩いたところで、蘆花を守る一団が静かに歩いてくる。きっと沿道で待っていて下さる村人のために、車は途中で降りたのだろう。この日、小学生たちは授業を休み、道路に並んで蘆花を迎えた。石川親娘も道端で深々と頭を下げ、顔を上げたら愛子が、両方からかかえられるようにとぼとぼと歩いていた。心細げなその足取りがしだいに遠ざかって行く。

恒春園に帰った遺体は秋水書院に安置された。長岐佐武郎、広瀬仙蔵両医師によって、防腐法が施されている。九月も半ば、二十三日の葬儀まで五日もある。

遺体が粕谷に帰ると、出入りを遠慮していた親類も知人もどっと弔問に訪れた。葬儀は青山会館で行われる。青山会館は欧米旅行から帰った蘇峰が、西洋の都市には集会場が方々にあり「集会やデスカッションが自由に」行われている便利を考え、自分の敷地に建てた会館である。いまでも青山会館といえば、あぁあの、とすぐに反応が返ってくる。

蘆花葬儀への参会者は二千余人。あふれるほどの供花の中、霊南坂教会の小崎弘道牧師（熊本洋学校出身の熊本人）の司式である。臨終を見舞った甥の武雄が履歴を朗読し、兄蘇峰が愛情一杯の弔辞を述べた。

愛子は夫の埋葬はぜひとも邸内にと望む。さいわい蘆花作品『みみずのたはこと』中の「墓守」にあるように、屋敷つづきに墓地があり、その横のクヌギ林を共同墓地に組み込んでもらえた。そこを村人二十余人が、二、三日がかりで開いてくれたのだ。蘆花の姉湯浅初子の娘婿浅原丈平記録だと、墓穴は縦横八尺（およそ二メートル余）、深さ一丈一尺（三・六〇メートル余）、底にコンクリートの箱二つを並べて一つは愛子用に。右手の箱に蘆花の柩が収められ、かた炭十六俵分をつめてコンクリートの蓋がかぶせられた。さらに墓中には縦一尺、横一尺八寸の石板に墓誌を収めた。蘇峰作の墓誌最後の一行は「兄蘇峰六十五叟涙を揮《ふるっ》て記す」と書かれ、いま一つは貝型の板に愛子の次の歌が彫られて収められた。

白雲のしばしへだての二つ岳ならぶは光り地にみつる時

身近な者から土塊を墓穴の柩にこぼす。最初は愛子で、ふるえる白い手に握られた土塊。愛子は白無垢の膝をおり泣き崩れた。体ごと墓穴に飛び込みたかったろう。愛子の指から土塊はこぼれ、しめった音を立てて柩に落ちかかる。一瞬「俺はまだ死なれぬ」と叫ぶ蘆花の声が聞こえそうである。

霊肉一体の夫婦であろうと日常に修行していた夫婦であった。真実だけを柱にあらゆるものを削ぎ落とし、一体感を実感していた夫婦。夫の肉体はいま深い墓穴の底。愛子はくずおれたまま立つことができない。蘆花が愛子を支えたように、愛子はその百倍も夫を支えとしてきたのだ。立てようはずがない。

回りの人に助けられ、それでも愛子は立てない。入れかわり立ちかわり、つぎつぎにこぼされる土。夫の柩を少しずつ土がおおって行く。村人の手でまたたく間に土が盛られ、饅頭塚に墓標が立てられた。墓標には蘇峰の筆で「徳冨健次郎之墓」とある。この饅頭塚は愛子がのちに自然石を立て、その前にはいま蘇峰文の墓誌が立てられている。次は墓誌銘の一部である。

「(前略) 蘆花の幼時はひよわであったが、少年時代から青年時代にかけて、父や兄から訓育を受け教道されて、その性格が形づくられた。(中略) 夫妻は互いに相助け、常に離れることがなかった。しかし、ついに子供には恵まれなかった。(中略) 蘆花は生まれつき真面目で意志強く妥協を排し、世間のうごきに左右されることがなかった。

また与えることが多く、愛情をもって人々に接した。文章をつくるにあたっては、さまざまな思いが泉のように湧き出て、つぎつぎと言葉が流れ出るようであった。蘆花の生涯は始終自らを偽らず、思うままに行動し、ひたすら真善美を追求することに努めた人生であった。(後略) 兄徳富蘇峰六十五歳　涙をぬぐいつつ書く」

Ⅵ　うき世のあらなみ　のがれて

追憶の詩

愛子は気力のすべてを失った。立つも坐るもくたくたとへたってしまう。心も体も息をしているさえ辛い。靄のように夫の息吹が体をおおい、身動きはできるが浮遊感ばかりで現実感がない。目にうつるものの何もかもが夫を思わせ、目を閉じても夫の顔しか浮ばない。心に占める夫の場所はこんなにも大きかったのかと、いまさらながらの愛子である。半身と半身、あわせて一体の夫婦であった。この夫婦の一生はまさに悪戦苦闘。愛し、庇護し、誠実を求めて闘い、尽くし抜いてきた半身を失ったのだ。しばらくの腑抜けはそうあってこそともいえよう。

愛子はどうして死のうかと思う。くる日もくる日も死に場所、死にどきを思い、死ぬ方法のさまざまを考える。縊死《いし》も水死も嫌、水死は逗子で水ぶくれした水死者の話を聞いた。縊死は氷川町時代にくくれた女中を見つけたのが愛子。どちらの死に顔も鮮明に浮んでくる。薬は手に入らず、ああかこうか考えても、美しい死に方などない。

このとき愛子は乃木希典夫人静子を思い出したはずである。夫人の自刃を夫は褒めちぎった。愛子が思うそれはきっと、秋水書院に純白の座をしつらえ、白無垢の膝をきりりと結わえ、氷の刃での自刃こそと思ったろう。

愛子はやや対抗意識の強いところがあり、生家は豪商との意識に、女高師卒との誇り、加えて蘆花の妻との思いもあって勝ち気だ。キリスト教徒の愛子は、自殺したい思いがどんなに強くてもそれはできない。死ぬか生きるか愛子は悩み、死なねばこれまで生きてきた夫婦の信条、とくに夫の意志に添わぬ気もする。愛子は気が狂ったらさぞ楽であろうと思う。しかし狂うには小《ち》っとばっかり気丈さの種が残されていた。それに甥嫁静子の気遣いが愛子の心を少しずつほぐしてもくれた。

愛子は信心深いキリスト教者である。愛子は悩む。悩む心にぽっかりと賀川豊彦の名。夫も褒めていたキリスト教社会運動家の顔が浮かぶ。

愛子は賀川に苦しい心情を訴え、賀川はいう。

『新春』に先生が書かかれたイヴのように、紫の衣着ておればたくさんですよ」

愛子はこれを「安心して生きよ、神の手爾《なんじ》を導くべし」と受け取った。そんな愛子が知らず知らず手にしたのは聖書。目をつぶり、ぱらぱらとくった頁に指をのせる。そっと見たそこはイザヤ章第五十四章。

「爾孕《はら》まず子を産まざる者よ、歌うたふべし。産みの苦しみなき者よ、声を放ちて謳《うた》ひよばはれ」

「懼《おそ》るるなかれ、爾恥づることなからん、惶《あわ》てふためくことなかれ、爾恥かしめらるることなからん」

「我しばし爾を捨てたれど、大いなる憐憫《れんびん》をもって爾をあつめん」

これこそ神の呼び声、ひしひしと心を打つ神の言葉であった。しかも五十四章の五十四はちょうど愛子の年（数え）でもある。


生きる、と決めた愛子は自分の使命がどこにあるかを考えはじめた。時間は何よりもの癒しである。神は人に、忘れる、という救いを与えてある。一日がすぎ、二日が終わり、生きてさえいれば必ず次の日が昇る。

養女であった鶴子さんは、「叔父が死んだのになぜ叔母は死なないのだろうと思いました」といわれる。これには説明がいる。明治天皇が崩御され、乃木大将夫妻自刃の新聞報道に、蘆花は体をワナワナとふるわせ、言葉にならぬ感動のうなり声を上げた。とくに自刃した夫人静子は日本婦人の鑑《かがみ》、貞女、誠の婦道の人と夫人を褒めちぎった。当時鶴子さんは数えの六歳で、叔父の迫力に圧倒されたといわれる。

感動の嵐に興奮しきっている夫。すかさず愛子が「昂然」といい放つ。

「私だって、あなたが死んだらあとを追って自害します」

鶴子さんは、愛子の嫉妬がいわせたことだといわれる。確かにそうであったろう。だが思いそのものに嘘はなかったと著者は思う。愛子の言葉は幼い鶴子さんに強烈に記憶され、この十五年後に蘆花は没し、長じた鶴子さんはいわれた。

「叔母があと追い心中をするとばかり思い、何時死ぬか何時死ぬかと、しばらくの間その事を考えつづけておりました」と。

この話を鶴子さんから聞かれたのは『恒春園離騒――蘆花と蘇峰の相克』著者の渡辺勲氏（脚本家・蘆花ゆかりの塚戸小学校元校長）である。話をされたときの鶴子さんは九十三歳、蘆花が亡くなったときの鶴子さんは二十一歳（数え）の人妻。無垢な気持ちで聞いた六歳の記憶が強かっただけに、人妻鶴子さんの正直な吐露である。

その後も愛子にさまざまの問題が押し寄せる。第一は蘆花全集出版権争いで、ある出版社は蘆花の通夜に自動車を配備、一晩中つめていた社もあって意図が見えかくれ。蘆花宗といえるほどの蘆花信者、つまり固定した蘆花ファンの数は二万人余り。蘆花重病の報が新聞に発表されると全国から毎日二、三十通の見舞い状がとどいた。蘆花全集二十巻、少なくとも四十万冊には達するだろうその出版権はどこの出版社も欲しくてたまらない。蘆花人気の衰えない間に刊行をとは誰しも思うことで、結果は新潮社が獲得（後述）。

蘆花全集もだが、愛子はまず『冨士』四巻を出さなければならない。愛子が死んでも生きても、これだけはしておかなければならない著者の責任である。生前に蘆花はいった。

出版社から「一番尊敬する偉人を書いて」と頼まれ、「二十年間は自分自身の『冨士』に登る計画だから」と断っている。自分自身の『冨士』に登りはじめた蘆花は、「人間には決して完全を求められなくな」った、「崇拝することができなくなった」という。だから一途に神を求めて書いたのが『冨士』。蘆花亡きいま読者が待つのは『冨士』。『冨士』は夫婦共著で愛子の名も並べられている。『冨士』四巻は翌年二月、蘆花没後半年後に福永書店から刊行された。

『冨士』のことで話が少し進みすぎた。蘆花逝って一カ月後の十月十八日にもどる。愛子はこの日早めの五十日祭を執り行い、徳冨家（蘆花系）断絶を発表した。発表を急いだ裏にはある事情があって、愛子甥の林憲次がかかわっていた。

憲次事件の現場にいあわせたのは望月百合子で、事件説明の前に次の話をしなければならない。喪の家に、愛子をなぐさめようと訪ねてくれる友人の中に、新しい嬉しい客が現れた。石川三四郎と娘百合子である。石川は蘆花生前から旧知の仲だが、百合子と愛子は初対面だ。石川の声に書院から飛び出してきた愛子の頬には、涙のあとがあったという。このときの愛子の印象を百合子が書いている。

「ひどく地味な着付けで、むろんお化粧などしていない。きゃしゃな体に、やさしい汚れのない顔、率直な話し方、聡明な眸は、時に茶目っ気に輝くときもある」

百合子は帰り道で父にこの印象を話し、父石川はいった。

「蘆花のいう通りに世間と没交渉で、あの年まできたのだから、世の波にもまれた女とはちがったものをもったのだろう」

愛子は愛子で、正直に話し合える相手を見出し「毎日でも遊びにきてください」と喜んだ。それからの百合子は、犬を散歩させる足が自然と恒春園に向く。親しくなった百合子がしたことは、部屋のかもいに差してある造花の処分である。蘆花葬儀時の花輪造花を、百合子は愛子の目の前で燃やした。造花のことは愛子も『落穂』に書いていて、少し話がちがう。愛子は、小笠原俊子《しゅんこ》（善平姉）が「部屋一ぱい鴨居に飾って置いたを、茶毘《だび》に付して、私の気分を一新さしてもくれた」という。どちらが本当なのだろう。どちらも本当かもしれない。渡り廊下でつながる愛子の家は広いのだから。

そんなある日に事件は起こる。話はさかのぼって、富士山頂蘆花人事不省（明治三十八年）のあと、愛子は一人で帰熊して山鹿へ。その折り病気の伯父の子憲次を養子にと頼まれ、色よい返事をしてきたらしい愛子に蘆花は、自分に無断でと怒ったことがあった。長じて憲次は上京、卒業後は書店につとめ、粕谷にもよく現れた。そのたびにいざこざがあり、そのうちに音信不通。その憲次がひょっこり現れ、養子にする約束だったとねじこんだ。愛子は断り、憲次は再三現れては声を荒らげる。

その日の愛子は、夕飯後のひとときを百合子を相手に談笑中であった。突然暴れこんできた憲次の手に仕込み杖が光っている。愛子は書院に逃げ、裸足で庭に飛びおり、百合子の家に走った。百合子も大津春子秘書も一緒に逃げ、憲次が追いかけ、百合子の家の雨戸を叩いてわめきたてる。愛子たちはまたも裏口から逃げ出し、真っ暗な畑道を知りあいの家へと走った。その夜の憲次は三四郎がなだめて治まった。そんなことで徳冨家断絶の早期発表だったと思われる。

愛子は憲次を避けたくて信州の温泉へ旅に出た。保養をかねて自然石の墓石探しもしたい。同行者は百合子。燕岳や蓼科岳への登山もして愛子もまだ元気である。散歩していても、ため息まじりの話題は財産問題が多い。恒春園の庭にうっそうと茂ってきた樹木のどの一本も、蘆花が幼木から植え育てたものがほとんどだ。書院の軒にかかりそうに成長した白木蓮は、早々と春の空に蕾をかかげ、花咲けば書院まで花明かりがとどく。家も庭も樹木も何もかもを蘆花生存のときのままに保存したい愛子である。それには持続的な経済力と人手や管理能力が必要で、それへの心配やら憲次のことやら、愛子はこのころ円形脱毛症にかかっていた。

ため息まじりに悩む愛子に百合子がいう。

「いっそ寄付しておしまいになったら」

この奨めもあったろう。だがその前に、愛子の根底にはトルストイの言葉があったのではとも思われる。それは巡礼紀行から帰った蘆花は、楽しかったトルストイとの会話を繰り返し話してくれた。当時の蘆花がどんなにトルストイに傾倒していたかは、千歳に移住までしての美的百姓生活そのものが何よりの証拠だし、鶴子さんの証言もある。

「我が家は十人兄弟ですが、誰もがみんな叔父・芦《ママ》花が大好き。粕谷に遊びに行くのが楽しみで」

「兄弟たちは芦花のことを『叔父さん』『健・叔父さん』などと云わないで、『トルさん』『トルさん』

と呼んでいましたの。おわかりでしょう。粕谷での生活がトルストイそっくりで、叔父さんが崇拝しているトルストイって云う異人さんは、なるほど、こういう生活をしているのかと、子ども心に強く感じ』（渡辺勲氏の「聞き書き」より。以下「聞き書き」とする）ていたといわれる。

トルストイに会ったあとの蘆花は、熱心にトルストイ家のことを語り、愛子にトルストイの言葉が語られた。

「真のクリスチャンたる者は決してわが財産を持つものではありません」

熱心なキリスト教者トルストイの言葉は、愛子の脳裏に焼きつき、それが自然発露しての全財産寄付ではとも考えられるのだ。

蘆花が没して愛子は、山川常子、河田光子両義姉から熊本へ帰ってきたら、となんども誘われている。帰熊すれば何かと癒されよう。義姉たちをはじめ身内も多く心強くもある。だが愛子夫婦の子どもは、二人で生み出した作品群であり、夫眠る恒春園である。出版社とのあれこれのためにも、交通不便な熊本までは離れられない。

河田光子義姉に愛子は忘れられないことがある。母久子のことではあるが、義姉の人となりを表してもいた。

「おっかさんがなあ。ようていござったこつのあっとたい。『お愛さんなな可愛いがってやらにゃならんばい。子どもんなかけん、一人にどん（でも）ならしたなら可哀想《かわいそ》かばい』てち、始終おっしゃりござった。泣いてお祈りしござったよお。わたしどんにゃ（私どもには）なんもでけまっせんばってん、手紙も思うばっかって書けまっせんしなあ。せめてなあ、少ん物《ちっともん》でん、毎月お送りでんせにゃちなあ（しなければと）。姉《あね》さんと始終申しますこってすたい」

恒春園の庭木々が一斉に照り映える五月十八日。蘆花の歌を彫った記念碑が伊香保に建った。千明三右衛門が建てたのだが、『新春』の文中から次の言葉が刻まれた。

「伊香保の山の仁《めぐみ》の泉よ。老いたる者よ、安かれ、壮《さかん》なる者よ、働け。幼き者よ、育て。蕾よ、開け。花よ、実を結べ。墓に入った者よ、安らかに眠れ。伊香保の山の仁《めぐみ》の泉よ、爾《なんじ》を愛することを知り爾に愛さるるを得る私共は福《さいわい》である。爾を造りし者に永久《とわ》に栄あれ。

生めよ殖えよ　湧けよ流れよ　とこしへに仁の泉　生命の力

大正　癸亥《みずのとい》五月　　於伊香保仁泉亭　徳冨　健」

この碑はいま伊香保の蘆花公園内にあり、愛子は「追憶の詩」を詠う。

追憶の詩　　　　徳冨愛子

山谷に響みち

朴《ほお》のひろ葉のうちふるふ

わが胸奥のどよめき
心のうちさわぐにも似たらずや
三千尺の山上
若みどりの朝風に
小鳥の歌をのせて
けふ五月十八日の陽はのぼる
夏雲に向かひて立つ
遠近の山は
過ぎしいくたの
懐ひ出を秘めてかたらず

彼が選びし終焉《しゅうえん》の地伊香保
いまここに
仁泉のつきざる愛をもて
爾が霊によびかくる
薫風に棹し薪緑の海こえ

白雲に乗って来り止れ
永遠に生きよとぞ祈る
記念の碑よ
二つ岳の乳房に
あたたかき泉の湧かん限り
追憶の碑よ
愛の碑よ
生命の光を放て

愛子は昭和三年（一九二八）十一月十八日に、熱海ホテルの一室から全国の読者に呼びかけた。留守がちの恒春園。お墓の花も絶えがちだから萎《しぼ》まぬ花を捧げたい。萎まぬ花、それは生命《いのち》の花、すなわち蘆花全集愛読者お一人お一人である。そこで愛子は「どうぞ端書に御尊名とご住所」をと呼びかけた。読者名を夫墓前に萎まぬ花として上げておきたいのだ。この日に愛子は詠う。

ほの白う大島の嶺にただよふはつつみあまれる煙ならずや

熱海ホテルの窓から見える海のかなた、大島がかすんで見えています。島の上にただようあの雲は、包もうにも包みきれないほどに湧く煙なのでしょう。ちょうど夫遺作を読んでくださる皆さまの思いのように、夫を恋う私の想いのように……。

蘆花が逝って一年。東京三越デパートで蘆花の遺品展覧会が開催された。その中に面白い展示品があったと渡辺光秋が『落穂』に書いている。それは蘆花が、大正十二年に雑誌『現代』から、現代十二大家の一人に選ばれ、金メタルを贈られた。そのメタルが飾られ、メタル説明文に蘆花文が引用されていた。ただし渡辺の心覚えだという。

「或る月或る日、このメタルを妻の飾りにすべく、鋏に二角を切り落とすと、銀が現れた。銀台の金メッキ――『現代の金メタルはなるほど之か』と一笑した。然しよく考えると、銀心金皮が今の余に與えらるる相当のものだ。未だ内外一致せぬ。未だ理想と実行と離れている。心は、目は、望みは、期待は、金《きん》だ。内容内実はまだ銀だ。努力して純金にすることだ。そこで本当にありがたく、このメタルを頂戴する。大正十二年某月　徳冨健次郎記」

晩年の蘆花はこのように、なんでも素直に内省の材料とした。

蘆花全集の第一回発行は、なぜか第九巻『みみずのたはこと』である。発行は昭和三年十月五日。一番評判もよく売れた本だからだろう。非売品ということは、全集購読予約者だけを対象としたのだ。毎月一冊ずつが出て、最後の第二十巻『書翰集』が昭和五年六月であった。愛子は全集出版で大きな荷を降ろす。

次は蘆花誕生日に書いた愛子文である。

「粕谷の庭園はさながら武蔵野其ままに荒れはてておりますが、きょう十月二十五日は彼在らば誕辰の然も還暦の家祭」

と書いていて、その心情が思いやられる。さらに全集出版を機に、全国からの電報その他での「白熱的意気」に動かされて、関西と九州での講演会が開かれた。東京は会場や講師の日程が合わずに見送られ、関西は神戸の関西学院講堂、京都山口仏教会館、京都同志社女学校講堂、大阪朝日会館が会場となった。『黒い眼と茶色の目』が出たとき、同志社はこの本を読むことを在校生に禁じた。それが同志社女学校講堂を会場に開放したのだ。九州での第一回は十月十九日に熊本市新市街の旭座で行われ、定刻六時には千余名の聴衆が詰めかけている。つづけて鹿児島中座、福岡は中州公会堂、佐賀は勧興小学校講堂とつづいた。

ちょうどこのころ、昭和四年のアメリカ株式市場大暴落の余波を受けて、生糸の値段が暴落。世界的大不況のはじまりである。日本ではこの年、産業合理化政策が本格的に開始され、教員の俸給停止や解雇など思いがけないことが起きた。給料未払いを嘆く声を担任教師から聞いたという当時の女学生は、いま九十歳である。翌五年になって大日本紡績連合会は、第十一次操業短縮を実施（操業率十七・二パーセント）。株式、生糸、綿糸、砂糖などの相場がさらに暴落。昭和六年には公務員が減俸された。東京では米の値段が底値を更新、一石が十六円九十銭になった（一石は十升、一升は一、八〇三九リットル）。

暗い世情の中、愛子に華やかな訪問団があったのは昭和七年である。この年、五所平之助監督、林長二郎（後の長谷川一夫）、川島芳子主演の映画「不如帰」が上演された。『不如帰』の映画化が決まり、監督に主演者、他に飯田蝶子、岡田嘉子など有名な映画俳優が、揃って愛子への挨拶訪問である。恒春園も久しぶりににぎやかだ。愛子を中にした写真があり、この日も百合子がきていた。

娯楽の少なかった時代の、世にときめく林長二郎一行である。門前には大勢の村人が集まった。よそさまの庭を近道にすることは当たり前の時代のこと。百合子は見物人が門内にどっと押し寄せると思った。ところが誰も門内に入ろうとしない。何かを恐れている風がありありで、百合子はかねてのうわさ話は本当かと愛子に問う。

「蘆花先生が、郵便配達や新聞配達の人を杖でなぐったというのは本当ですか」

「本当よ。でもあの人たちを自分と対等の人として見ていなければ決して怒ったり、なぐったりはしなかったでしょうよ。対等の人格として認めているからこそ、気に入らぬことがあれば怒りもし、ステッキもふりあげるのよ、その気持ちは尊いと私は思いますよ」

翌年のある日、百合子が飛びこんできて竹久夢二に三十円貸して欲しいという。夢二は隣村に住み石川親娘とは親しい間柄。ヨーロッパ旅行で疲れきって帰ってきた夢二を百合子が訪ねる、と、夢二の家の家財道具に差し押さえの札がベタベタ。夢二は熱発して寝込み、三十円の税金が払えないと嘆き、百合子が愛子へと走る、とこうなる。

「じゃ『不如帰』の浪子の絵葉書用の原画を描いてもらおうかしら」

愛子は三十円を渡した。夢二が浪子絵の三態を描き、それに愛子の挽歌が書き添えられ、三枚一組の絵葉書ができた。この絵葉書はいま、伊香保の「竹久夢二伊香保記念館」に展示されている。

昭和十一年（一九三六）四月十一日に愛子兄良八が亡くなり、未亡人が息子を連れて愛子と同居。当時は大津秘書と若い女中が一人いて、百合子が別の女中を世話した。女中は長つづきせずに止め、百合子に「あんなわがまま奥さん、殺したいほど憎らしい」といった。どんなわがままなのかと聞いても女中はがんとしていわず、百合子は愛子のよさを理解するのは難しいという。

鶴子さんも愛子を評して「全集の編集で大津春枝さんが、献身的に手伝ってくれたが、全集が完成するとポイ捨てだった」といわれる。ポイ捨てされたのは愛子で、愛子はまた「非常に人前をつくろう人」だから「他人は皆、とくに男性は叔母を褒めるが、それは『つくろう』部分で接触していたかいたかったら」と証言しておられる。（「聞き書き」より）

そういえば集合写真の愛子の顔部分だけを削りとったのが何枚かある。よく写っていなくて気に入らず、愛子が削ったとのこと。

また、蘆花を偲ぶ会には多くの蘆花愛読者や蘆花ファンが集まるが、これらの会に遺族として出席された鶴子さんは「私は父蘇峰に対して、多少批判的な考えを持っているが、その私ですらいたたまれなくなるほどの会であった」といわれる。おそらく愛子周辺の人々を中心に、兄弟に確執があったと信じる愛読者が、鶴子さんへ向ける白い目が無言の圧力となっていたたまれなくしたのだろう。場の空気というのは、面と向かって誹《そし》られるより辛いことがある。

蘆花愛読者の一人としていいたい。蘇峰蘆花兄弟に確執はなかった。いまはそう思える。蘆花の兄への真意は、肉親愛に充ち満ちていた。たっぷりの甘えを芯に、コンプレックスや憎しみという薄い表皮が包んでいるにすぎない。それがときに霜降り肉の脂のように厚くなり、ときに底まで浸透するかと思うとたちまちに消え、情愛という甘みに変身するのだ。コンプレックスとはやっかいで、小学校しか出ていない者は、どんなに金持ちになってもそれが拭えない。蘆花は末っ子、蘇峰は長兄。絶対的なこの関係に弟は臍をまげた。だがそれとて、いや、だからこそ心の深海には、兄への情愛が滾《みなぎ》っている。

愛子の人柄追求から話が賢兄愚弟にそれた。いま一人の証言者は、恒春園の隣で育たれた高橋きみ子さんだ。愛子に可愛がられて育ったきみ子さんには、幼いときの記憶がある。立ち居振る舞いがしとやかで、きっちりしたものいいをし、気遣いの細やかな方だったとの記憶である。きみ子さんと同じ思い出話を書いている人は何人もいる。ではあるが愛子が、女中風情との思いを持っていたのも確かで、明治大正時代はこの考えを時代も後押ししていた。天皇陛下を知らなくても、文字の一字も書けなくても、哲学をもっている人は大勢いる。

愛子のこの考えが得がたい友人の百合子を怒らせた。旅先で愛子が百合子のことを「お供」といったらしく百合子が怒り、愛子は「人の思いが分からない人ね」といったとかで友情にもひびが入り、やがて百合子は結婚して村を去った。

賛美歌につつまれて

伊香保、逗子、岡山の玉島にと、ゆかりの土地に蘆花を偲ぶ記念碑が建った。

昭和六年（一九三一）の秋、一人で関西から九州への旅に出た愛子は、帰りに寄った大阪浜寺の鹿子木家滞在中に激しい腹痛で苦しむ。急いで帰京、慶応病院に入院して大手術。手術は成功した。だが排尿排便が、脇腹に開けられた穴からとなり、気位高い愛子には想像以上に辛いことだったと思われる。

手術後の命は長くても一年といわれた愛子が、一年後にはかえって元気で『青山白雲』『自然と人生』『不如帰』その他の定本を刊行。校正その他で忙しい毎日である。

昭和九年の蘆花命日には、恒春園に自然石の墓石を建てた。愛子は『自然と人生』の著者にふさわしい自然石」の墓石をと願う。これを伝え聞いた中里介山（二）から清水利へ。愛子とは面識なしの清水だが、多摩の山や川で石のいくつかを見つけた。石川三四郎らにともなわれ、愛子が石を見にきて台石と墓石が決まった。三田村（現青梅市）御嶽字払沢入の山中で台石を。「処女渓谷」の清流に洗われている岩を墓石に。高さ四尺は（およそ一・三メートル余）、重さは七百貫以上（二六二五キロ以上）。愛子は清水への礼状に、清流に育てられた苔の見事さを含めての感謝を「いとしく尊く」と書いている。（『落穂』）

このことで、中里介山著『交友録』の中に次の一文がある。墓石捜しは石川三四郎を介しての愛子からの依頼である。

「小生の以前住んでいた多摩川の上流あたりに然るべき墓標の石はないかとのお尋ねであった」「武蔵野及び多摩川には蘆花さんもなかなかゆかりのある土地であるから、石質の何たるかを問わず記念の意味でさがしたい、とのことであった。それならばと武州御嶽付近の知人達に頼んだところが、清水利君がもと小生が住んでいた小滝の付近で然るべきものを見つけたという通知、早速蘆花未亡人にお知らせして、小生の弟がご案内して見てもらったところが、お気に入ったということで、それから引取りにかかったのであるが、千貫とか二千貫とかいう重さのもので、それでも無事に粕谷の蘆花さんの住居まで持ち運んで、首尾良く墓石としてお役に立」って「冥加なことである」

墓石には蘇峰筆で「徳冨蘆花夫妻之墓」と刻まれ、愛子は心にかかる責任の一つを終わらせた。

蘆花逝って十年記念には、日本橋と大阪の三越デパートで遺品展示会を開催。会場には毎日数千人が入場。十月二十五日の蘆花誕生日は公開記念講演会を開催。そして翌年、愛子は恒春園を東京市（現東京都）に寄付。市は一年かけて公園として整備。蘆花恒春園となった。愛子が寄付したのは家屋敷ばかりではない。蘆花や愛子の原稿、愛子夫婦の関係書簡、積み重ねてあった四千五百冊の書籍、什器類、机もオルガンも樹木も菜園も遺品の何もかもをである。オルガンは蘆花が時折、一本の指で楽しんでいたオルガンだ。

昭和十三年（一九三八）二月二十七日は、愛子夫婦が千歳村移住三十周年記念日。蘆花恒春園の開園式が行われた。街道にも門にも村人の手で杉のアーチが作られ、参会者には熊本ゆかりのからいも餡の饅頭がふるまわれた。園内の梅花書院はいま、短歌会や俳句会などに利用され、公園全体が都民の憩いの場となっている。

愛子の住まいは市が園内に瓦葺きの一棟を新築して提供された。しかし一年後に、園の南二百メートルに市が塵捨置場を建築。風向きによっては匂いが園を襲うしハエも増えた。それを嫌った愛子は、まだ片田舎で家もなかった三鷹町牟礼一五五に新築移転。愛子は数えの六十六歳。それにちなんで新居を緑々荘と命名。当時愛子の寂しさをなぐさめていた親戚の尾間明、浅原丈平ら六人を緑々会と名づけ、この会に資料その他の管理がまかせられた。

実は生前の蘆花は、西洋式の生活を、とくに愛子に便利な厨房をと自宅の新築を計画していた。設計図もできていたが夢かなわずだったのだ。特別に見せてもらった秋水書院のトイレは、西洋式をまねたものでいまは使われていない。腰掛けの高さに段をつけ、中心部分にハート形の穴。よくもまあこんなにきれいにと思った。見事に削られ、磨き上げてあるのを見ていると、蘆花が大工に説明したであろう姿が彷彿としてくる。

やがて国際情勢の悪化が、日本を太平洋戦争へとかりたてた。昭和十六年（一九四一）十二月に宣戦布告。本土空襲がはじまり、都心の住民は強制疎開である。緑々荘にも姪鈴木春、七子一家が同居。近くに住む義姉大久保音羽子も遊びにきて、愛子の身辺もにぎやかになった。

翌年愛子は脇腹の傷口の具合が悪く、新宿の万朝報社診療所に入院。一カ月して聖路加病院に転院する。塩田年重博士の手術を受けたが思わしくなく退院。熱海水口の小西別荘に数カ月滞在。体調回復をまって緑々荘と恒春園を行ったりきたり。

戦争が激しくなって愛子は再び熱海に疎開する。このときは、なぜかふっと熱海にと思ったという。これには訳がある。蘆花臨終直前に、伊香保からの転地先が熱海ホテルと決まっていた。蘆花と一緒でなくとも、愛子は熱海にきたかったのだ。このことを原稿紙に書いているのも、昭和十六年（一九四一）の蘆花祥月命日に熱海ホテルの一室でなのだ。

戦中戦後の食料難、そして生活必需品不足、この苦労は経験者でなければなかなかに理解しにくい。小学校の六十人近いクラスに、粗末な運動靴の配給がたったの一足。二十戸近い隣保への一週間分の配給食料が、半分腐ったようなじゃがいも数キロ。翌週分は牛馬用飼料のコーリャンである。

空襲が激しくなって愛子は、八王子郊外に再疎開し、藪の中にかくれるようにして生きのびた。恒春園にも何発かの焼夷弾が落ちたがさいわい建物も無事で、日本は無条件降伏した。心も生活も荒れ乱れた混乱時代がつづく。病弱な体で生きていた愛子。違法と分かっていても、闇買いをしないでは生きていけない時代である。愛子が買い出しにまで行ったかどうかは分からない。経済力もだが体力があったかどうかである。

戦中戦後を通し、この困難時代を助けた中の一人に熊本の女性がいた。当時福岡市や大牟田市に住んでいた守田昌代（山鹿市出身）だ。昌代の夫晴市（加茂川村西郷、現菊池市七城町）は独身時代に蘆花に心酔。愛子夫婦が千歳村へ転居後すぐに、粕谷を訪問したあの青年の夫人が昌代である。昌代孫の合志市須屋在住の中原友幸氏は幼い日に愛子に会っていて、場所は菊池村永田（現菊池市）。昌代の娘柳子（友幸氏母）の嫁ぎ先の家で季節は秋。色紙に書こうとしている愛子のそばに近寄りすぎた幼い友幸氏に「もうちょっと離れていてね」と愛子がいった。声はやさしく、上品な物腰の人として友幸氏は鮮明に記憶しておられる。

昭和二十一年（一九四六）六月二十九日消印の昌代宛手紙には、次の一文があって戦後の愛子の生活が偲ばれる。「三鷹の家も遠からず手放すことになりましたが、粕谷がまっていますので、落ち着き先は安神ですが、一年有余年市に提供して居りましたので、物のありかもわからぬほどになり、庭の熊笹刈りやら掃除やら、小さい鍋一個で、後閑さん急増の焼トタンのへっつい（炊事場）で貧しい食事も時世のならいと、涙ながらの感謝です」ということは、疎開するにも家のない一家や、空襲で家を失った人々へ恒春園を提供していたのだろう。

ところが愛子の住所登録が粕谷であるために、三鷹の緑々荘でも熱海でも食料の配給がもらえず、やむなく粕谷に帰ったのだ。この手紙には焼け野が原の東京の様子も書かれていて、無収入の生活ではお礼もできないと謝っている。そんなことで緑々荘を手放す決心をしたのだろう。

とにかく戦中戦後の物のない時代である。守田昌代は産婆という職業がら手に入りやすかった薬、脱脂綿や包帯、さらには菊池米に醤油《しょい》の実《み》（醤油の諸味。醸造して粕をこさないままの醤油）もあった。故郷の味を噛みしめながら、人の温かさにつつまれていた愛子であったろう。数々の贈り物に感謝の礼状は、昭和十四年（一九三九）から愛子が亡くなるまでつづいている。次は昭和二十一年（一九四六）七月五日消印の手紙文である。

「ましろの色やその化身とも申すべきかきもち、初々しさに香る新茶、山の春を語る薇《ぜんまい》など」「懐かしさも深く」と喜んでおり、昌代からの小包のふたを開けて「宝船に目がくらんだ」とさえ書く。これらの愛子手紙とともに、蘆花、蘇峰の書などさまざまが守田一族に残されている。

愛子は昌代の家に行き、昌代もまた愛子を訪ねた。その折り昌代は、美容師に頼んで愛子の髪の毛を入手して大事に保管。愛子が逝き、昌代は愛子の髪塚を思い立つ。その発起人名簿には、いまは亡き懐かしい方々の名前が並んでいる。会計原田純蔵は愛子伯父の孫だ。髪塚石は八代《やつしろ》産の白島石。予算は五十万円。髪塚建設会議で荒木精之[二]は、愛子の文学碑として話をすすめた。昌代は内心文学碑が不満である。なんど目かの会合に荒木が欠席。昌代はさっさと文学碑を髪塚に変更、すぐに蘇峰へ揮毫を頼んだ。愛子に「心友」といわれた昌代である。髪の毛をいつも懐に入れて持ち歩き、くるくると指に巻いたりほぐしたり。何よりもの昌代の自慢であり、拠り所でもあった。荒木がいう文学碑では、昌代にはよそよそしいのだ。愛子生前のままに心情的につながっていたい昌代が、心友として血の通いを感じる髪塚としたかったのは無理もない。菊池神社の峰つづきの菊池市城山月見殿跡、鞍岳を背景に桜咲く真下「徳冨愛子女史髪塚」が建っている。

これには後話がある。一九六七年（昭和四十二）十一月、同じ場所に蘆花生誕百年を記念して、田中儀信《ぎしん》（元菊池郡須屋小学校校長）揮毫の「徳冨蘆花文学碑」（世話役・荒木精之）が建った。それより前荒木は蘇峰にその許しを願いに行った。

「女房ん碑の先に建っとる所《とこれ》蘆花ん碑ば後かる建つっとはいかん」

と憮然としたという。いかにも肥後ん男。愛子の髪塚が先にあって、蘆花文学碑を後から建てることにおかんむりである。夫の碑が先で、女房の碑を後から建てるのは慎ましい。が、その逆はあってはならないし、まして蘆花は天下の文豪、といいたいのだろう。荒木は苦笑いしながら森本忠[三]にこの話をしたという。このときの蘇峰は亡くなる一年前、九十四歳であった。

話を愛子髪塚にもどして、この髪塚建立にちなんで口さがない中傷が聞こえた。「誰の髪の毛か分かるもんかい」昌代は除幕式にその美容師を呼んだ。除幕式時の写真に証拠が残されている。

昌代の娘柳子は愛子になんどか会っていて、彼女が語る思い出は昭和十六年（一九四二）、義姉河田光子の米寿祝いに愛子が帰熊したときのことである。昌代親娘も招かれ愛子と同席。そのまま下長田（現菊池市）の柳子婚家先の中原家に案内。東京から偉い方がこられたとのことに、見物人が大勢集まり、向かいの子が井手（三メートル幅ほどまでの流れ）に落ちるという騒ぎまであった。その愛子を評して柳子は「気品といい、やさしいお言葉遣いといい、挙措、動作すべてが気品あふれるお人柄がうかがえ」いまでもその姿が目に焼きついているという。

そんな愛子だからこそ、蘆花もいっていた。

「要するに余の妻としては、余の妻に越す妻はない。堅く断言する。恐らく三千世界を尋ねてもこの女に越す女はあるまいし、余の生涯の女として、伴侶として、半身として」

もって瞑すべし、愛子の笑顔が浮かぶ。

戦前戦後を愛子は、熱海や箱根の数カ所に寄寓している。昌代への郵便から得た住所を年代を追って列記する。

神奈川県仙石原温泉荘ゲールツ別荘。神奈川県箱根仙石原。熱海市水口区三本松生々寮。熱海市水口区水口町小西別荘。

愛子は、昭和二十二年（一九四七）二月十三日に、熱海市の曽我祐邦子爵邸内の離れに、弱った体を横たえた。いまは迎賓館小嵐亭という旅館である。元の離れはスペシャルゲストルームになっているのを特別に見せてもらった。玄関ホールを通りぬけた庭の西の端、やや高みに建つ木造建築。二間つづきの部屋に広縁が通っている。すぐ目の前に見事な萩の大株が枝を垂らす。そこから見る庭は、よく手入れの届いた芝生が南向きにゆるやかに斜《なだ》れ、芝生の尽きたところに小ぶりな池。カエデや老松が影を映し、影をゆらせて鯉が遊ぶ。愛子はここに住み、ここで永眠したのだ。特別の思いが湧いてくる。

愛子がこのころ親しくしていた若い友人に渡辺とめ子がいた。『不如帰』の主人公浪子のモデルは大山巌元帥の長女信子、三女がとめ子である。とめ子は書く。

彼女が十五歳のとき姉信子が亡くなり、中の姉が「『国民新聞』にでている小説はとてもお姉さんのことによく似た話だと」いい、とめ子も読みはじめた。伯母も中の姉も一緒に毎朝の『国民新聞』を「大変な興奮」をもって待った。「小説とは申せ、あまりにも真実に似た話に、新しい過去の悲しみが、ひしひしと感じられて涙なしには読み通せません。しかし事実とは大変ちがった話もあって、誰からこの話をとの思いもありました。姉が『死にたくない』と云い暮らした一心が、先生（蘆花）の大きな筆の力によって、世の数万、数十万の人々の同性に大きく永遠に生きかえらせていただいた」と。

熱海時代の愛子のいま一人の友人は、キリスト教の信者仲間で年も近い那須しまである。彼女と愛子とはかねがね「お互い死にのぞんだら、はっきり明かし祈りあって旅立ちましょう」と約束していた。小嵐亭離れに寝込む愛子をしまが見舞って三回目、しまは終わりの近いことを感じていう。

「心の用意はできましたか」

「私の顔を見てください」

こう答える愛子の顔は生き生きと輝いている。翌日しまは今日が危ないと察して蘇峰に連絡。しかしあいにくの嵐、この烈風では八十四歳の蘇峰の外出は無理と判断。次女孝子と秘書の塩崎がきて見舞い客の誰彼が現れた。部屋にくる誰もが愛子の顔がきれいだという。余の妻として最高の伴侶、といった蘆花。その夫待つ天国へ行けることが嬉しいのか。それとも神に召される安心なのだろうか。

やがて愛子は、日ごろ愛唱の賛美歌三百番を歌ってといい、請《こ》われてしまが歌う。

「うき世のあらなみ、のがれてやすらう、しづけきみなとは、めぐみの座なり」

静かな部屋にしまの声が細く清く流れ、愛子のあるかなしかの呼吸は、歌の終わりと一緒にこの世の息を止めた。

とき昭和二十二年（一九四七）二月二十日午後八時三十分、享年七十二歳七カ月であった。

愛子は生前、亡きがらで粕谷へ帰ることを頼んでいた。が、それはかなわず、熱海で火葬し骨になって千歳村粕谷へ帰った。いまは恒春園内の墓所に夫蘆花と共に眠っている。

あとがき

私はいま熊本県菊池の花房台に立っている。盆地の菊池平野が眼下である。蘆花がいう「ここに村が一撮《つまみ》、彼処《かしこ》に家が二、三十」と指三本でつまんだような村落の風景が、いまは手のひらにのるほどになって広がっている。正面に八方岳《やほがたけ》、東に鞍岳《くらだけ》が遙かである。鞍岳の北方深葉山地から菊池平野を貫流、有明海へと西流する菊池川が目近に見えている。

こうして立っていると、心の奥底からたまらない懐かしさが噴き上がってくる。電車通学生だった私がのるがたぴしの菊池電車。愛子夫婦ものったこの電車が、たった一つの交通手段であった。一両で単線を走るローカル線だ。戦中戦後はぎゅうぎゅうのすし詰め状態であった。身動きできずねじれていた体が、ひどい横揺れにいつの間にかまっすぐに立てている。人の体の隙間から見える窓から、朝夕眺めたのが眼前のこの風景だ。それがいまは、ゆったりと私一人の風景として広がり、愛子の故郷菊池市隈府が、菊池川を越えた遙か向こうにかすんで見えている。

愛子の育った町とも知らず、私は愛子生家のあった中町の通りを通学した。正面に菊池武時公、武重公、武光公を祀った菊池神社の大鳥居があり、正門横には大榎の将軍木が枝を張っている。そういえば愛子は将軍木のことをひとことも書いていない。四年制の小学校卒業と同時に熊本市内へ引っ越したからだろう。蘆花は蘆花で、満二歳のころには水俣から現熊本市大江に移転し、阿蘇が遠望できた大江村で育っている。私はいまその大江に住んで徳富記念園は散歩圏内である。これも何かの縁であろう。

愛子が生まれたのは県北、海遠い山間の盆地、菊池。蘆花が生まれたのは県南の水俣、それも鹿児島県境の不知火海の海辺。同じ豪家、同じ士族、同じ商家（原田家は醸造家、徳富家は酒を中心に生活用品の何でもを売っていた）であっても、徳富家は総庄屋で代官を務めた家だし、父一敬は漢学者でもある。原田家は慶応二年（一八六六）に醸造を創業、父弥平次は教育を受ける機会がなく菊作りが趣味。二人は土地柄がちがい、育った環境がちがった。

原田愛子は三人の兄がいる末っ子の一人娘（異母姉四歳で没）である。両親に特別扱いされながら、ゆったりたっぷりの愛情に包まれて成長した。

徳富健次郎こと蘆花も末っ子で三男だ（次男友喜夭折）。弱気の父に甘やかされ、勝ち気の母に心配をかけながら、早熟で、孤独に、兄猪一郎に殴られ守られながら複雑にゆがんで育った。野人蘆花、孤高の自然児蘆花、蘆花は単純なようで奥底に複雑さを秘めている。

梅には梅の、梔子《くちなし》には梔子の香りが添うように、二人はそんな夫婦であった。ちぐはぐであった夫婦が、一心二体ともいえる夫婦になるまでには、多くの紆余曲折があった。殴られ蹴られ当たり散らされた愛子。かろうじて狂気を抑えた蘆花は、それを「徳冨健次郎は九分九厘は狂に近づくことはありとも、最後の一厘彼を狂了せしめないであろう。彼の奥底には、冷干氷の如きものあり。(大正七年七月五日記す)」と書く。

「氷の如きもの」を守ったのが愛子である。そのために愛子は自殺未遂するほどの苦しみを味わう。明治三十八年(一九〇五)夏の富士山頂での蘆花の人事不省。五日目に目覚めたことを、神に選ばれたと確信する蘆花は心身の清浄を願う。そのための懺悔、告白。このとき、愛子が十四、五歳での処女喪失、つまりレイプを受けたことが語られる。蘆花は十歳までの女性関係を含めて結婚後のそれらをも語る。

『蘆花の妻、愛子』は「愛子と蘆花の物語」と題して、『熊本日日新聞』夕刊に連載(二〇〇五年一月~〇六年三月)したものである。三百七回の連載に山口輝也画伯の挿絵は、この夫婦の複雑な心理まで表してくださった。見事な挿絵に助けられながら回は進み、赤裸々な告白場面に近づく。くつろいだ思いで読む夕刊である。子どもも読めば主婦も読む。その表現には自ずから限度がある。

赤裸々は信じ合える夫婦の基礎である。本心をさらけ出してこそ真の夫婦は誕生する。それは確かなのだが、過程の赤裸々表現は、それを新聞紙上で再現する者にはお手上げであった。赤裸々表現に編集担当から抗議が入る。私の窓口だった井上編集委員は間にあって困られる。朝に晩に電話が鳴る。かといって「ふんどし女子《おなご》を犯す」をどういい換えればいいのだろう。本にするには許される範囲で真摯に正直に書いた。

愛子夫婦が住んだ東京府北多摩郡千歳村粕谷三五六番地（現東京都世田谷区粕谷一丁目二〇番地一号）の恒春園は、いま「都立蘆花恒春園」となっている。大正十年（一九二一）に蘆花が書いた「恒春園植物譜」を元に、昭和二十八年（一九五三）東京市技師田坂美徳氏調べだと、総面積が三八一八坪（約一二、六二二平方メートル）の敷地に、一五六種類、一七一六本の樹木があった。それがいまは、約六八、六五八平方メートルの広さに、樹木は高木が約二四〇〇本、低木は約三千株、種類は調査なし（二〇〇七年三月十八日現在）である。

この広大な敷地の一隅に夫妻の墓所はある。自分たちが植えた樹木に囲まれ、その葉陰に眠る愛子夫婦を想う。眼前の故郷菊池のこの田園風景を、いま一度見せてあげたい。そう思ったらきゅきゅんと胸が痛くなった。

連載の間じゅうも、本のための書き直しのときも、北海道から鹿児島まで多くの方々にお世話になった。とくに各地の蘆花関係記念館はさぞかしご迷惑であったろう。個人の方々のお名前をあげるのはひかえるが、感謝の上にも感謝に尽きる。何より熊本日日新聞社の井上智重編集委員、藤原書店藤原良雄社長、担当の山﨑優子様にお礼を申し上げたい。そしてその間を支えてくれた家族にも。

平成十九年九月

本田節子

注

I　愛子と蘆花——出会いまで

内弁慶外なめくじ

（一）**横井小楠**　一八〇九～一八六九年。本名時存《ときあり》、通称平四郎、号小楠、沼山など。幕末の政治家、思想家。細川藩士横井時直二男。長岡監物（是容《これかた》）らと時習館改革を図るが失敗、文化十年江戸遊学を命じられる。翌年酒の上の過失で帰国させられ逼塞処分。藩政批判書「時務策」を著し、藩主のための節倹策や特権商人の私利私欲を批判。十四年長岡監物、元田永孚《ながざね》らと会読をはじめ、次第に実学党（藩政改革派）が形成される。弘化四年私塾小楠堂を開く。徳富一敬、矢島直方、竹崎茶堂ら学ぶ。嘉永六年、四十五歳で小川ひさと結婚。安政元年兄の死により家を継ぐ。同二年熊本市東寄りの沼山津へ転居。長岡監物と思想上の対立で離反。同三年妻死去、矢島つせ子と再婚。同五年から福井藩に招聘され、藩政改革に務める。勝海舟、大久保忠寛と親交。文久二年細川藩江戸留守居役らと酒宴中襲われ、丸腰で逃げたことを士道忘却と咎められ士席剥奪。明治元年新政府の招きで士席に復し上京、参与。二年正月天主教を広めていると誤解され暗殺される。

（二）**元田永孚**　一八一八～一八九一年。号は東野。教育思想家、男爵。熊本城下花畑生まれ。藩校時習館に学ぶ。当時の塾長が横井小楠。五、六年後、小楠、長岡是容、荻昌国らと会読をはじめ、実学党を興す。横井派と長岡派分裂のときは中立。京都留守居役として上京。尊皇攘夷運動が頂点に達するとき、公武一和の藩議を持してことに当たった。彰義隊の乱から奥羽戦争にかけて、藩内には佐幕論が大勢を占める状況にあったが、極力これを排し、大事に至らずにすんだ。明治四年（一八七一）宮内省出仕、侍読を務め、のち侍講、宮中顧問官となる。政治思想は王道主義、道徳君主主義であり、『教育大旨』『幼学綱要』の執筆編集、教育勅語の起草・発布に当たり、国教思想樹立に大きな役割を果たした。熊本県近代文化功労者。

（三）**長岡監物**　一八一二～五九年。米田源三郎是容。長岡は細川氏の旧姓で、一門のほかは筆頭家老松井氏と次席家老米田氏の当主にだけ許された。屋敷は現熊本城内監物台樹木園の西隣百間石垣の内側、市立高校は下屋敷跡。筆頭家老松井氏を中心の保守派に破れ家老職を三十五歳で辞職。嘉永六年黒船来航に対する浦賀警備の藩命に、細川藩総帥として出陣。横井小楠と思想上で対立して離反、実学党は坪井派と沼山津派に分離。

（四）**北里柴三郎**　一八五二～一九三一年。細菌学者。熊本県阿蘇郡小国町北里生まれ。熊本洋学校、東大医学部卒後、内務省衛生局入局。ドイツ留学、ロベルト・コッホに師事。細菌血清学を研究、不可能とされていた破傷風菌の培養に成功、一躍世界的学者に。さらにジフテリアおよび破傷風の血清療法を発見。明治天皇の特例で留学期間延長を裁可。プロシア政府から外国人としてはじめてプロフェッサーの称号を授与される。二五年帰朝、後藤新平の共鳴と福沢諭吉の援助で大日本私立衛生会の伝染病予防研究所設立。政府から派遣され香港でペスト菌を発見。伝染病研究所は内務省所轄となり、さらに大正三年無断で文部省に移管され、北里所長以下職員全員辞職。私立北里研究所を設立（現北里大学医学部）。五年大日本医師会設立に尽力、会長。六年慶大医学部設立に献身、福沢への恩に報いる。貴族院議員から、一三年男爵。大正五年故郷小国に図書館寄贈、北里文庫として生家と共に保存。県近代文化功労者。

（五）**横井時雄**　一八五七～一九二八年。横井小楠長男。教育者、牧師。熊本洋学校に学び、熊本バンドに参加、中心人物に。四国伊予今治教会を驚異的に発展させ、その頃蘆花を預かる。新島襄の招請で同志社教授。蘆花も京都の時雄邸に寄宿、新島夫人の姪山本久栄に会う。妻は久栄の母違いの姉。同志社英学校教授、第三代同志社社長。

（六）**海老名弾正**　一八五六～一九三七年。牧師、思想家。福岡県柳川生まれ。熊本洋学校に学び熊本バンドに参加、中心的役割、同志社に学ぶ。安中教会牧師、横井小楠娘みや子と結婚。明治二〇年から熊本英学校校長、日本基督伝道会社社長、東京本郷教会牧師として活躍、青年層に大きな影響を与える。四二年『新女界』創刊。明治末から大正初年にかけ、朝鮮満州伝道に従事、欧米視察。大正九年から同志社第八代総長。

（七）**杉堂の実家**　老朽化で木山川のほとり上陳《かみじん》に移設（一九八一年三月）。常駐管理人はいないが、益城町役場に予約すれば開けてもらえる。（上益城郡益城町役場談）この家を「蘇峰生誕の家記念館」という。では竹崎律次郎（茶堂）や順子はどこへ行ったのだろう。蘇峰はこの家で誕生したが育ってはいない。熊本の黎明期に活躍した竹崎夫妻なのに？

（八）**落合東郭**　本名為誠《ためのぶ》。五高七高教授、のち侍従、漢詩人。蘆花と本山小学校で同級。蘆花が「善人帳」の第一にあげる。東大卒後七高、五高教授を経て、明治天皇のお召しにより宮内省へ。元田永孚（東野）は外祖父、常に敬慕して終生修業、到身の範とした。詩は森槐南に学び、温雅な作風で名を馳せた。詩集に『愛冷吟草』。正五位、県近代文化功労者。

（九）**嘉悦孝子**　飽託郡本山村（現熊本市本山町）生まれ、蘆花とは本山小学校の同級生。父は氏房。氏房は横井小楠門下生で、現岩手県大参事、八代県権参事、白川県権参事歴任、安岡県政を批判して下野、本山村（現熊本市）に広取黌を開塾。改進党を結成し、県会議長や衆議院議員。孝子は氏房長女で教育者、神田女子商業学校設立、のち日本女子高等商業学校となる。熊本県近代文化功労者。

（十）**神風連の乱**　明治九年（一八七六）十月二四日、政府の欧化政策に反対の熊本の士族太田黒伴雄以下一七〇余人が挙兵、熊本鎮台や改革派要人宅を襲った事件。林桜園の教えを受けた彼等は、挙兵するのに新開大神宮で神の宇気比《うけひ》を行い、神託に基づいて挙兵した。復古思想と信仰が合体しての挙兵である。当夜は三隊に別れ、第一隊は要人、第二隊は砲兵営、第三隊は歩兵営を襲撃。鎮台司令長官種田政明、参謀長高島茂徳は殺され、県令安岡良亮は重傷ののち死亡。砲兵営は全焼、兵は四散した。歩兵営を襲った隊は火砲を受けて敗れ、太田黒は法華坂で戦死、一二四人（殉死夫人一人含む。戦死三十二名〈荒木精之説では二十八名〉、自刃八十七名と諸説あって、確実な数ではない）が死んだ。

（十一）**林桜園**　一七九八～一八七〇年。思想家、幕末肥後第一級の人傑。通称藤次、実名は有道また道誼。国学者長瀬真幸《まさき》に学ぶ。長瀬は本居宣長について国学の正統を学んだ高本紫溟に学んだ学者。桜園は千葉城高屋敷の家塾「原道館」を興し、塾生は千二百人に及んだという。中には国事に奔走殉職した宮部鼎蔵、河上彦斎《げんさい》等をはじめ、肥後勤王党の多くの人材を輩出。また彼は「神事は元也、人事は末也」といい、神道を究めて古道を自ら実行したが、その古道はそのまま太田黒伴雄等に受け継がれた。墓は熊本市黒髪五丁目の桜山神社にある。正五位、県近代文化功労者。

（十二）**河上彦斎**　一八三四～一八七一年。勤王の志士。名は玄明《はるあきら》。小森貞助二男として生まれる。河上源兵衛に養われて彦斎。文を轟武兵衛に兵学を宮部鼎蔵に学ぶ。林桜園に皇学を修め、もっともその影響を受けた。嘉永二年藩邸のお掃除坊主となる。翌年藩主名代長岡護美《もりよし》の上京に従い、三年細川藩親兵となる。翌年長州にくだったが六月池田屋の変を聞いて直ぐに上京。七月久坂玄瑞らと謀って佐幕派の佐久間象山を京都木屋町に斬った。禁門の変では長州藩とともに奮戦。敗れて長州に走り、芸州、石州で戦ったが細川藩の小倉出兵を聞き、藩を説得しようと帰国、捕らえられた。明治元年獄を解かれたが、維新後なお固く尊皇攘夷の信念を持し、翌年鶴崎警備兵士の隊長に。長州藩騒動で、大楽源太郎が藩を脱走、鶴崎に来たのをかくまった廉で陰謀の容疑に問われ、明治三年「朝憲を憚らず陰謀をくわだてる」との理由で藩獄へ。のち東京に護送され、小伝馬町の獄で斬刑。

熊本洋学校

（一）**小崎弘道**　一八五六～一九三八年。熊本市本山生まれ。藩校時習館で文武両道を学ぶ。午前文、午後武。時習館には五、六歳で入学、四書五経、春秋左伝、史記、歴史綱鑑などの素読ができるようになるのが十七、八歳。毎月三、八の日に行われる大講堂での経書講読へは、許可がなければ出席できない。いまの卒業資格である。それを小崎は十四、五歳で許された。熊本洋学校入学、熊本バンド盟約署名に参加。同志社へ。英米旅行。霊南坂教会牧師、京橋教会設立、『新世紀』二年間発行、「六合雑誌」「基督教新聞」を創刊。新島襄死後、二代目同志社社長。世界宗教大会に日本代表で出席。墓は東京青山。

（二）**十津川郷士**　天正十五年（一五八七）太閤検地のとき、それまでの特権を認められた。郷中千石の御赦免地がそれだが、これは永く十津川郷士に受け継がれた。さらに郷士四十五名には北山川筏《いかだ》役の免許として、七八石余の扶持米も与えられるという、特殊な人たちが十津川郷士であった。文久三年（一八六三）この地が皇室領となるや、彼らは禁中護衛のために上京。勤王の志士を任じて、天誅組の変に大勢が参加。彼等は小楠著『沼山津閑居雑詩』を読み、小楠が日本キリスト教的思想で日本を治めようとしていると思い込んだ。その小楠が政府の要人として招かれたことに憤慨。小楠が明治政府に招かれることに散々反対し、ついに不承不承認めたのが肥後藩である。十津川郷士と肥後勤王党との結びつきは自然の成り行きとなり、双方の意を十津川組の五人が実行に移した。それが小楠暗殺であった。

（三）**三従七去**　三従とは女性が従うべき三つの道。即ち、幼にして父に従い、嫁して夫に従い、老いて子に従う。七去とは妻を離縁できる七つの理由。父母（舅姑）に従順でない、子どもができない、多言、窃盗、淫乱、嫉妬、悪疾の場合、一方的に夫側から離婚ができた。蘆花父一敬も最初の妻は子ができず離婚している。

（四）**ジェーンズ邸**　熊本洋学校（明治四年・一八七一）の付帯施設教師館。古城町（現第一高校）に建築。総二階で正面と両翼にベランダをめぐらし、窓はすべて鎧戸付きで一部は色ガラス使用の、熊本最初の西洋建築。ジェーンズ一家が住む。西南戦争（一八七七）にも焼け残り、征討大総督有栖川宮熾仁親王の宿舎に当てられた。明治二十年（一八八七）南千反畑に県庁舎が建ち、その北側に移築して物産館。その後県立女学校仮校舎や、ロシア人捕虜宿舎。また物産館。日赤記念館、日赤熊本支部として願成寺町に移築。昭和四十二年（一九六七）に現在地（水前寺公園二二―一六）に、「洋学校教師館」として移築復元。昭和四十六年（一九七一）県指定重要文化財となる。

（五）**蔵原惟郭《これひろ》**　一八六一〜一九四九年。教育者、政治家。阿蘇郡黒川村生まれ。広瀬淡窓の塾「咸宜園」に学び、熊本洋学校入学、熊本バンド盟約に参加、同志社へ。アメリカ、イギリスの各大学に学ぶ。熊本英学校第二代校長、当校廃校となり東京へ。明治四十一年（一九〇八）衆議院議員、大正五年（一九一六）まで活躍。赤チョッキで有名。

（六）**金森道倫**　一八五七〜一九四五年。玉名郡小天村（現玉名市）生まれ。熊本洋学校に学び、熊本バンド盟約に参加、同志社へ。卒後岡山教会牧師、同志社社長代理を経て東京番町教会牧師時代に、新神学を提唱。また自由党に入党、板垣退助などとの交流もあり政治にも関心を示す。明治三十三年（一九〇〇）から「貯金のすすめ」を説いて全国遊説。以後海外を含めてキリスト教伝導に生きた。蘆花・愛子が敬愛した郷土の先輩。

妻籠の里

（一）**佐賀の乱**　明治七年（一八七四）二月、佐賀の不平士族らが、江藤新平を頭《かしら》に挙兵。政府軍は二月のうちに反乱を鎮定。それには福岡から発信された電信の力が大きかった。江藤新平・島義勇はさらし首、ほか十一名は斬罪。二月十六日二十二時五分に福岡の権参事山根彦介発信の電報は、翌十七日〇時三十五分東京（大蔵省・内務省宛）着。「クマモトチンダイト　サカカンゾクト　サクヤハンヨリ　ヘイタンヲヒラキタリ」「熊本鎮台と　佐賀貫属と　昨夜半より兵端を開きたり」となる。この前年（一八七三）西郷隆盛と江藤新平らは、征韓論に敗れて下野。そのとき佐賀には征韓論者五千人、欧化政策反対論者が一万人。征韓論者の首領に江藤、憂国論者の首領に前秋田権令の島義勇を迎え、武力で政府へ反抗した。

女高師へ

（一）**永田俊子**　一八六三〜一九〇一年。民権運動家。別名中島俊子、岸田俊子、号湘煙。京都の呉服商岸田茂兵衛の長女。明治三年（一八七〇）小学校入学、成績抜群、神童と呼ばれる。十五歳で宮中文事御用係、皇

后に孟子を進講。やがて宮中のかかえる矛盾に愛想をつかし、病気を理由に二年で辞す。その後母と土佐を旅行中に立志社（板垣退助を中心に、明治七年に結成された政治結社、自由民権運動で中心的役割を果たす）の坂崎紫瀾、宮崎夢柳と知り合い、自由民権運動に入る。同年中島信行が組織した日本立憲政党が、大阪で政談演説会を開いたとき俊子は「婦女の道」の題で演説。女三従の道の不合理さや、女子教育の必要性を説き評判となる。彼女の演説は様々の波紋を呼び、未決監に送られる。熊本での演説時は小天《おあま》の前田案山子《かがし》宅（漱石が滞在。『草枕』を書いた）に滞在。中島信行と結婚。自由党の機関誌『自由燈』に書いた「同胞姉妹に告ぐ」は、女性による初の男女平等論だといわれている。

（二）**山田武甫《たけとし》**　一八三一〜一八九三年。熊本藩士牛島家生まれ、のち山田家を継ぐ。時習館に学び、のち横井小楠門下生。明治元年熊本小参事として藩政改革に着手、洋学校、医学校創立に貢献。四年熊本県参事、六年まで県政を掌握。九年ごろから養蚕製糸など実業振興を図り、教育事業にも努力。初代玉名郡長、第一回衆議院議員。立憲自由党結成に努力。第四議会では議長候補となったが病気のため断念。

賢兄愚弟

（一）**熊本英学校**　明治二十二年（一八八八）熊本市に設立されたキリスト教系私立学校。大江義塾が閉鎖されて実学党系の者が英語を学ぶ学校がない。そこで熊本英語学会を発足させたのが前身。校主は徳富一敬弟徳永昌龍長男規矩《のりかね》。蘇峰が教壇に立ったこともある。初代校長は海老名弾正。二五年二代校長蔵原惟郭《これひろ》就任式で、教員奥村禎治郎が「眼中国家無し」と発言、知事から追放される。教育勅語不敬事件の奥村事件として有名。徳冨蘆花、非戦論者柏木義円、内村鑑三らも教えた。党派的には民権的色彩が強い。反キリスト教的風潮が強まる中で二七年「九州私学校」と改称、存続を図ったが二九年廃校。竹崎順子創立の現「熊本フェイス女学院高等学校」は、女子部が独立したもの。

（二）**福田令寿**　一八七三〜一九七三年。医師、教育者、社会事業家。松橋町（現宇土市）生まれ、熊本英学校

で学び、受洗。イギリスのエジンバラ大医学部卒。熊本市に産婦人科病院開業・無料診療所紫苑会治療所を創立。熊本女学校校長、県教育委員長、大江高校校長、熊本ＹＭＣＡ理事長その他。聞き書き『百年史の証言』。藍綬褒章三回、勲四等旭日小綬章、熊日社会賞、西日本文化賞、県近代文化功労者、熊本市名誉市民、松橋町名誉市民。

（三）**久保田米遷**　一八五二〜一九〇六年。画家、京都生まれ。慶応三年（一八六七）鈴木百年に入門。京都画壇の復興に尽力、府立画学校創立を提唱、尽力して開校。パリ万博に出品して金賞受賞、自らも渡仏。明治二十四年国民新聞社入社、蘇峰は、これからの新聞は見せる要素も必要だと思い、新聞創刊前に米遷に、社内最高給を約束して入社を乞い実現。日清戦争には従軍画家として戦地へ。三十三年失明。俳句や評論へ転じる。作品は芦北郡芦北町田浦の藤崎正彌氏が掛軸「圓頂双鶴《えんちょうそうかく》」と違い棚の戸袋襖絵を保持しておられて、鶴の絵は『国民新聞』創刊時の借金の礼に蘇峰から贈られたもの。

II　阿修羅のごとき夫《つま》なれど

梔子の咲く家

（一）**品川砲台**　嘉永六年（一八五三）アメリカ艦隊が浦賀に来航、江戸幕府が防衛のために品川沖に築いた六つの砲台。御台場または台場。

（二）**女大学**　女子の修身斉家の心得を仮名文字で記した書。封建道徳で一貫し、江戸時代に女子一般の修身書として広く用いられた。享保（一七一六〜一七三六）年間刊。貝原益軒著と伝えるが、実は益軒の「和俗童子訓」の一部を書肆が益軒没後に改竄・刊行したもの。

（三）**国木田独歩**　一八七一〜一九〇八年。小説家、詩人。千葉県銚子生まれ、父は司法省官吏。明治二十一年（一八八八）東京専門学校（現早稲田大学）に入学するが、鳩山和夫の校長就任に反対して退学。二十四年にキリスト教徒。退学後は両親の住む山口県熊毛郡麻郷村に戻り田布施に私塾を開く。二十五年上京、二十六年大分県鶴谷学館教頭、二十七年上京。国民新聞社入社、日清戦争の従軍記者。翌年帰国、新体詩づくりに専念。三十一年『国民之友』に「今の武蔵野」を発表。これが第一文集『武蔵野』に収録されて有名になる。三十五年近事画報社入社。三十八年健康を害して銚子で静養。三十九年『新古文林』を発刊するも経営難で倒産。『竹の木戸』などの作品を発表するも、体調思わしくなく四十一年二月入院加療、六月没。

愛子略奪

（一）**三国干渉**　明治二十八年（一八九五）日清講和条約（下関条約）締結後、ロシア、フランス、ドイツの三国が日本に干渉。条約で得た遼東半島を返還させられた事件。

（二）**和田英作**　一八七四〜一九五九年。画家、鹿児島生まれ。明治二十四年（一八九一）明治学院中退、二十七年黒田清輝に師事。二十九年「白馬会」結成に参画。三十年東京美術学校西洋画科卒後、三十二年から三年フランスに留学し、ラファエル・コランに師事。帰国後、東京美術学校教授、文展審査委員、帝国美術院会員、東京美術学校長、文化勲章受賞。

逗子

（一）**有島武郎**　一八七八〜一九二三年。小説家、東京生まれ。画家有島生馬、小説家里見弴の実兄。「白樺」同人。代表作『或る女』『カインの末裔』『生まれ出づる悩み』など。思想的苦悩の末に財産を放棄。愛子が勤めた有馬小学校の土地は有島の寄付。一九二三年、婦人記者波多野秋子と軽井沢の別荘で自殺。

（二）**相馬黒光**　一八七六〜一九五五年。随筆家、本名良《りょう》。宮城県生。明治女学校卒。夫愛蔵と共に新宿中村屋を創業し、多くの芸術家を援助した。九人の子を産む。国木田独歩妻だった信子は母方のいとこ。

（三）**戦艦「富士」**　排水量一二、六〇〇トンの戦艦。速力十八ノット、十二インチ砲四門、六インチ砲十門、乗員七三〇人。英テームズ社で建造、明治三十年（一八九七）八月竣工。日本軍初の十二インチ連装砲塔二基装備の一等級艦。同型艦には「八島」。大正元年（一九一二）一等海防艦となり、昭和二十年（一九四五）まで航海学校の練習艦として使用、敗戦後に解体された。

（四）**健磐龍命**　阿蘇神社ご祭神十二柱のうち、阿蘇開発の祖、神武天皇の孫。阿蘇神話に語られる健磐龍命の名は『日本紀略』弘仁十四年（八二三）にその名がある。『肥後國史』にも「往古、阿蘇大神、数鹿流《すがる》ヲ蹴落シテ、阿蘇湖ヲ乾シ給フ時、湖主大鯰アリ。流出シテ此所ニ止ル、故ニ地名ヲ鯰ト称スト云」とある。この大鯰が阿蘇から出ていく時、川が黒く濁ったので黒川といい、鯰の尾が現熊本市の南口まで六カ村にわたっていたので六嘉村（現嘉島町）の地名になり、嘉島町には鯰の地名がいまもある。

（五）**湯浅治郎**　一八五〇〜一九三二年。群馬県安中生まれ。蘆花の姉初子の夫。初子は後妻で最初の妻は茂登子。実家は味噌醤油の醸造販売。同郷の新島襄から洗礼を受け、大きく影響される。文明開化の勢いの高まる中、若い牧師たちによって創立されたＹＭＣＡ（キリスト教青年会）の創立に参画、常に後方から支えつづけた。私費を投じてつくった安中の「便覧舎」は各地の公共図書館創設の端緒となる。蘇峰の民友社設立に経済面、労力面共に尽力、『国民新聞』創立時も応援。全国初の廃娼運動の先頭に立つ。明治十四年（一八八一）群馬県議会議長となり、貸座敷業廃止を決議。二十三年（一八九〇）第一回国会議員選挙から、連続三回当選。新島襄没後は、全てをやめて京都に移住、二代目社長となった小崎弘道を助けて同志社の学校経営に当たった。

（六）**大山巌**　一八四二〜一九一六年。軍人、鹿児島生まれ。いとこの西郷隆盛の薫陶を受ける。明治三年（一八七〇）ヨーロッパに軍事視察、普仏戦争を目の当たりにする。四年にフランス中心に軍政調査、帰国して神風連の乱鎮圧などに活躍。十年の西南戦争では隆盛と戦う。十三年に陸軍卿、陸軍大臣、日清戦争では第二軍司令官。三十一年山縣有朋、西郷従道などと共に最初の元帥。日露戦争には満州軍総司令官として出征。長女信子が蘆花著『不如帰』のモデル。

（七）**津田梅子**　一八六四〜一九二九年。江戸生まれ、教育者。日本初の女子留学生の一人として、岩倉使節団と一緒にアメリカへ、ランメル家に寄留。留学中に受洗、明治十五年帰国。十八年創設されたばかりの華族女学校英語教授。二十二年再渡米、プリンマー大学で生物学を。帰国後は華族女学校教授と女子師範学校教授を兼任。再渡米英、オックスフォード大学で英文学、倫理学など。三十三年一切の公職を退き女子英学塾(現津田塾大学)を創設。

(八) **山川捨松** 一八六〇〜一九一九年。会津藩家老山川尚江の末娘、幼名は咲子。明治四年(一八七一)第一回女子留学生五名の中の一人。ヴァッサー大学に学び、卒業式で行った演説は有名。十五年帰国。翌年大山巌の後妻として結婚、賢夫人として聞こえた。赤十字篤志看護婦人会、愛国婦人会などに尽力。栃木県西那須野町大山家墓地に眠る。

(九) **山川二葉** 一八四四〜一九〇九年。捨松の姉で長女、会津藩の重臣梶原(兵馬)景雄に嫁したが離婚。のち東京女子高等師範学校の舎監を二十八年間つとめ、愛子の舎監でもあった。高等官四等、従五位(当時女性として珍しい)。

(十) **三島弥太郎** 一八六七〜一九一九年。鹿児島生まれ。明治二十年(一八八七)子爵、アメリカ留学。翌年父の死により家督相続。同年北海道技師。翌年イギリス、アメリカへ。三十年(一八九七)貴族院議員。横浜正金銀行頭取。勲四等。夫人は加根子。

(十一) **西郷従道** 一八四三〜一九〇二年。軍人、政治家。鹿児島生まれ。隆盛の弟、兄の影響で尊皇攘夷運動に奔走。文久二年(一八六二)の寺田屋事件に連座して謹慎。許されて薩英戦争に参加、鳥羽伏見の戦いで重傷。明治二年(一八六九)山縣有朋らとヨーロッパへ。三年に帰国して兵部権大丞、兵部大丞、兵部小輔歴任。隆盛下野後も政府に残り七年には台湾蛮地事務都督となり台湾出兵を強行。陸軍卿、農商務卿、などを歴任、初代海軍大臣、内務大臣となるが、二十三年に起きた大津事件の責任をとって辞任。その後も枢密顧問官、海軍大臣、海軍大将、元帥、内務大臣など務める。

(十二) **黒田清輝** 一八六八〜一九二四年。洋画家。鹿児島生まれ、伯父子爵黒田清綱の養子。パリ留学、ラファエル・コランに師事。帰国して白馬会を結成。その外光派風の画風は大きな影響を与えた。東京美術学校に西洋画科が設置され主任教授に。文展開設後は審査委員。貴族院議員。代表作「湖畔」「舞妓」「読書」など。東京国立文化財研究所に黒田記念室あり。

『不如帰』

（一）**藤沢浅次郎**　一八六六～一九一七年。新派俳優、作者。雑誌記者を経て、川上音二郎の壮士芝居一座に俳優兼作者として参加。『金色夜叉』の貫一、『不如帰』の武雄など当たり役。新派劇団の重鎮として、川上の補佐役も務めた。明治四十一年（一九〇八）に私財を投じて東京牛込に俳優養成所（のちの俳優学校）を設立、俳優養成に尽力。

（二）**河合武雄**　一八七七～一九四二年。新派俳優、東京生。新派劇山口定雄一座に参加、のち水野好美一座の女形として名を挙げ、新派を代表する美貌人気女形となる。『金色夜叉』の宮、『不如帰』の浪子が当たり役。

（三）**後藤是山**　一八八六～一九八六年。俳人、大分県久住町生まれ。早稲田大中退。九州日日新聞入社、国民新聞に留学し蘇峰の薫陶を受ける。帰熊する直前に千歳村粕谷に蘆花を訪問。帰熊して主筆、編集長。新詩社同人。俳誌『かわがらし』のち『東火』を主宰。西海時論社を設立。県文化財専門委員、熊日社会賞受賞、熊本名誉市民、県芸術功労者、県近代文化功労者。著書『肥後の勤王』、編書『肥後國史』二巻。水前寺に後藤是山記念館がある。

Ⅲ　新生――水の洗礼、土の洗礼

愛子受洗

（一）**堺利彦**　一八七〇～一九三三年。政治家。号は枯川。福岡県生まれ。幸徳秋水らと『平民新聞』を創刊、社会主義を信奉、非戦論を唱え入獄数回。売文社創立。日本共産党初代委員長。のちに労農派に転じ、日本大衆党、全国労農大衆党に参加。

(二) **小西増太郎** 一八六二〜一九四〇年。神学者、翻訳家。広島生。キリシタン大名小西行長(現宇土市に本城、加藤清正と肥後を分け持った大名)の流れをくむ家系で、信仰心あつい家に育つ。上京してニコライ神学校に学ぶ。ここでロシア語を学び、ロシアに渡る。キエフ神学校に五年、さらにモスクワ神学大学でグロート教授に心理学を師事。このとき同教授の配慮で『老子』の翻訳をトルストイに直接指導を受けて完成。『国民之友』に翻訳文を掲載するなど、トルストイの我が国への初期の移入に貢献。のち実業家に転身。著書『トルストイを語る』(一九三六、岩波書店)。

「**謀叛論**」

(一) **河合栄治郎** 一八九一〜一九四四年。東京生まれ、大正、昭和時代の政治思想家、経済学者、母校東京帝大教授。マルクス主義批判、ファシズム批判、二・二六事件で軍部を批判。著書に『トーマス・ヒル・グリーンの思想体系』『社会政策原理』など。

(二) **池辺三山** 一八六四〜一九一二年。新聞人、本名吉太郎、玉名郡小田村(現熊本県玉名市)生。西南戦争熊本隊隊長池辺吉十郎長男。国友古照軒の塾に学び、慶応義塾に転学。二十五歳で大阪で『浮世評論』を創刊。日本新聞社入社。二十六年細川護茂の随伴者としてフランス留学。滞欧中『日本新聞』に寄せた「巴里通信」は有名。帰国後『大阪朝日新聞』『東京朝日新聞』の主筆。朝日新聞に夏目漱石などの多くの人材を集め、また孝心深かったことでも有名。県近代文化功労者。

(三) **南原繁** 一八八五〜一九七四年。政治学者、香川県生。東大卒、同教授、総長。対日講和条約締結にあたり、全面講和を唱え吉田茂と対立。著書『国家と宗教』など。

Ⅳ　懊悩、苦悶の果てに

蘆花懊悩　愛子苦悶

（一）**関寛斎**　一八三〇～一九一三年。医師、上総国小辺郡（現東金郡東中）生まれ。旧姓吉井豊太郎、寛《ひろし》と改名、晩年は寛斎《かんさい》と号した。佐倉の蘭方医佐藤泰然に入門。長崎留学、蘭医ポンペにつき西洋医学を修め、徳島藩医に。巽浜医学校教授。徳島で開業。古希のとき夫人と共に北海道十勝郡斗満で開拓農業に従事して同地を開く。明治四十一年（一九〇八）四月に千歳村粕谷の蘆花邸に突然訪ねてきて以来、気が合って交流をつづけた。蘆花夫妻が鶴子を連れての陸別訪問は明治四十三年九月。二年後に寛斎は自殺。陸別の「ふるさと交流館」内に「関寛斎資料室」。『みみずのたはこと』に「関寛斎」あり。

（二）**守田有秋**　一八八二～一九五四年。本名文治、別号鉄血生、白峰生など。岡山県生まれ。東京専門学校政経科中退。『青年の福音』掲載記事により不敬罪で三年入獄。出獄後『二六新報』記者、かたわら評論家として活躍。『青島新報』主事。著書『自然と人』『木のはのささやき』『石に打たるる女』『燃ゆる伯林』『同性愛の研究』など。

（三）**サダ**　阿部定。恋人の浮気に激怒、男の陰茎を切り落として新聞沙汰になった。

（四）**きよ**　『蘆花日記』には「きよ」「清」両方あって、ここではきよ。引用文以外は清で統一した。

アダムとイヴ――『死の蔭に』

（一）**青木繁**　一八八二～一九一一年。洋画家。久留米生まれ。東京美術学校卒。窮乏と肺患に苦しみながら明治ロマン主義をもっとも代表する作品を残した。代表作「海の幸」「わだつみのいろこの宮」など。

Ⅴ　白雲しばし二人をへだてる

蘆花臨終

（一）**蘇峰は珍しく自宅で寝ていた**（蘆花からすぐに逢いたい、と電報がきた時の蘇峰の様子）『弟　徳冨蘆花』には、伊香保からの蘆花電報を受け取った時「山王草堂の二階で、何か仕事に取りかかって居た際」とある。『落穂』にある蘆花臨終の様子を書いた蘇峰文の最後には「昭和二年九月十九日午前七時、伊香保仁泉亭に於て」とある。つまり蘆花没の翌朝書かれた文であり、これに「風邪気味」で寝ていたとあるのでこれを採った。

（二）**石川六郎**　一九二五～二〇〇五年。実業家、石川一郎初代経団連会長六男。東大工学部卒、運輸省から国鉄へ。鹿島建設社長、日本商工会議所会頭。

（三）**望月百合子**　一九〇〇～二〇〇一年。文芸評論家、翻訳家、女性運動家。戸籍は望月好太郎次女、実父はアナーキスト石川三四郎。ソルボンヌ大学聴講生で西洋哲学を学ぶ。帰国後は神近市子らと『女人芸術』創刊。高群逸枝、平塚らいてう等の『婦人戦線』参加。満州新聞婦人部長。古川時雄と結婚。歌集『幻のくに』。マルグリット作『みちづれ』の翻訳は昭和年代のもっとも優れた翻訳と評価される。父三四郎と千歳村に住み愛子と交流が深かった。

（四）**上高井戸駅**　蘆花恒春園へ行くには、京王線芦花公園駅から徒歩十五分、あるいは千歳烏山駅からバス。

Ⅵ　うき世のあらなみ　のがれて

賛美歌につつまれて

（一）**中里介山**　一八八五～一九四四年。本名弥之助。小説家。神奈川県生まれ。十二歳で小学校（四年制）教

員助手。東京電話局分局交換手を勤めながら、神田の正則英語学校に通う。交換手の仕事が女子になり帰郷、代用教員に。中等学校正教員検定試験に合格。内村鑑三に私淑し、村に教会を興した。木下尚江らと『火鞭《かべん》』を出す。『平民新聞』に寄稿。仏教に関心を寄せる。『都新聞』入社、小説を書きはじめる。それは、くだらない小説を頭を下げてもらわなくても、自分でもっとましな小説が書けそうだと思ったからであった。『高野の義人』は出世作。『大菩薩峠』全四十一巻は数多くの新聞に間をおいて連載された。

(二) **荒木精之**　一九〇七～一九八一年。小説家、歴史家、思想家、文化運動家。熊本逓信講習所卒、郵便局勤務。高等学校検定試験合格。日本大学法文学部史学科(国史)卒。在学中から作家石川達三、中山義秀らと交流。昭和十三年(一九三八)熊本で、月刊文化雑誌『日本談義』創刊。神風連の精神に感じ、神風連志士一二四人(夫人殉死一名を含む)全員の墓碑を探し当て確認。終戦時は西部一六部隊に召集、終戦で解除。中島俊人、工藤誠一らと謀り、「尊皇義勇軍」を結成、占領軍に抗するため藤崎八幡宮にこもるが、慰撫され解散。二十五年「日本談義」復活。三十八年熊本県文化懇話会を、四十五年熊本県文化協会を結成、代表世話人、協会長。県教育委員、地方労働委員、市文化財保護委員などを歴任。神風連資料館を桜山神社境内に建て、理事長。著書『神風連実記』『宮崎八郎』『定本河上彦斎』『宗不旱の人間像』『私の地方文化論』など。勲五等瑞宝章、熊日社会賞、西日本文化賞、蘇峰会賞受賞。県近代文化功労者。

(三) **森本忠**　一九〇三～。本名忠吉、飽託郡春日町(現熊本市)生まれ。熊本商科大学(現熊本学園大学)教授、作家。東大英文科卒、朝日新聞社、日本新聞協会などを経て文筆生活へ。第二次世界大戦後帰郷、商大教授から、熊本音楽短大教授へ。主な著書に父をモデルにした『笛師八十八の生涯』や『僕の天路歴程』『神風連のこころ』など。

徳冨蘆花主要著作一覧

『如温・武雷土傳』（ジョン・ブライト）民友社、一八八九年（明治二十二）九月刊
『理査土・格武電』（リチャード・コブデン）民友社、一八八九年（明治二十二）十二月刊
『グラッドストーン傳』民友社、一八九二年（明治二十五）十一月刊
『近世欧米歴史之片影』民友社、一八九三年（明治二十六）七月刊
『トルストイ』民友社、一八九七年（明治三十）四月刊
『青山白雲』民友社、一八九八年（明治三十一）三月刊
『不如帰』民友社、一九〇〇年（明治三十三）一月刊
『自然と人生』民友社、一九〇〇年（明治三十三）八月刊
『思出の記』民友社、一九〇一年（明治三十四）五月刊
『ゴルドン将軍傳』民友社、一九〇一年（明治三十四）十二月刊
『青蘆集』民友社、一九〇二年（明治三十五）八月刊
『黒潮』民友社、一九〇三年（明治三十六）二月刊
『順礼紀行』警醒社書店、一九〇六年（明治三十九）十二月刊
『寄生木』警醒社書店、一九〇九年（明治四十二）十二月刊
『みみずのたはこと』新橋堂書店、一九一三年（大正二）三月

『黒い眼と茶色の目』新橋堂書店、一九一四年（大正三）十二月刊
『死の蔭に』大江書房、一九一七年（大正六）三月刊
『新春』福永書店、一九一八年（大正七）四月刊
『日本から日本へ』金尾文淵堂、一九二一年（大正十年）三月刊
『竹崎順子』福永書店一九二三年（大正十二）四月刊
『冨士』第一巻、福永書店、一九二五年（大正十四）五月刊
『冨士』第二巻、福永書店、一九二六年（大正十五）二月刊
『冨士』第三巻、福永書店、一九二七年（昭和二）一月刊
『冨士』第四巻、福永書店、一九二八年（昭和三）二月刊
『蘆花全集』二十巻、新潮社、一九二八年（昭和三）十月～一九三〇年（昭和五）五月刊
『書翰集』（明治十六年～大正六年）、蘆花全集刊行会、昭和五年六月刊
『蘆花家信』岩波書店、一九三五年（昭和十）四月刊
『書翰十年』岩波書店、一九三五年（昭和十）十二月刊

参考文献

『蘆花全集』中野好夫・横山春一監修（非売品）、蘆花全集刊行会（新潮社内）、一九二九年（昭和四）十月～一九三〇年（昭和五）五月刊
『蘆花日記』徳冨蘆花著、筑摩書房、一九八五年（昭和六十年）六月～一九八六年七月刊
『蘆花家信』徳冨蘆花著、岩波書店、一九三五年（昭和十）四月
『弟　徳冨蘆花』徳富蘇峰著、中央公論社、一九九七年（平成九）十月刊
『蘇峰随筆』徳富蘇峰著、民友社、一九二五年（大正十四）九月刊
『徳富蘇峰　蘇峰自伝』徳富蘇峰著、日本図書センター、一九九七年（平成九）六月刊
『わが母』徳富蘇峰著（非売品）、蘇峰先生顕彰会、一九三一年（昭和六）十二月刊
『徳冨蘆花の哲学』現代思潮研究会著、二松堂書店、一九一四年（大正三）七月刊
『徳冨蘆花　検討と追想』蘆花会篇代表・後閑林平、岩波書店、一九三六年（昭和十一年）十月刊
『蘆花傳』、前田河廣一郎著、興風館、一九四七年（昭和二十二年）十一月刊
『追はれる魂』前田河廣一郎著、月曜書房、一九四八年（昭和二十三年）八月刊
『徳富蘇峰翁と病床の婦人記者』志村文蔵篇、野ばら社、一九四九年（昭和二十四年）九月刊
『同志社と熊本バンド』三井久著、同志社、一九五六年（昭和三十一）九月刊
『書簡に忍ぶ蘇峰先生』瓜生田君子著、香雲堂吟詠本部、一九五八年（昭和三十三年）十月刊

『徳冨蘆花の再評価』永松定著、日本談義社、一九六七年（昭和四十二年）十月刊
『徳冨蘆花研究』荒木精之著、徳冨蘆花文学碑建設期生会、一九六七年（昭和四十二年）十月刊
『徳冨蘆花　人と作品』福田清人・岡本正臣著、清水書院、一九六七年（昭和四十二年）十二月刊
『私の作家評伝』Ⅱ、小島信夫著、新潮選書、一九七二年（昭和四十七）十月刊
『蘆花徳冨健次郎』三部作、中野好夫著、筑摩書房、一九七四年（昭和四十九）十月刊
『百周年記念誌』隈府小学校、一九七五年（昭和五十）二月刊
『近代日本文学史』三好行雄編、有斐閣双書、一九七五年（昭和五十）十二月刊
『徳富蘇峰の研究』杉井六郎著、法政大学出版局、一九七七年（昭和五十五）七月刊
『徳冨蘆花と民友社』中村青史著、熊本大学紀要人文科学第二六号、一九七七年（昭和五十二）刊
『近代文学ノート』全四冊、山田博光解説、みすず書房、一九七九年（昭和五十四）十月刊
『聖書をこう読む』上下、マンフレート・バルテル著、山本七平・小川真一訳、講談社、一九八二年（昭和五十七）八月刊
『菊池市市史』菊池市市史編纂委員会、一九八二年（昭和五十七）刊
『日本文学史』ドナルド・キーン著、徳岡孝夫訳、中央公論社、一九八四年（昭和五十九年）二月刊
『お茶の水女子大学百年史』お茶の水女子大学百年史刊行委員会編集、一九八四年（昭和五十九）五月刊
『日本近代文学史』磯貝英夫著、右文書院、一九八四年（昭和五十九）五月刊
『熊本県白川教会百年史』熊本県白川教会百年史編集委員会編集、日本基督教団熊本白川教会代表粟津安和、一九八五年（昭和六十）十二月刊
『心眼の人山本覚馬』吉村康著、光文社、一九八六年（昭和六十一）十二月刊
『近代日本総合年表――近代以降の文献調査の成果から』第二版、岩波書店、一九八七年（昭和六十二）十月刊
『菊池一族の興亡』荒木栄司著、熊本出版文化会館、一九八八年（昭和六十三）四月刊

『ジェーンズ熊本回想』L・L・ジェーンズ著、田中敬介訳、熊本日日情報文化センター、一九九一年（平成三）刊
『ジェーンズとハーン記念祭――報告書』ジェーンズとハーン記念祭実行委員会、一九九二年（平成四）七月刊
『日本の創造力』牧野昇・竹内均監修、日本放送出版協会、一九九二年（平成四）刊
『くまもと』第三号、新熊本市史編纂委員会、熊本市、一九九二年（平成四）刊
『七十年の回顧』小崎弘道著、大空社、一九九二年（平成四）十二月刊
『わが母・家庭に活く』斉藤弔花著、大空社、一九九五年（平成七）十二月刊
『明治大正史』（世相編）柳田国男著、平凡社刊、一九九七年（平成九）十二月刊
『恒春園離騒』渡辺勲著、想友社、一九九九年（平成十一）十二月刊
『蘆花と愛子の菊池』菊池市教育委員会、二〇〇一年（平成十三）三月刊
『横井小楠』堤克彦著、西日本新聞社、二〇〇一年（平成十一）刊
『新島襄と徳富蘇峰』本居安博著、晃洋書店、二〇〇二年（平成十四）三月刊
『徳富蘇峰』米原謙著、中央公論社（中公新書）、二〇〇三年（平成十五）八月刊
『同志社談叢』第二四号、伊藤弥彦外六名執筆、同志社社史資料室編集発行、二〇〇四年（平成十六）三月刊
『朝鮮朱子学と日本、熊本――李退渓と横井小楠を中心に』鄭鳳輝著、熊本学園大学附属海外事情研究所刊、二〇〇四年（平成十六）十二月刊
『横井小楠』徳永洋著、新潮社、二〇〇六年（平成十八）一月刊

雑誌・機関誌・同人誌、新聞

『国民之友』一七九号・一九九号・二〇五号・二〇六号・二一四号・二一八号・二一九号二二〇号・二二二号
『家庭雑誌』一八九二年（明治二十五）九月十五日号〜二二二号

『徳冨蘆花愛子夫妻日誌・関係文書草稿』蘆花会・浅原健編・一九〇六年（明治三十九）〜大正十三年（一九二四）
『上毛教会月俸』一九二七年（昭和二）十月発行
『改造』一九二七年（昭和二）、十一月号
『婦人之友』一九三七年（昭和十二）一月〜六月号
『日本談義』一九四〇年（昭和十五）八月号〜一九六七年（昭和四十二）十月号まで随時
『婦人朝日』一九四〇年（昭和十五）九月号
『文学』一九五六年（昭和三十一）八月号
『道』斎藤俊三著、水俣市淇水文庫、一九五六年（昭和三十一）九月刊
『明治大正文学研究』一九五七年（昭和三十二）十月号
『武蔵野ペン』第九号（浅原丈平翁追悼）、横山春一編集発行、一九六九年（昭和四十四）九月刊
『女性文化資料館報』第二号、お茶の水女子大学女性文化資料館、一九八〇年（昭和五十五）
『徳冨蘆花をめぐって』浅原丈平著、浅原健編、一九八八年（昭和六十三）八月刊
『新地方派』第一九号、新地方派文学会、一九九〇年（平成二）九月刊
『郷土研究』第一〇号（郷土研究会会報）、陸別町郷土研究会編集、二〇〇二年（平成十二）十月刊
『環』第二二号、藤原書店、二〇〇五年（平成十七）刊
『勝海舟と氷川町四番地——近代以降の文献調査の成果から』、『勝海舟全集』（勁草書房・講談社）を元に東京都赤坂区役所が調査執筆
『徳冨蘆花夫妻日誌・関係文書送稿』蘆花会　浅原健編
『国民新聞』『熊本日日新聞』（『九州日日新聞』を含む）

＊「愛子日記」については、浅原健氏から頂いたコピーを参照した。

「注」のための参考文献

『大正人名辞典』五十嵐榮吉偏著、東洋新報社、一九一五年（大正三）
『熊本県大百科辞典』熊本日日新聞社編集、熊本日日新聞社、一九八二年（昭和五十七）
『日本近代文学大辞典』小田切進編、講談社、一九八四年（昭和五十九）
『新潮日本文学辞典』新潮社辞典編集部編、新潮社、一九八八年（昭和六十三）
『幕末維新人名辞典』安岡昭男編、新人物往来社、一九九四年（平成六）
『辞典近代日本の先駆者』富田仁編、日本アソシエーツ、一九九五年（平成七）
『新宿区中村屋　相馬黒光』宇佐見承著、集英社、一九九七年（平成九）
『広辞苑』第五版、新村出編、岩波書店、一九九八年（平成十）
『図説　明治人物辞典』湯本豪一編、日本アソシエーツ、二〇〇〇年（平成十四）
『電報に見る佐賀の乱　神風連の乱　秋月の乱』田中信義編著、一九九六年（平成八）
ホームページ『坂の上の雲』辞典メイン
『阿蘇神社祭祀の研究』村崎真智子著、法政大学出版局、一九九三年（平成五）三月刊
『阿蘇神社』マインド制作・阿蘇市一の宮町、二〇〇六年（平成十八）一月刊
『阿蘇神社』阿蘇惟之編、学生社、二〇〇七年（平成十九）一月刊

関連資料

Ⅰ　熊本県にある愛子・蘆花関係記念館、記念碑

①「徳富記念園」（県指定文化財、市指定文化財）

所在地……〒862―0971　熊本市大江四丁目一〇番三三号　TEL（096）362―0919

休館日……月曜日（祝日の場合は翌日）年末年始

入館料……高校生以上200円、小中学生100円

「旧居と記念館」概要……徳富記念園は一九六二年（昭和三十七）蘆花の姉婿の子孫である河田家から寄贈された徳富家旧居と、明治百年事業で建てられた徳富記念館を合わせた呼び名。また十九歳の蘇峰が、一八八二年（明治十五）に開いた大江義塾跡でもある。庭園には父一敬がかわいがっていた楓の大木があったが二〇〇七年七月枯れ、新島襄がアメリカ土産に贈った一粒の種子から芽生えたカタルパ（きささげ）の木が二代目、三代目で、五月のころに白い花をつけ、来園の人々の目を楽しませている。特に三代目は一世からの実生である。

蘆花がちょうど満二歳のころ、一八七〇年（明治三）秋、一家は水俣からここへ転居。蘆花は十八歳までここで育つ。少年期の蘆花は、ここでいたずらの限りを尽くした。蘆花が落ちた大井手も横に流れているが、コンクリートで固められて風情はない。

当時この周囲は桑畑や竹林だけの一軒家。西に熊本城、東に阿蘇の噴煙が望まれた。ここは蘆花作品「恐ろしき一夜」の舞台でもある。「神風連の乱」が起きたのは一八七六年（明治九）十月。おびえる蘆花、「お前は男だろがな」と叱る母、母久子に手を引かれて二階への階段を上る。その階段がそのときのままに狭く、きしむ音がする。

展示品……蘇峰、蘆花の手紙類、初版本、軸、扁額、旅行鞄など多数。旅行鞄にはロスアンゼルス、研屋などの文字あり。蘆花の水彩画がいい。蘆花愛子夫妻関係には、外壁や扉が木製の冷蔵庫（上段が氷塊入れ）、置き時計、ふすま絵、電気ゆたんぽ、雛人形セット、岐阜提灯などなど。愛子嫁入り道具の鏡台。財布、皮きんちゃく、編み物手提げ、籐籠、ハンドバック、琴、草履、花入れ籠など多数。

＊毎年九月十八日の蘆花命日には、市が行う「蘆花祭」に「蘆花会」のメンバーも参加、講演会、連句の会を開催。

②徳冨愛子女史髪塚

所在地……菊池市菊池公園内（菊池氏本城二の丸跡、通称は月見殿跡、桜の名所で城山一帯にひと目一万本の桜あり）

＊碑文字は義兄蘇峰書。愛子の遺髪保有者の守田昌代氏を中心に募金を募って建立。

③徳冨蘆花文学碑

所在地……菊池市菊池公園内（菊池氏本城二の丸跡、通称月見殿跡、桜の名所）

＊蘆花の生誕百年を記念して、一九六七年（昭和四十二）十月建立。蘆花自筆『思出の記』巻頭文が刻まれている。

④「徳富蘇峰・蘆花生家」（県指定文化史跡）

所在地……水俣市浜町二丁目六番五号。℡０９６６―６２―５８９９（℡は生家、蘇峰記念館共通）

休館日……毎週月曜日（月曜祝日のときは翌日）で、入館料は無料

開館時間……九時～十六時三十分

概要……一九八八年（昭和六十三）熊大北野研究室の調査により、棟札を発見。町屋作りとしては熊本県最古の建築史的価値を持つことが判明。水俣市は史跡的価値を持つ文化財であることから、その保存と活用を目的として一九九四年（平成六）十月「徳富蘇峰・蘆花生家」として開館。生家は五つの建物があるが、主家、蔵、離れが関係建物。（衣屋主屋、衣屋蔵の二棟は、所有が移転した後のもので、徳富家とは関係がない）

主屋　寄せ棟造、桟瓦葺き。一七九〇年（寛政二）建築。建物全面は「蔀戸《しきみど》」と呼ばれる町屋特有の建具で、建築材はタブ（舟材）の木で釘を一本も使わず造られ、正面には土間と店があり、店の奥には、床や書院や奥座敷と坪庭を持つ本格的な座敷となっている。

蔵　切妻造、桟瓦葺き。一八一一年（文化八）建築。この建物も総タブの木材建築。中二階では蚕を飼っていた。郷士の蔵であるが、店の商品貯蔵庫としても使用。

離れ　切妻造、桟瓦葺き。建築年月日不明（江戸時代末期？）。一階は畳の間と板敷きに分かれ、蘆花はこの離れで生まれた。

展示品……蘇峰のパナマ帽、徳富家紋入りお椀一式、蘇峰愛用の筆、蘇峰が天満宮に奉納した大硯、そろばん、蘇峰書（扁額、色紙、掛軸）多数、頼山陽の掛軸。

⑤水俣市立「蘇峰記念館」（国登録文化財）

所在地……〒８６７―００１１　水俣市陣内一丁目一番一号（℡は生家と共有）

概要……「蘇峰記念館」は当初、「淇水文庫」（淇水とは父一敬）として、一九二九年（昭和四）に町立図書館

として開館。蘇峰寄付の一万円を基に、当時としては珍しい近代的な鉄筋コンクリート二階建て。完成にそなえて蘇峰は二四〇〇冊の図書を贈った。一九八二年（昭和五十七）市立図書館が開館し、蘇峰の遺徳伝承のため「蘇峰記念館」として生まれ変わった。

展示品……蘆花世界一周時の手書き世界地図、蘆花愛用のブリタニカ辞典、蘇峰及び蘆花の著作本多数、勝海舟から淇水への書、『国民新聞』創刊号、蘇峰の出世作『将来の日本』初版本とその原稿、蘇峰愛用の旅行鞄、『近世日本国民史』百巻の初版本、「大江義塾」関係資料のほとんどを保有、蘇峰著作「吉田松陰」への乃木希典大将の手批、蘇峰遺愛品、扁額多数などおよそ二千点を収蔵、展示。

⑥徳富家墓地

所在地……水俣市牧の内（徳富蘇峰・蘆花生家より徒歩約三十分）

⑦蘆花公園

所在地……水俣市浜町（生家裏、徒歩二分）

⑧「蘇峰筆塚」碑

所在地……水俣市袋　袋天満宮内

＊蘇峰が永年使用した多くの筆墨を集めた供養塚。他に蘇峰関係碑六碑あり

II　粕谷とその後の恒春園

〈あゆみ〉

粕谷移住…………一九〇七年（明治四十）二月二十七日。蘆花三十九歳、愛子三十三歳
前住所…………一九〇六年（明治三十九）八月〜移住まで。東京市赤坂区青山高樹町二十番地の借家
粕谷新住所……北多摩郡千歳村大字粕谷三五六番地、現世田谷区粕谷一—二〇—一
粕谷の沿革……元粕谷村、一八八九年（明治二十二）近隣八カ村が合併し、千歳村大字粕谷
　一九三六年（昭和十一）東京市に合併され、世田谷区粕谷。蘆花移住直前の戸数は二十六戸
移住のころの交通……徒歩では渋谷から青山〜瀧坂〜府中街道で二里強、または新宿から甲州街道で二里半、馬車便は甲州街道に一日四便、まもなく玉川電車が開通した

〈最初の家屋敷〉

一九〇七年（明治四十）三月八日……家は六畳二間におんぼろの土間を加えた十五坪の草葺きのあばら屋。土地は一反四畝（約一五〇〇平方メートル）を二二〇円（土地坪単価四十銭）で購入

〈家屋の増設〉

一九〇七年（明治四十）十二月……浴室、女中部屋、物置、薪置き場など九坪増築
一九〇九年（明治四十二）三月……表書院（梅花書院）八畳と六畳に廊下の二間の古家移築
一九一〇年（明治四十三）八月……客室兼物置の八畳と四畳半、板の間付き移築。都立公園となったときこれを取り壊して愛子住居を新築

一九一一年（明治四十四）四月……奥書院（秋水書院）十畳二間に納戸、寝室、廊下の二十五坪の古家移築。つなぎ廊下新設、幅一間、長さ十一間と二間半のもの

〈土地の買い増し〉

一九〇七年（明治四十）五月十五日………畑一反三畝余（約一四〇〇平方メートル）、坪約四十三銭で買い増し
一九一〇年（明治四十三）四月十一日……畑一反六畝余（約一五九〇平方メートル）坪約三十銭で
同年五月二三日……畑一反二畝余（約一二二〇平方メートル）坪約三十銭で
同年同日…………畑一反四畝余（約一四〇〇平方メートル）坪約三十銭で
明治末期…………合計二〇七〇坪（六八四〇平方メートル）

一九一四年（大正三）二月二十四日……畑一反八畝余（約一八〇〇平方メートル）坪約五十五銭で
一九一八年（大正七）四月三十日………雑木林三反四畝余（約三三九〇平方メートル）坪約六十八銭で
合計　　土地一町二反余（四千坪近く、建坪百坪）

〈家屋の寄贈と都立公園〉

一九三六年（昭和十一）……東京市へ寄贈。土地三六九八坪九合二勺（約一万二二二九平方メートル）建物一〇三坪二合（約三四一平方メートル）
一九三八年（昭和十三）二月二十七日……市立蘆花恒春園開園。戦後一九六〇年代以降公園敷地拡張
一九九三年現在……都立蘆花公園総面積は約五万五四〇〇平方メートル

〈園内の建物、遺跡、遺品など〉

蘆花記念館……一九五九年（昭和三十五）に竣工。蘆花関係資料を入れ替えながら展示。

奥書院（秋水書院）……一九一一年（明治四十四）烏山の古家を購入して移築。その年早春の大逆事件で幸徳秋水らが死刑になったのを銘記すべく、奥書院を秋水書院と名づけた。蘆花はこの書院を書斎、居間、寝室（ベッド）などに使った。

奥書院（秋水書院）内部……一九一四年（大正三）五月父の死去に際し、東の十畳で内輪だけの葬式をした。奥の十畳にある大机は、その年の九月に九×六尺の机を愛宕下の岩本晴洋家具店に注文製作させたもので三十五円。以後の著作は『黒い眼と茶色の目』をはじめ、この机で多く書かれた。それ以前は原宿時代に買ったデスクを使用した。なお奥書院と母屋との連絡は、奥書院の完成に合わせて設置した手動電話でなされた。

つなぎ廊下……蘆花在世のころは片面に書棚が並び、溢れた書類は横積みになっていたという。

地蔵尊……浅川付近の農家の墓地から買ってきた六地蔵の一体と聞かされ、業者から買った。一七〇七年、「宝永四年丁亥十月二日」と彫ってある。「この世は賽の河原である」「旅は道連れ世は情、われらは情によって生きることが出来る。地蔵様があって、賽の河原は堪えられる。庭に地蔵様を立たせて、おのれは日々鬼の生活をしているでは、全く恥ずかしい事である」（『みみずのたはこと』（「地蔵尊」より）「大正十三年一月十五日の中震に二たび倒れて無惨や頭がおちました。私どものみがわりになったようなもんです。身代わり地蔵と命名して、倒れたまま置くことにしました」『みみずのたはこと』（「読者に」より）

表書院（梅花書院）……一九〇九年（明治四十二）隣村の古家を購入、移築。購入代は一七〇円、母屋との往復は、つなぎ廊下ができるまでは庭の踏み石を渡った。梅花書院の名は、欄間にかけていた薩摩の書家鮫島白鶴の横額による。奥書院ができて後は客間として用いられることが多かった。「謀叛論」の草稿、『みみずのたはこと』『太平洋を中にして』中の「百日紅の盛りを眺めて」などはここで書かれた。

愛子夫人居宅……一九三六年（昭和十一）蘆花の十周忌に、恒春園の家屋敷は東京都に寄贈された。その際に都の手で愛子未亡人の住まいとして建てられた。一九三九年（昭和十四）に三鷹に新居を構え、こちらと往復していたが、戦後三鷹の家は売られた。

徳冨蘆花愛子夫妻の墓……共同墓地に隣接した雑木林の中にある。墓碑は兄蘇峰の筆。土中には夫妻の石棺が並び、愛子の歌を書いた石版が埋められている。「彼は粕谷の墓守である。彼が家の一番近い隣は墓場である」「家が近くて便利なので、春秋の彼岸には墓参に来る者が、線香の火を借りに寄ったり、水を汲みに寄ったりする。彼の庭園には多少の草花を栽培して置く」（『みみずのたはこと』の「墓守」より）

〈粕谷について〉

地名……鎌倉時代の豪族粕谷（糟谷とも）三郎兼時の姓に由来するという。（『武蔵名勝図絵』より）

粕谷八幡宮……粕谷集落の鎮守。鉄筋コンクリートの社殿は、旧殿が一九五九年（昭和三十四）放火で全焼後新築した。「粕谷三郎を斎祀し、祖先の霊を合祀せるものという」「社殿は間口二間、奥行き三間四尺五寸で、一八八一年（明治十四）新築。一九二七年（昭和二）に改築。氏子は六〇戸」（『千歳村史』一九三六年九月刊）

別れの杉……八幡神社入り口にある杉、いまのは二代目。「粕谷八幡はさしてふるくもないのか、大木というほどの大木はない」「石鳥居を出たところに、一本百年あまりの杉がある。この杉の下から横長い田んぼがよく見晴らされる」「村居六年の間、彼は色々の場合にこの杉の下に立って色々の人を見送った。かの田んぼをわたり、あの雑木山の一本檜から横に折れて影の見ゆるまで目送したひとも少なくはなかった」「この杉は彼にとりて、目送の杉さては別れの杉である。なかんずく彼はある風雪の日ここで生別の死別をした若者を忘るることが出来ぬ」「若者は寄生木の原作者小笠原善平である」（「一九九三年秋、吉田正信、浅原健作成」中からの転写）

徳富家略系図

- 初代 忠助 ― 一俣《かずやす》 ― 一貞《かずさだ》 ― 一延《かずのぶ》 ― 久貞
  - 本家（北酒屋） 一吉 ― 美親 ― 英七郎 ― ……
    - 英七郎 ― 不明 ― ヨシ躬 ― 昌文 ― 宏一（徳富歯科） ― 陽
  - （浜居蔵） 貞由 ― 美信 ＝ 直子（徳永）
    - 一敬（太多助・淇水） ＝ 久子（矢島）
      - 志津（養女・実父一義）
      - 常子（山川清房夫人）
      - 光子（河田精一夫人）
      - 音羽子 ＝ 大久保慎次郎
        - 落実（久布白）
      - 初子 ＝ 湯浅治郎
      - 猪一郎（蘇峰） ＝ 静子（ツル子／倉園）
        - 逸子
        - 太多雄 ＝ 美佐尾
          - 敬太郎（兄弟五人の長男）（逗子・老龍庵）
        - 萬熊
        - 孝子
        - 久子
        - 直子
        - 忠三郎
        - 盛子
        - 鶴子 ……（健次郎の養女 鶴子）
        - 武雄
      - 友喜（夭折）
      - **健次郎**（**蘆花**） ＝ **愛子**（原田）
        - 鶴子（養女・蘇峰六女・入籍せず）
    - 一義
    - 高廉《たかかど》
    - 信子（結城） ＝ 昌龍
      - 規矩《のりかね》 ＝ ウタ（中西）
      - 次良《つぎよし》 ＝ ノミ
    - 昌龍 ＝ ジツ（実？／中村）
      - シゲ（重子）
      - 季雄
      - 正《まさし》
      - 哲雄
    - ますも
    - はる
  - （新酒屋） 才七（養子）

原田家略系図

（一九九四年八月二十八日、原田浩氏清書を元に作成）

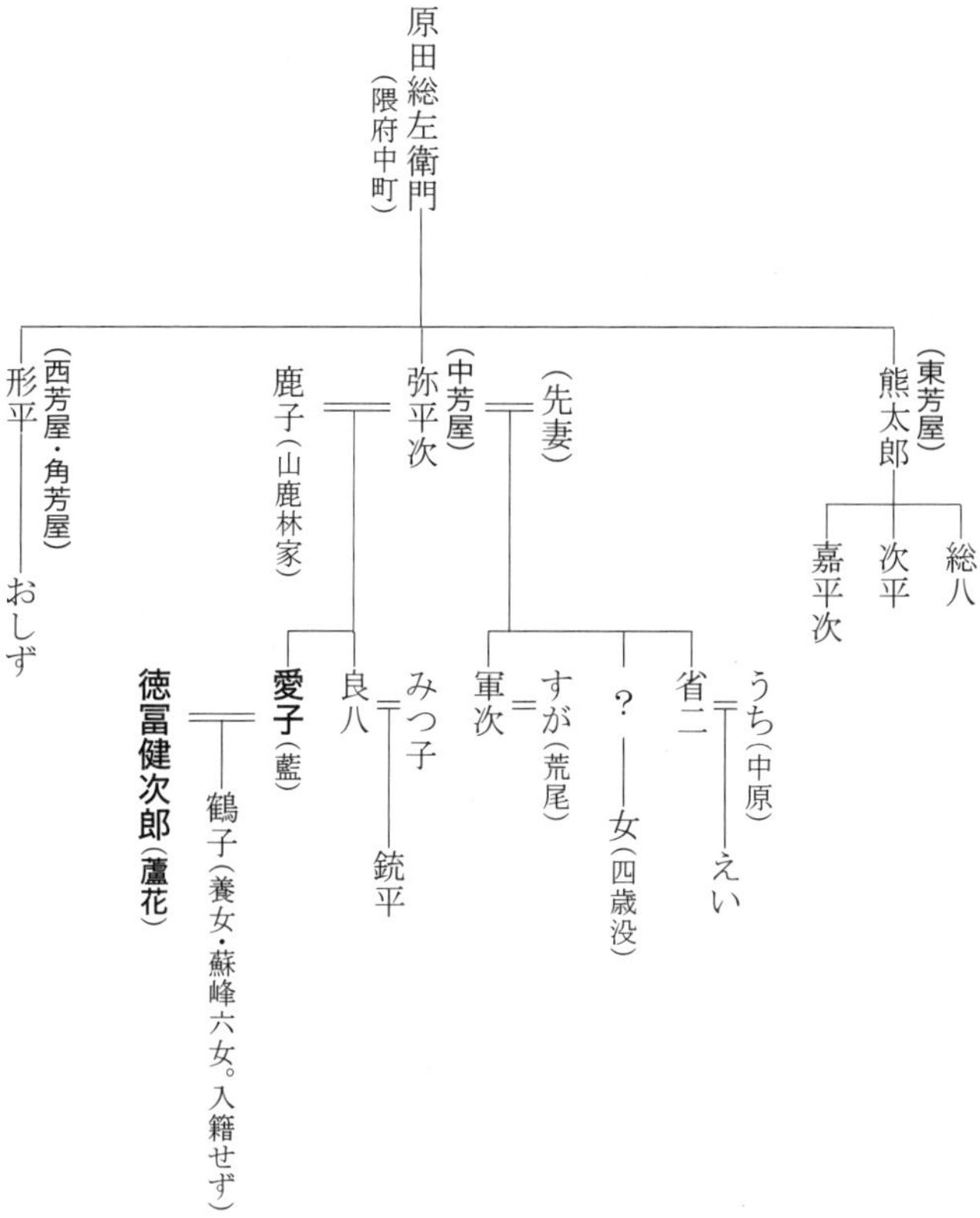

矢島家略系図

- 矢島忠左衛門（直明）＝鶴子（三村）
  - にほ子（双子）
  - もと子（双子）（藤島又八夫人）
    - 正建《まさたけ》
      - 雪子＝佐佐木信綱（歌人）
        - 治綱
          - 幸綱（歌人）
  - 直方
  - 五次郎（夭折）
  - 順子（熊本女学校校長）＝竹崎律次郎（茶堂）
    - 節子＝吉勝（新尾）
      - 八十雄
  - 久子＝徳富一敬（淇水）
    - 常子（山川清房夫人）
    - 光子（河田精一夫人）
    - 音羽子（大久保慎次郎夫人）
      - 落実（久布白）
    - 初子（湯浅治郎夫人）
      - 八郎（同志社社長）
    - **猪一郎**（蘇峰）
    - **健次郎**（**蘆花**）＝**愛子**（原田）
  - つせ子（後妻）＝横井時存（小楠）
    - 時雄（同志社社長）
    - みや子＝海老名弾正
  - 楫子《かじこ》（林七郎と離婚）
    - 治定（林）
  - 直子（河瀬典次夫人）

徳冨蘆花・愛子年譜

明治元年（一八六八）……………………………**蘆花（0歳）**
【蘆】十月二十五日（新暦十二月八日・戸籍簿の記載は旧暦十月二十日）、肥後国葦北郡水俣手永（現熊本県水俣市浜二丁目六番五号）にて、父徳冨一敬、母久子（出矢島家）の四女三男の末子として生。本名健次郎、号は蘆花、他に健二郎、健二、雁金之友、蘆花逸生、高眼低手生、驚濤生、画湖仙史、春夏秋冬居士、敬亭居士、敬亭生、秋水生、丁々生、寒香生、秋山生、麹塵生、不知火生、ＡＢ子、蘆花生、漫遊生、健などを使用。

明治二年（一八六九）……………………………**蘆花（1歳）**
▼一月五日、横井小楠が京都で暗殺される。

明治三年（一八七〇）……………………………**蘆花（2歳）**
【蘆】秋、熊本県託麻郡大江村三六五番地（現熊本市大江四丁目一〇番三五号・現徳冨記念園）に転居（父一敬小参事として藩庁民政局に出仕のため）。

明治四年（一八七一）……………………………**蘆花（3歳）**
＊父一敬、熊本藩士として上京。
▼八月十五日、熊本洋学校開校を前に、リロイ・ランシング・ジェーンズ着任。百貫港には見物人が黒山であった。
▼九月一日、熊本洋学校開校。

明治五年（一八七二）……………………………**蘆花（4歳）**
【蘆】この頃、金ボタンの洋服や、絹絣を着せられる。
▼六月、明治天皇九州巡幸、熊本洋学校の授業法を御覧になる。

明治六年（一八七三）……………………………**蘆花（5歳）**
【蘆】おとぎ話を聞くのを好む。
＊父一敬、政争がらみで白川県出仕を辞す。

明治七年（一八七四）…………**蘆花（6歳）（愛子0歳）**
【蘆】竹崎律次郎（茶堂）の私塾日新堂幼年塾（後の本山小学校）に入学。幼年塾は伯母順子が教師。

七月十八日、【愛】熊本県菊池郡隈府中町（現菊池市隈府）にて、父原田弥平次、母は鹿子。母の出自は現熊本県山鹿市林家の次女。弥平次先妻の子に男児二人女児一人、長女の女児は四歳で夭折。鹿子の子兄一人。

明治八年（一八七五）……………蘆花（7歳）愛子（1歳）

【蘆】日記を書きはじめる。学業成績抜群。『三国志』『太閤記』『清正一代記』『今昔物語』など濫読。

▼十一月二十九日、新島襄は山本覚馬らの応援を得て京都の同志社英学校開校。

明治九年（一八七六）……………蘆花（8歳）愛子（2歳）

▼一月三十日、熊本洋学校生徒のうち三五名がキリスト教奉教の盟約を結び、熊本バンドと呼ばれる。中心的役割を担って、いとこ横井時雄、後に義兄となる海老名弾正がいて、兄蘇峰も奉教書に署名。そのために体よく東京へ遊学させられ、蘇峰は神田猿楽町藤島邸に寄寓。神田一橋東京英語学校に学ぶも二カ月して京都の同志社英学校へ。

四月、【蘆】日新堂の幼年塾が併合され新設された本山村立本山小学校に入学。小品「井手ンロ」は通学路での思い出。この頃、善人帳悪人帳をつける。

十月二十四日、「神風連の乱」起こる。蘆花の「恐ろしき一夜」はこの夜の体験記。

＊父一敬は天草方面に避難して留守。

明治十年（一八七七）……………蘆花（9歳）愛子（3歳）

▼一月、西南戦争起こる。

【蘆】二月から熊本城の包囲戦はじまり、一家は数カ月を沼山津や杉堂に避難。沼山津避難のとき「灰燼」主人公となる若者の姿を二階から垣間見る。

【愛】西南戦争により三里山奥の乳母の家に避難。

＊五月、竹崎茶堂、六十五歳で没。

明治十一年（一八七八）……………蘆花（10歳）愛子（4歳）

六月、【蘆】兄に連れられて同志社英学校に入学。そのために小学校を退学、小学校の卒業証書もなしはコンプレックスの一つ。姉初子も同志社女学校生徒でいた。

明治十二年（一八七九）……………蘆花（11歳）愛子（5歳）

【蘆】神戸で発行の『七一雑報』掲載の翻訳物語を読み聞かされ、初めて西洋小説に接する。この頃『八犬伝』『以呂波文庫』などの貸本を読む。

＊父一敬ら、熊本・坪井に横井実学党系の共立学舎を開く。蘇峰は一時期『七一雑報』の編集者助手。共立学舎でも教える。

明治十三年（一八八〇）……………蘆花（12歳）愛子（6歳）

六月、【蘆】同志社での学級併合問題で学校側幹事と対立（自責の杖事件）。蘇峰、退学して東京へ。蘆花も帰熊して共立学舎に入学。

明治十四年（一八八一）……………蘆花（13歳）愛子（7歳）

【蘆】母久子に連れられ教会に通いはじめる。眼病を患う。文章熱にかかり、記事論説文を書くのが日課。馬琴調の七五調でつづり、小説らしいものを書いた最初。

四月、【愛】隈府小学校に入学。

明治十五年（一八八二）……………蘆花（14歳）愛子（8歳）

＊三月十九日、兄蘇峰、熊本市外詫麻郡大江村（現熊本市大江四丁目・徳富記念園）に大江義塾開校。

【蘆】大江義塾開校と同時に入塾するが、なじめない。

明治十六年（一八八三）……………蘆花（15歳）愛子（9歳）

一月〜五月、【蘆】作文集「萩の下露」を書く。

二月十三日、【蘆】蘇峰が二十歳になり家督を譲られたことに基づき、蘆花は遠縁の徳富又次郎の養嗣子（兵隊養子・明治四十年三月まで）となる。

七月、【蘆】蘇峰と阿蘇山麓の栃木温泉に遊ぶ。小品「苺」はそのときの思い出。この頃、矢野龍渓『経国美談』、宮崎夢柳『仏蘭西革命記自由之凱歌』、浄瑠璃本などを濫読。

秋、【蘆】「ますら男が太刀風寒し筑摩川」の句を、川中島の戦いを思い詠む。何に対してもあまりに気がのらない様子に、父に愛想をつかされ近所の農家に養蚕見習いとして住み込まされる。当時、養蚕は徳富家の重要な稼業。

明治十七年（一八八四）……………蘆花（16歳）愛子（10歳）

一月〜五月、【蘆】作文集「萩の下露」を書く。

＊三月、母久子、受洗。

＊八月、兄蘇峰、倉園静子と結婚、思い切った家政改革を行う。

秋、【愛】長兄省二を残し原田一家は、次兄軍次が営む酒販売店、熊本市下通三丁目七九番地（現下通の銀座通りあたりか）に転居。

【愛】時期不明、熊本尋常師範学校付属小学校小学部に編入。高等小学部編入のつもりが、使いのまちがいで小学部一年生に編入。同じく時期不明、高等小学部に飛び級進級する。

明治十八年（一八八五）……………蘆花（17歳）愛子（11歳）

三月、【蘆】三年坂のメソジスト教会で、姉光子らと共に飛鳥賢次郎牧師より受洗。横井時雄に託され、四国伊予今治に行く。伝導師になろうと盛んに説教をし、英語教師にも従事、生徒二十人、月謝二十銭。ラーネッドの

『天守教論』を翻訳。父一敬よりの月五十銭の送金を辞す。小楠時代から横井家に仕えた老女田上寿賀のために聖書の素読をする。

＊七月、祖父美信水俣で没、八十八歳（数え）。

＊八月、矢島直方（蘆花の母方祖父）杉堂にて没、六十四歳（数え）。

十一月、【蘆】『古今大家名家文林苑纂』と題する抄写本に「蘆花逸」と署名、判明しているものの中では蘆花を名のる最初。

明治十九年（一八八六）…………蘆花（18歳）愛子（12歳）

六月、【蘆】横井時雄の転勤で京都へ。横井家に寄寓、初恋の人山本久栄（同志社女学校生、新島襄の妻八重子の姪）に会う。

九月、【蘆】同志社英学校普通科編入試験に合格、三年級に再入学。

＊九月十四日、蘇峰大江義塾閉鎖、人見一太郎にその任を託する。その折蘇峰は、塾生らの反対を予想、塾のことごとくを燃やしても良いという。

十月、【蘆】同志社寄宿生となる。

＊十月、蘇峰二十三歳で『将来の日本』を出版。十二月三日に徳富一家上京。大江義塾生の多くも随時上京。

明治二十年（一八八七）…………蘆花（19歳）愛子（13歳）

【蘆】久栄との恋が深まり、夫婦約束をするが、久栄の叔母、新島襄の夫人八重子に知られ一悶着。

＊二月十五日、蘇峰・義兄湯浅治郎の協力で民友社設立。『国民之友』誌創刊。

五月二十一日、【蘆】『同志社文学雑誌』に「孤墳之夕」を発表。文才を知られる。和歌を作り始め、演説にも熱中。

夏、【蘆】夏休みに家族のいる東京霊南坂にあった両親の家にはじめて帰省、滞在。久栄との恋が露見して責められ、決別の手紙を送るが同志社へもどると元の黙阿弥。

二葉亭四迷の口語体小説『浮雲』を読み感銘。

九月、【蘆】同志社に帰校、四年に進級。

十月、【蘆】愛宕山麓清滝に逗留、ユゴーの『レ・ミゼラブル』を徹夜で読み感動。

十二月十六日、【蘆】久栄との恋に破れ、遺書を書いて出奔。大阪から鹿児島へ。この間の二カ月をのちに「暗黒の二ヶ月」といわれる。

明治二十一年（一八八八）…………蘆花（20歳）愛子（14歳）

二月、【蘆】旅費がなくなり叔父徳永昌龍に金の無心をしたことで居所判明。迎えにこられて鹿児島から水俣へ。淋病の治療後、義兄河田精一に伴われ熊本へ。

三月、【蘆】謹慎生活のかたわら熊本英語学会（熊本英学校前身、英学校は明治二十一年四月二十日設置。『熊本県教育史』）教師となる（熊本英語学会長海老名弾正）。『文海思藻』に「はわき溜」「有礼意」を書く。少しずつ山本久栄との失恋記録を書き、夏休みには日奈久温泉に逗留して書く。時期不明だが熊本英語学会付属女学会（現熊本フェイス女学院高等女学校）が設立したことを蘆花は、五月二十三日熊本建町の或る家の二階で熊本女学校の卵生まれると書く。熊本英学校付属女学校の県認可は十二月二十日。蘆花書く月日とのちがいは、申請提出から認可までの時間差であろう。

＊山本久栄、同志社女学校卒業。

四月二日、【愛】熊本尋常師範学校付属小学校高等小学部三年を主席で卒業。

明治二十二年（一八八九）……蘆花（21歳）愛子（15歳）

二月十一日、【愛】「文部大臣森有礼、西野文太郎に刺殺される」との立て看板を見る。受験勉強中の勉強帰りであったろう。

▼二月、大日本帝国憲法発布。

五月十五日、【蘆】上京、京橋滝山町に下宿。民友社社員となり『国民之友』記者。

九月、【蘆】『如温《ジョン》・武雷士《ブライト》傳』を民友社より刊行。定価十五銭、稿料二十円。

十二月、【蘆】『理査士《リチャード》・格武電《コブデン》』伝を民友社より刊行。定価二十銭、稿料三十円。

【愛】熊本女学校にしばらく学び、竹崎順子にも会うが、蘆花とはずれる。

明治二十三年（一八九〇）……蘆花（22歳）愛子（16歳）

【愛】一月十五日〜十七日、熊本県庁で東京女子高等師範学校入試を熊本県庁で受ける。県下六名受験中愛子一人合格。全国合格者二五名。

▼一月二十三日、同志社創立者の新島襄、大磯の百足屋にて没、四十七歳（数え）。蘇峰は『国民新聞』創刊披露宴を湯浅治郎に委ねて駆けつけ、新島永眠まで付き添う。

二月一日、【蘆】蘇峰の『国民新聞』創刊で新聞社に転属。社の翻訳業務に従いつつ、翻訳による史伝、翻案、評論を『国民新聞』『国民之友』に発表。給料十一円。

三月二十四日、【愛】父同道で上京するが、東京まで一週間を要する。

四月五日、【愛】女子高等師範学校（現お茶の水女子大学）に入学、寄宿生となる。

四月、【蘆】『国民新聞』に「モルトケ将軍」を書く。

六月、【蘆】国民新聞に連載された「石美人」は翻訳ながら改作され、自著の小説としては発表された最初のもの。

六月、【愛】一学期が終わり、年齢不足で仮入学であったが、成績も良く正式に女高師生となる。

八月一日、【蘆】「水郷の夢」を『国民新聞』に発表。

八月〜九月、【蘆】「仏国文学の泰斗ドーデー」を『国民之友』に発表。

九月〜十月、「露国文学の泰斗トルストイ伯」を『国民之友』に発表。
▼十一月二十九日、第一回総選挙（七月一日）後の第一回帝国議会開会。
＊年末、蘇峰、赤坂氷川町五番地の勝海舟邸内の借家に移転。隠居所を建て増す。
【蘆】隠居所二階の六畳と下宿とを行ったり来たり。

明治二十四年（一八九一）……… 蘆花（23歳）愛子（17歳）

【蘆】キリスト教の信仰冷却して聖書から離れ、祈禱もしなくなる。夏、初めての富士登山。

明治二十五年（一八九二）……… 蘆花（24歳）愛子（18歳）

夏、【蘆】山本久栄との失恋記録「春夢の記」を書き、筐底深く納める。

夏、【愛】夏休みに兄良八と避暑のために逗子へ。列車内で偶然蘇峰と遭う。逗子で愛子の部屋がなく、避暑中の徳富一家に同居、縁となる。

八月二日、【蘆】「夏の夜がたり」を『国民新聞』に発表。
＊九月十五日、蘇峰は『家庭雑誌』創刊。蘆花はこれに女性史の多くを発表。
秋、【蘆】『戦争と平和』を英文で読み感動。トルストイを読んだ最初。

十一月九日、【蘆】『グラッドストーン傳』を民友社より刊行。定価二十銭、稿料五十円。

冬、蘆花と原田愛子との縁談起こる。だがまた壊れる話だとたかくくり気のりしない。
＊同志社で久栄を争ったいとこ竹崎土平没。久栄の父山本覚馬京都で没。

明治二十六年（一八九三）……… 蘆花（25歳）愛子（19歳）

一月、【愛】徳冨健次郎との縁談話を兄から伝えられ、気になって学業が疎かになる。

五月十六日、【蘆】初めて自費で『アンナ・カレーニナ』の英訳本を横浜まで行き購入。

五月、【蘆】吾妻山噴火取材に行き「吾妻岳破裂」記事を書くが不評。

七月九日、【蘆】既発表の史伝物をまとめ『近世欧米歴史之片影』を民友社より刊行。

夏、【愛】熊本へ帰省。女高師へ帰るとすぐに教生となる。
＊七月二十日、山本久栄京都にて没、二十三歳（数え）。
【蘆】両親と兄一家が逗子に避暑、その間蘆花は留守番。兄宛にきた久栄の死亡通知の葉書を読む。

秋、【愛】女高師の修学旅行で日光から長野へ。

十一月、【蘆】上州に遊び「碓氷の紅葉」「妙義山」を『国民新聞』に。

明治二十七年（一八九四）……… 蘆花（26歳）愛子（20歳）

一月中旬の日曜、【蘆】二重橋前で偶然友人と一緒の愛子とすれ違う。その日の日記に「色白き淑女は誰なりしや知らず」と書く。

三月二十四日、【愛】女子高等師範学校卒業。全国から二五人の入学者中十五人卒業。愛子成績十三番。

四月十五日、有馬小学校教師となる。月給十二円。

四月末、【蘆】結婚を前に兄から田畑一町歩、三井紡績株千株を譲渡される。

五月五日、結婚式、二人は初対面。兄蘇峰の借家（大家は勝海舟）の二階六畳一間が新居。

五月六日、日曜なので急に思い立って新婚旅行に。といっても池上本門寺近くの鉱泉曙楼へ一泊、翌日は二人とも早立ちで出勤。

梔子の咲く頃、同じ屋敷内の一軒家に転居。愛子への暴力はじまる。

【愛】一学期だけの出勤、理由は神経衰弱と書いて休職願を出す。これきり出勤せず。
▼八月一日、日清戦争勃発。大本営広島に進出。『国民新聞』も支局開設、蘇峰も広島へ。
＊十二月十九日、横井つせ子、神戸にて没。京都南禅寺小楠傍らに葬る。
明治二十八年（一八九五）……… 蘆花（27歳）愛子（21歳）

一月、【愛】両親兄危篤との報に帰熊（母十五日、父三十一日亡、兄も亡）。

【蘆】義父弥平次の葬式に出席。

【愛】チフスに感染入院、四月まで滞在。帰京時に兄良八がたくらむ愛子略奪事件あり。

四月、【愛】有馬小学校訓導を退職。本来は五年間の義務年限あり。のちに蘆花、愛子の授業料その他の費用として千円を有馬小学校校長に支払う。
▼四月十七日、日清講話条約調印。二十七日、三国干渉。

五月、【蘆】『家庭雑誌』に「訪わぬ墓」「犬の話」を発表。

五月、結婚一周年を記念して夫妻の写真を撮るが、あまりにも陰惨な表情に破棄する。

六月以降、【愛】蘭芳、黄花の号で『家庭雑誌』に家庭的読物を書き、蘆花文の挿絵も描く。

六月、【蘆】腸カタルになり静養中、志賀重昂の「日本風景論」を読み、書きたかった「美なる日本」の先を越された思いにかられて「夏の山」を書く。

八月一日〜九月二十五日、『家庭雑誌』にゴーゴリのタラス・ブルバを「老武者」と題して『国民新聞』に訳載。

八月、『家庭雑誌』付録に「夏」（後の「数鹿流ヶ瀧」）を発表。（数鹿流ヶ瀧とは阿蘇国立公園内立野黒川にかかる瀧。東海大学農学部横）

九月、【蘆】『家庭雑誌』に「恐ろしき一夜」を発表。熊本大江での神風連体験記。秋、【愛】蘆花の暴力つづき、銀杏を描きながら毒を含む絵の具雌黄を発作的に飲む。

十一月、【蘆】『家庭雑誌』に「横井小楠先生の話」「高山彦九郎の談話」を発表。

十二月頃から、【蘆】自然写生の遠出が多くなる。


明治二十九年（一八九六）……… 蘆花（28歳）愛子（22歳）

一月一日、【蘆】「去年今年」を『国民新聞』に発表。

一月、【蘆】評論「真なる詩、自然なる歌」を『国民新聞』に発表。

二月頃、【蘆】和田英作について絵の勉強をはじめるがつづかず。

三月〜五月、【蘆】「百物語」を『国民新聞』に発表し始める。

六月〜八月、【蘆】「すつる命」を『国民新聞』に発表し始める。どちらも中断。
＊五月二十日、蘇峰、深井英五同道で欧米各国視察に出発。トルストイに会う。
夏、【蘆】書くことに行き詰まる。仕事はつまらないし同僚とはうまくいかず。兄への嫉妬などで鬱屈たまり、細川家拝領の日本刀で蚊帳を切り裂き、翌日は父一敬の横額、横井小楠の掛け軸をするめ裂き。愛子への暴力つづき、出社せず。紀行文多くなる。西伊豆、房州、鶴見、逗子へ旅。

十一月、【蘆】「刀禰河上の一昼夜」、十二月に「水国の秋」を『国民新聞』に（のち二編を併せて「水国の秋」に）。

蘆花狂気寸前時代。
＊十一月、蘇峰、両親のために神奈川県三浦郡田越村（現逗子市桜山八丁目）に別荘老龍庵を建て、両親転居。

■逗子時代

明治三十年（一八九七）…………蘆花（29歳）愛子（23歳）

一月三日、逗子（現逗子市桜山八丁目）柳家の二階八畳を借りて転居。

一月、【蘆】「漁師の娘」を『家庭雑誌』に発表。愛子、これで夫の少女恋を察する。

四月二十六日、【蘆】評伝『トルストイ』刊行（本邦初、「十二文豪」叢書第十巻、民友社刊）。

この頃、写生旅行で川崎、箱根、三島、富士川、三浦三崎に遊ぶ。

＊七月、蘇峰帰国。

＊八月二十六日、蘇峰、松方内閣の内務省勅任参事官就任。社員全員昇給、蘆花も約束の二十円となる。

夏、【愛】孤独感にさいなまれ入水自殺未遂。

夏以降、【蘆】小品翻案探偵物、外交奇譚など多く発表。

十月二十四日、【蘆】蘇峰への手紙に自立を匂わす狂歌を書き添える。

明治三十一年（一八九八）…………蘆花（30歳）愛子（24歳）

一月、【蘆】「写生画帳」（のち『青山白雲』の序）、「此頃の富士の曙」を『国民新聞』に発表し、国木田独歩の賞賛を得て「湘南雑筆」などを書く契機となる。

三月二十五日、【蘆】『青山白雲』を民友社より刊行。反響少なし。定価二五銭、稿料二〇円。

四月十九日、【蘆】愛子らの作品も入れて『世界古今名婦鑑』編集（民友社刊）。定価二五銭、稿料三〇円。

四月、【蘆】常陸の土浦、鹿島に遊ぶ。

五月五日、結婚第五回記念日、夫妻ではじめて伊香保に静養。仙台、松島にも遊ぶ。

八月、【蘆】福家安子から大山巌大将長女信子の哀話を聞く。『不如帰』の構想湧く。

＊九月、蘇峰、経営不振から『国民之友』『家庭雑誌』『英文極東』を廃刊。『国民新聞』に併合。社員の三分の一を整理。

十月十三日、【蘆】『外交奇譚』刊行（民友社）。定価二五銭、稿料三〇円。

十月二十日、【蘆】養父又次郎死去に伴い、戸主となる。

十一月二十九日～翌年五月二十四日、【蘆】『国民新聞』に「不如帰」を連載。好評で新聞の購読者急増。愛子、『不如帰』の浪子衣装の描写や女性手紙文など手伝う。

明治三十二年（一八九九）…………蘆花（31歳）愛子（25歳）

一月、【蘆】自然観察の日記をつけはじめ、自然を書いた小品を新聞に多く発表。

四月、【蘆】写生道具を肩に一週間を熱海に遊ぶ。
＊五月、蘇峰、青山南町に自宅を購入、氷川町より転居、「青山草堂」と称す。
秋、甲府、富士川に旅行中、単行本『不如帰』に浪子の絵を入れることを決める。

十一月、【蘆】旧知の黒田清輝画伯に浪子絵を依頼、年末に完成。


明治三十三年（一九〇〇）……蘆花（32歳）愛子（26歳）

一月十五日、【蘆】小説『不如帰』刊行（民友社）、大ロングセラーとなる。民友社だけで一九二版。昭和十一年平凡社刊は平成十七年七月で七七版。

三月三日～十三日、【蘆】「灰燼」を『国民新聞』に連載。

三月二十三日、【蘆】「おもひ出の記」（『思出の記』）を『国民新聞』に連載（翌年～四月末まで）。

四月末、夫婦して伊香保に四十日滞在、スケッチを楽しむ。帰途赤城山、日光に遊ぶ。

八月十三日、【蘆】『自然と人生』刊行（民友社）。文名高まる。月給を止め、再版以降を印税契約とする。

■原宿時代

十月四日、千駄ヶ谷村原宿一七八番地の貸し家に転居。敷金二十円、家賃十四円。

十月末、【蘆】国民新聞の依頼で長野県に旅行（日給三円）。

十一月二十四日、【蘆】『探偵異聞』（民友社）刊行したが、著者名なし。定価二五銭、稿料印税受けず。


明治三十四年（一九〇一）……蘆花（33歳）愛子（27歳）

一月、【愛】結婚以来はじめて大丸髷に結って夫妻で写真を撮る。

二月、【蘆】大阪朝日座で「不如帰」が初演されたが不評。

五月十五日、【蘆】小説『思出の記』刊行（民友社）。売れ行き好調。定価六五銭、初版千部印税五十円。二版以後印税五銭。

十月、【蘆】民友社以外の雑誌『新声』に初めて「零落」を書く。

十一月、【蘆】広島、宮島に行き、帰途京都若王寺山の新島襄・山本久栄の墓参。

十二月十八日、【蘆】『ゴルドン将軍傳』刊行（警醒社書店・民友社以外での出版初めて）。


明治三十五年（一九〇二）……蘆花（34歳）愛子（28歳）

一月～六月、【蘆】小説「黒潮」を『国民新聞』に連載しはじめるが読者の人気がでない。

三月、【蘆】小品「慈悲心鳥」を『文芸界』に。

四月、【蘆】随想「吾初恋なる『自然』」を『小天地』に。

八月、【蘆】「休暇日記」、随想「睡余録」を『国民新聞』に。

八月二十一日、【蘆】『青蘆集』刊行（民友社）。

九月二、三日、【蘆】「何故余は小説を書くや」「汽車の雑感」を『国民新聞』に。

九月、【蘆】北陸、近畿地方に旅行。

十二月二十三日～二十七日、【蘆】「霜枯日記」を『国民新聞』に発表するが、無断添削に激怒、「告別の辞」を書くが、蘇峰は目前で焼く、兄との決別決意。


明治三十六年（一九〇三）……… 蘆花（35歳）愛子（29歳）

一月、【蘆】再び「告別の辞」を書き国民新聞社に送るが掲載拒絶。民友社より贈られた金百円を辞退。

一月二十一日、【蘆】国民新聞社を退社し、青山原宿一七八に「黒潮社」を興す。

二月二十七日、【蘆】小説『黒潮』を自費出版。巻頭に蘇峰への「告別の辞」掲載、本文より告別の辞に反響あり。

四月、【蘆】『不如帰』が藤沢浅次郎、木下吉之助らで東京本郷座で公演。初日から割れ返るような人気だったが、愛子は衣装がやぼったく、全幕着替えなしに不満。


四月、【蘆】『寄生木』の小笠原善平はじめて来訪。

八月上旬、【蘆】北海道函館、大沼、室蘭、旭川、札幌、小樽に遊ぶ。

十二月、【蘆】堺利彦の訪問を受け、以後社会主義者に親近感を抱く（原田良八朝鮮移住）。
＊小笠原善平、士官学校卒業、旭川連隊配属のため暇乞いにくる。預かっていた「寄生木」の原稿を返す。

明治三十七年（一九〇四）……… 蘆花（36歳）愛子（30歳）

▼二月十日、日露戦争勃発。
四月、【蘆】英訳『NAMIKO』Herbdert B, Turner 社刊（ボストン）以後各国語に重訳され、世界的に広まる。

八月、【蘆】水郷地帯、日光方面に旅行。
＊小笠原善平、旭川から次々と「寄生木」の原稿を送ってくる。
【蘆】この年、執筆活動は不振を極め精神的苦悩深まる。愛子への暴力、犬、猫にまで虐待つづく。

明治三十八年（一九〇五）……… 蘆花（37歳）愛子（31歳）

一月、【蘆】鹿児島桜島に旅行滞在。

三月五日、【蘆】竹崎順子危篤で熊本へ、見舞う。

三月九日、【蘆】竹崎順子死去。順子の病状安定に油断して、臨終時は不在。葬式で経歴を読む。

八月五日、夫妻は姪河田春子（青山女学院生）を連れて富士登山。暴風雨に遭い、山頂で蘆花人事不省になり、五日後に六合目で目覚める。これを神に選ばれての復活と信じて精神的浄化をと生活を改め、精神的革命はじまる。

▼九月五日、日露講和条約締結、不満の群衆、国民新聞社など焼き討ち。

秋（コスモス咲き乱れる頃）、【蘆】石川三四郎、木下尚江ら編集のキリスト教社会主義誌『新紀元』に、「黒潮」第二編を連載しかけたが一回だけ。「懺悔」を持参するが、翌日か翌々日には本人きて撤回。没には惜しい名文と石川いう。

十二月五日、【蘆】蘇峰を訪ねて三年間の疎遠を謝罪。このときの兄の対応に不満で心にしこり残る。

十二月七日、【蘆】家伝の刀、短銃を砕き捨てる。

十二月、塩原に旅行、菜食主義者となる。帰宅後過去の日記、感想文など全て焼く。これで『冨士』を書くときに困る。

十二月三十日、「山に転居」の貼り紙をし、原宿の借家を引き払って逗子で越年。

明治三十九年（一九〇六）……… 蘆花（38歳）愛子（32歳）

一月八日、夫妻は清浄な地を求めて伊香保へ。聖書、トルストイ著作の読書に暮らす。

一月十三日、【蘆】石川三四郎宛の手紙に、蘆花号を止め本名使用を宣言。

一月二十二日、【蘆】トルストイ宛に表敬希望の手紙を書く。

一月、【蘆】『早稲田文学』に「余が犯せる殺人罪」を発表。

二月、【愛】朝鮮から伊香保を訪ねてきた兄良八が、仕事先の大津で赤痢に感染。看病後兄と一緒に帰熊。伊香保へ帰った愛子は別居を申し入れる。

三月十日、【蘆】聖地からトルストイ訪問を決意。三カ月滞在した伊香保を降りる。

三月十一日、【愛】安中教会柏木義圓牧師により受洗。夫妻で逗子老龍庵へ、巡礼紀行の準備。

四月四日、【蘆】ぼるねお丸で横浜出港。

四月、【愛】蘆花旅行中をカナダ系ミッションスクール東洋英和女学校に特別入学、寄宿舎へ。

六月三十日、【蘆】聖地パレスチナを巡った後、この日早朝にロシア、ヤスナヤ・ポリヤナにトルストイを訪問。五日間滞在して、八月四日にシベリヤ鉄道経由で敦賀に帰国。翌五日早朝、愛子待つ逗子老龍庵着。

■**青山時代**

八月、赤坂区青山高樹町の貸家に入居。黒潮社の表札をかかげる。

十一月、【蘆】小崎弘道（霊南坂教会牧師・熊本人）に聞いた千歳村粕谷を訪ね、家屋周旋を依頼。

十二月、【蘆】青山学院で「眼を開け」の講演。

十二月十日、【蘆】第一高等学校嚶鳴堂で「勝利の悲哀」講演。

十二月十五日、【蘆】『順礼紀行』刊行（警醒社書店）。

十二月二十五日、【蘆】タブロイド判個人雑誌『黒潮』を創刊、「勝利の悲哀」などを掲載。

この年、英訳『不如帰』からの重訳で、ポーランド語訳、フランス語訳、ドイツ語訳など相次いで出る。

明治四十年（一九〇七）………蘆花（39歳）愛子（33歳）

一月、千歳教会の牧師招請があったが断り、家屋周旋のみを依頼。三カ所を見て現恒春園母屋と周辺畑に決める。

一月、【蘆】個人雑誌『黒潮』第二号を発行。以後出ていない。

■**千歳村粕谷時代**

二月二十七日、北多摩郡千歳村粕谷三五六番地（現東京都世田谷区粕谷一丁目二〇番地一号）へ転居。半農生活（美的百姓）開始。

＊四月十四日、あれほど反対していたのに、八十五歳の父一敬が本郷教会で海老名弾正より受洗。

九月、【蘆】角田喜三郎の媒酌をし、結婚式での挨拶で夫婦喧嘩を奨め、来賓で挨拶した犬養毅が反論する。

秋、夫妻、甘藷七〇貫の収穫に喜ぶ。

十二月、母屋に浴室、他に女中部屋・物置・薪置き場など九坪を増築。

明治四十一年（一九〇八）………蘆花（40歳）愛子（34歳）

三月十日～十一日、小笠原善平、最後の粕谷来訪。

四月二日、北海道の関寛斎突然来訪、美的百姓を痛烈に非難、親交はじまる。

▼六月二十三日、国木田独歩没。

＊九月二十日、『寄生木』の小笠原善平自殺、二十八歳（数え）。

九月二十八日、蘇峰の六女鶴子を養女とする（入籍せず）。

明治四十二年（一九〇九）………蘆花（41歳）愛子（35歳）

二月八日～十四日、【蘆】岩手県宮古村の小笠原善平宅を

訪問、善平姉俊子（本名薪）、妹琴子（本名糸）のうち姉俊子を連れ帰る。この帰途菜食主義をやめる。

三月、表書院（現梅花書屋）新設（千歳船橋の古家移築・購入代金一七〇円）。

五月十日、二葉亭四迷、ロシアより帰途途中に没。のちに夫妻で『日本から日本へ』の旅行途中、シンガポールで二葉亭の火葬地訪問参。

七月六日、【蘆】「梅一輪」のお馨こと石倉芳子を、在米の許嫁鹿子木員信の元に行かす。

▼十月二十六日、伊藤博文、ハルビン駅頭にて安重根により射殺される。

十二月八日、【蘆】『寄生木』刊行（警醒社書店）、上製二円、並製一円五十銭。小笠原ノートを元に書いたとの負い目あり。のちに俊子・琴子姉妹に二千円渡す。琴子は方々の旅行にともなう。鶴子の守り役兼家庭教師的役割もあった。

明治四十三年（一九一〇）……蘆花（42歳）愛子（36歳）

▼一月三十一日、石倉芳子ニューヨークで病死。

▼六月一日、大逆事件（五月二十五日）の検挙はじまり、この日湯河原で幸徳秋水検挙される。

九月二十四日、夫妻で鶴子を連れ、北海道陸別へ関寛斎を訪ねる。網走線（池北線、池北高原鉄道・ふるさと銀河線となるが現在は廃線）開通三日目の乗客であった。

十月〜十一月、母久子の供で京都奈良方面へ紅葉見物へ。鶴子、琴子同道。

▼十一月七日、トルストイ没、享年八十二歳。

明治四十四年（一九一一）……蘆花（43歳）愛子（37歳）

一月十八日、大逆事件の二四名の死刑判決。翌日夫妻これを知る。二十一日、十二名減刑。兄蘇峰に残り十二名の減刑のために尽力を乞う手紙。二十三日、桂首相に減刑嘆願の手紙。二十五日、公開直訴状「天皇陛下に願ひ奉る」を東京朝日新聞主筆の池辺三山宛に午前郵送。午後の新聞で前日午前八時に死刑執行を知る。直ちに蘇峰と池辺に断り状発送。

二月一日、【蘆】一高弁論部の集会で「謀叛論」と題して大逆事件被告を弁護して講演。

二月、【蘆】『新女界』に「かあやん」つまり寿賀《じゅが》のことを発表。

四月十日頃、奥書院新設（烏山の古家移築）秋水書院と名付ける。

四月、【蘆】『国民雑誌』に「井手ンロ」（小学校通学路での思い出）を発表。

＊八月、蘇峰、貴族院勅選議員となる。
明治四十五年・大正元年（一九一二） 蘆花（44歳）愛子（38歳）
五月十八日、両親来訪の帰途を送り、はじめて自動車に乗る。
▼七月三十日、明治天皇崩御。
（大正元年）九月十五日、【蘆】「大喪の日に乃木希典夫妻自刃」の新聞報道に体をふるわせて感動。特に夫人自刃を褒めそやし、愛子反応。
＊十月十五日、関寛斎自殺。
＊蘇峰、「明治天皇御宇史」のちの『近世日本国民史』著述の意を固める。
大正二年（一九一三）…………蘆花（45歳）愛子（39歳）
二月十日、【蘆】国民新聞社が護憲派民衆に襲撃され、二日後に見舞う。
二月二十八日、【蘆】小説「十年」の予告が『国民新聞』に出る。
三月十三日、【蘆】随筆『みみずのたはこと』刊行（新橋堂書店）。蘆花著書中読者数最高。
▼四月十五日、京王電気鉄道笹塚〜調布開通、やがて新宿追分まで開通。
六月八日〜二十一日、【蘆】『国民新聞』に小説「十年」を連載。二月の憲政擁護運動で二度目に襲撃を受けた国民新聞社復興のためであったが、十一回で突然中止。蘇峰との溝深まる。

六月、アーサー・ロイド、ボン・ハロット、小野秀太郎共訳の『自然と人生』の英訳出る。

六月二十六日、【蘆】小説「十年」中止の辞を『国民新聞』に掲載。

九月二日〜十一月三十日、鶴子、琴子を連れ九州・満州・朝鮮・山陰を『死の蔭に』の旅。十月二十六日の京城（現ソウル）での別れ以来、蘆花臨終直前まで蘇峰と絶交状態となる。

十一月、宇治に遊び、風光明媚に感激、ここへの移住を思う。

大正三年（一九一四）…………蘆花（46歳）愛子（40歳）

五月五日、【蘆】結婚記念日から日記執筆再開、昭和二年一月七日まで。

五月二十一日、父一敬危篤の報に鶴子を帰し、夫婦は見舞わず。

五月二十六日、父一敬九十三歳没、葬儀に行かず。この日から「忌中面会謝絶」の札を貼り、以来張り紙の文言を変えて門前面会謝絶はじまる。

＊七月十九日、小笠原俊子、琴子粕谷を去り、姉妹に各千円を渡す（前述）。
▼七月二十八日、第一次世界大戦勃発。
十一月、四回目の伊香保滞在。
十二月十日、【蘆】肉親、友人、世間からも見捨てられる覚悟で『黒い眼と茶色の目』刊行（新橋堂書店）。久栄のことで毎日愛子と討論。

大正四年（一九一五）…………蘆花（47歳）愛子（41歳）
三月～六月、【愛】順天堂病院入院。この頃蘆花の少女恋強まる。
六月～七月、夫妻は五回目の伊香保滞在静養、看護婦一人、女中二人伴う。この間伊香保で弓術を学ぶ。
九月、【蘆】同志社へ校友辞退を申し入れる。
＊蘇峰、勲三等に叙せられる。

大正五年（一九一六）…………蘆花（48歳）愛子（42歳）
【蘆】作品の発表なし。美的百姓を脱するために専ら畑に出て働く。

大正六年（一九一七）…………蘆花（49歳）愛子（43歳）
二月十五日、トルストイの六男レオ、粕谷を来訪。
三月十五日、【蘆】『死の蔭に』刊行（大江書房）。
四月～五月、夫妻で六回目の伊香保へ。
七月一日～八月一日、夫妻で九十九里浜へ避暑、女中、秘書伴う。

大正七年（一九一八）…………蘆花（50歳）愛子（44歳）
四月十一日、【蘆】随筆集『新春』刊行（福永書店）。信仰のことで毎日愛子と討論。
四月、【蘆】粕谷の自邸を「恒春園」と名付ける。
七月一日～九月二日、【蘆】長野・赤倉・北陸・大阪・岡山県玉島に行き、瀬戸内海地方を旅行、三三年振りに七日に今治を訪ね、帰路有馬に遊ぶ。
十一月十一日、【蘆】第一次世界大戦終結を見て、世界旅行を計画する。

大正八年（一九一九）…………蘆花（51歳）愛子（45歳）
一月二十七日、世界旅行に出発。日子日女つまりアダムとイヴとの自覚から、新紀元第一年と宣言し、一年二カ月弱の世界一周旅行に出る。四月エルサレムからパリ講和会議の全権団に「私の所望」と題する要望書を送る。
二月十八日、母久子（数え九十一歳）没、夫妻はインド洋上の船中。セイロンに入港しそれを知る。

大正九年（一九二〇）…………蘆花（52歳）愛子（46歳）
三月八日、世界一周から帰国。【蘆】すぐに『日本から日本へ』を書きはじめる。

＊『国民新聞』一万号に達する。

大正十年（一九二一）…………蘆花（53歳）愛子（47歳）

一月二十日、『日本から日本へ』脱稿。

二月四日～五月三十日、夫妻で伊豆・興津・京都・大阪・吉野・伊香保を巡り、京都では新島襄、山本久栄の墓参をする。

三月八日、『日本から日本へ』「東の巻」「西の巻」二巻を愛子共著で刊行（金尾文淵堂）。

三月末より、執筆疲労を癒すために夫妻で伊豆長岡に静養、興津に滞在。京都、大阪、吉野に遊ぶ。

四月下旬、七度目の伊香保行。

大正十一年（一九二二）…………蘆花（54歳）愛子（48歳）

一月、【蘆】談話「自己改造の宣言　隠棲十六年の殻を破る誓ひ」を『読売新聞』に発表。

一月～三月、夫妻で朝鮮・九州を旅行、朝鮮に兄良八の病気を見舞い二泊。各地で世界一周旅行の話を夫妻で講演。熊本では『竹崎順子』を書くための資料収集。帰途神戸須磨で静養中の横井時雄を見舞い、賀川豊彦に初めて会う。京都若王寺山に山本久栄の墓参。蘆花最後の帰熊となるこのとき、熊本新町研屋旅館で「洗馬川」の即興詩を残す。しみじみと故郷を思う佳詩。（後日談……平成一八年（二〇〇六年）九月二十四日、熊本市日航ホテルで「洗馬川」を公演。振りつけと出演、研屋旅館で生まれ育った日本舞踊家藤間貴恵（藤間流宗家勘十郎派）、作曲大和楽の大和久子。）

三月二十二日、【蘆】『黒い眼と茶色の目』の縮刷版刊行（福永書店）。

十月二十八日、夫妻で叔母矢島楫子を訪ね、前半生の懺悔をすすめる。

大正十二年（一九二三）…………蘆花（55歳）愛子（49歳）

四月二十一日、【蘆】『竹崎順子』刊行（福永書店）。蘆花自身が『竹崎順子』三千冊を買い取り、大江女学校（元熊本女学校・現フェイス学院高校）に二千部を贈し、これに送料三百円を添える。親類縁者に三百部。日本全国、朝鮮、満州、台湾の高等女学校六〇八校に挨拶文を添え各一部宛寄贈。

四月、夫妻で八回目の伊香保行。

九月一日、関東大震災。粕谷からもスイカや野菜を、蘆花もジャガイモなどを被災者に大八車で贈る。

＊十二月二十七日、難波大助の虎ノ門事件。

大正十三年（一九二四）…………蘆花（56歳）愛子（50歳）

一月十七日、【蘆】これからの執筆は全て遺言と決める。

一月二十六日、【蘆】『富士』第一巻を起稿。

三月二十五日、二十九日の愛子日記に、一昨日から蘆花の「腹具合悪し」とある。
＊五月、蘇峰、大森（現大田区山王一―四一―二二）に「山王草堂」を新築転居。
七月、【蘆】アメリカの排日移民法に激怒、『東京朝日新聞』に論説を発表。

九月一日、【蘆】内村鑑三・柏木義圓・安部磯雄・武者小路実篤・賀川豊彦らと『太平洋を中にして』編集刊行（文化生活研究会）。
＊九月、蘇峰の次男萬熊、三十三歳チフスにて没。後継者と目していただけに蘇峰悲嘆大。
十月四日、「虎ノ門事件」の被告への極刑を恐れて「難波大助の処分について」を書き、珍田東宮太夫に送る。
＊十一月十三日、難波大助死刑宣告、十一月十五日午前九時十六分、死刑執行。

大正十四年（一九二五）……………蘆花（57歳）愛子（51歳）

五月、【蘆】「五十年の生涯全てを打ちあけよう」（談話）を『読売新聞』に発表。夫妻で九回目の伊香保行、約一カ月滞在。

五月十日、愛子との共著『冨士』第一巻刊行（福永書店）。

五月、【蘆】「灰燼」ドイツ雑誌『ユングロハト』にベー・ホッフマン訳にて五月号～八月号まで掲載される。
＊六月十六日、叔母矢島楫子没、九十一歳。
八月、【蘆】「二つの秘密を残して死んだ叔母の霊前に捧ぐ」（『婦人公論』）、「矢島叔母の絶筆について」（『婦人の国』）に発表して問題になる。

九月一日～二日、【蘆】『東京朝日新聞』に「賀川豊彦君に捧ぐ」を発表。


大正十五年・昭和元年（一九二六）　蘆花（58歳）愛子（52歳）

二月十五日、『冨士』第二巻刊行（福永書店）。

十二月十八日、【蘆】風邪を引き、息切れひどく寝込む。

十二月二十五日、【蘆】長期間の執筆疲労から健康を損ねる。【愛】気分転換や保養をかね小旅行を重ねたが良くならず、千葉県勝浦町串浜海岸に避寒療養。（この日大正天皇崩御）。


昭和二年（一九二七）……………蘆花（59歳）愛子（53歳）

一月、『冨士』第三巻刊（福永書店）。

一月二十日、【蘆】具合が思わしくなく、地元の医師のすすめで勝浦から粕谷へ帰る。

一月二十一日、正木俊二博士往診、長岐佐武郎、広瀬仙蔵両医師の治療を受ける。

二月八日、看護婦が付く。

二月十四日、胸の苦しみを訴え、慢性腎臓病に加えて狭心症との診断。

二月十七日、夕刊に蘆花病気の記事が載り、世間は大騒ぎになる。

四月二日、心臓専門の佐々康平博士の往診。

五月、腹水を抜く、これで楽になったことから以後は度々腹水を抜く。

五月二十五日、蘆花の病状「奇跡的に良好に向かいつつあり」との新聞記事。

六月頃、蘇峰、粕谷に見舞うも蘆花会わず。蘇峰それとなく姉たちを見舞わせる。

七月六日、気温上昇にともない伊香保行を熱望。医師同道で自動車で一〇回目の伊香保へ。

七月十四日、籐椅子に腰かけたままで入浴。

七月十七日、「榛名湖の鮎が食いたい」という蘆花。一行三〇人快晴の榛名山登山。蘆花と愛子は椅子式輿で四人に担がれて。

九月十七日、蘆花から「すぐにお出で乞う」の電報が蘇峰に打たれる。

九月十八日、蘇峰夫妻、長女逸子、三女久子、六女鶴子、四男武雄午前一一時頃伊香保着。死ぬ直前まで蘆花の嫉妬止まず。二二時五五分蘆花（五九歳）永眠。

九月十九日、雨の中遺体は汽車で上野へ。武蔵野で雨上がり、虹が架かる。群衆に迎えられ粕谷へは自動車。途中から歩き。粕谷奥書院で、医学士長岐佐武郎、広瀬仙蔵、両医師により納棺、防腐法を施す。

九月二十三日、午後二時青山会館で葬儀。司式霊南坂教会小崎弘道牧師、弔辞蘇峰、経歴読み上げ甥武雄、参列者二〇〇〇人。午後四時遺骸は霊柩車で青山会館を出て、恒春園内椚林の中の墓所に土葬。

十月十八日、【愛】蘆花の五十日祭を執り行い、蘆花系徳冨家の断絶を発表。
＊蘇峰、この年、国民新聞社新社屋新築落成。東武電鉄社長根津嘉一郎から三〇〇万円の出資を受け、完全に経営権を握られたことで紙面の特色が失われ、衰退の兆し歴然。

昭和三年（一九二八）……………………愛子（54歳）

二月十一日、『冨士』第四巻刊行、愛子との共著（福永書店）。

五月十八日、伊香保に千明三右衛門が追慕の碑建立。『新春』の中の言葉を刻む。

十月二十五日、蘆花誕生日のこの日から『蘆花全集』全二

〇巻を新潮社より刊行開始（昭和五年五月五日結婚記念日完結の予定が十月に完結）

昭和五年（一九三〇）…………………**愛子（56歳）**

六月五日、『書翰集』編集出版。

昭和六年（一九三一）…………………**愛子（57歳）**

秋、一人で関西から九州へ旅行、帰りに大阪鹿子木家で激しい腹痛。東京慶応病院で手術、手術成功。排尿排便が脇腹から、不自由な身となる。

昭和九年（一九三四）…………………**愛子（60歳）**

自然石の墓石を建立。

昭和十一年（一九三六）…………………**愛子（62歳）**

蘆花の一〇年祭に併せて日本橋、大阪の両三越デパートで遺品展示会開催、毎日数千人が来場。

十月二十五日、公開記念講演開催。恒春園（土地三六九八坪九合二勺。約一万二二二九平方メートル。建物一〇三坪二合（約三四一平方メートル）、その他遺品の全てを東京市に寄贈。

昭和十三年（一九三八）…………………**愛子（64歳）**

東京市は一年以上かけて公園に整備。「蘆花恒春園」と命名し、愛子の住まいも公園内に新築。

三月二十七日、夫妻の千歳村移住三〇周年記念日に開園式を行う。参会者には熊本ゆかりのからいも餡の饅頭がふるまわれた。

昭和十四年（一九三九）…………………**愛子（65歳）**

市は蘆花恒春園南方二〇〇メートルに塵埃捨置場を建設、臭いやハエに悩まされる。三鷹台に新築移転。数えの六六歳にちなみ新居を「緑々荘」と命名。親戚や石川三四郎など、愛子の一人暮らしを心配する人々六人を緑々会と名付けて、蘆花恒春園預託遺品のすべての管理を依頼。

昭和十六年（一九四一）…………………**愛子（67歳）**

五月、河田光子義姉の米寿祝いに大久保音羽子と帰熊。親戚・友人宅を巡る。このとき守田昌代娘柳子の嫁ぎ先中原家や隈府町原田家に寄る。熊本を十五日に発ち二十四日東京着。帰途に大阪・京都に寄る。

＊十二月八日、日本は太平洋戦争に突入。

昭和十八年（一九四三）…………………**愛子（69歳）**

いつ頃からかは不明だが、脇腹の傷口の具合悪く、万朝報社診療所から聖路加病院に転院。手術を受けるが思わしくなく退院。熱海水口町小西別荘、緑々荘と蘆花恒春園を行ったりきたり。

昭和二十年（一九四五）…………………**愛子（71歳）**

＊八月十五日、日本無条件降伏。
八王子の藪の中に隠れるようにして生き延びる。
昭和二十一年（一九四六）……………………愛子（72歳）
六月二十九日、守田昌代宛の手紙に「三鷹の家も遠からず手放すことになりました」との一文あり。無収入でこうするよりなかったのだろう。
昭和二十二年（一九四七）……………………愛子（73歳）
二月十三日、熱海市曽我佑邦子爵邸（現小嵐亭）内の離れへ転居。
二月二十日、午後八時三十分、同所で没。享年七十二歳と六カ月。遺体で恒春園内墓地に埋葬をとの遺言があったがかなわず熱海で火葬に付し、恒春園内墓地に埋葬。
＊『蘆花日記』第一巻巻末「蘆花徳冨健次郎年譜」（吉田正信氏作成）、徳富蘇峰著『弟 徳冨蘆花』巻末「蘇峰蘆花関係年譜」、『冨士』巻末「徳冨健次郎年譜」に補足。さらに愛子経歴を補足して本田節子作成

■守田昌代宛にきた手紙の愛子住所（中原友幸氏所持分）
昭和十四年八月六日、神奈川県箱根仙石原温泉荘ゲールツ別荘～八月六日
昭和十四年九月二十五日、東京市外三鷹村牟礼一五五緑荘～昭和十五年八月十二日もあり
昭和十五年五月三十一日、東京市世田谷区粕谷町三五六～同所よりの発信十六年八月十二日まであり
昭和十五年五月三十一日、粕谷より～同年九月二十一日あり
昭和十五年十月二十一日、三鷹より～昭和十六年三月十八日あり
昭和十六年四月十三日、熱海市水口区三本松生々寮～昭和十八年四月十三日あり
昭和十八年五月六日、東京市京橋区聖路加病院
昭和十八年十一月二十三日、熱海市水口町小西方
同年十一月二十七日、生々寮
同年十二月二十三日、熱海市水口町小西別荘～時折粕谷に帰っていたが昭和二十一年十月二十四日までの手紙がある

著者紹介

本田節子（ほんだ・せつこ）

1931年生まれ。熊本県立菊池高等女学校卒業。歌誌『炎歴』を創刊、編集委員として編集発行する。ＮＨＫラジオ番組「主婦と社会見学」を担当。
著書に『小百合葉子と「たんぽぽ」』（東海大学出版会）『朝鮮王朝最後の皇太子妃』（文藝春秋）『キャプテン孫七航海記』（東海大学出版会）『日日妙好』（熊本出版文化会館）『歌人黒木傳松——歌と評伝』（熊本出版文化会館）などがある。

蘆花《ろか》の妻《つま》、愛子《あいこ》——阿修羅《あしゅら》のごとき夫《つま》なれど

2007年10月25日　初版第1刷発行©

著　者　本　田　節　子
発行者　藤　原　良　雄
発行所　株式会社　藤原書店

〒162-0041　東京都新宿区早稲田鶴巻町523
TEL　03（5272）0301
FAX　03（5272）0450
振替　00160-4-17013

印刷・製本　中央精版印刷

落丁本・乱丁本はお取り替えします
定価はカバーに表示してあります

Printed in Japan
ISBN978-4-89434-598-0

二人の巨人をつなぐものは何か

往復書簡
後藤新平―徳富蘇峰 1895–1929

高野静子編著

幕末から昭和を生きた、稀代の政治家とジャーナリズムの巨頭との往復書簡全七一通を写真版で収録。時には相手を批判し、時には弱みを見せ合う二巨人の知られざる親交を初めて明かし、二人を廻る豊かな人脈と近代日本の新たな一面を照射する。**実物書簡写真収録**

菊大上製　二一六頁　**六〇〇〇円**
（二〇〇五年一二月刊）

総理にも動じなかった日本一の豪傑知事

安場保和伝 1835–99
（豪傑・無私の政治家）

安場保吉編

「横井小楠の唯一の弟子」（勝海舟）として、鉄道・治水・産業育成など、近代国家としての国内基盤の整備に尽力、後藤新平の才能を見出した安場保和。気鋭の近代史研究者たちが各地の資料から、明治国家を足元から支えた知られざる傑物の全体像に初めて迫る画期作！

四六上製　四六四頁　**五六〇〇円**
（二〇〇六年四月刊）

真の「知識人」、初の本格評伝

沈黙と抵抗
（ある知識人の生涯、評伝・住谷悦治）

田中秀臣

戦前・戦中の言論弾圧下、アカデミズムから追放されながら『現代新聞批判』『夕刊京都』などのジャーナリズムに身を投じ、戦後は同志社大学の総長を三期にわたって務め、学問と社会参加の両立に生きた真の知識人の生涯。

四六上製　二九六頁　**二八〇〇円**
（二〇〇一年一一月刊）

日本人になりたかった男

ピーチ・ブロッサムへ
（英国貴族軍人が変体仮名で綴る千の恋文）

葉月奈津・若林尚司

世界大戦に引き裂かれる「日本人になりたかった男」と大和撫子。柳行李の中から偶然見つかった、英国貴族軍人アーサーが日本に残る妻にあてた千通の手紙から、二つの世界大戦と「分断家族」の悲劇を描くノンフィクション。

四六上製　二七二頁　**二四〇〇円**
（一九九八年七月刊）